GOLDMANN

Stuart Woods wuchs in Georgia auf und lebt heute abwechselnd in Atlanta, Georgia, und auf der Isle of Wight vor der englischen Südküste. Zahlreiche seiner Thriller sind verfilmt worden.

Außer dem vorliegenden Band sind von Stuart Woods
als Goldmann-Taschenbücher erschienen:

Anaconda. Roman (9897)
Auf Grund. Roman (8839)
Höllensturz. Roman (41287)
Der irische Schatten / Auf Grund. Zwei Romane (11580)
Mann unter Einfluß. Roman (42610)
Die Nachfolger. Roman (8379)
Schwarzer Süden. Roman (9719)
Still ruht der See. Roman (9250)

Stuart Woods

Insel der Angst

ROMAN

Aus dem Amerikanischen
von Dörte und Frieder Middelhauve

GOLDMANN VERLAG

Ungekürzte Ausgabe

Titel der Originalausgabe: Palindrome
Originalverlag: Harper Collins Publishers, New York

Umwelthinweis:
Alle bedruckten Materialien dieses Taschenbuches
sind chlorfrei und umweltschonend.
Das Papier enthält Recycling-Anteile.

Der Goldmann Verlag
ist ein Unternehmen der Verlagsgruppe Bertelsmann

Umschlagentwurf: Design Team München
Umschlagfoto: Ernst Wrba, Sulzbach
Druck: Elsnerdruck, Berlin
Verlagsnummer: 42800
SD/AK/MV · Herstellung: Stefan Hansen
Made in Germany
ISBN 3-442-42800-9

1 3 5 7 9 10 8 6 4 2

Dieses Buch ist für Dick
und Maud Hedger

Madam, ich bin Adam

Anonym

Prolog

Ein Schwall warmer Luft, die nach frischgemähtem Gras und frischem Hundekot roch, riß Miller aus dem Halbschlaf. Jemand hatte die Julinacht hereingelassen.

Er wollte den Kopf vom Labortisch heben, aber sein Stethoskop verfing sich und riß ihn auf das Kissen zurück. Er befreite sich und fluchte still vor sich hin. Irgend so ein gedankenloser Mensch hatte seinen friedlichen Abend im Traumazentrum des Piedmont Hospital gestört. Miller erstarrte, als er sah, wer die Tür aufgemacht hatte.

Eine junge Frau – jedenfalls hielt er sie für jung – stand im Gang, mit nichts als Khaki-Shorts und einem total zerrissenen T-Shirt bekleidet. Sie hielt die linke Hand ein wenig hoch und den Ellbogen fest gegen die Rippen gepreßt, wodurch die linke Brust größer wirkte als die rechte, die entblößt war. Volles, braunes Haar fiel auf ihre Schultern herab. Ihr Gesicht war kaum noch menschlich zu nennen. Beide Augen waren fast völlig zugeschwollen, das Nasenbein gebrochen, und die Wangen hatten die Farbe fauligen Fleisches.

Sie stolperte einen Schritt nach vorne und blieb stehen. Sie bewegte den Kopf nicht und sagte auch nichts.

Miller sprang vom Tisch auf und lief rasch auf sie zu. »Keine

Angst«, beruhigte er sie, nahm sie am rechten Ellbogen und dirigierte sie zur Trage. Er drehte sich zur Anmeldung um und rief eindringlich, allerdings nicht laut: »Schwester!«

Eine junge Frau mit einer Kaffeetasse in der Hand blickte hinter dem Schreibtisch hoch und kam eilig herbei.

»Wir gehen in Nummer Zwei«, sagte Miller und schob die Trage auf eines der Untersuchungszimmer zu. Dort maß er ihren Puls, während die Schwester das Blutdruckmeßgerät anlegte. »Puls ist niedrig, hundertzehn.«

»Blutdruck hundertzwanzig zu siebzig«, las die Schwester vor.

»Wir müssen Ihre Kleider entfernen. Können Sie sich bewegen?« fragte er seine neue Patientin.

»Nein«, murmelte die Frau, ohne die geschwollenen Lippen zu bewegen.

»Schneiden Sie das Zeug weg«, wies er die Schwester an, die sich sofort mit der Schere ans Werk machte.

Miller schaltete ein Tonbandgerät ein. »Faustgroßes Hämatom an der linken Brust, die doppelt so groß ist wie die rechte; zahlreiche Verletzungen der Bauchdecke, Schmerzen im linken Brustkorb.« Er horchte mit dem Stethoskop. »Die Lunge ist in Ordnung. Können Sie den linken Arm heben?«

»Nein«, sagte die Frau. »Schmerzen.«

»Wir brauchen Aufnahmen vom Brustkorb, vom Schädel, Gesicht und Hirn; Blutgruppenbestimmung und Kreuzprobe; außerdem brauche ich vier Blutkonserven. Bereiten Sie eine Infusion vor, hundert Milliliter Kochsalzlösung.«

Während all dieser Aktivitäten lag die Frau reglos da. Eine zweite Schwester mit einem Clipboard kam herein. »Ich brauche ein paar Angaben für das Krankenblatt«, sagte sie zu der Frau. »Ihr Name?«

Keine Antwort.

»Könnten Sie mir bitte Ihren Namen nennen?«

Immer noch keine Reaktion.

»Ist sie bei Bewußtsein?« fragte die Schwester Dr. Miller.

Miller beugte sich über den Kopf seiner Patientin. Er öffnete ihr vorsichtig den Mund, hielt die obere Zahnreihe fest und bewegte sie.

»Der Oberkiefer läßt sich bewegen«, stellte er fest. Er beugte sich dicht zu ihrem Ohr. »Hören Sie mich?«

»Ja«, antwortete die Frau.

»Wie ist das passiert? Sind Sie zusammengeschlagen worden?«

»Ja.«

»Hat man Sie sexuell mißbraucht?«

Stille.

»Womit wurden Sie geschlagen?«

»Mit Fäusten.«

Miller atmete tief durch. »Kennen Sie den Mann, der das getan hat?«

Stille.

Miller wandte sich an die Schwester. »Rufen Sie die Polizei.«

»Nein!« wehrte sich die Frau überraschend heftig. »Nein.«

»Die Polizei muß den Mann suchen, der Ihnen das angetan hat.«

»Nein.«

Miller sah die Schwester an und schüttelte den Kopf.

»Auto«, sagte die Frau.

»Sehen Sie draußen nach«, sagte Miller zu einer der Schwestern. Er untersuchte den Beckenbereich und stellte Verletzungen und starke Empfindlichkeit an der Vagina fest. In den Schamhaaren klebte Samenflüssigkeit. Er nahm eine Probe für die mikroskopische Untersuchung.

Die Schwester kehrte zurück. »Draußen steht ein Mercedes Cabrio. Der Motor lief. Ich habe ihn auf den Parkplatz gefahren.«

Sie hängte die Schlüssel an ihr Clipboard und schrieb die Zulassungsnummer auf. Jemand kam mit den Röntgenaufnahmen.

Miller klemmte sie vor einen Leuchtschirm und betrachtete die Aufnahme des Brustkorbs. »Die Lunge ist in Ordnung. Zwei gebrochene Rippen.« Er wandte sich den Schädelaufnahmen zu. »Hmm«, murmelte er. »Ich möchte, daß ein Gesichtschirurg sie sich ansieht. Wer hat Dienst?«

»Griffin«, sagte eine Schwester.

»Nein!« rief die Frau auf dem Untersuchungstisch.

»Griffin ist ein guter Arzt«, erklärte Miller.

»Harry Estes«, sagte sie.

»Der ist auch gut. Kennen Sie ihn?«

»Ja.«

»Darf ich ihm Ihren Namen nennen?«

Die Frau blieb stumm.

Miller ging zum Schreibtisch, suchte die Nummer und wählte.

»Hallo?« erklang eine schläfrige Männerstimme.

»Dr. Estes? Hier spricht Martin Miller vom Piedmont. Ich habe hier eine Frau, die Sie sich mal ansehen sollten.«

»Verdammt, ich habe keinen Nachtdienst. Können Sie den Dienstplan nicht lesen?«

»Sie will Sie haben, sagt, sie kenne Sie.«

»Wie heißt sie?«

»Will sie nicht sagen.«

»In was für einem Zustand befindet sie sich?«

»Sie wurde vergewaltigt und fürchterlich zusammengeschlagen. Die Augen sind zugeschwollen, Schnittwunden auf den Wangen und an den Augen, Nasenbein gebrochen. Auf den Röntgenfotos ist deutlich zu sehen, daß die Nebenhöhlen voller Blut sind. Ich vermute, eine Le Fort Fraktur.«

»Womit wurde sie verprügelt, sagten Sie?«

»Mit Fäusten.«

»Dann ist eine Le Fort ausgeschlossen.«

»Sagen Sie mir das, nachdem Sie sie untersucht haben.«

»Ich bin in einer Viertelstunde da.«

Harry Estes wohnte nicht weit vom Krankenhaus entfernt und war zwölf Minuten später da. Unterwegs versuchte er sich vorzustellen, welche seiner Patientinnen die Frau sein könnte. Seine Praxis lag in Northside Atlanta, dem wohlhabendsten Teil der Stadt. Die Frauen, die er behandelte, kamen, um sich die Brust vergrößern oder verkleinern zu lassen, die Nase korrigieren oder das Gesicht liften zu lassen – die ganze Skala der gezielten kosmetischen Maßnahmen; ganz selten war mal ein Unfallopfer darunter. In seiner Praxis in Northside hatte er bisher noch nie mit den Folgen einer Prügelverletzung zu tun gehabt; soweit er wußte, war keine seiner Patientinnen je vergewaltigt worden. Er behandelte auch am Grady Hospital, der riesigen, öffentlichen Krankenanstalt im Süden der Stadt. Dort war alles möglich, und dort bekam er solche Fälle auch schon mal mit. Aber im Piedmont, dem teuersten und elegantesten Krankenhaus der Stadt. Wer mochte diese Frau sein?

Estes stellte seinen Wagen ab und betrat das Krankenhaus. Miller traf ihn in der Halle.

»Wer ist sie?« fragte Estes.

»Sie will es noch immer nicht sagen.«

»Hat sie ein Betäubungsmittel bekommen?«

»Nein, ich wollte, daß Sie vorher mit ihr sprechen.«

Estes betrat das Untersuchungszimmer und blieb abrupt stehen. Er erkannte die Frau nicht; nicht einmal ihre eigene Mutter hätte sie erkannt. So etwas hatte er noch nie zuvor gesehen. Er beugte sich über den Untersuchungstisch und sprach sie leise an. »Ich bin es, Dr. Estes«, sagte er sanft. »Ich kümmere mich um Sie, haben Sie keine Angst.«

»Danke, Harry«, sagte die Frau mühsam.

Harry Estes war ein Mann, der auf Formen hielt. Nur die Patientinnen, mit denen er befreundet war, nannten ihn beim Vornamen. Er fing an, sich vor der Identität dieser Frau zu fürchten. Er gab vor, ihren Puls fühlen zu wollen, und zog ihre linke Hand unter dem Laken hervor.

Die Frau keuchte.

»Tut mir leid, ich weiß, daß die Rippen gebrochen sind. Wir werden sie gleich bandagieren.« Sie trug keinen Ehering, aber man sah eine schwache Delle. Bis vor kurzem hatte sie einen getragen.

Estes hob ihre geschwollenen Augenlider an. Grün. Die Pupillen verkleinerten sich. »Haben Sie eine neurologische Untersuchung vorgenommen?« fragte er Miller.

»Ja. Normal. Ich hielt es nicht für erforderlich, den Neurologen hinzuzuziehen. Möchten Sie, daß das getan wird?«

»Nicht, wenn Sie es nicht für nötig halten.«

»Untersuchen Sie den Kiefer.«

Estes öffnete der Frau den Mund, nahm die obere Zahnreihe in die Hand und bewegte sie vor und zurück. Das Gesicht bewegte sich mit. Das gesamte Gesicht der Frau war vom Schädel abgetrennt. Er versuchte, weiter leise und ruhig zu sprechen. »Sie haben recht, es handelt sich um eine Le Fort Fraktur.« Er injizierte Xylocain in die Wangen und in das linke Augenlid der Frau und schloß vorsichtig drei Schnitte.

»So«, sagte er. »Sie kommen wieder ganz in Ordnung.«

Auf dem Gesicht der Frau zeigte sich so etwas wie ein Lächeln. »Nicht schlecht für jemanden mit einer miserablen Vorhand«, sagte sie.

Estes blieb der Mund offenstehen. Augenblicklich wußte er, wer diese Frau war. Er gab einer Schwester einen Wink. »Geben Sie ihr ein Milligramm Morphium intravenös.«

»Moment«, sagte seine Patientin.

Estes beugte sich über sie. »Was ist?«

»Ich will Al Schaefer. Keinen anderen. Und keine Namen hier.«

»Sagten Sie ›Al Schaefer‹? Sind Sie sicher, daß Sie nicht Walt Hopkins wollen?« Schaefer war ein Spitzenstrafverteidiger, der sich auf Kapitalverbrechen spezialisiert hatte. Hopkins war normalerweise ihr Anwalt, wie er wußte.

»Schaefer«, wiederholte sie, »keinen anderen.«

»Gut«, erwiderte Estes. »Und Sie sind sicher, daß Sie... keinen anderen möchten?«

»Keinen anderen.«

Estes nickte der Schwester zu, die mit der Spritze bereitstand. Sie injizierte das Morphium in die Infusionskanüle.

»Schlafen Sie jetzt, meine Liebe«, flüsterte Estes ihr zu. »Ich komme morgen wieder und sehe nach Ihnen.«

Seine Patientin beruhigte sich sofort.

Estes richtete sich auf. »Legen Sie ihr Eisbeutel auf Gesicht und

Brust, bandagieren Sie die Rippen, und dann verlegen Sie sie auf die Intensivstation. Vermerken Sie auf dem Krankenblatt, daß sie nichts oral verabreicht bekommen darf. Morgen früh soll als erstes eine Schädeltomographie durchgeführt werden; wenn ich das Ergebnis gesehen habe, lege ich den OP-Termin fest.«

»Wie heißt sie?« fragte die Schwester.

»Nehmen Sie sie auf als... P. J. Clarke«, sagte er, indem er den erstbesten Namen nannte, der ihm einfiel. Am vorigen Wochenende hatte er mit jemandem dieses Namens in New York zu Abend gegessen. »Sagen Sie denen von der Aufnahme, sie sollen sie nicht mit Fragen nach der Versicherung behelligen. Die Kosten gehen vorerst auf mein Konto.«

»Wie Sie meinen, Doktor«, sagte die Schwester und kritzelte etwas auf das Clipboard. Die zweite Schwester legte die Eisbeutel auf, dann wurde die Patientin aus dem Untersuchungszimmer zu den Aufzügen geschoben.

»Schauen wir uns noch die Röntgenaufnahmen an«, sagte Estes zu Miller.

Miller schaltete den Leuchtschirm ein.

»Sie hat einen harten Schädel«, sagte Estes mit einem Blick auf die Aufnahme. »Ein Wunder, daß sie keine Gehirnverletzungen oder zumindest einen Schädelbruch erlitten hat, so, wie sie geschlagen wurde.«

»Ich hätte nicht gedacht, daß man von Faustschlägen eine Le Fort Fraktur davontragen kann«, stellte Miller fest.

»Ich auch nicht. Niemand hätte das für möglich gehalten«, entgegnete Estes, der auf den Schirm starrte. »Aber das war keine gewöhnliche Faust.«

I

Schaefer stellte sich am Empfangsschalter des Piedmont Hospitals vor und bekam den Weg zum Krankenzimmer beschrieben. Er ging zu den Aufzügen, drückte auf den Knopf und wartete in kerzengerader Haltung. Mit Schuhen war er nur einsfünfundsechzig groß und nicht bereit, auch nur einen einzigen Zentimeter zu verschenken.

Vor Zimmer 808 stand ein großer, gelangweilt aussehender Mann in schlechtsitzendem Anzug. Schaefer nannte seinen Namen, und der Mann drückte die Klinke nieder und sagte etwas zu jemandem im Innern des Zimmers. »Der Doktor sagt, Sie möchten bitte noch einen Augenblick warten«, teilte der Mann Schaefer mit.

Schaefer, der nicht stillstehen konnte, lief auf und ab, bis ein Mann den Raum verließ, der von Schaefer den wenigen hundert Menschen in Atlanta zugeordnet wurde, die zum Establishment der Stadt zählten. Mit dieser Gesellschaftsschicht hatte er selten zu tun, es sei denn, ihre Söhne oder Töchter waren in Schwierigkeiten.

»Ich bin Dr. Harry Estes«, sagte der Mann. »Wollen wir uns einen Moment setzen?« Er führte Schaefer zu einem Stuhl.

Schaefer machte es sich bequem und sprach zuerst, um sich seine Hochachtung nicht anmerken zu lassen. »Ich habe um sechs einen Termin«, sagte er.

»Verstehe«, erwiderte der Arzt. »Wie es aussieht, wäre es wohl besser, wenn Sie von hier aus absagen würden.«

»Sagen Sie, Herr Doktor«, sagte Schaefer, »heißt Ihre Patientin wirklich P. J. Clarke?«

Der Arzt lächelte milde. »Ich fürchte, ich habe mich da etwas schrullig verhalten. Sie wollte dem Krankenhauspersonal ihren Namen nicht nennen.«

»Wie heißt sie?« fragte Schaefer. »Das schiene mir ein guter Anfang zu sein.«

»Ja, natürlich«, murmelte der Arzt und zupfte seinen weißen Kittel zurecht. »Sie heißt Elizabeth Barwick und kam heute in den frühen Morgenstunden in die Notaufnahme. Schwer zusammengeschlagen und offensichtlich vergewaltigt. Sie weigerte sich, uns zu sagen, wer sie verprügelt hat, nur, daß sie mit Fäusten geschlagen wurde. Während der Behandlung in der Notaufnahme verlangte sie nach mir.«

»War sie bereits Ihre Patientin?«

»Nein, ich kenne sie privat. Wir gehören beide zu einer Clique, die häufig bei einem gemeinsamen Freund Tennis spielt. Ich bin Plastischer und Gesichtschirurg. Ich denke, ihr war klar, daß sie zu einem möglichst frühen Zeitpunkt jemanden wie mich brauchen würde.«

»Wie schwer sind ihre Verletzungen?«

»Sie hat außerordentlich schwere Verletzungen im Gesicht und am Kopf erlitten; zwei Rippen sind gebrochen, Wunden auf Brust und Oberkörper; die Vagina hatte äußere Verletzungen und blutete. Der Notarzt hat von ihrem Schamhaar eine Probe entnommen, die sich als Samenflüssigkeit entpuppte.«

»Ausgezeichnet. Wie wurde sie behandelt?«

»Sehr wenig. Sie wurde geröntgt, die Rippen wurden bandagiert, und sie bekam Eisbeutel auf die linke Brust und das Gesicht. Ich habe vier Schnittwunden auf den Wangen, den Augenlidern und der Stirn genäht, dann bekam sie Beruhigungsmittel. Geröntgt wurde sie noch in der Nacht, heute früh wurde eine Tomographie gemacht.«

»Hat sie irgendwelche Schädigungen des Nervensystems davongetragen?«

»Wir haben keine festgestellt.«

»Wie ist ihr Zustand?«

»Sie ist klar und ruhig. Das war sie schon, als sie aufgenommen wurde. Ich wollte, daß ein Psychiater sie besucht, aber sie besteht darauf, damit bis nach der Operation zu warten. Ich bezweifle stark, daß sie ihm viel zu sagen haben wird. Sie ist sehr gefaßt.«

»Wissen Sie, warum sie nach mir verlangt hat?«

»Nein«, erwiderte der Arzt, und es klang so, als verstände er es selbst nicht.

»Wurde sie fotografiert?«

»Nein.«

»Ich möchte, daß das sofort getan wird. Es wird ihr unangenehm sein, aber vom juristischen Standpunkt aus betrachtet ist es das einzig Richtige, was man jetzt im Augenblick für sie tun kann. Das hätte schon geschehen müssen, bevor das Eis aufgelegt wurde. Vielleicht sollten Sie die Anweisung geben, Herr Doktor, daß jeder Patient, der durch andere Personen Verletzungen erlitten hat, sofort fotografiert wird. Diese Fotos sind hinterher immer von großer Bedeutung.«

Der Arzt erhob sich. »Ich werde mich darum kümmern. Sie haben recht, das hätte ich früher tun müssen.« Er nahm die Brille ab und rieb sich den Nasenrücken. »Ironischerweise ist sie Fotografin, eine sehr gute sogar.«

Schaefer stand ebenfalls auf. »Ich würde mich auch freuen, wenn Sie mir eine schriftliche Darstellung ihrer Verletzungen und der nötigen Therapiemaßnahmen geben könnten – und vergessen Sie den Psychiater nicht.«

»Ich werde sie sofort diktieren und Ihnen zukommen lassen.«

»Wer weiß, außer uns beiden, daß sie hier ist?«

»Nur ein Mann namens Raymond Ferguson. Er hat ein Buch mit Sportfotografien von ihr herausgegeben. Sie hat mich gebeten, ihn anzurufen, aber er hat sie noch nicht besucht.«

Schaefer war überrascht. »Keine Familie?«

»Ihr Eltern sind beide tot. Von anderen Verwandten weiß ich nichts.«

»Ist sie verheiratet, Herr Doktor?«

Estes seufzte. »Ja. Mit einem Mann namens Baker Ramsey.«

Schaefer hob die Augenbrauen. »Dem Verteidiger der Bobcats?«

»Genau mit dem.«

»Kennen Sie ihn?«

»Ja.«

»Was halten Sie von ihm?«

»Ich hielt ihn mal für einen ganz anständigen Kerl. In letzter Zeit dachte ich, er sei ein komischer Kauz. Jetzt halte ich ihn für ein Ungeheuer.«

Das Zimmer wurde nur vom Sonnenlicht erhellt, das die heruntergelassenen Jalousien an die Zimmerdecke reflektierten. Es war freundlicher eingerichtet als die meisten Krankenzimmer, aber nichts im Raum wies auf den Bewohner hin. Keine Blumen, keine Kleidungsstücke im offenen Schrank, keine Bücher auf dem Nachttisch. Nur die schmale Gestalt einer Frau unter der Bettdecke. Ihr Gesicht war größtenteils von Bandagen verdeckt, und dafür war Schaefer dankbar. Er zog einen Stuhl ans Bett und setzte sich. Ihre Augen blinzelten durch Sehschlitze.

»Mrs. Barwick, ich bin Albert Schaefer.«

Sie sprach wie eine Bauchrednerin, bewegte kaum die Lippen, doch ihre Stimme klang überraschend kräftig. »Danke, daß Sie hergekommen sind. Nennen Sie mich Liz.«

»Ich bin Al. Ich habe mich gefragt, warum Sie ausgerechnet nach mir verlangt haben.«

»Mein Hausanwalt ist Walter Hopkins. Wenn ich Walt darum gebeten hätte, sich um die Sache zu kümmern, hätte er einen entschlossenen Brief geschrieben, dann noch einen entschlossenen Brief, und in ein paar Jahren wären wir vielleicht zu einem Ergebnis gekommen. Ich möchte, daß diese Angelegenheit *sofort* erledigt wird.«

»Verstehe. Bitte erzählen Sie mir, was letzte Nacht geschehen ist.«

»Mein Mann kam nach Hause und hat versucht, mich totzuschlagen.«

»Verstehe. Haben Sie – Sie verstehen sicher, daß ich Ihnen ein paar sehr direkte Fragen stellen muß –, haben Sie ihn in irgendeiner Weise provoziert?«

»Ja. Ich sagte ihm, ich wolle mich scheiden lassen.«

»War das alles?«

»Ja. Er schien das für keine gute Idee zu halten.«

»Die Scheidung?«

»Das nicht, lediglich die Tatsache, daß die Idee von mir kam. Sie müssen verstehen, als ich ihn heiratete, war er noch nicht so.«

Schaefer machte es sich auf dem Stuhl bequem. »Erzählen Sie mir etwas über die Hintergründe, nur, damit ich mir ein vollständiges Bild machen kann. Sie stammen ursprünglich aus Atlanta?«

»Nein, aus einer kleinen Stadt namens Delano im Süden.«

»Wie klein?«

»Knapp fünftausend Einwohner.«

»Was hat Ihr Vater dort gemacht?«

»Er war bei der Eisenbahn beschäftigt, bis der größte Teil des Bahnbetriebs in eine andere Stadt verlagert wurde, danach setzte er sich zur Ruhe.«

»Und wie kamen Sie nach Atlanta?«

»Ich hatte ein Stipendium der Universität Georgia. Ich habe dort Kunst studiert – Fotografie.«

»Ramsey hat für Georgia gespielt; dann haben Sie ihn also dort kennengelernt?«

»Ja, aber damals kannte ich ihn noch nicht näher. Erst als ich nach meinem Abschluß nach Atlanta zog und bei der Constitution einen Job als Fotografin fand, lernte ich ihn näher kennen. Ich machte Sportfotos und traf ihn ziemlich oft. Er war charmant, lustig und klug – anders als ich es von einem Football-Profi erwartet hätte. Nachdem wir ein Jahr lang miteinander ausgegangen waren, heirateten wir.«

»Ermüde ich Sie?«

»Nein. Sie müssen wissen, Baker war damals anders, ein anderer Mensch. Aber in der Mannschaft lief es nicht gut, und es war die Rede davon, ihn zu verkaufen. Damit fingen die Dinge an, sich zu verändern.«

»Erzählen Sie mir mehr darüber.«

»Wir waren ungefähr eineinhalb Jahre verheiratet, als er mit einem Gewichtstraining anfing, um mehr Muskelmasse aufzubauen. Er ist groß, ein Meter neunzig, aber für einen Football-Profi war er sehr leicht – wog nur achtzig Kilo. Die Veränderungen an ihm waren dramatisch – physisch und psychisch. In erschreckend kurzer Zeit nahm er dreißig Kilo zu. In der Zeitung hatte ich über Anabolika gelesen und fragte ihn danach.«

»Wie hat er reagiert?«

»Er schlug mich.«

»War das das erste Mal?«

»Ja. Baker besaß schon immer einen brutalen Zug, glaube ich, aber den lebte er im Stadion aus, zu Hause zeigte er sich selten. Aber nun stand er offensichtlich unter dem Einfluß von Anabolika, und das veränderte ihn. Auf dem Football-Feld wurde er unglaublich aggressiv – kaum zu stoppen. Im Verein war keine Rede mehr davon, ihn zu verkaufen, man gab ihm einen neuen Vertrag. Außerhalb des Spielfelds veränderte er sich allerdings ebenfalls.«

»Wurde er gewalttätig?«

»In zunehmendem Maße. Ich weiß nicht, warum ich das so lange ausgehalten habe – falsch verstandene Loyalität, nehme ich an. Ich begann, dieses eigenartige, zurückgezogene Leben zu führen. Meine Freunde traf ich kaum noch, und meine ganze Kraft verwandte ich darauf, Baker nicht in Wut zu bringen. In den vergangenen beiden Jahren bin ich nur noch auf Zehenspitzen um ihn herumgelaufen und litt sehr darunter. Auf Bakers Verlangen hatte ich bei der Zeitung aufgehört und arbeitete an einem Bildband. So oft es ging, war ich in der Dunkelkammer. Dummerweise glaubte ich, er könnte von den Mitteln loskommen und wieder wie früher werden. Dann nahm er zusätzlich zu den Anabolika auch noch Kokain und explodierte beim kleinsten Anlaß. Damit wären wir also bei dieser Woche angekommen.«

»Hat er Sie in der letzten Nacht auch vergewaltigt?«

»Ja, aber ich glaube, darüber müssen wir jetzt nicht sprechen.«

»Sie sollten mich entscheiden lassen, was jetzt wichtig ist.«

»Lassen Sie mich Ihnen zuerst sagen, was ich möchte, und dann können Sie mich alles fragen, was Sie für angemessen halten. Ich werde Ihnen lückenlos antworten.«

»Gut, also sagen Sie mir, was Sie wollen.«

»Ich möchte eine sofortige Scheidung; ich will eine einstweilige Verfügung, daß mein Mann mich nie wieder treffen oder mit mir sprechen wird; ich will meine persönlichen Sachen aus dem Haus haben und eine Viertelmillion Dollar in bar.«

»Mehr nicht? Eine Viertelmillion Dollar?«

»Oh, er besitzt viel mehr als das, aber ich gehe davon aus, daß dies das Höchste ist, was ich ohne Streit von ihm bekommen kann, und ich will keinen Streit. Ich will es hinter mich bringen.«

»Was ist mit Ihren Krankenhauskosten? Die werden beträchtlich sein.«

»Ich bin über die Krankenversicherung seines Vereins versichert. Was die nicht bezahlt, begleiche ich aus der Viertelmillion, die ich kriege.«

»Ich denke, Ihre Forderungen halten sich in Grenzen. Die sollten wir ohne Schwierigkeiten erfüllt bekommen.«

»Deshalb wollte ich Sie haben. Meiner Meinung nach wird allein die Tatsache, daß Sie mein Rechtsanwalt sind, Baker einschüchtern und ihn zur Eile treiben. Ihr Honorar können Sie auf die Summe draufschlagen.«

»Gut, ich werde sehen, was ich tun kann. Normalerweise beträgt mein Honorar ein Drittel des Streitwerts, aber ich glaube, es wird unterm Strich eine Summe übrigbleiben, mit der Sie zufrieden sein werden. Ich habe Harry Estes gebeten, Ihre Verletzungen unverzüglich fotografieren zu lassen, bevor Sie sich noch weiter erholt haben. Diese Fotos brauche ich.«

»Einverstanden«, sagte sie ungerührt.

»Ich brauche noch ein Bild von Ihnen, aus der Zeit vor dem... Zwischenfall.«

»Rufen Sie meinen Verleger an, Ray Ferguson, bei Mercury Press.« Sie gab ihm die Nummer. »Er hat ein Selbstportrait, das ich für mein neues Buch gemacht habe.«

»Schön. Ich glaube, ich habe alles, was ich brauche.« Er stand auf. »Kann ich sonst noch etwas für Sie tun? Benötigen Sie etwas?«

»Ja. Wenn ich in ungefähr einer Woche hier herauskomme, brauche ich eine möblierte Wohnung für ein paar Wochen. Ich brauche Kleider – Jeans, Größe achtunddreißig, ein T-Shirt, Schuhe, Größe neununddreißig, irgendwas, was ich außerhalb des Krankenhauses tragen kann.« Sie wühlte in der Schublade des Nachttisches und hielt ihm einen Schlüsselbund hin. »Mein Wagen steht unten auf dem Parkplatz; ein siberner Mercedes, das kleine Kabrio. Ich möchte, daß Sie ihn verkaufen. Er ist noch nicht ganz ein Jahr alt, sehen Sie zu, was Sie dafür bekommen können. Der Schlüssel zu meinem Bankschließfach hängt ebenfalls an diesem Ring hier, Fach Nummer 1001 bei der Trust Company Bank. Räumen Sie es aus, darin befindet sich die Zulassung des Wagens und Bakers letzte Steuererklärung. Die dürfte sich für Sie als nützlich erweisen.«

»Okay, ich kümmere mich darum.« Er schrieb seine Privatnummer auf seine Visitenkarte und legte sie auf den Nachttisch. »Rufen Sie mich an, tagsüber oder nachts, wann immer Sie etwas brauchen, und was es auch sein mag. Meine Sekretärin heißt Hilda, sie ist eine Perle. Machen Sie von ihr Gebrauch, als sei sie Ihre Angestellte. Ich werde sie instruieren.«

»Danke.«

»Möchten Sie, daß ich irgendwelche Freunde anrufe?«

»Nein. Keine Freunde.«

Schaefer ging zur Tür und blieb stehen. »Sie können sich sicher vorstellen, daß dies nicht die übliche Vorgehensweise ist, aber Sie befinden sich in einer starken Position, und ich stehe auf Ihrer Seite. Ich bin eingebildet genug zu behaupten, daß wohl kein anderer Rechtsanwalt in der Lage wäre, diese Angelegenheit ohne etliche Verzögerungen zu regeln, aber ich glaube, mir gelingt das – wenn es Ihnen egal ist, wie ich es anstelle.«

Elizabeth Barwick entrang sich so etwas wie ein Lachen, und sie zuckte unter den Schmerzen, die ihre Rippen dabei verursachten, zusammen. »Glauben Sie mir«, sagte sie, »wie Sie das machen, ist mir egal.«

Al Schaefer verließ den Parkplatz des Krankenhauses und bog in die Collier Road ein. Er lauschte dem Summen des Zwölfzylinder-Motors. Er liebte dieses Geräusch, es half ihm beim Denken. An der Ampel am Northside Drive tippte er eine Nummer ins Autotelefon und wartete. Die Ampel wurde grün, und er fuhr an.

»Stillson, Immerling, Hoyt, and Thomas«, sagte eine Frauenstimme. Schaefer fiel die Geschichte ein, die möglicherweise erfunden war, daß die Namen Immerling und Hoyt ursprünglich auf dem Briefkopf der Kanzlei in vertauschter Reihenfolge gestanden hatten. Das war schon über fünfzig Jahre her, aber die Legende hielt sich immer noch.

»Henry Hoyt Junior, bitte«, sagte Schaefer.

»Büro Mister Hoyt«, erklang eine ernste Frauenstimme.

»Albert Schaefer. Geben Sie mir Henry.«

»Es ist möglich, daß er sein Büro schon verlassen hat. Darf ich fragen, um was es sich handelt?«

»Sagen Sie ihm nur, es sei dringend.«

»Wie war Ihr Name doch gleich?«

»Sie haben mich ganz gut verstanden. Machen Sie schon.«

Es entstand eine kurze Pause, in der Hoyt, wie sich Schaefer ausmalte, das Risiko abzuschätzen versuchte, ihn abzuwimmeln.

Schließlich: »Henry Hoyt hier.«

Schaefer verzichtete auf die üblichen Höflichkeitsfloskeln. »Henry, Sie vertreten doch noch immer die Atlanta Bobcats, nicht wahr?«

»So ist es«, knurrte Hoyt.

»Wie lange kennen Sie mich, Henry?«

»Ich weiß es nicht, Al, seit fünfzehn Jahren vielleicht?«

»Haben Sie mich als ernstzunehmenden Gegner kennengelernt?«

Hoyt schnappte nach Luft. »Ja, Al, ich nehme Sie ernst.«

Hoyt hatte auch allen Grund dazu, so erinnerte sich Schaefer; vor sieben Jahren hatte er ihn, seine achtundvierzig Partner und die zweihundert assoziierten Kanzleien in einem riesigen Beleidigungsprozeß gegen den besten Klienten der Kanzlei in die Pfanne gehauen. Dieser Prozeß hatte seine Honorarsätze verdreifacht.

»Nun, mir ist es jetzt ernst, Henry. In der letzten Nacht hat einer Ihrer teuersten Spieler versucht, seine Frau umzubringen, die ich jetzt vertrete.«

»Was?« kam es schwach.

»Ich will Sie nicht auf die Folter spannen, Henry. Es war Baker Ramsey.«

»Mein Gott«, sagte Hoyt unwillkürlich.

»Der Versuch wäre beinahe geglückt, Henry. Ich habe die Frau soeben gesehen; sie wird nie wieder so sein wie früher, weder körperlich noch seelisch.«

»Wer weiß davon, Al?« Hoyt hatte sich gefaßt.

»Ich weiß davon, Henry, und jeder will es erfahren. Ich weiß nicht, wie lange ich das unter Verschluß halten kann.«

»Es ist noch ein bißchen früh für Drohungen, meinen Sie nicht, Al? Wir beide müssen miteinander reden.«

»Sie, ich und Baker Ramsey, morgen nachmittag um zwei in meiner Kanzlei. Keine Minute später. Daß mir keine Vereinsmanager auftauchen. Ich gehe davon aus, daß man Ihnen Vollmachten erteilt.«

»Das kann ich nicht sagen.«

»Ach, Sie haben ja noch jede Menge Zeit, denen das zu erklären, Henry. Wenn die sich drücken wollen, sagen Sie ihnen einfach, dieser Angriff habe möglicherweise stattgefunden, weil der Verein den guten Baker bereits seit der letzten Saison mit Anabolika vollgepumpt hat.«

»Das ist eine schwerwiegende Anschuldigung, Al.«

»Bestimmt, Henry. Noch zwei Dinge, dann verabschiede ich mich. Ich möchte, daß Sie Ramsey erklären, wer ich bin, falls er es nicht bereits weiß, und dann möchte ich, daß Sie ihm sagen, wenn er seiner Frau auch nur in die Nähe kommt, werde ich dafür sorgen, daß er die nächsten zwanzig Jahre gesiebte Luft atmet.«

»Al...«

»Ja, Henry, ich weiß, das ist eine Drohung. Sorgen Sie dafür, daß Ramsey kapiert, daß es mir ernst damit ist. Wir sehen uns morgen um zwei.«

Schaefer legte auf und umklammerte das Lenkrad. Der Schweiß von seinen Handflächen sickerte in das weiche Leder. Alle drei oder vier Jahre bekam er die Möglichkeit, so mit einem Seniorpartner aus einer alteingesessenen Kanzlei umzuspringen. Das war besser als Sex.

Beschwingt fuhr Al Schaefer nach Hause.

2

Raymond Ferguson saß neben dem Bett und betrachtete die schlafende Elizabeth Barwick. Er war froh, daß sie schlief; auf diese Weise hatte er einen Moment Zeit, sich an die Verwandlung der zauberhaftesten Frau, die er kannte, in einen verquollenen, entstellten Fleischklumpen zu gewöhnen. Er zwang sich dazu, kein Mitleid zu empfinden – das würde sie augenblicklich merken, und ihn dafür hassen. Er atmete tief durch und berührte ihre Hand.

»Lizzie. Ich bin's, Ray.«

Sie öffnete die Augen, soweit es möglich war. »Hallo, Ray«, antwortete sie. Ihre Stimme klang, als lächelte sie.

Er sah ihr in die Augen, als sie den Knopf drückte, um das Bettoberteil aufzurichten. »Man hat mir gesagt, du kämst durch.«

»Na sicher. Hast du etwas für mich?«

Ferguson lächelte und zog ein Paket in teurem Geschenkpapier hervor. »Das erste Exemplar«, erklärte er.

Sie nahm das Paket und riß es ohne Rücksicht auf das wundervolle Papier auf. *»Die Schönheit des Sports«*, las sie, *»Porträts von Athleten, aufgenommen von Elizabeth Barwick.«* Sie hielt das Buch dicht vor ihr Gesicht und überflog die Seiten. »Der Druck ist erstklassig«, sagte sie aufgeregt, »du hattest recht, es mit diesen Leuten zu versuchen.«

»Mit denen werde ich es immer wieder versuchen«, erwiderte Ferguson. »Bist du damit zufrieden?«

»Ray, es ist einfach phantastisch; du bringst mich großartig heraus.«

»Du hast dich selbst großartig herausgebracht. Übrigens, gute Neuigkeiten: Die Bobcats haben zehntausend Stück gekauft. Die wollen sie als Werbegeschenke an die Saisonabonnenten verteilen.«

»Das sind gute Nachrichten«, sagte sie. »Aber morgen haben sie vielleicht ihre Meinung geändert.«

»Mach dir darüber keine Sorgen«, erwiderte er. »Die Bestellung ist nicht mehr rückgängig zu machen.« Er sah sich im Zimmer um. »Man hat mir gesagt, du willst keine Blumen. Soll ich dir irgend etwas anderes mitbringen?«

»Im Moment nicht. Ich sage dir Bescheid.«

»Liz, hast du dir schon Gedanken darüber gemacht, was du als nächstes vorhast?«

»Ich werde mich wohl eine Zeitlang in einer Höhle verkriechen.«

»Ich habe eine Idee, über die ich mit dir reden wollte, aber das kann ich genausogut jetzt gleich tun.«

»Schieß los.«

»Kennst du Cumberland Island?«

»Nur dem Namen nach. Das liegt bei Sapelo Island, nicht wahr?«

»Nein, weiter südlich. Es ist die südlichste der Inselgruppe vor Georgia, nördlich der Florida-Gruppe. Ein unglaublicher Ort.«

»Was ist daran so unglaublich?«

»Die meisten dieser vorgelagerten Inseln wurden erschlossen, bei manchen, wie Hilton Head und St. Simon's, hat man dabei gewaltig übertrieben, aber Cumberland ist seit jeher in der Hand einer einzigen Familie, der Drummonds, und das schon seit Ende des achtzehnten Jahrhunderts. Dadurch hat sich die Insel seit der Entdeckung durch die Spanier so gut wie gar nicht verändert. Der alte Aldred Drummond, der Patriarch, hat dort mehrere große Häuser für seine Kinder gebaut. Eines davon ist heute eine Pension. Außer diesen Häusern gibt es nur noch etwa ein Dutzend weitere auf der Insel. Täglich darf nur eine begrenzte Anzahl von Besuchern die Insel betreten, und die Pension hat nur achtzehn Betten. Es gibt dort alle möglichen Tierarten und einen fünfzehn Meilen langen Strand, und zwar einen der schönsten, die du je gesehen hast, vollkommen menschenleer.«

»Das klingt himmlisch.«

»Es fehlt nicht viel zum Paradies. Ich möchte einen Bildband darüber herausbringen. Den Text würde ich gern selbst schreiben. Willst du dich dort mal umsehen?«

Sie schwieg einen Moment. »Ich weiß nicht. Ich wollte schon immer etwas über Natur machen – ich bin eine große Verehrerin von Ansel Adams und Eliot Porter. Ich beneide Adams darum, daß er die Gelegenheit hatte, den Westen zu fotografieren, bevor dieser gezähmt wurde.«

»Das hier ist etwas ganz Ähnliches. Die Insel gehört jetzt einem alten Mann, der inzwischen über neunzig ist. Er lebt in stilvoller Abgeschiedenheit in einem Riesengebäude namens Dungeness. Wenn er stirbt, weiß niemand, was geschehen wird. Die Landentwicklungsgesellschaften schnüffeln dort natürlich herum, ich habe gehört, der Nationalpark-Service sei stark interessiert. Sehr wahrscheinlich ist die Insel schon in ein paar Jahren nicht mehr dieselbe. Ich möchte sie gern eingefangen haben, wie sie jetzt ist, bevor sie vor die Hunde geht. Ich will ein großartiges Buch.«

»Das klingt interessant, Ray. Und, bei Gott, ich muß weg, wenn ich hier herauskomme.«

»Wann wirst du entlassen?«

»Die Operation findet morgen statt. Ein paar Tage danach werde ich entlassen. Es kommt darauf an, wie es läuft. Hinterher hätte ich gern etwas Zeit für mich, um mich zu erholen.«

»Dann vielleicht im Herbst. Das ist auf Cumberland eine schöne Zeit. Wir haben dort ein Haus, meine Frau hat es mit in die Ehe gebracht – sie ist eine entfernte Kusine der Drummonds. Es ist nicht üppig, aber gemütlich, du bist dort willkommen und kannst bleiben, so lange du willst. Es gibt dort sogar einen Lagerraum, der sich gut zur Dunkelkammer eignen würde.«

»Hmmm.«

Ferguson rückte sich auf dem Stuhl zurecht. »Ich denke, mit dem Erfolg dieses Buches im Hintergrund«, er tätschelte den Band auf ihrem Schoß, »könnte ich für einen Bildband über Cumberland ein höheres Honorar herausholen. Das wird sich jahrelang verkaufen.«

»Du weißt, wie man Mädchen herumkriegt. Sagen wir, ich verspreche, es mir zu überlegen. Wir reden in ein paar Wochen darüber, wenn ich mich irgendwo niedergelassen habe, einverstanden?«

»Einverstanden.« Ferguson schien nach Worten zu suchen. »Du, Kleines, tut mir leid, was da geschehen ist...«

»Nicht, Ray«, unterbrach sie ihn und drückte seine Hand. »Sonst bekomme ich nur Mitleid mit mir selbst. Ich will die Dinge so akzeptieren, wie sie sind, und das Beste daraus machen.«

»Klar, versteh ich.« Er stand auf. »Überleg dir das mit Cumberland Island.«

»Ich werde kaum an etwas anderes denken können«, erwiderte sie.

Er winkte ihr kurz zu und schloß die Tür hinter sich.

Elizabeth Barwick bewunderte das Buch auf ihrem Schoß. Sie versuchte, es an ihre Brust zu drücken, aber der Schmerz hielt sie davon ab.

3

Schaefer betrat das kleinere seiner beiden Besprechungszimmer und sah sich um. Der Raum war im Art Deco Stil eingerichtet und das Gegenteil von dem, wie ein Besprechungszimmer bei SIHT aussehen würde. Henry Hoyt würde sich hier von Anfang an nicht wohl fühlen. Hoyt war, wie Schaefer wußte, kein Narr und hatte sich mit Sicherheit von dem telefonischen Überraschungsangriff erholt, mit dem Schaefer ihn auf dem falschen Fuß erwischt hatte. Egal, dachte Schaefer. In fünf Minuten hab ich den wieder in der Tasche.

Er schob alle Stühle, bis auf drei, an die Wand zurück und arrangierte die verbleibenden drei, zwei an einer Tischseite, einen an der gegenüberliegenden. Vor dem einzeln stehenden Stuhl legte er einen großen, braunen Briefumschlag und eine Aktenmappe auf die Tischplatte und richtete sie sorgfältig aus. Er öffnete das Jakkett seines seidenen Armani-Anzugs und zog eine Colt Cobra 357er Magnum aus dem Hosenbund, ließ die Trommel herausklappen, um sicherzugehen, daß sie geladen war, öffnete eine schmale Schublade vor dem einzeln stehenden Stuhl und legte die Pistole hinein. Er schloß die Schublade und trat zurück, um das Arrangement zu überprüfen. Perfekt.

Schaefer sah auf die Uhr. Eine Minute nach zwei. Das Telefon auf dem Konferenztisch klingelte.

»Mister Schaefer, Mister Henry Hoyt und Mister Baker Ramsey sind hier.«

»Sind Kimble und Brown soweit?«

»Ja, Sir.«

»Sagen Sie Mister Hoyt, ich sei gleich da«, antwortete Schaefer. Er legte auf, nahm das Telefon vom Tisch, zog den Stecker heraus und stellte es in eine Schublade der Anrichte. Er verließ das Besprechungszimmer und lief durch den Gang zum Empfang, bemüht, ruhig durchzuatmen. Schaefers Kanzleiräume befanden sich im obersten Stockwerk des neuen IBM-Towers in Atlanta, in einem Apartment, das Henri Jova, der Spitzenarchitekt der Stadt, entworfen hatte. Als er den Mietvertrag unterschrieben hatte, kursierten im Atlanta Lawyers Club Wetten, er werde seine Miete nicht bezahlen können.

Zwei Männer, ein Weißer und ein Schwarzer in Trevira-Anzügen, lehnten neben dem Empfangszimmer an der Wand. »Sie wissen, was Sie zu tun haben«, sagte Schaefer.

Die beiden nickten.

Schaefer führte sie in den Empfangsraum. Henry Hoyt und Baker Ramsey erhoben sich. Schaefer registrierte angewidert den abgetragenen Brooks Brothers-Anzug, den Hoyt trug. Nur mit altem Geld ließ man einem eine derartige Schäbigkeit durchgehen, dachte er. Baker Ramsey betrachtete er mit noch größerem Ekel. Einen Meter neunzig groß, einhundertzwanzig Kilo, dreißig davon hatte er sich vor der letzten Saison zugelegt, in der Ramseys neues Gewicht und seine höhere Geschwindigkeit ihn zum unangefochtenen Star des Teams gemacht hatten. Sein blondes Haar war in einer modischen Version des Haarschnitts der Marines getrimmt, sein Hals war breiter als der Kopf; seine Oberarmmuskeln beulten die Ärmel seines Maßanzugs aus.

Schaefer reichte Henry Hoyt die Hand und wandte sich gleichzeitig an seine beiden anderen Besucher. »Gentlemen, bitte nehmen Sie Platz. Ich stehe in ein paar Minuten zu Ihrer Verfügung.« Er wandte sich an Hoyt. »Henry, wie geht's Ihnen?«

Hoyts Aufmerksamkeit richtete sich auf Schaefer, aber Baker Ramsey beobachtete die beiden anderen Männer. Ein Anflug von Unbehagen überschattete seine Miene. Um den Eindruck zu vervollständigen, öffnete der Weiße, Kimble, seine Jacke, griff mit den Daumen hinter den Hosenbund und zog die Hose hoch. Ein goldenes Polizeiabzeichen am Gürtel kam dabei zum Vorschein. Er erwiderte Ramseys Blick mit ausdrucksloser Miene.

»Gut, Al, danke«, antwortete Hoyt. »Das ist Baker Ramsey.«

Schaefer nickte Ramsey nur zu und ignorierte die ausgestreckte Hand. »Kommen Sie bitte mit«, sagte er zu Hoyt. Er führte sie in das Besprechungszimmer, deutete auf die beiden Stühle und setzte sich den beiden gegenüber.

»Zunächst, Al«, begann Hoyt, »möchte ich Sie davon in Kenntnis setzen, daß Ramsey und ich aus reiner Höflichkeit und im Interesse einer einvernehmlichen Regelung hierhergekommen sind, nicht etwa aufgrund irgendwelcher Drohungen, die Sie während unseres Telefonats gestern abend ausgestoßen haben. Mister Ramsey hat mir den Vorfall, der sich vor ein paar Tagen abgespielt hat, erläutert. Er hat sich möglicherweise etwas rauh benommen und ist gewillt, für alle Unkosten aufzukommen, die Mrs. Ramsey aus diesem Vorfall entstanden sind. Dennoch sind er und ich der Meinung, daß hier keine besondere Vereinbarung getroffen werden muß. Ich möchte, daß Ihnen das gleich zu Anfang unserer Unterredung bewußt ist.«

Schaefer lächelte sanft und legte los, als hätte er Hoyt nicht gehört. Er öffnete die Aktenmappe vor sich und entnahm ihr zwei Schriftstücke. Kopien von beiden reichte er an Hoyt weiter, die Kopie von einem an Ramsey. »Henry«, fing er an, »vor Ihnen liegen zwei Erklärungen, eine, die Ramsey, und eine, die Sie als Vertreter der Atlanta Bobcats unterschreiben werden. Wenn ich den Inhalt kurz zusammenfassen darf: In diesem Dokument gibt Ramsey sein Einverständnis zur sofortigen, bedingungslosen Scheidung von seiner Frau, Elizabeth Barwick. Er erklärt, sie weder sprechen, noch ihr schreiben, noch sie anrufen oder in anderer Weise künftig Kontakt zu ihr aufnehmen zu wollen; er stimmt zu, Mrs. Barwick den Zutritt zum gemeinsamen Haus zu ermöglichen, damit sie alle Gegenstände entfernen kann, die zu ihrem persönlichen Eigentum gehören, und schließlich gibt er sein Einverständnis, unverzüglich eine Summe von fünfhunderttausend Dollar in bar an Mrs. Barwick zu zahlen. Als Gegenleistung erklärt Mrs. Barwick, daß sie aufgrund der Geschehnisse der letzten Woche keine Strafanzeige erstatten und künftig keinerlei materielle Ansprüche gegen ihn erheben wird.«

Schaefer wandte sich Hoyt zu. »In Ihrem Schriftstück, Henry, erklärt der Verein sich mit einer Zahlung von fünfhunderttausend Dollar an Mrs. Barwick einverstanden. Er garantiert, daß ihr sämtliche Vergünstigungen der Krankenversicherung zur Verfügung stehen, daß jede Rechnung des Psychiaters oder des Krankenhauses, die die Versicherung nicht trägt, vom Verein übernommen wird. Er verpflichtet sich im übrigen, den Liefervertrag von zehntausend Exemplaren des neuen Bildbandes von Mrs. Barwick einzuhalten, der heute früh vom Management storniert wurde. Im Gegenzug entbindet Mrs. Barwick den Verein von allen weiteren Verpflichtungen und gibt ihr Einverständnis, die Presse nicht über die Ereignisse der letzten Woche zu informieren.«

Hoyt sah von dem Dokument hoch. »Al, ich kann Ihnen versichern, daß weder Mister Ramsey noch der Verein die geringste Absicht haben, einer solchen Vereinbarung zuzustimmen. Entweder, Mrs. Ramsey geht auf Mister Ramseys Vorschlag, die Kosten zu übernehmen, ein, oder sie kann ihn verklagen. Das ist unsere Position.«

Schaefer griff unter die Kante des Konferenztisches und drückte einen Knopf. Dann nahm er den braunen Umschlag in die Hand, der vor ihm lag, öffnete ihn und schob ein Foto über den Tisch. »Henry, sind Sie Mrs. Barwick schon einmal begegnet?«

»Ich hatte nicht das Vergnügen«, erwiderte Hoyt und nahm das Foto. »O ja«, sagte er und betrachtete es, »sie ist sehr hübsch, nicht wahr?«

»Noch Anfang letzter Woche war sie sogar verdammt schön«, entgegnete Schaefer, schob sechs weitere Fotos über den Tisch und breitete sie vor Hoyt aus. »So sah sie gestern aus. Und, das sollte ich noch erwähnen, diese Bilder wurden aufgenommen, nachdem Mrs. Barwick eine Notfallbehandlung erfahren und sich bereits teilweise erholt hatte.«

Hoyt nahm eines der leuchtenden Farbfotos in die Hand. Die Farbe wich ihm aus dem Gesicht, und sein Mund klappte auf.

Die Tür zum Besprechungszimmer wurde geöffnet, und eine Frau trat ein. »Verzeihung, Mister Schaefer, aber Mister Hoyts Kanzlei ist am Apparat. Sie sagen, sie müßten ihn dringend sprechen.«

Hoyt ließ das Foto fallen, als hätte er sich daran verbrannt, und wandte sich, offensichtlich dankbar für die Unterbrechung, der Frau zu. »Danke, Miss«, sagte er. »Ich komme sofort.« Er stand auf. »Entschuldigen Sie mich, meine Herren. Baker, Sie sprechen kein Wort mit ihm, solange ich nicht da bin.« Er verließ den Raum.

Schaefer richtete seine Aufmerksamkeit auf Baker Ramsey, der bis jetzt still dagesessen hatte.

Ramseys Augen, die tief in seinem muskulösen Gesicht versanken, weiteten sich leicht, während er Schaefer haßerfüllt anstarrte.

»Du kleiner Judenbastard«, zischte er gepreßt durch die zusammengekniffenen Lippen, »denkst du vielleicht, ich würde das Ding hier unterschreiben?« Er stemmte sich im Sessel hoch. »Dir drehe ich deinen dürren Hals um.«

Schaefer öffnete rasch die Schublade und legte die Colt Cobra auf den Tisch. Das Licht spiegelte sich matt auf der Pistole. »Setzen Sie sich, Sie hirnloses Muskelpaket, sonst verpasse ich Ihnen ein großes Loch ins Gesicht.«

Ramsey erstarrte. Er ließ sich wieder in den Sessel sinken und blitzte Schaefer zornig an.

»Sie werden diese Vereinbarung unterschreiben, bevor Sie diesen Raum verlassen, Sie dreidimensionaler Scheißhaufen«, sagte Schaefer liebenswürdig. »Sie wissen, wer die Typen da draußen in der Halle sind, nicht wahr? Die haben einen Haftbefehl, und ein Wort von mir genügt, und die Jungs kommen herein und verhaften Sie wegen versuchten Mordes, Vergewaltigung und schwerer widernatürlicher Unzucht. Dann wird man Sie, die Hände mit Handschellen auf dem Rücken gefesselt, nach unten bringen, wo einige Fotografen und ein Fernsehteam bereitstehen, und in den Streifenwagen verfrachten. Sie werden zur Decatur Street gebracht, in eine Zelle gesteckt, und ich verspreche Ihnen, man wird Sie nicht gegen Kaution auf freien Fuß setzen. Am Wochenende werden Sie das Freundschaftsspiel in New York verpassen, das Eröffnungsspiel für die Saison, und falls Ihr Team so weit kommt, werden Sie auch nicht am verdammten Endspiel teilnehmen, und Sie verpassen darüber hinaus die nächsten fünfundzwanzig Endspiele, kapiert? Sie werden diese Vereinbarung unterzeichnen, oder ich mache Sie fertig, mein Junge.« Schaefer starrte dem Athleten in die Augen.

Ramsey senkte den Blick zum Tisch.

Schaefer legte die Pistole in die Schublade zurück und schob sie zu.

Hoyt kam wieder in den Raum und setzte sich. »Irgendwelche Schwierigkeiten«, sagte er. »Ich bin unterbrochen worden. Hören Sie, Al, wir könnten zu einer vernünftigen Lösung kommen, aber vorher muß ich natürlich mit dem Besitzer des Teams sprechen, und...«

Die Tür öffnete sich, und er wurde unterbrochen. »Entschuldigen Sie, Mister Schaefer«, sagte die Frau, die eintrat, »Mister Furman Bisher vom Atlanta Journal ist am Apparat, und er möchte Sie sofort sprechen. Von Associated Press ist ebenfalls jemand am Telefon, der will Sie ebenfalls unbedingt sprechen.«

»Danke, Hilda«, sagte Schaefer. »Würden Sie Mister Bisher und den anderen Herrn bitten, sich noch einen Moment zu gedulden? Und, Hilda, wenn Sie das erledigt haben, könnten Sie dann mit dem Notariatssiegel wiederkommen?«

Die Angestellte ging, und Schaefer wandte sich Hoyt zu. »Allmählich bekommen Sie vielleicht eine Vorstellung von Ihrem Spielraum, Henry. Wenn Sie die Kanzlei verlassen, ohne dieses Dokument zu unterschreiben, garantiere ich Ihnen, daß die Öffentlichkeit Ihren Mandanten und seinen Spieler in Stücke reißen wird.« Schaefer nahm zwei Füllfederhalter aus der Schublade und legte sie vor die beiden Männer, die ihm gegenüber saßen. Hilda trat mit dem Notariatssiegel ein und blieb am Tisch stehen.

»Al, das ist Erpressung!« rief Hoyt. »Wenn Sie glauben, Sie könnten mich so einfach überfahren...« Hoyt hielt inne und sah Baker Ramsey dabei zu, wie er sich vorbeugte, den Federhalter ergriff und das Dokument unterschrieb.

Hilda trat neben ihn, besiegelte das Schriftstück und unterschrieb es.

Hoyt beobachtete die Zeremonie besorgt, dann versuchte er es erneut. »Al, ich spreche zuerst mit...«

»Henry«, fiel ihm Schaefer ins Wort, »Sie und ich, wir wissen beide, daß Sie von Ihrem Mandanten Vollmacht erhalten haben. Bringen wir's also hinter uns.«

Hoyt ließ die Schultern sinken. Er nahm den Füllfederhalter, unterschrieb das Dokument, und die zuverlässige Hilda besiegelte es.

Schaefer nahm die Schriftstücke an sich und stand auf. »Danke, Henry. Ich erwarte Ihre Zahlung bis morgen mittag, wie es unsere

Vereinbarung vorsieht. Ein Scheck, von Ihrem Firmenkonto, dürfte genügen. Ich übersende Ihnen eine Kopie des Dokuments mit der Unterschrift von Mrs. Barwick, sobald sie operiert worden ist.«

»In Ordnung«, sagte Hoyt müde.

»Hilda, führen Sie die Herren bitte zum Lastenaufzug. Ich denke, sie wünschen einigen Leuten aus dem Weg zu gehen, die vor dem Haupteingang warten. Und teilen Sie Furman Bisher und dem Herrn von AP mit, ich sei heute nicht zu sprechen.«

Schaefer folgte ihnen bis zum Empfang. Nachdem sie gegangen waren, zückte er zwei Hundert-Dollar-Scheine und gab sie den Polizisten. »Danke, Jungs«, sagte er und schüttelte beiden die Hand. »Bis zum nächsten Mal.«

Als Schaefer sich lächelnd wieder in sein Büro begab, überlegte er, daß er gerade für die Büromiete der nächsten Jahre gesorgt hatte.

4

Schaefer kam mit einem kleinen Koffer, seiner Aktentasche, einer Einkaufstüte aus dem Delikatessengeschäft auf der anderen Straßenseite und zwei Dutzend gelber Rosen im Piedmont Hospital an. Er fand Elizabeth Barwick im Bett sitzend vor. Sie trank Orangensaft durch einen gläsernen Trinkhalm. Er nahm ihn ihr ab und stellte ihn auf den Nachttisch.

»Sie sollten den Orangensaft nicht pur trinken«, sagte er, öffnete eine kleine Flasche Champagner und goß etwas davon in ihr Glas. »Man muß ihn verdünnen.« Er reichte ihr das Glas.

Sie trank nicht gleich. »Al, ich habe nach unserem letzten Gespräch über meine Forderungen nachgedacht. Ich glaube, ich habe übertrieben, und ich möchte nicht, daß Sie ein schlechtes Gewissen haben, falls Sie weniger erreichen sollten. Ich habe mir ausgerechnet, was ich brauche, um tun zu können, was ich vorhabe. Hunderttausend würden reichen.«

Schaefer drohte mit dem Finger. »Erst die Rosen, zum Geschäft kommen wir später.« Er legte ihr die Blumen auf den Schoß. »Das Zimmer braucht einen Farbtupfer.«

»Danke, Al, die sind sehr hübsch.«

»Sie müssen wissen, daß ich schon früher hergekommen wäre, aber Harry Estes wollte, daß Sie am ersten Tag nach der Operation nicht gestört werden. Wie fühlen Sie sich?« Er betrachtete sie aus der Nähe. Er sah nur ihre Augen und einen Streifen Gesicht, wo der Mund sich befand. Ihr langes Haar war offensichtlich abgeschnitten worden. Eine enge Haube aus Verbandmaterial schloß sich um ihren Kopf.

»Ich habe etwas Angst, aber es geht mir gut. Harry sagt, alles sei hervorragend verlaufen. Ich werde morgen entlassen.«

»Was das angeht, da habe ich Neuigkeiten für Sie«, sagte Schaefer. Er reichte ihr einen Schlüssel. »Der gehört zu Ihrer neuen Wohnung. Sie wohnen zur Untermiete, der Eigentümer ist drei Monate lang auf Reisen. Die Wohnung liegt an einer hübschen Straße in Virginia Highland. Sie ist geräumig, sonnig, und es steht ein Flügel drin, falls Sie damit etwas anfangen können.«

Sie lächelte. »Nicht viel. Ich habe seit der High School nicht mehr gespielt.«

Er klopfte auf den Koffer. »Hilda hat sich um die Kleider gekümmert. Sie meinte, Sie würden komisch aussehen, wenn ich sie aussuchen würde, deshalb hat sie Ihnen einiges zum Wechseln besorgt – auch Unterwäsche.«

»Richten Sie Hilda meinen Dank aus.«

»Ihren Wagen habe ich an einen Freund von mir verkauft, ich habe zweiundfünfzigtausend dafür bekommen. Das liegt ungefähr auf der Mitte zwischen dem Einzelhandels- und dem Großhandelspreis.« Er übergab ihr einen Kontoauszug. »Ich habe den Betrag Ihrem Bankkonto gutschreiben lassen.«

»Damit bin ich mehr als zufrieden.«

»Und jetzt zu Ihrer Scheidung. Zunächst haben wir nicht darüber gesprochen, was Sie in dem Vertrag für Zugeständnisse machen müssen. Ich mußte zusagen, daß Sie den Vorfall vor der Presse nicht erwähnen und daß Sie gegen Ramsey keine Anzeige erstatten werden.«

»Das klingt vernünftig, würde ich sagen.«

»Mit wieviel würden Sie auskommen, sagten Sie?«

»Hunderttausend oder so. Auch mit weniger, da Sie für den Wagen einen so guten Preis erzielt haben.«

»Also, Sie werden auskommen müssen mit...« er warf einen Blick auf den Kontoauszug in seiner Hand, »...666666 Dollar und sechsundsechzig Cent.« Er reichte ihr den Auszug.

»Was?«

»Ich habe Ramsey und dem Verein je eine halbe Million abgeknöpft. Ich habe dargelegt, daß der Verein, wenn die Anabolika, wie Sie sagten, einen solchen Einfluß auf ihn hatten, genauso verantwortlich ist wie er selbst. Ihre Arztrechnungen gehen an mich; ich werde dafür sorgen, daß die Versicherung des Vereins dafür aufkommt.«

Sie starrte auf den Auszug. »Wollen Sie damit sagen, ich habe in diesem Augenblick über siebenhunderttausend Dollar auf meinem Konto?«

»Ganz recht. Mein übliches Honorar beträgt ein Drittel der Streitsumme. Das Geld für den Wagen ist auf ihrem Girokonto, der Rest auf dem Sparkonto. Ihr Bankier liebt Sie über alle Maßen.« Er gab ihr eine Karte. »Ich denke, Sie sollten Bill Schwartz von der Privatkundenabteilung der First National Bank anrufen, sobald Sie können. Er wird Ihnen helfen, das Geld zu mehren.«

Sie nahm einen großen Schluck Orangensaft mit Champagner. »Könnte ich bitte etwas Champagner pur haben?«

Schaefer holte zwei Gläser und goß ein.

»Was tun Sie jetzt, Liz?«

»Mich auskurieren und arbeiten. Von meinen Plänen erzähle ich Ihnen später.« Sie nippte am Champagner. »Darf ich Sie um einen Gefallen bitten?«

»Schießen Sie los.«

»Würden Sie eine Pistole für mich kaufen?«

»Ich habe das mit dem ›Losschießen‹ nicht wörtlich gemeint.«

»Tun Sie's?«

»Nein. Ich möchte auch nicht, daß Sie sich selbst eine kaufen. Keine Sorge, meine Liebe, er wird Sie nicht belästigen, er hat zuviel Angst vor mir. Ich habe ihn ganz schön fertiggemacht. Übrigens, nächste Woche ist in New York ein Freundschaftsspiel, dann können Sie in Ihr Haus.«

»Gut. Ich kann es kaum erwarten, reinen Tisch zu machen.«

»Der Tisch ist so rein, wie er nur sein könnte. Nicht viele Leute bekommen eine derartige Chance, neu anzufangen. Machen Sie das Beste daraus, aber verpulvern Sie das Geld nicht.«

»Keine Sorge, ich werde eine ganze Weile mit sehr wenig auskommen.«

»Harry meint, Sie sollten einen Seelenklempner aufsuchen. Ich halte das für eine gute Idee. Sie müssen im Augenblick verdammt fertig sein, auch wenn es Ihnen selbst nicht bewußt ist.«

»Ich habe am Montag einen Termin.«

Schaefer stellte sein Glas ab und stand auf. »Trinken Sie die Brause für mich mit aus. Ich habe in einer Stunde einen Termin am Gericht.«

»Geben Sie's ihnen.«

»Verlassen Sie sich drauf.«

»Danke, Al.«

»Bedanken Sie sich nicht bei mir; ich habe auch mir selbst damit Gutes getan.«

»Das freut mich.«

»Noch etwas: Ich hatte viel Spaß dabei.«

»Das ist immer wichtig.«

»Merken Sie sich das, meine Liebe. Was Sie auch immer tun, seien Sie mit Freude bei der Sache.« Schaefer verließ das Zimmer und ging pfeifend den Gang hinunter.

Gutes tun, und dabei gut davon leben. Es war herrlich.

Am nächsten Tag wurde Elizabeth Barwick aus dem Piedmont Hospital entlassen und tauchte unter. Am darauffolgenden Wochenende verschwanden die Möbel ihrer Mutter, ihre Kameras, ihre Dunkelkammerausrüstung und alles übrige, was ihr gehörte, aus dem Haus, das sie mit Baker Ramsey bewohnt hatte.

In den nächsten Wochen erhielten ihre Freunde, einer nach dem anderen, Telefonanrufe. Die Gespräche klangen alle ähnlich:

»Hallo, hier ist Liz.«

»Oh, hallo! Wo hast du denn gesteckt?«

»Ich bin ausgezogen. Bake und ich haben Schluß gemacht.«

»Es wurde auch Zeit, Schätzchen. Das sehen alle deine Freunde so.«

»Es mußte einfach sein.«

»Treffen wir uns?«

»Ich würde gern, aber zur Zeit ist alles so hektisch. Ich werde eine Weile verreisen und habe noch eine Menge zu erledigen.«

»Eine Weltreise?«

»Vielleicht. Ich hab mich noch nicht entschieden.«

»Schick uns eine Ansichtskarte.«

»Klar. Ich schicke euch auch mein Buch, es erscheint im nächsten Monat.«

»Ich kann das Buch kaum erwarten. Kann es kaum erwarten, dich wiederzusehen.«

»Unverhofft kommt oft.«

»Paß auf dich auf.«

»Tschüß.«

5

Liz Barwick stützte sich auf die Reling und ließ sich den Wind ins Gesicht wehen. Es war Anfang September, und ihr kam es so vor, als habe sie seit langer Zeit nichts derartig Angenehmes erlebt. Sie befand sich an Bord der *Aldred Drummond*, einem ehemaligen Landungsboot, das vor zwanzig Minuten in Fernandina Beach, Florida, abgelegt hatte. Cumberland Island lag schemenhaft vor ihr.

Alles kam ihr merkwürdig und irgendwie beängstigend vor. In diesem Augenblick hatte sie keinerlei Verbindung zu irgendeinem menschlichen Wesen, außer zu ihrem Verleger und ihrem Rechtsanwalt. Seit ihrer Geburt hatte es immer jemanden gegeben, der ihr sagte, was zu tun war – ihre Eltern, ihre Lehrer, ihre Professoren, ihr Chef bei der Zeitung; und in den letzten Jahren ein ausgesprochen launischer Ehemann. Jetzt war sie unabhängig, auch materiell. Und sie war allein.

Ihr neuer Wagen, ein schwarzer Jeep Cherokee, stand hinter dem Lieferwagen des Greyfield Inn auf der Fähre. Sie stützte sich auf die Reling und betrachtete ihr Spiegelbild in der Windschutzscheibe des Jeeps. Zwei Monate lang war sie ihrem Spiegelbild aus dem Weg gegangen. Jetzt studierte sie das etwas veränderte Gesicht, das sie unter dem Rand eines weichen, breitkrempigen Strohhuts hervor anstarrte. Die Verletzungen hatten bemerkenswert wenige Spuren hinterlassen; ein Fremder mochte das Gesicht gar für völlig normal halten. Die Nase war gerade und lang, fast wie vorher, die Zähne waren schön, der Kiefer nachmodelliert, an den Stellen, wo sorgfältig Narben entfernt worden waren, war die Haut etwas fleckig. An Stirn und Wangen waren noch leichte Schwellungen zurückgeblieben, die ihr ein beinahe indianisches Aussehen verliehen und den Eindruck erweckten, als lägen ihre Augen sehr tief in den Höhlen. Unter dem Strohhut sah man blondes Haar – überall wuchs es in gleicher Länge aus der vor einiger Zeit geschorenen Kopfhaut hervor. Das nachgewachsene Haar überdeckte bereits eine dünne, rote Narbe, die von einem Ohr zum anderen quer über den Schädel verlief. Harry Estes hatte diesen Einschnitt gemacht, die Kopfhaut nach vorn gezogen und den Schädelknochen freigelegt, bis er von oben auf die Augenhöhlen stieß. Dann hatte er den Gesichtsschädel mit Hilfe von vier Titanplatten wieder mit dem Schädelknochen verbunden. Das Gewicht ihres ein Meter siebzig großen Körpers war von sechzig auf vierundfünfzig Kilo gesunken.

Liz öffnete die Wagentür und stellte sich auf das Trittbrett, um die Insel besser sehen zu können. Sie befanden sich im Cumberland Sound, einem Teil des Inland Waterway, und vor ihnen lag der schmale, südliche Zipfel der Insel, das Knochenende der typischen Lammkeulenform, die den Inseln der Atlantic Seaboard Barrier eigen war. Rechts zog die Mündung des St. Mary's River vorbei, und die drohende Silhouette eines U-Bootes der amerikanischen Marine war auf ihrem Weg stromaufwärts zum neuen Stützpunkt in St. Mary's schemenhaft zu erkennen. Rechts verschwand der Atlantik nach und nach hinter dem flachen Landrükken der Insel.

Hinter einem kleinen Streifen wehenden Strandhafers und einer Baumgruppe erhob sich ein Gewirr von Schornsteinen, das auf ein imposantes Gebäude schließen ließ. Der Karte nach mußte das Dungeness sein, das Hauptgebäude, dachte Liz. Als sie weiter in die Bucht hineinfuhren, tauchte in der Ferne die Anlegestelle auf.

Liz war durstig. Sie ging zur Rückseite des Jeeps, wo sie die Kühltasche verstaut hatte. Als sie am Heck des Wagens angekommen war, tauchte ein Balken auf und schoß auf ihr Gesicht zu. Sie wirbelte tief erschrocken zur Seite, versteckte ihr zartes neues Gesicht in den Händen und versuchte, ein Zittern zu unterdrücken.

»Oh, entschuldigen Sie, ich habe Sie nicht gesehen«, sagte ein attraktiver junger Mann und hob den Balken auf die Schulter.

»Schon in Ordnung«, erwiderte sie, lehnte sich gegen den Jeep und versuchte, sich zu beruhigen.

»Sie sind sicher Liz Barwick«, erklang eine rauhe Frauenstimme.

Liz ließ die Hände sinken und erblickte eine stämmige Frau um die Vierzig in einem Baumwollhemd. Das graumelierte Haar fiel ihr lose über die Schultern.

»Ja«, sagte sie. Sie fühlte sich ertappt.

»Ich bin Germaine Drummond«, sagte die Frau und streckte die Hand aus. »Ich leite Greyfield Inn.«

»Guten Tag«, antwortete Liz und zwang sich zu einem Lächeln.

»Ray Ferguson sagte mir, daß Sie kommen. Er hat mich gebeten, nach Ihnen Ausschau zu halten.« Sie zog die Stirn kraus. »Sie scheinen ein bißchen wacklig auf den Beinen zu sein.«

»Ich bin in Ordnung; ich wäre nur beinahe mit einem Balken zusammengeprallt.« Sie deutete auf den jungen Mann, der auf dem Weg zum Heck des Schiffs war.

»Ach, das ist Ron, er ist Aushilfskellner in der Pension. Tut mir leid, daß er Sie erschreckt hat.«

»Er konnte nichts dafür.« Liz ging wieder zum Heck des Jeeps und öffnete die Heckklappe. »Möchten Sie etwas zu trinken?«

»Zu einem Bier würde ich nicht nein sagen«, antwortete die Frau. Liz öffnete zwei Bierflaschen und reichte Germaine eine. »Ray hat mir von der Pension erzählt. Es klang sehr verlockend.«

Germaine nickte. »Wir tun unser Bestes. Manchmal wünschte ich, sie wäre nicht so abgelegen, dann müßten wir nicht die tägliche Fähre nach Fernandina unterhalten und einmal wöchentlich übersetzen, um Einkäufe zu machen. Da wir gerade davon sprechen, geben Sie mir Mitte jeder Woche eine Einkaufsliste. Ich setze es Ihnen dann auf die Rechnung, plus zehn Prozent für die Lieferung.«

»Das ist außerordentlich fair«, sagte Liz. »Wie lange gehört Ihnen die Pension schon?«

»Sie gehört mir nicht«, erwiderte Germaine. »Sie gehört meinem Großvater, ich zahle ihm Pacht. Die Pension führe ich, seit ich vor zehn Jahren meinen Mann von der Insel gejagt habe.«

»Ihr Großvater ist ziemlich alt, nicht wahr?«

»Einundneunzig. Er fährt noch immer mit dem Jeep auf der Insel herum. Vor kurzem mußten wir ihm das Reiten ausreden.« Sie nickte zu den Schornsteinen über den Bäumen hinüber. »Dort steht sein Haus.«

»Sieht groß aus.«

»Vierzig Zimmer. Ich weiß das genau, weil wir sie mal gezählt haben, als ich noch ein kleines Mädchen war. Meine zwei Brüder und ich sind ausgeschwärmt, jeder hat sich einen Teil vorgenommen, und dann haben wir zusammengezählt. Früher, Ende des letzten Jahrhunderts, gehörten dreihundert Leute Personal zum Haus.«

»*Dreihundert?*«

»Sie zogen ihr eigenes Gemüse, züchteten und schlachteten das Vieh, Schweine und Hühner selbst, bauten und schmiedeten selbst, unterhielten eine Schule und hatten einmal in der Woche einen Arzt und einen Zahnarzt – mit Praxis und Instrumenten. Es war eine Arbeitersiedlung. Großvater baut auch heute noch die meisten Nahrungsmittel selbst an. Sie haben heute doch bestimmt keine Lust mehr zu kochen, wenn Sie all Ihr Gepäck ins Haus geschleppt haben. Wollen Sie nicht gegen Abend zu mir in die Pension zum Essen kommen?«

Liz zögerte einen Moment. In den vergangenen zwei Monaten hatte sie sich angewöhnt, jeden Kontakt mit anderen Menschen zu vermeiden. Sie hatte sich versteckt gehalten, während sie sich erholte. »Danke«, sagte sie schließlich. »Gern.« Es war Zeit, aus dem Versteck zu kommen.

»Das ist der Anlegeplatz von Greyfield«, erklärte Germaine. »Wir legen in ein paar Minuten an. Wie lange werden Sie bleiben?«

»Ich weiß es nicht«, sagte Liz wahrheitsgemäß. »Ray will Fotos für ein Buch über die Insel. So lange, wie ich dazu brauche, denke ich.«

»Es war an der Zeit, daß er dieses Buch herausgibt; er hat lange genug davon gesprochen. Ich glaube, ich werde es in der Pension tonnenweise verkaufen.«

Ein einmotoriges Flugzeug tauchte in niedriger Flughöhe auf und beschrieb zwei enge Schleifen über der Insel.

»Wir haben eine Graspiste auf der Insel«, erläuterte Germaine. »Gelegentlich fliegen Besucher ein, rufen in der Pension an, und wir holen sie ab.«

Die *Aldred Drummond* schwenkte Richtung Kai.

»Ich pack jetzt mal zusammen«, sagte Germaine. »Kommen Sie um sechs zum Apéritif. Abendessen findet um halb acht statt.«

»Bis dann«, erwiderte Liz und kletterte in den Jeep.

Die Fähre näherte sich langsam der Kaimauer und ließ die Klappe herunter. Germaine steuerte den Lieferwagen auf das Festland, und Liz folgte ihr im Jeep. Links tauchte Greyfield Inn auf, ein ehrwürdiges Landhaus im Kolonialstil, mit einer breiten, hohen Veranda. Riesige Eichen breiteten ihre bis auf die Erde hängenden Äste über dem Rasen aus. Das dichte Floridamoos hing von allen Zweigen. Germaine hielt den Lieferwagen an und winkte Liz neben sich.

»Kennen Sie den Weg?«

»Nicht genau.«

»Fahren Sie durch das Haupttor, und folgen Sie der Straße nach Norden. Nach ein paar Meilen stoßen Sie auf freies Gelände – das ist der Landeplatz. Gleich daneben steht ein großes Haus. Es heißt Stafford. Anschließend biegen Sie rechts ab, und ein paar hundert Meter weiter biegen Sie an der Gabelung wieder rechts ab. Stafford Beach Cottage liegt am Ende der Straße.«

»Danke«, sagte Liz und steuerte auf das Tor zu. Sie fuhr zur Seite, um einen alten, verbeulten Kombi vorbeizulassen, der auf die Pension zufuhr. Der Fahrer war winzig klein, ein schwarzer, alter Mann mit krausem, grauem Haar. Er reckte das Kinn hoch, damit er über das Lenkrad spähen konnte, und zusammen mit der ungeheuren Angespanntheit seines Gesichtes verlieh ihm das ein arrogantes Aussehen. Sie fuhr auf einer geraden, gut befestigten Sandpiste nach Norden. Gelegentlich streiften Palmzweige an den Türen des Jeeps entlang, und zu beiden Seiten säumten Pinien und Eichen den Weg. Sie war noch nicht ganz eine Meile weit gefahren, als ein Buck-Reh plötzlich aus dem dichten Palmgehölz hervorbrach, mit einem einzigen Satz die Straße überquerte und auf der anderen Seite wieder zwischen den dichten Palmen verschwand.

Das Flugfeld war ausgeschildert, und sie kam gerade rechtzeitig, um eine Cessna die Bahn entlangrollen zu sehen. Sie brauchte nicht einmal die halbe Länge der Piste, um in die Luft zu kommen.

Das Flugzeug gewann an Höhe und nahm über dem Strand Kurs nach Norden. Schon immer hatte Liz fliegen lernen wollen. Vielleicht schon bald, dachte sie.

Sie kam an Stafford House vorbei, fand die Straße, die nach rechts abging, und bog an der Gabelung wieder rechts ab. Hinter einer Kurve lag das Cottage vor ihr, unter einer riesigen Eiche, fast schon in den Dünen. Das einstöckige Haus war mit verwitterten Zedernschindeln verkleidet, die vor kurzem weiß gestrichen worden waren. Der Strand kann nicht weit weg sein, dachte sie. Sie sah Vögel, die direkt hinter den Dünen in der Luft kreisten. Sie wendete den Jeep und fuhr ihn vor die Treppe des Hauses.

Neugierig stapfte sie die Stufen zu ihrem neuen Zuhause hoch und gelangte auf eine breite, hölzerne Veranda. Von hier aus konnte sie, über die Dünen hinweg, das Meer sehen. Der Strand erstreckte sich weit nach Norden und Süden bis in die Ferne, und kein Mensch war zu sehen. Sie riß sich von diesem Anblick los, suchte ihren Schlüssel und steckte ihn ins Schloß. Sie war überrascht, als die Tür bei ihrer Berührung aufsprang. Na gut, dachte sie, vielleicht läßt man die Türen auf Cumberland Island unverschlossen. Sie trat ein und blieb abrupt stehen. Das schwache Aroma von frischem Kaffee hing in der Luft.

»Hallo?« rief sie. »Hallo?«, dieses Mal lauter. Stille empfing sie. Sie sah sich um. Sie befand sich im Wohnzimmer. Im sonnigen Raum standen alte Möbel, alles war sehr hübsch und ordentlich. Sie ging geradewegs in die Küche, die genauso ordentlich aufgeräumt war. Sie trat an einen Küchenschrank und betastete die Kaffeemaschine. Noch warm. Eine einzelne Tasse stand kopfüber auf dem Abtropfgestell. Sie öffnete den Kühlschrank. Er war fast leer – bis auf drei Flaschen Bier und eine geöffnete Dose Kondensmilch, die noch frisch roch. Sie sah sich in den beiden Schlafzimmern um. Keine Menschenseele, die Betten waren blütenrein bezogen. Verwundert machte sie sich zum Jeep auf und begann auszuladen.

Eine Stunde später hatte sie, bis auf die Geräte, alles für die Dunkelkammer ausgepackt. Das konnte noch einen Tag warten. Sie verstaute ihre Lebensmittel und fand Tonic Water und Limonensaft. Mit dem Drink in der Hand betrat sie die Veranda. Als sie hinaus in den sonnigen Spätnachmittag trat, hörte sie Geräusche –

ein Krachen, mehrmals hintereinander. Sie erblickte eine Gestalt am Strand und holte ihr Fernglas.

Sie stellte die zehnfache Vergrößerung auf den Strand ein, und die Figur wurde deutlicher, obwohl sie immer noch weit entfernt war. Ein Mann – groß, schlank, blond – stand mit einem Gewehr im Anschlag in der leichten Dünung und schoß über das Wasser. Er wirkte völlig entspannt, aber dennoch konzentriert, trug nur einen Lendenschurz, wie Tarzan, und an seinem Gürtel baumelte ein Messer. Er ging weiter und feuerte unaufhörlich auf etwas, das Liz nicht sehen konnte.

Sie rannte ins Haus zurück, fand den Kamerakoffer und zog eine Kleinbildkamera und ein Teleobjektiv hervor. Der Mann und das, was er tat, hatten etwas Merkwürdiges, beinahe Unwirkliches an sich. Sie wollte ein Foto davon. Sie ging hinaus, trat auf die Veranda und schaute zum Strand hinunter. Er war verschwunden, wie vom Erdboden verschluckt. Wie lange war sie drinnen im Haus gewesen? Eine halbe Minute? Sie schätzte die Entfernung vom Wasser bis zu den Dünen. Es schien ihr unmöglich, daß er so schnell verschwunden sein konnte. Wieder hob sie das Fernglas und suchte den Strand ab. Nichts.

Liz sah auf die Uhr. Halb sechs. Sie wurde um sechs in der Pension erwartet. Sie verließ die Veranda und duschte, zog ein Baumwollkleid an, schminkte sich ein wenig und legte einen Seidenschal über ihr kurzes Haar, den sie hinter dem Kopf zusammenband. Als sie das Haus verließ, schloß sie die Tür sorgfältig ab.

6

Liz stieg die breiten Stufen zur Pension hoch und blieb auf der Veranda stehen. Ein junges Paar hatte es sich in der Hollywood-Schaukel am anderen Ende der Veranda bequem gemacht. Ihr Kopf ruhte an seiner Schulter. Liz spürte Sehnsucht, sogar Neid.

Ihr fiel ein, daß dies, abgesehen von Zorn, seit Monaten die erste Gefühlsregung war, die sie bei sich feststellte. Sie betrat das Haus. Es war alles still. Rechts entdeckte sie einen kleinen Raum mit einer verlassenen Bar. Auf einem Schild stand »Mixen Sie sich Ihre Getränke bitte selbst«, also tat sie es. Sie goß sich einen kleinen Bourbon ein und verließ die Bar zu einem Erkundungsgang. Gleich neben der Bar entdeckte sie eine Bibliothek mit vielen Büchern, die meisten davon alt und verstaubt. Sie ging wieder zurück in die Halle und entdeckte einen großen Aufenthaltsraum, in dem das lebensgroße Porträt einer schönen jungen Frau dominierte, und der ansonsten voll kuriosem Schnickschnack und Nippes stand. An der Stirnwand, gegenüber dem Porträt der jungen Frau, hing das Bild eines flotten, gutaussehenden Mannes von etwa dreißig Jahren. Er trug Reitkleidung und hatte eine geflochtene Reitpeitsche in der Hand. Auf dem Fensterbrett daneben war der fußballgroße Schädel einer Karettschildkröte deponiert. Sie versuchte, sich vorzustellen, wie groß die ganze Schildkröte gewesen sein mußte, vermochte es jedoch nicht. Sie sah sich weiter im Raum um und blieb erschrocken vor einem gerahmten Foto stehen.

Es war sichtlich alt, das Papier schon fahl und vergilbt, und zeigte einen Mann, groß, blond und schlank; er stand in der leichten Dünung und schoß mit einem Gewehr aufs Meer hinaus. Er trug nur einen Lendenschurz, und an seinem Gürtel hing ein Messer. Sie hatte das eigenartige Gefühl, dieses Foto vor einer knappen Stunde selbst aufgenommen zu haben.

»Das ist mein Vater«, sagte eine Stimme hinter ihr. Sie zuckte zusammen, wandte sich um. Hinter ihr stand Germaine mit einem Drink in der Hand. Sie nippte daran, lächelte und zeigte ihre großen, kräftigen, weißen Zähne. »Das ist Anfang der fünfziger Jahre von meiner Mutter aufgenommen worden. Beide sind neunundsechzig verunglückt, als sie mit einem alten Stearman Doppeldekker von der Graspiste starten wollten. Ein Spanndraht riß, und sie verloren eine Tragfläche. Wir haben nie herausgefunden, wer am Steuerknüppel saß; sie konnten beide fliegen.«

Liz starrte das Foto sprachlos an. »Aber...« sagte sie nur.

»Das ist meine Großmutter, als sie neunzehn war«, unterbrach Germaine. »Sie ist vor meiner Geburt gestorben.« Germaine hielt inne und stellte sich vor das große Porträt. »Das war mein Großvater mit Ende zwanzig. Entschuldigen Sie, wollten Sie etwas sagen?«

Liz schüttelte den Kopf. »Nein«, sagte sie. Sie kam sich albern vor.

»Dies ist hier im Haus mein Lieblingszimmer«, sagte Germaine. »Es steckt voller Familienerinnerungen – Bilder, Porträts, Sachen, die meine Brüder und ich gesammelt haben, als wir noch Kinder waren. Den Schildkrötenschädel haben wir am Strand gefunden.«

»Er ist riesig«, bemerkte Liz.

»Nach dem Essen, wenn es dunkel ist, machen wir einen Ausflug. Vielleicht entdecken wir eine Karettschildkröte oder zwei, wenn sie gerade Eier legen.«

Liz drehte sich um, um Näheres über die Schildkröten zu erfahren, und erstarrte. In der Tür stand der Mann vom Foto, der Mann vom Strand mit dem Gewehr.

Germaine, die immer noch redete, hielt inne und sah sie an. Dann drehte sie sich um und blickte in die gleiche Richtung. Sie lächelte breit. »Sieh mal an, wen haben wir da!« Sie durchquerte das Zimmer, und er kam ihr entgegen. Sie umarmten sich. »Hallo, kleiner Bruder!« sagte Germaine.

»Hallo, große Germaine«, antwortete der Mann lachend in der Umarmung.

Sie kann ihn also auch sehen, dachte Liz, es gibt ihn wirklich.

»Kommen Sie, ich stelle Sie vor«, rief Germaine Liz zu.

Liz kam näher.

Der Mann streckte die Hand aus. »Ich bin Hamish Drummond«, sagte er lächelnd und entblößte die Zähne, die offenbar der ganzen Familie eigen waren: Groß und weiß stachen sie von seiner braunen Haut ab.

Sein blondes Haar war sorgfältig gekämmt, anders als am Nachmittag, und er wirkte so... sauber, dachte Liz. »Ich bin Liz Barwick«, sagte sie.

»Hallo, Liz«, erwiderte er schmunzelnd und schüttelte ihr die Hand. »Bleiben Sie die ganze Woche?«

»Sie wird länger als eine Woche bleiben«, sagte Germaine. »Ray Ferguson hat sie geschickt, um das Fotobuch zu machen, das er uns immer versprochen hat.«

»Freut mich, das zu hören«, sagte Hamish und ließ endlich ihre Hand los.

»Ich kann es kaum erwarten anzufangen«, sagte Liz. Es war ihr unmöglich, die Augen von ihm abzuwenden. Er war nicht attraktiv, er war sogar eigentlich eher schön. »Die Insel ist wundervoll.«

»Das ist sie«, antwortete er.

»Du hast nichts zu trinken«, stellte Germaine fest und zog ihn zur Bar.

Liz folgte ihnen. Dort saßen zwei Paare mit Drinks.

»Dies sind mein Cousin, Jimmy Weathers, und seine Frau Ann«, erklärte Germaine und stellte ihr einen kleinen, kahlköpfigen Mann und eine rundliche, hübsche Frau vor. »Das ist Liz Barwick. Sie macht hier Fotos.«

»Heute nachmittag haben wir Großvater gesehen«, sagte Jimmy. »Warst du schon bei ihm, Hamish?«

»Nein, ich bin erst heute nachmittag angekommen. Ich gehe morgen zu ihm.«

Ein weiteres Ehepaar betrat die Bar, dann noch eins. Das Gespräch wandte sich der Insel, ihrer Fauna und ihrer Schönheit zu.

»Ich hätte heute nachmittag beinahe ein Buck angefahren.«

»Sie haben Buck angefahren?« fragte Jimmy.

»Ein Buck-Reh, Jimmy, nicht Buck«, warf Germaine dazwischen.

»Schade, daß Sie es verfehlt haben«, meinte Jimmy, »dann hätte es bei Germaine Wild zum Abendessen gegeben.«

Liz ergriff die Gelegenheit beim Schopf, um sich an Hamish Drummond zu wenden. »Ich habe Sie heute nachmittag am Stafford Strand gesehen.«

Hamish drehte sich um und sah sie verwirrt an, dann verengten sich seine Augen. »Ja? Wirklich?« sagte er, mehr zu sich selbst als zu ihr.

Beim Abendessen saß Liz zwischen Hamish und Germaine mit noch sechs weiteren Personen an der langen Tafel. Als die Überreste einer Pastete abgetragen und eine große Forelle aufgetischt wurde, wandte sich das Tischgespräch der Arbeit zu.

»Was tun Sie?« fragte ein Mann Hamish über den Tisch hinweg.

»Finanzberatung.«

»Und wen beraten Sie?«

»Zur Zeit eine Londoner Handelsbank. Alle bereiten sich auf die Schaffung des Gemeinsamen Marktes 1993 vor. Und was machen Sie?«

»Ich bin Psychiater«, antwortete der Mann, »wie meine Frau. Wir haben in Savannah eine Praxis.«

Hamish nickte unbeteiligt, als interessiere ihn das Thema nicht sehr.

»Ich erschließe Feriengebiete«, sagte Jimmy, als sei er an der Reihe.

»Na«, sagte der Arzt, »dann will ich hoffen, daß Sie Ihre Hände nie auf diese Insel legen.«

Hamish lächelte schwach. »Ich wollte, das wäre von mir gekommen.«

»Also, Sie wären überrascht, was bei geschickter Planung aus dieser Insel gemacht werden könnte«, widersprach Jimmy. »Man könnte sie für eine weit größere Anzahl Menschen nutzbar machen. Man müßte es natürlich richtig anfangen. Elegant.«

»Wie Hilton Head?« fragte der Arzt.

»Schöne Anlage, Hilton Head«, sagte Jimmy träumerisch, ohne den Sarkasmus zu bemerken.

»Beton, überall, wo man hinsieht«, warf Germaine ein.

Am Tisch wurde es still.

Liz wandte sich an den Psychiater. »Was für eine Praxis haben Sie und Ihre Frau?« Sie wollte es eigentlich nicht wissen. Sie hatte in den letzten Wochen genug Psychiater erlebt, aber sie hatte das Gefühl, ein Themawechsel sei notwendig.

»Also«, antwortete der Mann, »ich war Lehrer an der Universitätsklinik der Duke University und habe mich letztes Jahr zur Ruhe gesetzt. Wir zogen nach Savannah, und dort spürten wir beide, etwas tun zu müssen, und deshalb haben wir eine Halbtags-Praxis eröffnet.«

»Und wir arbeiten an einem Buch«, ergänzte die Frau.

»Einem Buch über Psychiatrie?« fragte Germaine.

»Eigentlich nicht«, erwiderte der Mann. »Wir führen eine großangelegte Studie über eineiige Zwillinge durch, und die Ergebnisse bringen wir in Buchform heraus.«

»Hamish hat einen Zwillingsbruder«, warf Jimmy ein. »Die beiden sollten Sie mal studieren.« Es schwang etwas Gehässiges in seinen Worten mit.

Hamish stand plötzlich auf. »Entschuldigen Sie mich bitte.« Er verließ den Tisch.

Erneut drohte die Runde zu verstummen, und wieder versuchte Liz, die Konversation in Gang zu halten. »Sind Zwillinge ein so dankbares Forschungsobjekt?« fragte sie den Psychiater.

Der Arzt lächelte. »Ein faszinierendes. Eineiige Zwillinge haben ein engeres Verhältnis zueinander als andere Menschen. Sie können sich in ganz besonderem Maße ineinander hineinversetzen, können oft Gedanken lesen und wissen, was in dem anderen vorgeht. Manchmal hatte ich bei unserer Arbeit das merkwürdige Gefühl, daß Zwillinge ein und dieselbe Person verkörpern – oder, besser gesagt, zwei Hälften derselben Person.«

»Liegt das nur daran, daß sie gemeinsam aufwachsen und so viel Zeit miteinander verbringen? Oder glauben Sie, daß mehr dahintersteckt?« fragte Liz interessiert.

»Es steckt mehr dahinter, aber ich bin mir nicht sicher, was es ist. Wir haben Zwillinge studiert, die kurz nach ihrer Geburt getrennt wurden, und stellten bemerkenswerte Übereinstimmungen fest, was ihre Lebensführung und ihren Lebensweg angeht – selbst wenn sie in ganz unterschiedlichen Familien aufwuchsen. Ich habe mit einem solchen Paar gesprochen. Sie trugen Kleidung der gleichen Marken und hatten sogar identische Haarschnitte. Beide hatten, seit sie denken konnten, von einem Zwillingsbruder phantasiert, mit dem sie spielten und sich unterhielten. Keiner der beiden war sonderlich überrascht, als er entdeckte, daß er tatsächlich einen Zwillingsbruder hatte.«

»Mein Gott, das ist ja gespenstisch«, sagte Jimmys Frau Ann.

»So würde man es als Psychiater zwar nicht bezeichnen, aber der Ausdruck beschreibt es recht gut.«

»Vertragen sich Zwillinge immer?« fragte Ann.

»Immer«, antwortete der Arzt, »so war es jedenfalls in unserer Studie. Ihre Mütter scheinen sie als eine einzige Person zu sehen, daher müssen sie nicht um ihre Liebe wetteifern. Ganz allgemein kann man sogar behaupten, daß sie nie um irgend etwas wetteifern. Statt dessen bilden sie eine Einheit, die ihrerseits wie eine einzige Person mit anderen konkurriert.«

»Ich habe mich schon immer darüber gewundert, warum Mütter ihre Zwillinge gleich kleiden«, sagte Ann. »Könnte sie das nicht verwirren, sie ihrer Individualität berauben?«

»Manche der Zwillinge, mit denen wir sprachen, weigerten sich, die gleichen Sachen anzuziehen«, erklärte die Frau des Arztes, »während andere es freiwillig taten. Manche ziehen sich ihr ganzes Leben lang gleich an. Zwillinge haben eine Bindung, die bis zum Tode hält – es gibt einen großen Prozentsatz, der nicht heiratet, so daß sie ein Leben lang zusammenbleiben können. Dieses Phänomen tritt allerdings häufiger bei Frauen auf.«

»Können Mütter ihre Zwillinge in jedem Fall unterscheiden?« fragte Liz.

»Gewöhnlich schon, wenn sie dem Säuglingsalter entwachsen sind, aber nicht in allen Fällen. Es kommt häufig vor, daß Eltern ihren Zwillingen Armbänder zur Identifizierung umlegen, damit sie sie auseinanderhalten können. Im allgemeinen treten mit der Zeit genügend Unterschiede auf, durch die man sie leichter voneinander abgrenzen kann. Eines der Kinder verletzt sich und hat dann eine Narbe, eines nimmt mehr an Gewicht zu – oder so.«

Germaine beugte sich zu Liz herüber. »Ist Ihnen aufgefallen, als Hamish heute abend kam, daß er sich selbst vorgestellt hat, nicht ich ihn? Das habe ich ihnen angewöhnt, als Hamish und Keir heranwuchsen – ich habe mich zu oft geirrt.« Sie wandte sich an den Psychiater. »Zwillinge sind ein Palindrom«, sagte sie.

»Das ist ausgezeichnet«, stimmte der Arzt zu. »Ein Palindrom ist die perfekte Metapher für eineiige Zwillinge.«

»Was bedeutet das«, fragte Jimmy, »dieser Ausdruck?«

Germaine erhob die Stimme. »Ein Palindrom ist ein literarisches Stilmittel – ein Wort, ein Satz oder gar ein ganzes Gedicht, das man vorwärts und rückwärts lesen kann, ohne daß sich die Bedeutung ändert.«

Die Gruppe kam näher und sah zu. Einige hatten Taschenlampen, andere benutzten Blitzlichtgeräte, aber das Schildkrötenweibchen ließ sich nicht stören. Sie lag über der Kuhle, die sie mit ihren Flossen gegraben hatte, und legte ihre Eier ab, Dutzende, jedes wie ein schlüpfriger Tischtennisball.

»Wir halten Eierwache«, sagte Germaine zu Liz. »Wir gehen zum Strand und suchen nach Hinweisen auf Nester und beseitigen die Hinweise. Sonst würden sich die Waschbären über die Eier hermachen und sie auffressen.«

Die Karettschildkröte war fertig, schob Sand über die Eier und machte sich erschöpft wieder auf den Weg zum Meer. Der Mond beleuchtete die kleine Zuschauergruppe, die den mühevollen Marsch zum Wasser verfolgte. Dann erreichte sie endlich die ersten Wellen und verschwand im Meer. Die Zuschauer jubelten.

Auf dem Rückweg zum Jeep ging Liz neben Germaine her. Ihre nackten Füße hinterließen im weichen Sand Spuren, die der Mond beleuchtete. »Sagen Sie, Germaine, warum hat Hamish sich beim Dinner entfernt, als Jimmy seinen Zwillingsbruder erwähnte?«

»Ach«, sagte Germaine, »ich fürchte, Hamish und Keir könnten die Theorien unseres Doktors zu Fall bringen, was die seelische Bindung bei Zwillingen angeht.«

»Wieso?«

»Als die beiden noch Kinder waren, verhielten sie sich weitgehend so, wie es der Doktor beschrieben hat, als Halbwüchsige auch noch. Niemand außer Großvater konnte sie auseinanderhalten. Sie konnten mich zum Narren halten, so oft sie wollten. Steckten ständig zusammen. Wenn sie voneinander getrennt waren, wurden sie nervös und unglücklich. Ich erinnere mich, als Keir einmal erkältet war, als sie in ein Ferienlager in den Bergen von Nord-Georgia sollten, und Großvater Hamish zwang, allein ohne ihn zu gehen. Sobald er weg war, konnte Keir nicht mehr schlafen, aß nicht mehr und sprach kein Wort. Ein paar Tage später rief der Direktor des Lagers Großvater an, weil Hamish verschwunden war. Er tauchte noch in derselben Nacht hier auf, war nach St. Mary's getrampt, zu Fuß zur Flußmündung gelangt und durch den Cumberland Sound geschwommen. Mitten in der Nacht. Damals war er zwölf.«

»Er hat Glück gehabt, daß er es überlebt hat!«

»Ich glaube, wenn er dabei ertrunken wäre, wäre auch Keir gestorben.« – »War es ein bestimmtes Ereignis, das das Verhältnis der beiden zueinander so veränderte?«

»Ja. In jenem Sommer, sie waren fast achtzehn, kurz bevor sie nach Princeton gingen, ist irgendwas passiert.«

»Was?«

»Das weiß kein Mensch, aber seit jenem Sommer vor über zwanzig Jahren haben sie nicht mehr miteinander gesprochen und mit keinem anderen mehr übereinander geredet.«

Eine Weile schlenderten sie schweigend den Strand entlang.

»Und Keir?« fragte Liz schließlich. »Wo ist er?«

»Das weiß niemand«, antwortete Germaine. »Er taucht hin und wieder auf, unangekündigt – nie, wenn Hamish hier ist –, und verschwindet wieder. Einer meiner Freunde ist ihm letztes Jahr in Paris über den Weg gelaufen. Ich habe ihn seit drei Jahren nicht mehr gesehen. Ich weiß nicht einmal, ob er noch lebt. Ich hatte allerdings immer das Gefühl, daß Hamish sterben würde, wenn Keir etwas passiert, und umgekehrt. Selbst jetzt, da sie sich gegenseitig… hassen, habe ich noch dieses Gefühl. Ich weiß nicht, wieso.«

Als sie im Jeep zur Pension zurückfuhren, schwiegen die beiden Frauen. Liz nahm noch einen Schlummertrunk an der Bar, und als sie wieder zu ihrem Haus aufbrach, saß Hamish Drummond auf einer der großen Schaukeln auf der Veranda und starrte hinaus in die Dunkelheit, neben sich einen leeren Cognacschwenker. Liz störte ihn nicht in seiner Versunkenheit.

Als sie zu ihrem Haus am Stafford Beach zurückkehrte, stand die Haustür weit offen.

7

Angus Drummond schritt langsam die Stufen von Dungeness hinab. Das riesige Haus war sein Zuhause, seit er dort vor einundneunzig Jahren geboren worden war. Er ging langsam, so wie er in diesen Tagen fast alles tat.

Seine Schritte wurden größer, als er vor dem alten Haus angekommen war. Die abblätternde Farbe und die ausgedörrten Fensterbänke nahm er nicht wahr. In Angus' Augen war Dungeness so neu und unversehrt wie damals, 1820, als sein Vorfahr Aldred Drummond es erbaut hatte.

Ein dunkelhäutiger Halbwüchsiger kam, mit einem rassigen Pferd am Zügel, näher. »Reiten Sie heute aus, Mister Angus?« fragte der Knabe.

Angus nahm einen Apfel aus der Tasche, verfütterte ihn an das Pferd und tätschelte ihm die weichen Nüstern. »Heute nicht, James«, erwiderte er. »Ich glaube, ich fahre mit dem Jeep.«

Dieses Gespräch führten sie jeden Morgen, immer mit dem gleichen Wortlaut. Jeder sprach seinen Text, und sie wußten, daß er sich niemals ändern würde. Angus war vor sechs Jahren zum letzten Mal geritten. James bewegte das Pferd, um es für den Tag in Form zu halten, an dem Angus antworten würde: »Ja, James, sattle den Wallach. Ich will ausreiten.« Der Junge führte das Pferd weg, und Angus schlenderte zu seinem Jeep, einem Überbleibsel aus der Zeit des Zweiten Weltkriegs. Er schob sein Hinterteil auf den Sitz und verstaute die langen Beine unter dem Lenkrad. Der Jeep sprang sofort an. Angus legte seinen Panama-Hut auf den Boden, setzte die stahlgefaßte Sonnenbrille auf seine vorspringende Nase und lenkte das Vehikel zum Strand. Der Jeep hatte lediglich drei Gänge, und auf dem Weg durch die Dünen blieb er im zweiten. Er lenkte den Wagen durch die grasbewachsenen Sandhügel und erreichte dann den flachen Strand.

Cumberland Island verfügte über einen achtzehn Kilometer langen Strand, und an diesem Morgen schien sich dort außer Angus Drummond niemand zu befinden. Das war ihm sehr lieb. Der Wind wehte aus Südost, wie so häufig, und da der Jeep in nördlicher Richtung fuhr, schien die Geschwindigkeit des Wagens den Wind zum Stillstand zu bringen. Angus winkte den beiden Garnelenfischern zu, die wenige hundert Meter vor dem Strand fischten. Sie winkten beide zurück.

Ein braunes Pelikanpaar flog, auf der Suche nach einem Frühstück, auf gleicher Höhe neben dem Jeep her. Ihre Flügel streiften die Wellenkämme. Angus erfreute sich an ihrem Anblick. Noch vor einigen Jahren waren sie vom Aussterben bedroht. Jetzt lebten sie zu Hunderten auf der Insel, wo er sie vor ihrem einzigen Feind beschützte: dem Menschen.

Von seinem Ausguck im Jeep aus sah Angus die Spuren der Rehe, Wildpferde, Waschbären und Dutzender verschiedener Vogelarten im feuchten Sand am Rande der Dünen. Auf seiner Insel lebten nur wenige Menschen, aber ihm mangelte es dennoch nicht an Gesellschaft.

In der Ferne tauchte ein schwarzer Fleck auf, der größer wurde. Er behielt ihn im Auge, und durch die geschliffenen Gläser seiner Sonnenbrille wurde das Bild allmählich klarer. Da standen zwei Personen – nein, eine, mit irgendeinem Apparat. Er fuhr langsamer und hielt bei einer jungen Frau, die neben einem Stativ mit einer großen Kamera stand.

Liz lächelte dem alten Mann im Jeep zu. Der Wind zerzauste

sein dichtes, graues Haar. »Mister Angus Drummond, nehme ich an«, sagte sie.

Er betrachtete sie mißtrauisch. »Sie sind mir gegenüber im Vorteil, Miss, äh, Mrs....«

»Miss«, unterbrach sie ihn. »Elizabeth Barwick.«

»Miss Barwick« sagte er. »Bevor ich Sie auf meiner Insel willkommen heiße, möchte ich Sie fragen, was Sie hier tun.«

»Ich fotografiere die Landschaft«, erklärte Liz. »Ich hoffe, ich vermag die Insel so zu fotografieren, daß jemand, der das Buch betrachtet, das daraus entstehen soll, niemals vergißt, was diese Insel für ein zauberhafter Ort ist.«

»Äh, äh...« stammelte Angus. Ihre Schmeichelei hatte ihn aus dem Konzept gebracht.

»Ich bin bei den Fergusons zu Gast«, sagte sie und nickte in die Richtung, in der das Haus am Stafford Beach lag. »Mister Ferguson ist mein Verleger.«

»Ach so«, sagte Angus. »Kein übler Kerl, er kommt nicht oft hierher.«

Liz überlegte, ob Drummonds gute Meinung über Ferguson vielleicht damit zu tun hatte, daß er die Insel so selten aufsuchte. »Ich bin erst gestern angekommen, deshalb habe ich noch nicht viel von der Insel gesehen, aber der Morgensonne konnte ich einfach nicht widerstehen, und ich mußte ein paar Bilder vom Strand machen.«

»Nun«, sagte er, »ich glaube, ich sollte Ihnen mal ein bißchen die Gegend zeigen. Steigen Sie ein.«

Liz klappte das Stativ zusammen und legte es hinten in den Jeep. Die Kamera nahm sie ab und behielt sie auf dem Schoß. »Ich stehe ganz zu Ihrer Verfügung, Mister Drummond«, sagte sie.

Angus ließ die Kupplung kommen, und der Jeep holperte los. Liz lehnte sich zurück und genoß den Morgen. Der Jeep rollte über den Strand nach Norden. Die Sonne strahlte auf sie herab. »Wo kommen Sie her?« fragte Angus. Als sie am Ende des Strandes angekommen waren, wußte er so viel über sie, wie sie zu erzählen bereit gewesen war.

Angus fuhr langsamer, als sie auf eine Wasserfläche stießen. Vor ihnen lag ein ganzer Schwarm brauner Pelikane im Sand, etwa fünfhundert, wie Liz schätzte.

»Darf ich ein Foto machen?« fragte sie.

»Wenn es nicht zu lange dauert«, meinte er. »Auf der Insel gibt es noch vieles zu sehen.«

In fünf Minuten hatte sie die Kamera aufgebaut und die Aufnahme im Kasten. »Danke«, sagte sie und kletterte wieder in den Jeep.

Angus deutete auf das Land hinter der Wasserfläche. »Das ist Little Cumberland, das gehört nicht zu meinem Besitz. Meine Vorfahren haben es übersehen. Versuchen Sie niemals, dorthin zu schwimmen. Es ist nicht weit, aber die Strömung ist sehr stark.« Er legte den Gang ein und wendete. Kurze Zeit später folgte er einer undeutlichen Wagenspur durch die Dünen zum Innern der Insel.

Sie fuhren schweigend dahin; gelegentlich deutete Angus auf irgend etwas Interessantes. Sie kamen an schwarzen Arbeitern vorbei, die eine alte Straßenbaumaschine bedienten und Reparaturarbeiten durchführten. Kurz darauf hielten sie zwischen einer Gruppe verlassen wirkender Holzhäuser.

»Die alte Sklavensiedlung«, erklärte Angus. »In Dungeness habe ich schon vor langer Zeit ein paar moderne Häuser für die Arbeiter und ihre Familien gebaut, aber die alte Sklavensiedlung habe ich nie abgerissen.« Er nickte einem älteren Schwarzen zu, der gerade aus der winzigen Kirche kam. »Und das ist ihr einziger Bewohner.« Er erhob die Stimme. »Guten Morgen, Buck«, rief er. »Kommen Sie her, ich stelle Ihnen jemanden vor.«

Der alte Mann kam das kurze Stück zu ihnen herübergeschlurft. »Hallo, Mister Angus«, sagte er. »Wie geht's Ihnen so?«

»Recht gut. Buck, das ist Miss Barwick. Sie wohnt unten am Stafford Beach. Miss Barwick, dies ist Buck Moses, der fast das ganze letzte Jahrhundert für meinen Vater und mich gearbeitet hat. Buck ist der einzige Einwohner, der sich offiziell im Ruhestand befindet. Ich arbeite noch.«

Liz erinnerte sich daran, den Mann schon in seinem Kombi gesehen zu haben. »Hallo, Mister Moses«, sagte sie.

»Nennen Sie mich einfach Buck, das tun hier alle«, sagte der alte Mann mit einem zahnlosen Grinsen.

»Buck ist der einzige lebende Mensch, der mehr über diese Insel weiß als ich selbst«, sagte Angus. »Was ich weiß, hat er mir beigebracht, aber ein paar Geheimnisse behält er für sich, stimmt's, Buck?«

»Ach, Mister Angus, Sie wissen genau, daß ich vor Ihnen nichts verheimlichen kann. Sie durchschauen mich doch vollkommen.«

»Lachhaft«, schnaubte Angus. »Buck, wir haben noch eine lange Fahrt vor uns. Wir machen uns auf den Weg.« Winkend fuhr er los.

»Wie alt ist er?« fragte Liz.

»Das weiß niemand, nicht einmal Buck selbst«, antwortete Angus. »Ich bin gerade einundneunzig geworden, und meine erste Erinnerung an Buck stammt aus der Zeit, als er etwa zwölf oder dreizehn war. Also muß er mindestens einhundertfünf sein, vielleicht noch älter. Als ich ein Junge war, war er mein bester Freund. Er hat mir alles beigebracht. Auch meinem Sohn und meinen Enkeln. Mein Vater hielt sich meistens in New York auf, so daß ich von ihm nicht viel zu sehen bekam. Buck hat sich um mich gekümmert. Dann, als mein Sohn bei diesem Flugzeugunglück umkam, kümmerte er sich auch um die Zwillinge. Ich kann mir vorstellen, daß Buck sich für den Eigentümer von Cumberland Island hält, und damit hat er gar nicht mal unrecht. Er wird mich überleben, das weiß ich.«

Angus fuhr eine Weile stumm weiter, bog dann von der Straße auf einen Feldweg ab. Sie duckten sich vor den Ästen. Schließlich deutete er mit dem Arm nach vorne. »Der Lake Whitney«, sagte er.

Liz erblickte einen See voller Seerosen. Sie beobachtete eine Hirschkuh, die am anderen Ende des Sees, zweihundert Meter von ihnen entfernt, ins Wasser stapfte.

»Wir haben Gegenwind«, sagte Angus. »Los, schießen Sie Ihr Foto.«

Leise baute Liz ihre Geräte auf und hatte die Hirschkuh gerade im Sucher, als das Wasser plötzlich aufgewühlt wurde. Sie kam unter dem schwarzen Tuch hervor, unter dem sie das kopfstehende Bild betrachtet hatte, und blickte hinüber. Die Hirschkuh brüllte und stampfte im Wasser umher. Dann ging sie unter und verschwand im schäumenden Wasser.

»Das gibt's doch nicht«, sagte Angus verwundert zu sich selbst.

»Was war das?« fragte Liz leise, zu benommen, um sich zu rühren.

»Das war Goliath«, antwortete Angus. »Miss Barwick, Sie sind ein Glückskind. Manche Leute leben, wie ich zum Beispiel, seit fast hundert Jahren auf der Insel und haben so etwas noch nicht miterlebt.«

»Wer ist Goliath?«

»Der größte Alligator, den ich je gesehen habe, und ich habe ihn das letzte Mal vor fünfzehn Jahren gesehen. Damals war er fast vier Meter lang. Gott weiß, wie lang er heute ist.«

Liz stand da und starrte auf den Fleck, wo die Hirschkuh verschwunden war. Das Wasser war wieder klar und glatt. Plötzlich stellte sie fest, daß sie vergessen hatte, den Auslöser zu betätigen.

»Fahren wir weiter«, sagte Angus.

»Das arme Tier«, sagte Liz, als sie in den Jeep kletterte.

»Auch Alligatoren müssen fressen«, entgegnete Angus achselzuckend. Er startete den Jeep und lenkte ihn vom See weg. »Schwimmen Sie lieber nicht im Lake Whitney oder in seiner Nähe. Alligatoren können auch laufen.«

Sie befanden sich nun auf einer Piste, die die Hauptstraße sein mochte. Angus bog um eine enge Kurve und fuhr ein gerades Stück bergab. Sie fuhren durch ein Tor auf ein flaches Rasenstück. Vor ihnen stand ein großzügiges Landhaus im palladianischen Stil, eingerahmt von riesigen Eichen, das in der Sonne weiß leuchtete. Angus hielt an. »Das ist Plum Orchard«, erklärte er. »Ich habe es nach dem letzten Krieg für meinen Sohn Evan gebaut.«

»Es ist schön«, sagte Liz. »Wer bewohnt es jetzt?«

»Niemand«, erwiderte Angus und wendete den Jeep. »Ich halte

das Dach in Schuß und erneuere den Anstrich. Ich möchte es nicht verfallen lassen. Vielleicht kehrt eines Tages einer meiner Enkel zurück und zieht dort ein. Dann werde ich nicht mehr sein.« Der alte Mann sah einen Augenblick bedrückt aus. Dann richtete er den Blick wieder nach vorn und konzentrierte sich aufs Fahren. Während der restlichen Fahrt sprachen sie über die Insel und ihre Geschichte und darüber, wie Angus Drummond sie geprägt hatte.

Es kam Liz so vor, als hätten sie in den wenigen Stunden mehr voneinander erfahren, als es bei neuen Bekanntschaften normalerweise nach Wochen der Fall war. Sie mochten einander.

Als der Jeep vor Stafford Beach Cottage vorfuhr, stieg Liz aus und nahm ihr Stativ an sich. »Das war eine wunderschöne Rundfahrt«, sagte sie. »Ich hoffe, daß ich während meines Aufenthaltes hier auch Dungeness zu sehen bekomme.«

»Es wird mir eine Ehre sein, es Ihnen zu zeigen«, erwiderte er. »Sie sind eine junge Frau von Qualität, Miss Barwick.« Er grinste. »Wenn ich fünfzig Jahre jünger wäre, würde ich in dieser Beziehung etwas unternehmen.«

»Danke für das Kompliment«, entgegnete sie. »Nennen Sie mich Liz.«

»Ich werde Sie Elizabeth nennen«, beschloß er. Dann legte er den Gang ein und fuhr los. Liz beobachtete, wie er davonfuhr, und schleppte dann ihr Zeug ins Haus. Ihr schien es, als sei Angus Drummond mit seinen einundneunzig Jahren der attraktivste Mann, der ihr seit Jahren begegnet war. Sie fragte sich, ob das an ihr lag oder an ihm.

Germaine Drummond saß an der Rezeption des Greyfield Inn, die neben der Küche lag, als sie den Jeep ihres Großvaters hörte. Sie stand auf, öffnete die Fliegentür und steckte den Kopf hinaus. »Tag, Großvater«, rief sie. »Magst du eine Tasse Tee?«

Den Jeep im Leerlauf, war Angus sitzen geblieben und sah sie einen Augenblick lang an. Dann sagte er: »Germaine, ruf meinen Anwalt an und sag ihm, er soll zu mir kommen. Nächste Woche, das ist früh genug.« Dann fuhr er davon. Germaine trat hinaus auf den Weg und schluckte ein wenig von dem Staub, den er aufgewirbelt hatte. Endlich würde er sein Testament machen. Sie bekam vor Erleichterung ganz weiche Knie.

8

Liz stand nackt vor dem Spiegel. Zum ersten Mal seit ihrer Flucht ins Piedmont Trauma Center warf sie aus freien Stücken wieder einen Blick in den Spiegel. Zunächst war der Anblick erschrekkend. Ihr Haar war immer noch so kurz, daß es stachelig vom Kopf abstand, und sie war noch immer dünner, als sie es seit ihrer Pubertät je gewesen war. Aber in der Sonne Cumberlands hatte sie Farbe bekommen, und die letzten Blutergüsse mit den gelblichen Schatten waren verschwunden. Die Person, die sie aus dem Spiegel ansah, schien eine ganz gesunde Frau zu sein. Ihr fiel das Paar ein, das sie bei ihrem ersten Besuch in der Pension beobachtet hatte. Wie lange war es schon her, daß sie sich so an einen Mann gelehnt hatte? Wie lange war es her, daß sie mit einem Mann geschlafen hatte? Sie mußte über sich selbst lachen. Wirklich, eine richtig gesunde Frau!

Sie schlüpfte in ihr Lieblingsnachthemd aus Baumwolle und stapfte barfuß in die Küche, um ihr Abendbrot zuzubereiten. Sie legte ein Steak auf den Grill und öffnete, während das Steak brutzelte, eine Flasche kalifornischen Merlot und goß sich ein Glas davon ein. Sie trug ihre Mahlzeit zur Veranda und aß hungrig in der untergehenden Abendsonne, während das Blau des Meeres jenseits der Dünen zu einem Schiefergrau verblaßte. Endlich hatte sie wieder Appetit, und auch der Wein schmeckte ihr wieder. Sie goß sich noch ein Glas ein und setzte sich auf eine Liege. Ihre Knie mit den Armen umschlungen, genoß sie ihren Wein, während über dem Atlantik der Halbmond aufging. Sie hatte sich häuslich eingerichtet und an diesem Tag ein gutes Foto gemacht, das mit den Pelikanen am Strand. Abgesehen von ihrer Einsamkeit kam das, was sie empfand, einem Gefühl der Zufriedenheit sehr nahe.

Der Wind frischte auf, ein Vorbote des Herbstes, obwohl die kühlere Jahreszeit auf Cumberland etwas später kam. Sie fröstelte leicht und ging durch das dunkle Haus in die Küche, um das Geschirr zu spülen. Nachdem sie die Küche aufgeräumt hatte, kehrte sie ins Wohnzimmer zurück und legte sich aufs Sofa. Dort trank sie den restlichen Wein und sah dem Mond zu, wie er seine Bahn über den Himmel beschrieb, bis das Zimmer in bleiches Mondlicht getaucht war, während sie im Schatten zurückblieb. Sie wußte nicht, daß sie eingeschlafen war, sie wußte nur, wie gut es tat.

Als sie den Lärm hörte, war ihr trotz des Weins augenblicklich klar, wo sie sich befand, und auch, woher der Lärm kam. Die Kühlschranktür wurde zugeklappt, und ein Stuhl scharrte über das Linoleum des Fußbodens. Sie blieb still liegen, versuchte, ruhig durchzuatmen, und überlegte, was zu tun sei. Dann wurde sie wütend. Dies Haus war ihres, und sie hatte etwas gegen Eindringlinge. Lautlos tastete sie nach dem Kamerakoffer, fand, was sie darin suchte, und schlich auf Zehenspitzen in die Küche. Sie wagte nicht zu atmen, blieb an der Küchentür stehen und versuchte, ihre Angst zu unterdrücken. Dann schob sie den Kopf durch den Türspalt. Am Küchentisch saß ein Mann und trank etwas. Das Mondlicht drang hier im hinteren Teil des Hauses schwächer durch die Fenster, aber selbst im Halbdunkel konnte sie erkennen, daß der Mann nackt war.

Aus irgendeinem Grund machte sie das noch zorniger. Sie hob die Hand, kniff die Augen zusammen und löste das Blitzgerät aus.

»Himmelherrgott!« brüllte der Mann. Man hörte einen Stuhl zu Boden poltern.

Als sie die Augen öffnete, hatte er sich mit dem Rücken an die Küchenwand gelehnt, schirmte seine Augen mit dem Arm ab und versuchte, etwas zu erkennen. Das Blitzgerät brauchte fünf Sekunden, um sich wieder aufzuladen. Sie zählte laut mit: »Einundzwanzig, zweiundzwanzig, dreiundzwanzig«, und bewegte sich auf die Küchentheke zu. Als sie beim Messergestell angekommen war, bemerkte sie, daß er langsam wieder sehen konnte. »Fünfundzwanzig«, sagte sie und löste das Blitzgerät ein zweites Mal aus.

»Hören Sie auf! Wollen Sie, daß ich blind werde?« schrie er.

Liz hatte jetzt das Tranchiermesser, das mit der dreißig Zentimeter langen Klinge, in der Hand. Sie stellte sich dicht vor ihn und hielt das Messer bereit. Mit fest zusammengekniffenen Augen löste sie das Blitzgerät aus. »Vielleicht will ich, daß Sie blind werden«, sagte sie zitternd vor Wut, »und vielleicht stelle ich mit dem Messer noch viel Schlimmeres an. Was haben Sie in meinem Haus zu suchen?«

»Mein Gott, ich wollte mir bloß ein Bier holen«, sagte er und rieb sich die Augen. »Das Bier gehört sogar mir, ich habe es in den Kühlschrank gestellt, bevor Sie kamen.«

»Also gut, das Bier gehört Ihnen. Aber das Haus ist meins, und ich habe Sie nicht eingeladen.«

»Immer mit der Ruhe«, sagte er und hielt sich zum Schutz vor einer neuen Blitzattacke den Arm vors Gesicht. »Ich wollte Sie nicht belästigen; ich dachte, Sie seien nicht zu Hause.«

»Ich bin aber zu Hause«, sagte sie und schrie, »aber auch dann, wenn ich unterwegs wäre, bliebe es immer noch mein Haus.«

»Tut mir leid, daß ich Ihre Privatsphäre verletzt habe. Ich sage Ihnen, wer ich bin.«

»Ich weiß, wer Sie sind«, erwiderte sie. »Sie sind Keir Drummond.« Ihre Augen hatten sich inzwischen besser an das Halbdunkel gewöhnt, und sie konnte erkennen, daß er nicht nackt war, sondern das Lendentuch umgewickelt hatte, in dem sie ihn schon zuvor gesehen hatte. Sie ging zur Tür und schaltete das Licht an. »Setzen Sie sich«, sagte sie und deutete mit dem Messer zum entfernten Ende des Tisches.

»Danke«, antwortete er. Er setzte sich wieder hin und nahm sein Bier, aber er wandte den Blick nicht von dem Messer. »Sie sind also Liz Barwick«, sagte er.

Sie ging zum Kühlschrank und holte sich ebenfalls ein Bier. Sie wollte eigentlich keins, aber sie fühlte sich im Nachteil, solange sie keins hatte. »Ganz recht«, sagte sie, während sie sich einen Stuhl zum Tisch zog. »Warum tauchen Sie in meinem Haus auf?«

»Meine gegenwärtige Bleibe hat weder Kühlschrank noch Kaffeemaschine, darum.«

»Und wo ist Ihre gegenwärtige Bleibe?«

»Sie sind Fotografin?« fragte er, ihrer Frage ausweichend.

»So ist es. Ich nehme an, Sie wissen, warum ich hier bin.«

»Ich weiß, was Sie den anderen erzählt haben.«

Sie hatte einen Moment lang das Gefühl, er durchschaue sie und wisse, warum sie hier war, und auch darüber hinaus alles Weitere seit dem Tag ihrer Geburt. Sie schüttelte das Gefühl ab. »Also wissen Sie, warum ich hier bin«, sagte sie schroff. Sie hatte natürlich gewußt, daß die beiden eineiige Zwillinge waren, aber sie war immer noch verblüfft, wie haargenau er Hamish glich – jedenfalls äußerlich. Unter der Oberfläche hatte er etwas an sich, das anders war. »Womit wir wieder bei der Frage wären, was *Sie* hier zu tun haben«, sagte sie. Sie wollte sich das Heft nicht aus der Hand nehmen lassen.

»Das habe ich Ihnen schon gesagt. Ich wollte ein Bier.«

»Hier, auf der Insel.«

»Ich bin hier zu Hause. Warum sollte ich nicht hier sein?«

»Wieso wissen Ihre Schwester und Ihr Bruder nicht, daß Sie hier sind?«

»Ich habe keinen Bruder«, sagte er sanft. »Und Germaine sehe ich noch früh genug.«

»Und was ist mit Ihrem Großvater?«

»Seinetwegen bin ich gekommen. Er wird bald sterben.«

Sie hatte das Gefühl, daß in diesem Satz mehr Bedeutung lag als die allgemeine Einschätzung der gesundheitlichen Lage eines Mannes, der über neunzig war. »Ich bin ihm heute begegnet«, sagte sie. »Ich mag ihn.«

»Er mag Sie auch.«

»Dann haben Sie ihn also gesprochen?«

»Nein.«

»Wie kommen Sie dann darauf, daß er mich mag?«

»Großvater mag Mädchen, die Eindringlinge mit Blitzlicht und Küchenmeser verfolgen.«

»Was hätte ich denn tun sollen, die Polizei holen? Außerdem bin ich kein Mädchen; ich bin eine Frau.«

Er lachte. »Das glaube ich Ihnen aufs Wort.«

Sie spürte die Wärme, die von ihm ausging, wenn er lachte. Plötzlich wirkte er entspannt, sorglos, wie ein kleiner Junge.

»Wo leben Sie, was tun Sie?«

»Ich lebe, wo es mir gefällt, und tue, was mir Spaß macht«, sagte er neckend.

»Das ist keine Antwort.«

»Sie trifft die Wahrheit besser, als Sie sich vorstellen können. Wenn Sie mich besser kennenlernen, werden Sie feststellen, daß ich stets die Wahrheit sage; nicht immer zu meinem Vorteil.«

»Ach so? Ich werde Sie also noch näher kennenlernen? Kommen Sie jede Nacht in meine Küche geschlichen und erschrecken mich zu Tode?«

»Wenn Sie es möchten.«

»Ich möchte es nicht. Wenn Sie hierherkommen wollen, dann kommen Sie zu einer vernünftigen Tageszeit, und klopfen Sie an, wie ein normaler Mensch das zu tun pflegt. Für einen Spanner sind Sie zu alt.« Es war ein Schuß ins Blaue, aber er wurde rot.

»Ich glaube, ich gehe jetzt besser«, sagte er und erhob sich. Er nickte zum Messer hinüber. »Wenn Sie nichts dagegen haben.«

»Ich habe nichts dagegen«, sagte sie.

»Ich möchte mich entschuldigen, Sie belästigt zu haben«, sagte er, plötzlich ernst und höflich. In diesem Augenblick erinnerte er sie an seinen Großvater. »Ich gehe jetzt, aber ich hoffe, Sie wiederzusehen.« Er ging zur Hintertür, die offenstand.

Liz stand auf und ging zur Spüle, um das Messer wieder in den Holzklotz zu stecken. »Dann werde ich dies hier nicht mehr brauchen, nehme ich an«, sagte sie und wandte sich um.

Er war verschwunden. Es war, als hätte er sich einfach in Luft aufgelöst. Sie ging zur Hintertür hinaus und spähte zwischen den

Bäumen hindurch, deren Blätter im Mondlicht hell schimmerten. Einen Moment später fröstelte sie unter einem Windstoß, und sie glaubte, sie hätte gehört, wie etwas Großes sich durch das Gebüsch bewegte. Mit dem irritierenden Gefühl, diese ganze Begegnung nur geträumt zu haben, blieb sie zurück.

Liz trat wieder ins Haus, schaltete das Licht aus und ging ins Schlafzimmer. Als sie im Bett lag, wurde ihr ein entscheidender Unterschied im Verhalten der Zwillinge bewußt. Keir Drummond hatte sie als Frau behandelt. Sie war immer noch wütend auf ihn, aber er zog sie auch an. Trotz ihrer jüngst entdeckten Sehnsüchte brachte dieser Gedanke sie durcheinander, machte sie hellwach.

Sie lag auf der Seite, und plötzlich wurde ihr bewußt, daß sie ihre Hand zwischen die Beine gelegt hatte. Sie spreizte die Beine und tastete mit dem Finger. Ein Sturm an Empfindungen – alte Erinnerungen und Gefühle – durchfuhr sie wie ein Gewitter und steigerte sich augenblicklich zum Höhepunkt.

Bald darauf schlief sie tief und fest.

9

James Moses stand wieder einmal mit dem Wallach für Angus Drummond bereit, und dieser lehnte ab zu reiten, wie er es in letzter Zeit immer tat. James war jetzt fünfzehn. Seit seinem siebten Lebensjahr kümmerte er sich um das Pferd. Damals mußte er sich zum Striegeln noch auf einen Hocker stellen. Sein Großvater, Buck Moses, hatte ihn im Sommer nach dem Ende des ersten Schuljahres bei Angus Drummond abgeliefert.

»Haben Sie für diesen Jungen hier was zu tun, Mister Angus?« hatte Buck gefragt.

Angus hatte den Jungen lange und anerkennend gemustert. »Im Stall kann er sich nützlich machen, nehme ich an«, hatte er dann schließlich gesagt.

Im ersten Sommer hatte James vor dem so erstaunlich großen weißen Mann schreckliche Angst gehabt. Doch später hatte er sich an dessen knorrige Art gewöhnt und sogar gelernt zu erkennen, ob der alte Mann zufrieden war. Mit neun hatte er dann erfahren, daß Angus Drummond sein Vater war.

In jenem Jahr war seine Mutter im Alter von fünfzig Jahren gestorben, und ein älterer Junge hatte bei der Beerdigung die Gelegenheit beim Schopf ergriffen, ihm zu erklären, warum seine Haut wesentlich heller war als die seiner Mutter. Ihm war diese Beziehung undenkbar vorgekommen, aber schließlich hatte er sich damit abgefunden, obwohl der alte Angus niemals irgendwelche Hinweise auf seine Vaterschaft gegeben hatte.

An diesem Morgen, der angebrochen war wie hundert andere davor, wurde plötzlich alles anders. Angus Drummond blieb auf dem Weg zum Jeep stehen und faßte James ernst ins Auge.

»Du gehst bald wieder nach Fernandina in die Schule, nicht wahr, Junge?«

»Ja, Sir«, erwiderte James. »Nächste Woche.«

»Gehst du gern mit den weißen Kindern dort zusammen in die Schule?«

»Ich bin immer schon mit weißen Kindern in die Schule gegangen«, antwortete James. »Die sind in Ordnung.«

»Machen sie keinen Ärger?« fragte Angus.

»Wie meinen Sie das, Sir?« fragte James zurück.

»Weil du schwarz bist.«

»Ein paar Jungs haben mich mal gehänselt«, sagte James achselzuckend. »Die hab ich mir vorgeknöpft. Sie haben es nie wieder getan.«

»Du wirst groß«, sagte Angus. »Kräftig. Spielst du Football?«

»Ja, Sir. Ich hab letztes Jahr in der Mannschaft der Unterstufe Außenverteidiger gespielt. Dieses Jahr komme ich in die Schulmannschaft, glaube ich. Aber Basketball mag ich eigentlich lieber.«

»Ja«, überlegte Angus, »du wirst die richtige Größe dafür bekommen.«

»Der Trainer meinte, ich könnte irgendwo ein Stipendium bekommen, wenn ich viel trainiere.«

»Schön, schön«, sagte Angus. Er blickte einen Moment übers Meer. »Was machst du eigentlich hier auf der Insel, wenn du nicht arbeitest?«

»Ich jage und fische«, sagte James. »Großpapa zeigt mir die besten Stellen.«

»Was jagst du denn?«

»Ich schieße ein oder zwei Rehe im Jahr, aber ich jage lieber Vögel. Ich habe einen guten Hund.«

»Womit schießt du die Vögel?« fragte Angus.

»Ich benutze Großvaters alte einschüssige Zwölfer-Flinte. Bei der muß ich natürlich nach jedem Schuß nachladen.«

Angus sah ihn auf eine Art an, die James noch nie erlebt hatte.

»Komm mit mir«, sagte Angus. Er wandte sich um und stieg die Treppen zum Haus hoch.

James blieb verblüfft stehen, dann band er jedoch den Wallach ans Geländer und beeilte sich, hinterherzurennen. Drummond war schon im Haus und bog in der Halle nach links zum Arbeitszimmer ab. James folgte ihm. Er nahm die alten Eichenpaneele, die ledergebundenen Bücher, den Marmorkamin, die unordentlichen, staubigen Papiere auf dem riesigen Schreibtisch, die Kristallkaraffen mit den roten und goldbraunen Flüssigkeiten auf dem Tablett des Butlers in sich auf. Er war schon einmal, als kleiner Junge, in diesem Zimmer gewesen. Damals hatte er sich hergeschlichen und ehrfürchtig die Würde des Raumes in sich aufgenommen, bis seine Mutter, die als Köchin für Mister Angus arbeitete, ihn fand und ihm den Hintern versohlte. Der Raum war genauso groß, wie er ihn in Erinnerung hatte. Der muß zwölf Meter lang sein, dachte er.

Angus Drummond ging zu einem Gewehrschrank, kramte den Schlüssel aus seiner Hosentasche, öffnete ihn und nahm eine doppelläufige Schrotflinte heraus. Er klappte sie auf, überzeugte sich, daß sie nicht geladen war, nahm ein öliges Tuch und rieb sie so zärtlich ab, wie eine Mutter das mit dem Gesicht ihres Kindes tun würde. Er lehnte sich an den Schreibtisch, legte an und prüfte die

Läufe. »Ich habe vor dem letzten Krieg zwei davon in London anfertigen lassen«, sagte er. »Die machte ein Laden namens Purdy, in der South Audley Street. Berühmte Leute, von denen wirst du noch hören. Wahrscheinlich hat ein Mann ein Jahr gebraucht, um ein solches Gewehr zu machen, ohne die Gravierungen mitzurechnen, die ich für vorzüglich halte. Die Schäfte sind aus Walnußholz, sie sind perfekt austariert. Du wirst einmal so groß sein wie ich, deshalb wird es in nicht allzu ferner Zukunft für dich passen.« Er hielt das Gewehr vor sich. »Nimm es«, sagte er. »Das andere hinterlasse ich dir in meinem Testament.«

James trat vor und streckte die Hände vorsichtig nach dem herrlichen Ding aus, halb in der Erwartung, es werde ihm im letzten Moment wieder entrissen. Er stand da und hielt es ungeschickt in der Hand. »Danke, Sir«, sagte er.

»Dieses Gewehr braucht man nicht zu verhätscheln«, sagte Angus ernst, »aber mißbrauche es nicht. Nutze es gut. Verletze weder dich noch andere damit.«

»Ja, Sir«, sagte James und betrachtete erstaunt die Waffe. »Es ist heute eine Menge Geld wert, aber verkaufe es nicht. Wenn du es sorgfältig behandelst, kann es auch dein Sohn noch gebrauchen, und dessen Sohn auch.« Angus öffnete einen Schrank und holte eine Hülle aus Schafsleder und ein Kistchen aus Mahagoni hervor. Er nahm dem Jungen das Gewehr aus der Hand, schob es in die Hülle und gab es ihm zusammen mit der Holzkiste zurück. »Reinigungsutensilien. Die wurden ebenfalls bei Purdy gemacht.« Angus sah den Jungen an, und seine Augen schienen feucht zu sein. »Nimm dieses Geschenk von mir als Zeichen meiner Wertschätzung, James«, sagte er.

»Danke, Mister Angus«, sagte James. »Ich werde es stets in Ehren halten.«

»Das wirst du bestimmt«, erwiderte Angus. »Und jetzt verschwinde, schieß ein paar Vögel damit.«

James wandte sich um und trug seinen Schatz gemessenen Schrittes davon. Am Fuß der Haustreppe wäre er beinah losgerannt, aber er zwang sich dazu, langsam zu gehen. Dann fiel ihm der Wallach ein. Er klemmte die Schrotflinte unter den Arm, hielt das Reinigungs-Set in der Hand und führte das Pferd mit der freien Hand am Zügel zu den Ställen. Er weinte, noch bevor er die Hausecke erreicht hatte.

Angus Drummond verfolgte den Jungen mit seinem Blick, bis er nicht mehr zu erkennen war, dann setzte er sich an seinen Schreibtisch, putzte sich geräuschvoll die Nase, schraubte die Kappe seines Füllfederhalters ab und begann in langen, geschwungenen Bögen, die sein Alter verrieten, seinen Letzten Willen niederzuschreiben.

10

Liz verließ ihr Haus, um ohne bestimmtes Ziel umherzustreifen. Da ihre Rundfahrt mit Angus Drummond sie nach Norden geführt hatte, fuhr sie durch die Dünen an den Strand und wandte sich nach Süden. Sie fuhr langsam und genoß die Morgensonne. Nachdem sie ein paar Meilen weit gefahren war, sah sie einen Drummond aus dem Wasser steigen. Das Lächeln, das sie begrüßte, war kühl; es war Hamish. Sie hielt an. Als er auf sie zugelaufen kam, dachte sie, wie unpersönlich dieses Lächeln doch sei. Nein – unpersönlich war nicht das rechte Wort; geschlechtslos. Sie hätte ebensogut ein Mann sein können, so wenig Wärme lag in dem Lächeln, mit dem er sie bedachte. Das war ihr einerseits angenehm, weil sie sich für einen Mann noch nicht bereit fühlte, andererseits ärgerte es sie, weil es ihren Stolz verletzte. Sie war daran gewöhnt, eine schöne Frau zu sein, und obwohl sie sich noch immer von den Verletzungen erholen mußte, war sie eitel genug, eine Reaktion von ihm zu erwarten.

»Guten Morgen«, rief er und blieb neben dem Jeep stehen. Wasser floß von ihm herab, in kleinen Bächen rann es durch die blonden Haare auf seiner Brust, über die braune Haut. Sie hatte ihn bisher nur sorgfältig zurechtgemacht gesehen; in seinem jetzigen Zustand hätte er auch sein Bruder sein können, außer, daß sie ihn für ein wenig schwerer hielt. »Was machen Sie denn so?«

»Mich umsehen«, sagte sie. »Wie ist das Wasser?«

»Toll. Soll ich Sie ein bißchen herumführen?«

»Klar, steigen Sie ein.«

Er lief um den Jeep herum, holte Handtuch und Schuhe aus dem Sand, legte das Handtuch auf den Sitz und kletterte in den Jeep. »Los geht's«, sagte er und deutete zum Strand.

Liz fuhr weiter. »Wie lange bleiben Sie hier?« fragte sie.

»Ein paar Wochen, einen Monat. Ich mag diese Jahreszeit.«

»Wo wohnen Sie?«

»New York. Ich bin ziemlich oft in London und habe ein Ferienhaus in Martha's Vineyard. Und Sie?«

»Atlanta bis vor kurzem.«

»Und wo leben Sie jetzt?«

»Hier.«

Er lächelte. »Das ist schön. Es wird Ihnen gefallen.«

»Das tut es schon.«

»Das sieht man.« Sie kamen zum Südzipfel der Insel. Hamish deutete auf einen Weg durch die Dünen. »Nehmen Sie den«, sagte er. »Wir werfen einen Blick auf Dungeness.«

Sie bremste und bog in die Sandfurche. »Hoffentlich stört es Ihren Großvater nicht.«

»Bestimmt nicht. Er mag Sie.«

»Woher wissen Sie das?« Ihr fiel die Unterhaltung mit Keir am Abend zuvor wieder ein.

»Er hat es mir gesagt. Ich habe gestern mit ihm zu Abend gegessen. Und da hat er fast nur von Ihnen gesprochen.«

»Ich bin geschmeichelt.«

»Das können Sie auch sein. Nach allem, was man mir so erzählt hat, hatte er schon immer einen guten Geschmack in bezug auf Frauen.«

Sie spürte den Drang, das Thema zu wechseln. »Kommen Sie gut mit Ihrem Großvater aus?«

»Ja, immer schon. Seit meine Eltern tot sind, bin ich sein Sohn und sein Enkel gleichzeitig. Er liebt mich abgöttisch.« Er zeigte nach vorn. »Biegen Sie an der Gabelung rechts ab. Links geht es zu den Sümpfen an der Südspitze der Insel. Dort gibt es gute Muscheln, wenn man so was mag.«

»Ich werd's mir merken.«

Sie fuhren unter Bäumen dahin, bis Gebäude auftauchten. Auf einem Hof hielten sie an. In einer Art Werkstattscheune sah sie verschiedene Werkzeuge hängen, gegenüber befand sich ein langer Stall. Ein Halbwüchsiger mit kaffeebrauner Haut stand unter einer riesigen Eiche und striegelte ein Pferd.

»Morgen, James«, rief Hamish.

»Heh, Hamish«, antwortete James und winkte mit der Bürste.

»Das ist Elizabeth Barwick.«

»Hallo«, rief er grinsend.

»Hallo, James«, sagte sie.

»Kommen Sie«, sagte Hamish, »ich zeige Ihnen eine kleine Sehenswürdigkeit.« Er führte sie vom Hof fort, einen Pfad hinunter, der an ein paar Bäumen entlangführte. Nach einer Minute stießen sie auf eine Lichtung am Rande eines Sumpfes, vor ihnen befand sich eine niedrige Mauer. Beim Näherkommen erkannte sie Grabsteine. »Die Familiengruft«, sagte Hamish und stieß das schmiedeeiserne Tor auf.

Ein großer Stein überragte den gesamten Friedhof. Liz las die Inschrift. »Aldred Drummond, Herr von Cumberland Island, 1740–1829.«

»Und er war wirklich der Herr«, sagte Hamish, »er herrschte über dieses Land wie ein König. Er hat sogar ein paar Männer, die es verdient hatten, aufknüpfen lassen.«

»Wie kam es, daß er hier gelandet ist?«

»Die Insel wurde ihm 1765 vom König geschenkt. Elf Jahre später führte er Krieg gegen seinen König. Er sollte als Delegierter Georgias die Unabhängigkeitserklärung mit unterschreiben, aber er wurde auf der Reise aufgehalten, und Button Gwinnett unterschrieb statt seiner.«

»Beinah wäre er also einer der Gründerväter geworden«, sagte Liz.

»Beinahe.« Er schritt eine Grabreihe entlang und blieb an einem anderen Stein stehen. »Hier liegen meine Eltern, im gleichen Grab«, sagte er.

»Germaine hat mir erzählt, wie sie gestorben sind.«

Er deutete über die Reihen hinweg. »Eine Menge anderer, verstreuter Drummonds, und dann noch dies hier.« Er führte sie zu einem sehr alten Stein, der auf einem Klinkersockel stand.

Gewidmet der Erinnerung an General Henry Lee, Virginia, Obiit 25. März 1818 im Alter von 63 Jahren.

»Das war Lighthorse Henry Lee, der Vater von Robert E. Lee«, staunte Liz. »Wie kommt es, daß er hier begraben liegt?«

»Er wurde an Bord eines Schiffes krank, das gerade Cumberland passierte, und sie brachten ihn zum Sterben an Land.«

Hamish deutete auf einen anderen Stein, der das Grab bedeckte. Liz las die Beschriftung.

Die sterblichen Überreste von General Henry Lee wurden, aufgrund einer Verfügung der General Assembly von Virginia, am 28. Mai 1913 nach Lexington, Virginia, gebracht.

Hamish erzählte weiter. »Der alte Aldred hatte ihn auf dem Familienfriedhof beigesetzt, und als seine Überreste nach Virginia transportiert wurden, ließ die Familie das Grab in diesem Zustand.«

»Ich kann mich nicht erinnern, auf einem Friedhof jemals ein leeres Grab gesehen zu haben.«

»Ich auch nicht«, schmunzelte Hamish. Er sah sich auf dem kleinen Friedhof um. »Ich habe mir immer vorgestellt, daß ich eines Tages hier beerdigt werde, aber ich glaube nicht mehr daran.«

»Wieso nicht?«

Hamish deutete auf den Sumpf, der nur ein paar Meter entfernt war. »Das Meer ist im Laufe der Jahre zu nahe gekommen. So, wie es im Augenblick aussieht, reichen eine Springflut und ein scharfer Südostwind gleichzeitig aus, den Friedhof zu überschwemmen. Großpapa läßt die Gräber alle ins Landesinnere verlegen, dort liegen sie höher. Ein Professor und ein paar Studenten der Anthropologie von der Universität Georgia werden das demnächst in Angriff nehmen. Die Gräber sind zu alt, man kann sie nicht einfach ausbuddeln und die Toten umbetten. Hier muß das etwas sensibler geschehen, und Großvater legt Wert darauf, daß so wenig wie möglich verändert wird. Er hat auch fest damit gerechnet, hier einmal beerdigt zu werden, und ist jetzt enttäuscht. Aber der Gedanke, in seinem Grab vom Meer überschwemmt zu werden, gefällt ihm auch nicht.«

»Es ist hübsch hier. Hier würde ich gern bis zum Jüngsten Gericht liegen.«

Hamish lächelte sein kühles Lächeln. »Sie brauchen nur einen Drummond zu heiraten.«

»Ein hoher Preis«, sagte sie scherzend. »Sind Sie verheiratet?«

»Ich war es, es hat nicht funktioniert. Wir haben Hals über Kopf in New York geheiratet, ein Fehler von beiden Seiten – bis auf meinen Sohn, Aldred.«

»Sehen Sie ihn oft?«

»Nicht so oft, wie ich es gern möchte, aber im Sommer kommt er immer für eine Weile. Er ist jetzt fünf. Wenn er etwas älter ist, soll er die Sommer hier verbringen.«

Liz startete den Jeep und folgte Hamishs Anweisungen, die sie zum Haupthaus leiteten. Sie fuhren an einer Reihe völlig verrosteter Autos vorbei, darunter ein Studebaker Cabrio aus den frühen fünfziger Jahren. »Mein Vater hatte auch einen Studebaker«, sagte sie und zeigte auf den Wagen.

»Leider werden die Sachen, wenn man sie nicht benutzt, hier einfach stehengelassen, wo sie sind«, sagte Hamish. Er zeigte im Vorüberfahren auf ein großes, eingestürztes Gebäude. »Das war die Sporthalle mit einem Schwimmbad und einem Squash Court. Eines Tages ist sie einfach zusammengefallen.«

»Was für ein Jammer«, sagte sie.

»Auf der Insel gab es Sachen, für die das Geld dringender gebraucht wurde, nehme ich an. Großpapa hält die Straßen und alles andere selbst in Schuß.« Vor ihnen erhob sich das riesige Hauptgebäude. Liz sah es zum ersten Mal. »Großvaters Jeep ist weg«, sagte Hamish. »Er ist draußen und inspiziert seine Insel. Eines Tages finden wir ihn noch tot hinter dem Lenkrad.«

»Es gibt schlimmere Arten, sich zu verabschieden«, sagte sie.

Sie fuhren durch das gebogene Haupttor in Nord-Süd-Richtung auf die Hauptstraße.

»Können Sie mich an der Pension absetzen?« fragte er.

»Natürlich.«

Sie fuhren schweigend weiter, bis sie an der Abzweigung zur Pension ankamen. Sie setzte ihn an der Hintertür ab. Als er ausstieg, tauchte Germaine auf.

»Post für Sie, Liz«, sagte sie und gab ihr einen dicken Umschlag.

»Danke«, antwortete sie und warf einen Blick auf den Brief. Er war von Al Schaefer. »Vielen Dank für die Führung«, sagte sie zu Hamish gewandt. »Kommen Sie doch mal auf einen Drink in Stafford Beach Cottage vorbei.«

»Klar«, antwortete er und winkte ihr zu, während er durch die Gittertür in die Küche verschwand.

Er würde nicht kommen, dachte sie beim Wegfahren. Sie konnte nicht sagen, warum, aber sie wußte, daß er nicht kommen würde.

Zu Hause öffnete sie den Brief von ihrem Rechtsanwalt.

»Liebe Liz«, hatte Al auf einen Notizzettel gekritzelt, »ich dachte mir, daß Sie das hier gern hätten. Ich hoffe, es geht Ihnen gut. Lassen Sie von sich hören, wenn Sie irgend etwas brauchen.«

Sie entfaltete das Dokument. Es war die Bestätigung ihrer Scheidung. Zum ersten Mal seit Wochen lachte sie laut.

11

Angus Drummond saß in seinem Jeep und kaute an einem Sandwich. Hin und wieder spülte er das Essen mit einem Schluck Mineralwasser hinunter. Früher hatte er zum Essen immer gern ein Bier getrunken, aber das machte ihn in letzter Zeit müde. Er parkte am alten Kai bei Plum Orchard, dem Haus, das er für seinen Sohn Evan gebaut hatte. Während er westwärts über die Sümpfe blickte, dachte er darüber nach, wann er die Insel zum letzten Mal verlassen hatte. Das mußte vier oder fünf Jahre her sein. Er konnte sich nicht mehr an den Grund erinnern. Er war mit seinem Sandwich fertig und stieg aus, um sich die Beine zu vertreten. Langsam schlenderte er über das Dock. Ein Fisch sprang aus dem Wasser hoch, erfreute ihn mit seinem Anblick und scheuchte einen Vogel aus dem hohen Sumpfgras. Als er sich wieder dem Jeep zuwandte, stand sein Enkel da, mit freiem Oberkörper und alten Jeans lehnte er grinsend an der Motorhaube.

»Guten Morgen, Ha…« Er hielt inne und warf einen forschenden Blick auf den Mann. »Mein Gott, Keir!« Sie kamen aufeinander zu und umarmten sich.

Er schob den jungen Mann von sich und betrachtete ihn eingehend.

»Hallo, Großpapa«, sagte Keir. »Dachtest du, ich sei tot?«

»Nein, nein, du bist nicht umzubringen, aber ich hätte nicht gedacht, daß ich dich noch einmal sehen würde, bevor ich sterbe.«

Keir lachte. »Du und sterben? Du überlebst uns noch alle.«

»Daraus wird wohl nichts, Junge«, sagte Angus gerührt. »Komm, fahr ein Stück mit mir.« Er zog seinen Enkelsohn zum Jeep, und bald fuhren sie durch den Wald Richtung Norden. »Nun, erzähl mal, was du so getrieben hast. Wie lange ist es her?«

»Zu lange. Es tut mir leid, daß ich so lange weg war.«

»Wo warst du?«

»Die meiste Zeit habe ich in Europa verbracht. Lange Zeit war ich in Rom. Ich habe ein paar Geschichten geschrieben und eine davon an *Harper's* verkauft. Ich schick dir ein Heft, wenn sie veröffentlicht wird.«

»Tu das. Ich würde sie gerne lesen.«

»Eigentlich hatte ich vor, etwas über die Insel zu schreiben, mußte aber feststellen, daß mir jemand zuvorgekommen ist.«

»Meinst du die kleine Barwick?« Die Kupplung krachte, als Angus wegen eines tiefen Schlaglochs herunterschalten mußte. »Ich müßte das hier mal in Ordnung bringen lassen«, murmelte er, mehr zu sich selbst. »Ja, sie macht Fotos für ein Buch; ob sie auch schreibt, weiß ich nicht. Hast du deine Schwester besucht?«

»Noch nicht. Aber ich werde es noch machen, keine Angst.«

»Wann bist du angekommen? Dein Bruder ist hier, weißt du das?«

Keir deutete unter die Bäume. »Ich glaube, es gibt hier mehr Gürteltiere als damals, als ich zum letzten Mal da war.«

Das kleine, gepanzerte Tier scharrte unter dürren Palmblättern herum.

Angus seufzte. Irgendwie hatte er doch gehofft, daß sich zwischen seinen beiden Enkeln etwas geändert haben könnte. »Wie lange bleibst du bei uns?«

»Mindestens ein paar Tage. Wir werden sehen. Ich muß noch nach New York, um ein paar Verträge mit Zeitschriften unter Dach und Fach zu bringen, bevor es wieder über den Großen Teich geht.«

»Weißt du«, sagte Angus, »ich meine eigentlich, Cumberland wäre ein guter Ort, wo du deine Geschichten schreiben könntest. Ich werde nicht mehr lange unter euch sein und würde dich gern öfter sehen.«

»Ich würde dich auch gern öfter sehen, Großpapa, aber, na ja, hier lenkt mich zuviel ab.«

»Mehr Ablenkung als in Rom?«

»Tja, es gibt in Rom keine Gürteltiere, keine Rehe und keine Alligatoren. Diese Ablenkungen meine ich.«

»Und ich dachte immer, eine größere Ablenkung als Fasane

könnte es nicht geben«, kicherte Angus. »Es fiel mir während der Fasanensaison immer schwer, mich zu konzentrieren.«

»Gehst du immer noch mit deinen Purdy-Gewehren auf die Jagd?«

»Nein, ich habe schon seit ein paar Jahren keinen Schuß mehr abgefeuert.«

Keir lachte. »Vielleicht stirbst du deshalb bald.«

»Ich werde dir sagen, wie nah ich dem Tod schon bin«, sagte Angus. »Heute morgen habe ich James eines dieser Gewehre geschenkt.«

»James Moses?«

Angus sah ihm einen Moment in die Augen, bevor er antwortete. »Genau. James Moses. Der Junge hat mir all die Jahre treu gedient und aufs Wort gehorcht und hat von mir dafür noch nicht mal einen einzigen Zehner Trinkgeld bekommen. Er ist ein guter Junge, klug; der wird es zu etwas bringen, wenn jemand sich ein bißchen um ihn kümmert. Das könntest du tun, Keir; gib auf James acht. Du würdest deine Freude daran haben, was für ein Prachtjunge aus ihm geworden ist.«

»Leider werde ich nicht lange genug hier sein, um mich um James zu kümmern, Großvater. Ich bin wirklich nur deinetwegen hergekommen. Ich muß bald wieder los.«

»Komm bloß nicht, um mich zu beerdigen, hörst du?« sagte Angus unnachgiebig. »Kauf dir bloß kein Flugticket für dein Geld, nur um zuzuschauen, wie ich unter die Erde komme. Ich habe Beerdigungen schon immer gehaßt. Wenn ich's verhindern könnte, ginge ich nicht mal zu meiner eigenen.«

Keir sah seinen Großvater an und lächelte. »Großpapa, wenn ich zurückkomme, um bei deiner Beerdigung dabei zu sein, dann um meines eigenen Seelenfriedens willen, nicht aus Pflichtgefühl. Ich weiß, was du über Bestattungen denkst. Ich werde dich nicht in die Zwickmühle bringen, wenn du tot bist.«

Angus sah sich um. »Ich weiß nicht, was aus dieser Insel wird, wenn ich weg bin«, sagte er traurig.

»Sie wird immer dir gehören«, sagte Keir, »und ich werde, solange ich lebe, dafür sorgen, daß niemand etwas darauf baut, was dir mißfallen würde.«

»Ich freue mich, das von dir zu hören!« grinste Angus. »Dein Cousin Jimmy kann es wohl kaum erwarten, die ganze Insel zuzupflastern.«

»Keine Sorge, Großvater. Deine Insel bleibt ursprünglich.«

»Entschuldige mich einen Augenblick, Keir«, sagte Angus. Er fuhr an den Straßenrand, ließ den Motor laufen und stieg aus. Er trat ein paar Schritte in den Wald, öffnete den Hosenschlitz und erleichterte sich anhaltend. Dann zog er den Reißverschluß zu und kehrte zum Jeep zurück. Sein Enkel war verschwunden. Auf dem Vordersitz lag die winzige Schale einer Seemuschel. Angus nahm sie in die Hand. Sie war glänzend poliert. Das hatten die Jungen getan, als sie noch klein waren; sie kratzen die Schalen aus und rieben sie an ihren Nasen, bis der Körperschweiß sie langsam zum Glänzen brachte.

Angus schüttelte den Kopf. Seine Enkel waren merkwürdig, besonders Keir. Er steckte die Schale in die Hemdtasche und fuhr mit dem Jeep davon.

12

Al Schaefer suhlte sich noch immer in Gedanken an die erfolgreichste Woche seiner Karriere, in der er, dank seines Auftritts im Fall Elizabeth Barwick, über dreihunderttausend Dollar verdient hatte. Es hatte schon Wochen gegeben, in denen er gewinnbringende Prozesse gewonnen hatte; Wochen, in denen fettere Schecks mit der Post eingegangen waren, aber es war noch nie vorgekommen, daß innerhalb einer einzigen Woche ein und derselbe Fall angefangen hatte, geregelt wurde und mit einer solch bedeutenden Zahlung abgeschlossen worden war. Da er keine Partner hatte und sich nicht verpflichtet fühlte, einem seiner beiden Assistenten einen Bonus zukommen zu lassen, gehörte die ganze Summe ihm allein.

Zuerst hatte er dreißig Prozent seines Honorars zurückgelegt, die höchstmögliche Summe, die er an Bundes- und Landessteuern würde zahlen müssen; das machte einhundertzehntausend Dollar. Dann hatte er einhunderttausend zu einem guten Zinssatz in langfristigen Staatspapieren angelegt. Schließlich hatte er der American Civil Liberties Union einen Scheck über fünfunddreißigtausend Dollar geschickt. Nachdem er sich so der Pflichten gegenüber seinem Land, seiner Sicherheit und seinem Gewissen entledigt hatte und da alle Büro- und Personalkosten aus seinem normalen Einkommen gedeckt waren, blieben ihm achtundachtzigtausend Dollar und etwas Kleingeld, mit denen er sich ohne Gewissensbisse amüsieren konnte. Er dankte Gott, daß seine Ehe schon vor fünf Monaten rechtsgültig geschieden worden war, so daß er die Beute nicht mit dieser ›Dingsbums‹ teilen mußte.

Al fing mit Las Vegas an. Er telefonierte mit einem Freund, der einen hübschen kleinen Privatjet besaß, den er ihm gegen Zahlung der Betriebs- und Personalkosten überließ. Dann rief er ein Mädchen an, das er kannte – für Las Vegas genau das Richtige –, und Freitag morgen brachen sie auf. Sie bezogen eine protzige Suite im Cesar's Palace, und Al tat zwei Tage lang nichts anderes als essen, trinken, vögeln und riskant Poker spielen. Am Sonntag verschlief er den ganzen Tag, spielte nachts wieder Poker, und am Montag morgen bei der Abreise rechnete er sich aus, daß er nach Abzug aller Kosten dreizehntausend Dollar Plus gemacht hatte. Jetzt besaß er über hunderttausend, mit denen er sich vergnügen konnte.

Al wandte sich dem Mädchen zu, mit dem er im Bett sein Frühstück einnahm. »Mußt du wirklich morgen wieder zurück sein?«

Sie zuckte die Schultern. »Nicht, wenn ich meinen Job schmeiße«, sagte sie.

»Warum schauen wir nicht ein paar Tage in L. A. rein?« grinste er.

Sie grinste zurück. »Jobs gibt's wie Sand am Meer.«

Um drei lagen sie dann am Pool des Beverly-Hills-Hotels, nicht zu dicht dran, denn Al fürchtete sich vor dem Wasser. Er bestellte ein Telefon, änderte seine Termine, sprach mit seinem Börsenmakler und regelte ein paar Geschäfte. An diesem Abend speisten sie im ›Michael's‹ in Santa Monica und am nächsten mietete Al einen Porsche 911 Cabrio, mit dem sie zum Lunch nach Santa Barbara fuhren. Die Woche verflog nur so: Mit dem Motorrad nach Catalina, Dinner bei Spago und Rex, die Universal-Filmstudios, Shopping am Rodeo Drive. Am späten Samstag abend, auf dem Rückweg vom Essen, kam statt der Musik Sport aus dem Radio.

»Hey«, sagte sie, »morgen spielen die Atlanta Bobcats gegen die L. A. Rams. Gehen wir hin?«

»Ach nein«, sagte Al, »mit den Bobcats bin ich für dieses Leben fertig.«

Als sie wieder im Beverly Hills ankamen, war sie müde; Al wollte noch einen Schlummertrunk zu sich nehmen. Sie ging nach oben, er ging in die Polo Lounge und fand einen Tisch ganz für sich allein neben der Tür zum Garten. Morgen würden sie wieder nach Hause fahren. Er nahm zu, und er war nicht daran gewöhnt, so lange von seiner Arbeit getrennt zu sein. Er lehnte den Kopf gegen das Kissen der Stuhllehne und schwenkte seinen Armagnac. Das Leben war herrlich, jedenfalls bis er die Augen öffnete. Baker Ramsey saß mit einer Blondine an einem Tisch bei der Tür. Al war dicht an ihm vorbeigelaufen.

Zunächst wollte Al instinktiv hinausrennen; Ramsey wirkte betrunken, und er wollte eine Szene vermeiden, aber Ramsey befand sich genau zwischen ihm und der Tür. Al warf einen Blick über die Schulter in das leere Speisezimmer und den dahinterliegenden Garten. Er legte eine Fünfzig-Dollar-Note auf den Tisch, schlüpfte aus der Nische und ging auf den Garten zu. Draußen schien er in der Falle zu sitzen, doch dann sah er einen verdeckten Durchgang, der von den Tischen wegführte. Er kam in einen weiteren Garten bei den Bungalows.

Al atmete tief die kalifornische Nachtluft ein, würzig vom Duft der Bougainvilleas. Der Mond stand am Himmel, und der Garten war herrlich. Er beschloß, sich eine Weile darin aufzuhalten. Er wollte Ramsey nicht in der Hotelhalle in die Arme laufen. Er schlenderte langsam ohne bestimmtes Ziel durch den Park. Ein paar Minuten später stand er vor dem Swimmingpool. Um den Pool herum war alles leer, die Unterwasserlampen leuchteten.

Al setzte sich auf eine bequeme Liege, nicht zu dicht beim Wasser. Als er noch ein kleiner Junge gewesen war, hätten ihn ein paar übereifrige Rüpel beinahe ertränkt. Er war im Krankenhaus gelandet. Der Geruch von Chlor und der Gedanke, Wasser einzuatmen, brachte ihn noch immer an den Rand der Panik. Er mochte den Anblick von Wasser, aber er hielt sich lieber in sicherer Entfernung. Hier würde er ein paar Minuten warten, dann wieder in sein Zimmer zurückkehren. Ramsey hatte schließlich morgen ein Spiel, der würde früh gehen.

Al dachte darüber nach, daß es ihm noch nie zuvor so gut gegangen war. Er hatte schon immer eine Menge Geld verdient, aber jetzt war er angenehm reich geworden. Er war seiner miesen Ehe entkommen, bekam mehr große Fälle als je zuvor, und er war erst zweiundvierzig, kerngesund. Er döste.

Er hatte einen bösen Traum. Er wollte schreien, aber er konnte nicht, er wollte atmen, aber er konnte nicht. Er wachte auf.

Eine riesige Hand bedeckte ihm Mund und Nase. Er spürte, wie er aus der Liege emporgehoben wurde, bis seine Füße den Boden nicht mehr berührten. Ein Arm klammerte sich um seinen Hals, er schlug danach und zerrte daran. Die Lichter im Pool schienen schwächer zu werden, doch plötzlich konnte er wieder atmen. Er schnappte nach Luft, und als er gerade losschreien wollte, drückte der Arm wieder zu.

»Keinen Laut«, sagte eine Stimme dicht an seinem Ohr. »Ein Mucks, und ich brech dir den Hals.«

Al strampelte, konnte aber mit den Füßen den Boden nicht erreichen. Er klemmte seine Hände zwischen den Arm und seinen Hals, versuchte, ihn wegzureißen, konnte ihn aber nicht von der Stelle bewegen.

»Wo ist sie?« fragte die Stimme.

»Was?« schnaufte Al.

Der Arm drückte fester zu, und die Hand legte sich ihm auf Mund und Nase. Eine halbe Minute kämpfte er, dann durfte er wieder atmen. »Ich frage dich nur noch ein einziges Mal, und wenn mir die Antwort nicht gefällt...«

»Was wollen Sie wissen?« brachte Al heraus. Er fürchtete sich, er dachte über eine Möglichkeit nach zu entkommen. Verdammt, er war in einem ausgebuchten Hotel, es mußte doch jemand vorbeikommen.

»Wo ist die Nutte? Sag mir, wo sie ist, und ich lasse dich los. Sonst...« Er preßte Al wieder Mund und Nase zu.

Al begann, trotz seiner Furcht, nachzudenken. Er hatte genug Atem, um ein paar Sekunden die Luft anzuhalten. Dieser Kerl wog doppelt soviel wie er, aber auch er hatte eine verwundbare Stelle. So, wie er Al umklammert hielt, konnte Al seine Leisten nicht erreichen, aber es gab noch eine andere Stelle. Er tastete mit seinen Füßen nach hinten, fuhr mit den Fersen an den Beinen seines Widersachers hoch. Dann riß er das Knie bis zum Kinn hoch und trat kräftig nach hinten, gegen Ramseys Knie.

Dieses Mal war es Ramsey, der laut wurde, ein wütendes Grunzen, das in ein dunkles, anhaltendes Knurren überging.

Al verwandelte sich in einen kleinen Tiger, er wand sich, grapschte nach den Augen seines Gegners, schlug mit den Ellbogen, tat alles, womit er dem Mann weh tun konnte. Die Hand ließ sein Gesicht los, er konnte Luft holen. Dann ließ der Arm plötzlich seinen Hals los, und Al versuchte verzweifelt davonzurennen, aber eine Hand ergriff seinen Jackenkragen und wirbelte ihn herum. Er stand jetzt direkt vor Ramsey und versuchte wieder die Augen zu treffen. Dann schlug Ramsey zu. Der Schlag traf Al im Magen, dicht unter dem Rippenbogen. Er klappte zusammen und stürzte auf die Kacheln am Pool, hielt den Magen umklammert und schnappte nach Luft. Er konnte sich nicht rühren, es war, als sei er gelähmt.

Ramsey stand da und blickte auf ihn herab. »Und jetzt sagst du mir, wo sie steckt«, sagte er. Er lächelte dabei.

Al hatte es gerade geschafft, ein wenig Luft zu atmen, als er spürte, wie er auf die Beine gerissen wurde. Er hing direkt vor Ramseys Gesicht, versuchte zu schreien, sich zu bewegen, aber der Schmerz in seinem Leib war unerträglich. Jetzt wurde er zum Pool getragen, schlug wild um sich, denn er wußte, was jetzt kommen würde; dann verschwand er mit dem Kopf voran bis zur Hüfte im Wasser. Er hatte nur wenig Luft in der Lunge, und mit schwindender Kraft versuchte er, kein Wasser einzuatmen, war wieder zehn Jahre alt, wurde im Pool des Nachbarhauses ertränkt, von zwei Größeren unter Wasser getaucht. Sein schlimmster Alptraum.

Dann war er wieder draußen, hing kopfüber über dem Wasser.

»Zum letzten Mal«, sagte Ramsey. »Wo ist sie?«

Al hatte Angst, aber auf Angst reagierte er mit Kampfesmut. »Leck mich«, spuckte er. Ramsey würde ihn nicht umbringen, nicht hier. »Leck mich«, wiederholte er. »Du hast doch nicht den Mut, mich umzubringen, du muskelstrotzender Schwachkopf!«

Dann tauchte Baker Ramsey Al Schaefer wieder in den Pool.

13

Liz fuhr südlich des Lake Whitney durch die Wälder. Die Straße überquerte einen Lehmdeich, und plötzlich bemerkte sie etwas. Sie hielt den Jeep an und ging leise und langsam zu Fuß wieder zurück auf den Deich. Die Gestalten hatten sich nicht gerührt.

Unter ihr lagen mindestens ein Dutzend junger Alligatoren auf einer Sandfläche, keinen von ihnen schätzte sie größer ein als vierzig Zentimeter. Sie ging zurück zum Jeep und begann, ihre Ausrüstung abzuladen. Sie entschied sich für die 4x4 Deardroff-Kamera und ein schweres, dreibeiniges Holzstativ und holte ihre massive Tasche mit den Objektiven und den Filmen. Fast auf Zehenspitzen schlich sie wieder auf den Deich und suchte die beste Stelle. Sie kletterte vorsichtig die Böschung des Deiches hinab zum Wasser und hielt inne. Ein großer Baumstamm trieb ein paar Meter von ihr entfernt im Wasser dahin. Wo es kleine Alligatoren gibt, sagte sie sich, gibt es auch große, und große Alligatoren sehen im Wasser wie Baumstämme aus.

Sie sah genauer hin. Es war tatsächlich ein Baumstamm.

Sie seufzte erleichtert auf und fing damit an, ihre Ausrüstung aufzubauen. Bald hatte sie das Stativ mit einem Bein im Wasser aufgestellt und befestigte ein 305-mm-Objektiv an dem würfelförmigen Kameragehäuse. Sie wollte ein Foto aus unmittelbarer Nähe haben. Plötzlich hörte sie einen schrillen, hohen, kehligen Laut aus der Richtung der Reptilienjungen; sie blinzelte unter dem Tuch hervor. Die kleinen Alligatoren blieben reglos liegen, sie schienen sie zu ignorieren. Der Baumstamm trieb langsam davon, angetrieben von den Wellen, die sie im Wasser erzeugte.

Ihr Standort war recht unsicher. Sie stand am Fuß der Böschung und hatte Mühe, alles für das Foto einzurichten. Sie schüttelte einen Mokassin ab und setzte den Fuß vorsichtig ins Wasser, nachdem sie sich nach Schlangen umgesehen hatte. Das Wasser fühlte sich kühl an. Sie tastete nach dem Grund und stocherte naserümpfend im Lehm, bis sie festen Halt gefunden hatte. Jetzt hockte sie hinter der Kamera; sie steckte den Kopf unter das schwarze Tuch und stelle Blende und Bildausschnitt ein.

Es würde ein gutes Foto werden. Sie drückte auf den Auslöser und hoffte, daß das Klicken die kleinen Alligatoren nicht erschrecken würde. Doch sie blieben ganz still liegen, und sie legte eine neue Filmplatte ein und überprüfte den Belichtungsmesser. Sie verschwand für die nächste Aufnahme unter das Tuch. Dann wurde der Baumstamm lebendig.

Unter dem Tuch hörte sie das laute Klatschen und Zischen, das sich plötzlich zu einem Brüllen verstärkte. Aus ihrer unbequemen Stellung heraus zerrte sie den Fuß aus dem schlüpfrigen Lehm und schob sich rückwärts den Deich hinauf. Sie hatte einen deutlichen Blick auf ihren Verfolger.

Die Zeit blieb stehen, alles schien sich in extremer Zeitlupe zu bewegen. Der gewaltige Alligator schien über das Wasser auf sie zuzulaufen und gab mit aufgerissenem Maul seine schrecklichen Laute von sich. Während sie auf allen vieren aufwärtskletterte, versuchte sie instinktiv, mit den Füßen die Kamera zwischen sich und den Alligator zu bugsieren. Von irgendwoher hörte sie jemanden schreien, und ihr wurde bewußt, daß sie selbst es war, die geschrien hatte. Der Alligator kam näher, kletterte die Böschung hinauf. Die Kamera fiel auf ihn drauf, eines der drei gut abgelagerten Holzbeine des Stativs geriet in seinen Schlund und wurde auf der Stelle zu Splittern verarbeitet.

In diesem in Zeitlupentempo ablaufenden Alptraum, der nie zu enden schien, bewegte sie sich weiter rückwärts. Sie erreichte die Straße auf dem Deich, den Alligator dicht hinter sich, versuchte taumelnd, auf die Beine zu kommen. Sie schlug sich die Knöchel auf und rannte los, immer weiter, ohne sich umzuwenden.

Dann, als sie gerade glaubte, einen Blick hinter sich werfen zu können, stieß sie gegen etwas und wurde festgehalten.

»Ruhig, ruhig«, sagte er, »kommen Sie hier herüber, zum Jeep. Es ist alles in Ordnung, er ist weg.«

Liz rang nach Luft, schluchzte und wimmerte.

»Schon gut, beruhigen Sie sich, alles in Ordnung«, sagte Keir Drummond immer wieder mit seiner besänftigenden, ruhigen Stimme. Er nahm ihren Arm und bugsierte sie auf den Beifahrersitz des Jeeps.

»Wo... Woher... sind Sie gekommen?« japste sie.

»Ich habe Ihnen nicht nachspioniert, falls Sie das glauben sollten. Ich war einfach nur... da.«

»Spionieren Sie, soviel Sie wollen«, sagte sie und wischte sich mit dem Handrücken die Tränen vom Gesicht. »Hauptsache, Sie sind hier.«

»Ich habe Ihnen nicht das Leben gerettet oder so etwas. Das haben Sie selbst getan. Ich habe Sie nur davon abgehalten, bis Greyfield weiterzurennen.«

»Das hätte ich sicher getan«, sagte sie beinahe lachend. Sie zitterte, während sie es sagte.

Keir nahm sie in die Arme. Er sagte nichts, hielt nur mit einer Hand ihren Kopf, während die andere über ihren Rücken strich.

Liz spürte, wie ihr Herz gegen seinen Brustkorb schlug. Sie klammerte sich an ihn und weinte. Er fühlte sich warm und sicher an, und sie wollte sich einfach fünf oder sechs Wochen lang so an ihm festhalten.

Er küßte sie aufs Ohr und gab beschwichtigende Laute von sich.

Nach und nach bekam sie sich wieder in den Griff und schob sich langsam von ihm weg. »Meine Kamera«, sagte sie schließlich. »Hat der Hurensohn meine Kamera erwischt?«

»Bleiben Sie hier, ich sehe nach«, sagte er.

Sie beobachtete ihn, wie er auf den Deich ging und dann vorsichtig um sich blickend die Böschung hinabstieg. Sie war erstaunt, wie nah die Stelle noch war; sie war sicher gewesen, etliche hundert Meter gerannt zu sein.

Er kam mit der Kamera zurück. Sie war noch mit dem zersplitterten Stativ verbunden. In der anderen Hand hatte er ihren Schuh. »Sieht aus, als wäre die Kamera noch in Ordnung«, sagte er. »Ich glaube nicht, daß sie ins Wasser geraten ist.« Er kehrte wieder zurück und brachte ihre Tasche mit. »Alles noch da, allerdings hat das Stativ nur noch zwei Beine.«

»Ich habe noch ein kleineres«, sagte sie und schraubte traurig die Kamera von dem demolierten Stativ, »aber das ist für die Sucherkamera nicht stabil genug.«

»Ich repariere es für Sie«, sagte er.

»Das wäre nicht dasselbe. Ich muß bei Zone VI ein neues bestellen.« Sie sah auf die Uhr. »Cocktailzeit«, stellte sie fest. »Ich lade Sie zu einem Drink ein, und wenn Sie tapfer sind, koche ich Ihnen etwas zum Abendessen.«

»Soweit reicht meine Tapferkeit noch«, erwiderte er.

Sie saßen auf der Veranda vor den Überresten ihres Mahls. Im Licht einer Sturmlaterne leerten sie die zweite Flasche Wein. Liz fühlte sich geborgen und wohlig, nicht im mindesten betrunken. Während sie sprachen, betrachtete sie ihn und staunte über die

Unterschiede zwischen Keir und seinem Bruder. Der Zwillingsbruder, den sie vor sich hatte, strahlte Wärme aus – Augen und Mund bewegten sich anders, in seinen Augenwinkeln lauerte Humor. Sie wollte ihn haben, und sie ignorierte die Unvernunft ihres Gefühls. Sie hatte mit wenigen Männern geschlafen und sich immer nur vorsichtig auf eine Beziehung eingelassen.

»Was glauben Sie, wie groß war Goliath?« fragte Keir. »Seit Jahren hat ihn keiner mehr gesehen.«

»Ach, so ungefähr hundertfünfzig Meter lang«, sagte sie.

»Ich wollte nicht wissen, wie lang er Ihnen *vorkam*«, lachte Keir. »Im Ernst. Ich würde es gern wissen.«

»Ich schwöre Ihnen, ich habe nicht die geringste Ahnung«, erwiderte Liz. »Er war verdammt viel größer als alles, was ich je in Florida auf Reptilienfarmen gesehen habe, und dort habe ich als kleines Mädchen, als meine Eltern mich mal mit zum Strand nahmen, einen Alligator gesehen, der vier Meter lang war.«

»Sie hatten großes Glück«, sagte Keir. »Ich wünschte, ich wäre etwas früher gekommen, dann hätte ich ihn mit bloßen Händen erlegen können. Sie wären mir unendlich dankbar gewesen.«

Sie lächelte ihm zu. »Ich bin Ihnen unendlich dankbar, daß Sie überhaupt da waren.« Sie schwenkte ihr Weinglas. »Wo haben Sie gesteckt, bevor ich Sie gesehen hatte? Sind Sie mir gefolgt?«

Er hob die Hand. »Ich schwöre, ich bin Ihnen nicht gefolgt. Ich bin wirklich zufällig vorbeigekommen.«

»Wohin wollten Sie gerade?«

»Ich hatte kein bestimmtes Ziel. Manchmal streife ich nur so herum. Ich war lange Zeit fort und habe Cumberland vermißt. Ich denke, ich war einfach wieder der kleine Junge, der damals mit Buck Moses auf die Jagd ging.«

»Haben Sie Buck besucht?«

»Ja, gleich am ersten Tag. Er wüßte auch, daß ich hier bin, wenn ich ihn nicht besucht hätte. Er ist so.«

»Haben Sie Ihren Großvater besucht?«

»Ja, mehrmals. Gestern war ich zum Abendessen in Dungeness. Es war genau wie früher.«

»Sie sollten ihn häufiger besuchen.«

»Der alte Mann ist nicht so einsam, wie Sie glauben. Er kommt sehr gut allein zurecht und mag nicht zu viele Leute um sich haben. Er braucht nur die Insel.«

»Waren Sie bei Germaine?«

»Wir haben gestern abend zusammen was getrunken und getratscht. Ich habe ihr erzählt, daß ich Sie kennengelernt habe.«

»Haben Sie sonst noch jemanden gesehen?« Sie sah ihn forschend an.

»Sonst gibt es niemanden zu sehen.« Er nahm ihre Hand, hielt sie unter die Lampe und untersuchte die Handfläche. »Eine lange Lebenslinie. Mit einer Unterbrechung, dort, wo das erste Drittel Ihres Lebens endet. Das verheißt eine einschneidende Veränderung.« Er zog mit dem Finger andere Linien nach. »Eine Änderung zum Besseren«, sagte er. »Stimmt's?«

»Schlechter hätte es auch kaum werden können«, antwortete sie.

»Möchten Sie mit mir darüber sprechen?«

»Nein. Jedenfalls nicht jetzt. Ich möchte lieber etwas über Sie erfahren. Was machen Sie? Wovon leben Sie?«

»Ich schreibe. Nicht gerade ungeheuer viel, aber ich schreibe. Ich bin gut im Schreiben. Ich kann nicht davon leben, aber von meinen Eltern ist noch Geld da, so daß ich nicht schreiben muß, wenn ich nicht will.«

»Wo haben Sie in der letzten Zeit gelebt?« fragte sie. Sie formulierte die Fragen sorgfältig, sie wollte keine Gemeinplätze hören.

»In Rom.«

»Wo in Rom?«

»Ich habe an der Piazza Navona eine kleine Wohnung. Morgens bekommt sie Sonne, und nachmittags liegt sie im Schatten.«

Sie nahm seine Hand. »Jetzt sehe ich mir mal Ihre Hand an.«

Er schloß die Hand. »Sie sollten nicht zuviel wissen wollen.«

Sie runzelte die Stirn.

Er streckte die Hand aus und strich mit den Fingerspitzen über ihre Stirn. »Keine Runzeln, bitte. Keine Sorgenfalten, besonders nicht meinetwegen.« Dann umfaßte er ihre Wange mit der Hand und küßte sie auf den Mund, als hätte er das schon oft getan.

Sie erwiderte den Kuß, als hätte sie das schon oft getan.

Er zog sie auf die Füße, legte die Arme um sie und küßte sie.

Sie reagierte leichter, als sie für möglich gehalten hätte. Es war, als hätte sie in diesem Augenblick keine Vergangenheit, und die seine war ganz ohne Belang. Obwohl sie sich nicht von der Stelle bewegt zu haben schienen, befanden sie sich kurz darauf im Bett. Sie nahm ihn leicht und freudig auf, sie machten einander glücklich.

Dies ist nur körperlich, redete sie sich ein, einfach nur das, was ich jetzt brauche.

Irgendwann in der Nacht spürte sie, wie er das Bett verließ. Sie schlief ein und glaubte, er würde wiederkommen. Er kam nicht wieder.

Am nächsten Morgen wachte sie mit blühender Laune auf, dann fiel ihr die Nacht wieder ein. Sie hatte Schuldgefühle. Wieso? Sie war erwachsen, sie konnte schlafen, mit wem sie mochte. Sie dachte so lange darüber nach, bis sie die Schuldgefühle wegargumentiert hatte. Zurück blieb nur eine warme, süße Erinnerung.

14

Liz steckte den Kopf in das kleine Büro der Pension. Germaine sprach gerade in das Funktelefon, die einzige elektronische Verbindung der Pension mit dem Festland. »Haben Sie eine Tasse Kaffee für mich übrig?« fragte Liz.

Germaine verdeckte die Sprechmuschel mit der Hand. »Ich komme sofort, bedienen Sie sich.«

Liz ging in die Küche und suchte nach Kaffee. Hamish Drummond saß allein am Personaltisch, trank aus einer Tasse und las

Zeitung. Sie goß sich aus der Kanne auf dem Herd einen Kaffee ein und setzte sich zu ihm.

»Morgen«, sagte er lächelnd. Der übliche zurückhaltende Charme.

»Was steht in der Zeitung?« fragte sie. »Ich habe schon seit einer Weile keine mehr gelesen.«

»Schlechte Nachrichten«, sagte Hamish, »jedenfalls für die Atlanta Bobcats. Baker Ramsey hat sich am Knie verletzt, und es sieht so aus, als fiele er für den Rest der Saison aus.«

»Ich bin im Football nicht auf dem laufenden«, sagte sie. Nicht mehr. Baker war noch nie ernsthaft verletzt gewesen, fiel ihr ein – weder in der College-Liga noch in seiner Profizeit. Sie fragte sich, wie er es wohl verdauen würde. Dann verscheuchte sie die Gedanken an ihren Ex-Mann. Er war nicht mehr ihr Problem. »Gibt es sonst noch was Wichtiges?«

Er hielt die Zeitung auf Armeslänge von sich fern und überflog die Titelseite. »Hmm, mal sehen – weltweite Abrüstungsverhandlungen, der erste Mensch auf dem Mars, die Auferstehung.« Er schüttelte den Kopf. »Nichts so Wichtiges wie Ramseys Knie.«

»Jetzt wissen wir wenigstens, wo Ihre Prioritäten liegen.«

»Stimmt genau. Ich hatte auf dieses Spiel gewettet. Die Bobcats hätten sie fertigmachen müssen.« Hamish stand auf und leerte seine Tasse.

Germaine kam aus dem Büro. »Gehst du?«

»Ja. Aus Fernandina kommt ein Boot und holt mich ab.«

»Sie verlassen uns?« fragte Liz.

»Ja, für eine Woche. Ich muß nach New York, ein bißchen Geld verdienen.«

»Okay. Gute Reise.«

»Danke.« Er legte seiner Schwester den Arm um die Schultern und küßte sie auf den Mund. »Paß auf dich auf.«

»Du auch. Kommst du zurück?«

»Wenn ich dieses Geschäft unter Dach und Fach habe, kann ich mir eine Weile freinehmen. Ich komme wieder und kellnere oder so etwas.«

»Das glaub ich dir aufs Wort«, sagte Germaine trocken.

Hamish nahm seine Tasche, verließ die Küche durch die Hintertür und verschwand in Richtung Anlegestelle.

Germaine goß sich Kaffee ein und ließ sich neben Liz auf die Bank sinken. »Puh, heute morgen ist es ganz schön hektisch. Schön, mal eine Pause zu haben.« Sie warf einen verstohlenen Blick auf Liz. »Irgend etwas ist anders geworden, Sie wirken so ungeheuer selbstzufrieden.«

Liz errötete. War sie so mühelos zu durchschauen?

Germaine hob die Augenbrauen. »Aaaah«, rief sie leise.

»Was heißt ›Aaah‹?« fragte Liz, ihrem Blick ausweichend.

»Er hat mir erzählt, daß ihr euch begegnet seid. Ihr seid euch also noch nähergekommen.«

Liz erschrak. »Hat er es Ihnen erzählt?«

»Nein«, lachte Germaine. »Sie haben es erzählt. Es steht Ihnen im Gesicht geschrieben.«

»Das glaube ich Ihnen nicht«, murmelte Liz. Sie spürte, wie ihr das Blut in die Wangen schoß.

»Hören Sie, Sie waren ziemlich verkrampft, als Sie hier ankamen. Und jetzt glühen Sie förmlich.« Es schien ihr peinlich zu werden. »Tut mir leid, ich wollte nicht aufdringlich sein.«

»Macht nichts«, seufzte Liz. »Ich brauche wahrscheinlich sowieso Ihren Rat.«

»Genießen Sie es. Das tue ich auch.«

»Sie? Mit wem?«

Germaine deutete mit dem Kinn zum Speiseraum. Liz sah eine neunzehn Jahre alte männliche Kehrseite in engen Jeans vor sich. Ron, der Kellner, wischte mit einem Mop über den Fußboden.

»Das ist nicht Ihr Ernst«, sage Liz.

»Doch. In den ersten Jahren, in denen ich diese Pension geführt habe, wurde ich fast verrückt, so scharf war ich. Hier kommt als Gast fast nie ein unverheirateter Mann her. Dann habe ich die Freuden jungen Fleisches entdeckt. Sie kommen im Sommer hierher, um zu arbeiten. Die Lösung schlechthin.«

»Verdammt noch mal«, murmelte Liz.

»Das werde ich wahrscheinlich bis in alle Ewigkeit sein, aber das ist es mir wert. Das Beste daran ist, daß die Jungs ganz wild darauf sind, mit einer älteren Frau zusammenzusein. In dem Alter haben sie vielleicht gelegentlich eine Cheerleaderin oder zwei vernascht, aber das zählt nicht als Erfahrung. Wenn die hier abreisen, sind sie für alles gerüstet.« Sie beugte sich zu Liz. »Der gute Ron hier wird der König des Campus sein, wenn er wieder an seine Universität zurückkehrt. Und das Schöne daran ist, daß ich ihn auch noch dazu *zwingen* muß, zurückzukehren. Er will den Winter über bleiben!«

»Sie Teufelsweib!«

»Da haben Sie verdammt recht. Ich werde nächsten Monat vierzig und habe immer noch Appetit auf junges Fleisch.«

Die zwei Frauen platzten laut heraus vor Lachen, bis Ron sich umwandte und sie fragend ansah.

»Weibertratsch, Süßer«, rief Germaine ihm zu. »Kümmer dich nicht um uns.«

Ron blinzelte ihr zu und wandte sich wieder seinem Mop zu.

»Wenn ich ehrlich sein soll«, sagte Germaine, »ich habe schon überlegt, ob ich ihn an Sie weiterreichen sollte. Sie wirkten so einsam. Aber es scheint ja, als wäre das jetzt geregelt, und ich kann nicht behaupten, daß mir das mißfällt. Ich war schon immer der Ansicht, daß meine beiden kleinen Brüder die appetitlichsten Jungs hier sind.«

»Ich weiß nicht, was aus dieser Sache werden soll. Ihr Bruder scheint sich nicht festlegen zu wollen.«

»Das kann man wohl sagen. Es ist jederzeit möglich, daß er aufsteht und verschwindet, damit sollten Sie rechnen.«

»Ich suche nichts Dauerhaftes«, sagte Liz ehrlich. Sie grinste. »Aber ich hoffe doch, daß er wenigstens noch ein *bißchen* bleibt.«

Sie brachen wieder in Gelächter aus. Als sie sich wieder gefaßt hatten, sah Germaine sie ernst an. »Es ist wohl lange her?«

»Lange.«

»Seit wann sind Sie geschieden?«

»Rechtsgültig erst, seit ich hier bin.«

»War es schlimm?«

»Er hat mich krankenhausreif geprügelt.«

»Mist«, sagte Germaine. »Mein Ex-Mann hat mich einmal geschlagen. Daraufhin habe ich ihm mit einem Fausthieb das Nasenbein gebrochen.«

Liz lachte. »Mit dem Muskelpaket konnte ich nicht konkurrieren, glauben Sie mir.«

»Ich hoffe, Sie haben ihm eine Menge Geld abgeknöpft.«

»Das habe ich, aber wenn er mich jemals in die Finger kriegt ...«

»Meine Güte, kein Wunder, daß Sie sich einen solchen Aufenthaltsort ausgesucht haben.«

»Als Ray mir dieses Angebot machte, war es, als wäre mein Gebet erhört worden.«

Germaine grinste. »Und Keir war die Antwort auf das nächste Gebet?«

»Sagen wir, es ist sehr angenehm, ihn um sich zu haben.«

»Freut mich zu hören. Ich habe mir um euch beiden Sorgen gemacht. Aber knien Sie sich nicht allzusehr da hinein; er bringt es fertig, sich in nichts aufzulösen. Das tut er immer wieder.«

»Das hab ich mir schon gedacht.«

Germaine schlug mit der flachen Hand auf den Tisch und stand auf. »So, jetzt muß ich die Lebensmittelliste aufstellen und durchgeben. Trinken Sie Ihren Kaffee in Ruhe aus, wir unterhalten uns dann ein anderes Mal weiter.«

»Danke, das würde mich freuen.«

Germaine ging zu ihrem Schreibtisch, und Liz streifte die Zeitung, die Hamish liegengelassen hatte, mit einem Blick. Die Schlagzeile über dem Impressum lautete:

KEINE HOFFNUNG IN LOS ANGELES FÜR DIE BOBCATS – RAMSEY VERLETZT SICH DAS KNIE IM ERÖFFNUNGSSPIEL

Sie verdrängte Baker Ramsey aus ihrem Kopf, überflog die Titelseite und hielt am Ende der Seite inne.

Rechtsanwalt aus Atlanta
tot in Swimmingpool in Beverly Hills
aufgefunden

Sie las weiter:

> Albert Schaefer, der bekannte Strafverteidiger aus Atlanta, ist am Sonntag morgen von einem Wächter, der gerade seinen Dienst antrat, tot im Swimmingpool des Beverly-Hills-Hotels aufgefunden worden. Die Leiche war voll bekleidet.
>
> Ein Sprecher des Beverly Hills Police Department bestätigte, daß der Tod durch Ertrinken eintrat. Weiterhin sagte er, Albert Schaefer sei eine Blutprobe entnommen worden. Die Ermittlungsbeamten gingen davon aus, daß Schaefer in den frühen Morgenstunden des Sonntags im betrunkenen Zustand in den Pool gestürzt war und sich nicht selbst retten konnte. Die geschiedene Ehefrau des Anwalts bestätigte, daß Schaefer Nichtschwimmer war und sich vor Wasser fürchtete. Der Sprecher sagte, es gebe keine Anzeichen für ein Verbrechen.

Liz hatte Albert Schaefer nicht näher gekannt, aber sie war erschrocken und traurig über diese Todesmeldung. Dann fiel ihr wieder die Schlagzeile ins Auge.

Los Angeles, dachte sie. Nein, das war Zufall. Aber wenn es Zufall war, warum fürchtete sie sich plötzlich so sehr?

15

Aus halbgeschlossenen Augen sah Baker Ramsey die Krankenschwester über sich, die Mary Alice hieß und sich auf seinem Körper auf und ab bewegte. Ihr Rock war über die Hüften hochgeschoben, und sie stieß kleine Winsellaute aus. Ihr Schwesternkittel war aufgeknöpft, und ihre großen Brüste fielen nach vorn in Ramseys knetende Hände.

»O du, du, du...« flüsterte sie, als ein Orgasmus sie schüttelte.

Auch Ramsey kam, aber leiser. Die war gut. Die würde er noch öfter treffen. Er hielt sie von sich ab, als sie versuchte, sich auf ihn zu legen. »Nein, Baby, du kannst jetzt nicht einschlafen«, raunte er ihr zu. »Du mußt wieder an deinen Schreibtisch. Wenn sie dich erwischen, können wir nicht mehr vögeln, oder?«

Sie ließ die Finger über seine starken Arme gleiten. »Mein Gott, was für Muskeln!« sagte sie. »Ihr Sportler bringt's!«

Ramsey schob seine Hände unter ihren Po und stemmte sie hoch, so leicht, wie ein gewöhnlicher Mann eine Puppe gehoben hätte, und stellte sie neben dem Krankenbett auf die Beine. Er achtete sorgfältig darauf, daß sie nicht an sein Knie stieß. Kichernd suchte sie unter dem Bett nach ihrer Strumpfhose. »Du bist der einzige Mann, der mich je so angemacht hat.«

»Wir tun's noch mal«, sagte er.

»Wie lange brauchst du?« fragte sie und küßte ihn sanft. »Soll ich in einer Stunde wiederkommen?«

»Heute nicht mehr, Baby«, antwortete er. »Ich werde um sieben operiert, ich brauche Schlaf. Außerdem hast du mich ganz schön geschafft.«

»Darauf geh ich jede Wette ein«, sagte sie lasziv und massierte seinen Penis. »Ich sehe heute nacht aber trotzdem noch einmal nach dir.«

»Nein, tu das nicht«, bat er. »Ich habe einen leichten Schlaf, ich würde aufwachen. Ich werde heute nacht schon nicht sterben.«

»Wie du willst, Baker«, gurrte sie. Sie gab ihm einen Abschiedskuß auf den schlaffen Penis und verließ, während sie sich den Rock glattstrich, das Zimmer.

Ramsey wartete, bis ihre Schritte verhallt waren, dann entfernte er vorsichtig den Eisbeutel vom Knie und schob die Beine über die Bettkante. Der Wecker auf dem Nachttisch zeigte kurz nach zwei Uhr morgens an. Er stand auf und begegnete seinem Spiegelbild im mannshohen Wandspiegel. Unwillkürlich spannte er die Muskeln an und fiel in eine Bodybuilder-Pose. Genau, sagte er zu sich selbst. Das ist es, was das Mädchen angemacht hat – die Muskeln. Ihm war ihr Blick aufgefallen, als er am Nachmittag ins Krankenhaus gekommen war, und er war nur gelinde überrascht gewesen, als sie nach Mitternacht in sein Zimmer gekommen war. Er betrachtete sich eingehender im Spiegel. Frauen mochten ihn so. Außer Liz, diesem Miststück. Die hatte sich von ihm abgewandt, als er anfing, sich Muskeln zuzulegen.

Humpelnd durchquerte Ramsey das Zimmer. Als er das Krankenhaus betreten hatte, war er wegen des Effekts an Krücken gegangen, doch er konnte ohne laufen, ganz besonders dann, wenn er dies andere Hilfsmittel hatte. Er nahm einen kleinen Beutel aus dem Schrank, zog ein Lederetui heraus, öffnete den Reißverschluß und suchte eines der Fläschchen heraus. Er hielt es ins Mondlicht und las das Etikett: Xylokain. Er nahm eine Einmalspritze aus dem Etui, riß die Verpackung auf, stach die Spritze durch den Gummipfropfen des Fläschchens und zog einen Teil der Flüssigkeit in den Plastikkolben, legte das Fläschchen in das Etui zurück, humpelte zum Bett und setzte sich mit übereinandergeschlagenen Beinen hin, das verletzte Knie nach oben. Vorsichtig injizierte er sich das Schmerzmittel ins weiche Gewebe, die Nadel mal in diese Richtung, mal in jene bewegend. Behutsam rieb er sich das Knie. Schaefer, dieser kleine Dreckskerl. Der Schweinehund hatte ihm mit einem einzigen Tritt diese Verletzung zugefügt. Wer hätte gedacht, daß ein Knie so leicht kaputtzukriegen war. Er hatte seine kleine Arzneimittelausrüstung zum Einsatz bringen müssen, um beim Spiel gegen die Rams mit einlaufen zu können. Ein einziger

Zweikampf hatte genügt, ihn mit der Ausrede für seine Verletzung zu versorgen. Nun verebbte der Schmerz allmählich, und Ramsey konnte ohne zu humpeln zum Schrank zurücklaufen. Was spielte es schon für eine Rolle, daß er es dadurch ein bißchen verschlimmerte? Am nächsten Morgen würden sie es sowieso wieder zusammenflicken.

Er zog sich Jeans, Mokassins und ein Hemd an, nahm die überzähligen Bettbezüge aus dem Schrank und drapierte sie unter dem Laken zurecht, drückte die Türklinke nieder und blickte in den Gang; die Schwester saß an ihrem Schreibtisch, den Rücken ihm zugewandt. Auf Zehenspitzen durchquerte er den Flur und schlich zur Feuertreppe, die in die um diese Zeit verlassene Haupteingangshalle führte. Einen Augenblick später, nachdem er sich am Notausgang vorbeigeduckt hatte, war er aus dem Krankenhaus in eine leere Straße verschwunden. Sich sorgfältig erst nach beiden Seiten vergewissernd, humpelte er über die Straße und verschwand in Brookwood Hills, einer ruhigen, alten Siedlung aus mittelgroßen Häusern, die in den letzten Jahre im Preis immer mehr gestiegen waren. Bald darauf, das Xylokain entfaltete seine volle Wirkung, konnte er normal laufen.

Zwanzig Minuten schlich er durch das Halbdunkel, bis er das Haus endlich gefunden hatte. Er durchquerte den Hinterhof des Nachbarhauses und hielt einen Augenblick inne, um ein Stück Seil von einer Kinderschaukel mitzunehmen.

Alarmiert öffnete Ray Ferguson die Augen, nicht sicher, was für ein Geräusch ihn aufgeschreckt hatte. Er warf einen Blick zu seiner schlafenden Frau hinüber und setzte sich horchend auf. Das Geräusch, das er gehört hatte, war das Öffnen der Hintertür gewesen, die abzuschließen er häufig vergaß. Reglos saß er da und lauschte. Ein weiteres Geräusch, diesmal kam es aus dem Arbeitszimmer. Langsam erhob sich der Verleger vom Bett, um seine Frau nicht zu stören, und ging zum Schrank, um seine Flinte zu holen.

Das Gewehr hatte er vor Jahren im Eisenwarengeschäft einer

kleinen Stadt gekauft. Es war eine kleinkalibrige Flinte mit kurzem Lauf, die vorher bei der örtlichen Polizei benutzt worden war, hatte der Verkäufer erklärt. Damals hatte es in der Gegend ein paar Einbrüche gegeben, und er hatte sich Sorgen gemacht. Die Waffe war mit Vogelschrot geladen, der kleinsten Körnung, die es gab. Er hatte nicht die Absicht, jemanden zu töten, sonst hätte er sich Bullenschrot beschafft. Ihm ging es nur darum, jemandem einen Schrecken einjagen zu können, wenn es dazu kommen sollte. Jetzt war es soweit, dachte er.

Auf bloßen Füßen ging er leise zur Treppe und stieg die Stufen hinab. Am Fuß der Treppe blieb er stehen und wandte sich langsam dem Arbeitszimmer zu. Von dort war das Geräusch gekommen. Ängstlich verharrte er an der Tür. »Also gut, wer Sie auch sein mögen«, sagte er. Er war verwundert, wie kräftig seine Stimme klang. »Ich habe eine Schrotflinte. Da drinnen gibt es eine Tür ins Freie. Durch die sind Sie in spätestens fünf Sekunden verschwunden. Los!« Er lauschte.

»Ray?« Er hörte die schläfrige Stimme seiner Frau von oben. Er reagierte nicht.

Im Arbeitszimmer herrschte Totenstille. Seine Augen hatten sich inzwischen an die Dunkelheit gewöhnt, und das Mondlicht fiel in schmalen Streifen durch die Jalousien in den Raum. Es war ein hoher Raum mit gewölbter Decke und sichtbaren Stützbalken. Er löste den Sicherungshebel der Schrotflinte und lud geräuschvoll durch. »Setz dich lieber in Bewegung, Freundchen«, rief er laut, »sonst kriegst du eine Ladung Bullenschrot um die Ohren!« Es blieb immer noch still.

»Ray?« rief seine Frau erneut. »Was ist denn los?«

»Bleib oben«, rief Ferguson ihr zu. Vorsichtig trat er in das Zimmer, die Schrotflinte im Anschlag. Eine Diele knarrte unter seinen nackten Füßen. Etwas Weiches streifte sein Gesicht, und plötzlich bekam er keine Luft mehr. Er wurde hochgerissen, dann wieder heruntergelassen, bis seine Zehenspitzen gerade den Boden berührten. In panischer Angst ließ er die Schrotflinte fallen und krallte sich an dem Seil fest, das um seinen Hals lag.

»Wo ist sie?« sagte eine Stimme dicht an seinem Ohr, am Hals spürte er heißen Atem.

Das Seil lockerte sich einen Moment, er versuchte, mit den Zehen Halt zu gewinnen, den Druck zu mildern. »Was?« konnte er nur krächzen. Der Seil straffte sich erneut, bevor Ferguson eine Hand darunterklemmen konnte.

»Ich frage noch einmal, und wenn du nicht die Wahrheit sagst, reiße ich dir den Kopf ab. Wo ist Elizabeth?«

Das Seil blieb straff gespannt, bis Ferguson an der Schwelle zur Bewußtlosigkeit war, dann lockerte es sich wieder. Er schnappte nach Luft, keuchte.

»Deine letzte Chance, Ferguson, deine allerletzte.«

Ferguson schossen Tränen in die Augen.

»Ray?« Die Stimme war ohrenbetäubend. Sie stand in der Tür des Arbeitszimmers. »Oh, mein Gott!« schrie sie.

Ferguson verließ die Kraft. Ihm war klar, daß er Ramsey jetzt alles erzählen würde. »Bitte, tun Sie meiner Frau nichts, Baker«, krächzte er.

16

Liz träumte ihren ständig wiederkehrenden Traum von Baker Ramsey. Er verfolgte sie durch ihr ehemaliges Haus. Sie huschte von einem Zimmer ins nächste, versteckte sich unter Betten, hinter Vorhängen, aber er fand sie immer. Sie rannte, aber er holte sie jedesmal ein, folgte ihr mühelos, spielte Katz und Maus mit ihr. Schließlich saß sie in der Falle, in einer Zimmerecke, in der es weder Möbel noch sonst ein Versteck gab. Zusammengekauert weinte sie: »Schlag mich nicht, Baker, bitte.« Lächelnd legte er ihr die Hand an die Wange. Als er sie berührte, schrie sie auf.

»Gott, ich bin's doch nur, schtt! Dir tut keiner was.« Keir hielt sie an den Schultern, dann legte er ihr wieder die Hand an die

Wange. »Beruhige dich, du hast geträumt. Tut mir leid, daß ich dich erschreckt habe.«

Sie starrte ihn an, hatte Mühe, den Traum abzuschütteln. »Nächstes Mal versuchst du es vielleicht mit Anklopfen«, sagte sie kalt.

»Es tut mir wirklich leid«, sagte er sanft. »Ich hatte gedacht, du seist um diese Zeit schon wach.«

»Wie spät ist es?«

»Fast sechs.«

»Na prima«, sagte sie und schwang die Beine aus dem Bett. Mein Gott, ich höre mich an wie eine alte Hexe, dachte sie. »Ich wollte nicht gereizt reagieren. Willst du Kaffee?«

»Ich koche welchen, während du dich anziehst.«

»Okay, es dauert nur zehn Minuten, will eben schnell unter die Dusche.«

Er verschwand in Richtung Küche. Er trug wieder den Lendenschurz, mit dem Messer am Gürtel. Sie ging ins Badezimmer und putzte sich die Zähne. Die fünf Minuten unter der warmen Dusche beruhigten sie und verscheuchten den Traum. Du kannst ihn nicht so behandeln, als sei er Baker, rief sie sich zur Ordnung, während sie ihr Haar frottierte. Sie schlüpfte in ein Paar Khakishorts, ein Poloshirt und ihre üblichen Segelschuhe und ging in die Küche, wo der Kaffeegeruch sie schon begrüßte.

»Im Ernst, ich dachte, jeder steht so früh auf«, sagte Keir, während er ihr einen Kaffee eingoß.

»Ich nur zum Fotografieren.« Dankbar schlürfte sie die starke schwarze Flüssigkeit.

»Gut, ich sorg dafür, daß du heute an ein paar gute Bilder kommst«, grinste er.

»Wo?«

»Verlaß dich auf mich.«

Zehn Minuten später saßen sie in ihrem Jeep und fuhren den Strand entlang. Riesig und rot stand die Sonne unmittelbar über dem Horizont.

»Sagst du mir endlich, wo du wohnst?« fragte sie.

»An einem geheimen Ort«, sagte er leicht lächelnd.

»Und wie bewegst du dich auf der Insel fort?«

»Auf geheimnisvolle Art und Weise.«

Seine Worte klangen neckend; irgendwie wirkte er anders, freier, gelöster als sonst. Sie fragte sich, ob er wußte, daß Hamish die Insel verlassen hatte.

»Warum trägst du heute den Lendenschurz?« fragte sie. »Seit dem ersten Mal habe ich dich darin nicht mehr gesehen.«

Er grinste. »So waren wir auf der Insel gekleidet, als wir noch Kinder waren. Dad hat das eingeführt.«

»Wir?« fragte sie. Zum erstenmal erwähnte er seinen Zwillingsbruder.

»Wir?« fragte er irritiert zurück.

»Du hast gesagt, das haben *wir* auf der Insel getragen, als wir Kinder waren.«

»Ich sagte, das habe *ich* getragen. Du hörst schlecht.«

Er schien es vollkommen ernst zu meinen. Aber dieser Ausrutscher hatte etwas zu bedeuten, dachte sie; sie wußte nur nicht recht, was.

»Bieg hier ab«, sagte er und deutete auf einen schmalen Pfad zwischen den Dünen. »Du solltest den Allradantrieb einschalten.«

Sie tat wie geheißen, und bald hatten sie die Dünen durchquert und befanden sich im dichten Wald. Sie fuhren auf einer Piste, die offenbar selten genutzt wurde. Einen Augenblick später schimmerte das Wasser des Lake Whitney durch die Bäume.

»Ich werde auf keinen Fall dicht an diesen See gehen«, sagte sie bestimmt und erschauerte vor der Erinnerung an ihre Begegnung mit Goliath.

»Keine Angst, allzu nah werden wir ihm nicht kommen. Halte hier irgendwo, und nimm die Hasselblad mit. Die Sucherkamera könnte ein wenig zu unhandlich für diese Ecke sein.«

Sie folgte ihm auf einem überwucherten Pfad, den sie ohne ihn gar nicht bemerkt hätte, dicht durch das Gehölz, bis sie den Rand einer Lichtung am Ufer des Sees erreichten. Dort blieb er stehen.

»Wir gehen gleich in Stellung«, sagte er, »und dann wird nicht mehr gesprochen und sich nicht mehr gerührt. Das heißt, absolut *keine* Regung, weder Kratzen nach einem Mückenstich noch Schlagen nach Moskitos. Richte es dir also gemütlich ein. Wir sind vielleicht für eine ganze Weile hier.«

Sie folgte ihm immer noch unter den Bäumen am Rande der Lichtung entlang, bis er ihr bedeutete, sie möge ihr Stativ aufbauen. Er setzte sich und sah ihr dabei zu, dann nickte er und deutete auf einen Fleck neben sich. Sie stellte das Weitwinkelobjektiv auf die Lichtung ein und hockte sich im Schneidersitz hin, den Auslöser in der Hand. Keir gab ihr ein Zeichen, sich nicht zu rühren und nicht zu sprechen.

Über eine Stunde saßen sie so da. Sie wußte es, denn sie konnte ihre Armbanduhr sehen. Sie konnte auch ihn sehen, da sie ein wenig hinter ihm saß. Er saß vollkommen reglos da, als sei er in Trance; das einzige Lebenszeichen an ihm war ein gelegentliches Zucken der Augenlider. Sie versuchte, es ihm gleichzutun, doch je mehr Zeit verging, desto unbequemer wurde ihr. Dennoch rührte sie sich nicht, um seinen Unwillen nicht zu erregen. Nachdem noch einige Zeit vergangen war, stellte sich eine gewisse Taubheit in ihren Gliedern ein, und ihre Gedanken schwebten davon. Plötzlich war sie voll da.

Ein großer, blauer Reiher erschien und ließ sich, dreißig Meter von ihnen entfernt, auf einem Baum nieder. Sie hatte ihn im Sucherbereich ihrer Kamera, aber er war zu weit weg, als daß sie eine gute Aufnahme mit dem Weitwinkelobjektiv hätte machen können. Dennoch, dachte sie, wenn er mich deshalb hierhergebracht hat, sollte ich lieber ein Foto machen. Sie hob die Hand ein wenig, um den Auslöser zu betätigen, aber er sah sie aus dem Augenwinkel an und schüttelte kaum wahrnehmbar den Kopf. Darüber war sie verärgert. Sie konnte nicht so lange stillsitzen. Schließlich war sie kein verdammter Indianer. Dann rührte sich etwas auf der gegenüberliegenden Seite der Lichtung.

Sie konzentrierte ihre Aufmerksamkeit auf die Stelle, und all ihre Schmerzen schienen zu verschwinden. Sie sah, wie ein kleines Stück Wild, ein Reh, langsam auf die Lichtung trat. Es spitzte die

Ohren und blieb stehen, als wolle es die Lage überprüfen. Dann, als Liz gerade den Auslöser betätigen wollte, folgten ihm zwei kleine Kitze, identisch aussehend und so winzig, daß die Bewegungen noch ganz ungelenk waren. Das Reh trat auf die Lichtung und fing an, etwas im Gras abzulecken. Die Kitze folgten ihm und taten es ihm gleich.

Keir nickte sachte, und Liz betätigte den Auslöser der Kamera. Als das leise, gedämpfte Klicken ertönte, riß das Reh den Kopf hoch, verharrte ungefähr eine Minute lang in dieser Haltung und leckte weiter im Gras. Liz konnte sich nicht entscheiden, ob sie den Film weiterspulen und damit möglicherweise das Reh verjagen oder lieber stillsitzen und beobachten sollte. Langsam bewegte sie die Hände zur Kamera. Sie brauchte eine halbe Minute, aber sie schaffte es, den Film weiterzutransportieren, ohne ihre Anwesenheit zu verraten. Dann, gerade als sie alles für das nächste Foto vorbereitet hatte, bewegte sich das Reh vorwärts, ging mit den Kitzen zum See und trank.

Liz machte noch ein Foto, dann überquerten die Tiere langsam die Lichtung und verließen sie auf dem gleichen Weg wieder, auf dem sie gekommen waren. Keir hob die Hand und bedeutete ihr dadurch, weiter still sitzen zu bleiben. Sie verharrten noch zwei Minuten, dann gab er ihr einen Wink, ihm zum Wagen zu folgen. Liz ging hinter ihm her und reckte die steifen Glieder. Sie gab sich Mühe, nicht vor Erleichterung zu stöhnen.

Als sie den Pfad erreichten, fing Keir an zu sprechen. »Na, wie gefiel dir das?«

»Es war wunderschön«, sagte sie, dankbar, wieder sprechen zu dürfen. »Ich hätte diese Aufnahmen nie bekommen, wenn du mich nicht dorthin gebracht und zum Schweigen verdonnert hättest. Normalerweise hätte ich die Geduld nicht aufgebracht.«

»Geduld ist alles«, sagte er, mit einer Spur von Trauer in der Stimme. Dann lächelte er. »Wollen wir schwimmen?«

»Im Lake Whitney? Niemals!«

»Wie wär's statt dessen mit dem Atlantik? Ist dir der sicher genug?«

»Gibt es dort Riesenalligatoren?«

»Im allgemeinen nicht.«

»Dann los.«

Sie fuhren zum Strand zurück, Keir warf das Lendentuch ab und rannte ins Wasser. Nachdem sie sich nach beiden Richtungen am Strand vergewissert hatte, zog sie sich aus und folgte ihm. Sie mußten eine ganz schöne Strecke hinauswaten, bevor das Wasser tief wurde. Ein paar Minuten schwammen sie und balgten und alberten auf eine Art herum, die sie an ihre Schulzeit erinnerte, dann rannten sie aus dem Wasser zum Jeep zurück. Sie kauerten sich in den Schatten des Wagens, weil die Sonne heiß herunterbrannte, und er küßte sie und zog sie an sich.

»Hast du schon mal am Strand mit einem Mann geschlafen?«

»Klar«, sagte sie, »und dieses eine Mal hat mir vollkommen gereicht. Zuviel Sand.«

Sie sah zu ihm auf. Würde sie jetzt mit ihm schlafen, einfach so?

Er sah sie nachdenklich an. »Bedränge ich dich?«

Sie dachte einen Augenblick darüber nach, nur einen Augenblick. Was wollte sie wirklich? Sie atmete tief durch. »Bett ist besser als Strand. Wie wär's bei dir?«

»Lieber bei dir«, sagte er.

An diesem Morgen schliefen sie eine Stunde lang miteinander, dann kam Liz in die Küche und fand den Zettel von Germaine.

17

Als sie sich umdrehte, war er fort. Sie war ans andere Ende des Zimmers gegangen, um ein Buch zu holen; er hatte aus dem Fenster gesehen. Allmählich fing sie an, sich an diesen Wesenszug zu gewöhnen, irgendwie schien sie ihn sogar zu mögen. Wenn er kommen und gehen konnte, wann es ihm paßte, dann konnte sie es auch. Sie stellte ihn sich vor, wie er halbnackt durch den Wald zu einer Mulde rannte, einem Versteck, in dem er sich zusammenrollte und schlief, bis er wieder hungrig wurde. Er war ein ungezähmtes Tier, und genau so mochte sie ihn; er schien keine derartigen Ansprüche an sie zu hegen, wie sie in der zivilisierten Welt üblich waren, wie Treue, Seßhaftigkeit, modische Kleidung. Baker dagegen hatte all das von ihr verlangt, selbst als ihre Ehe längst gescheitert war. Keir schien gar nichts von ihr zu erwarten, ausgenommen, daß er mit ihr schlafen wollte, wenn er Lust dazu hatte, und bisher war sie bereit, diese Erwartung zu erfüllen.

Germaines Nachricht fiel ihr wieder ein: »Ich muß mit dir reden.« Sollte ›ich muß‹ ›ich will‹ besagen? Hieß ›mit dir reden‹, daß sie ihr ihr Herz ausschütten wollte? Nein, dachte Liz schließlich, das war die Ausdrucksweise des Südens, und es hieß: Ich habe wichtige Neuigkeiten für dich.

Mein Gott, sie wurde wieder analytisch, ausgerechnet in dem Augenblick, in dem sie es am wenigsten nötig hatte, sich den Kopf zu zerbrechen. Sie hatte Geld, Zeit und Arbeit. Sie war in Sicherheit, hatte ein Frühstück im Bauch, und sie war, um es deftig auszudrücken, ordentlich durchgevögelt worden, und genau so empfand sie auch: primitiv, ursprünglich. Alles in ihrem Leben war auf das Wesentliche reduziert; sie hatte weder Sorgen noch Pläne, außer zielstrebiger Arbeit und der Befriedigung ihrer Bedürfnisse. Sie strahlte, wie einfach doch alles war. Germaines Nachricht konnte nichts von Bedeutung sein.

Allerdings gewann ihre Neugier dann doch die Oberhand. Sie zog sich an und fuhr zur Pension. Sie durchfuhr das Haupttor, und als sie sich dem Gebäude näherte, hörte sie die Rotorblätter eines Hubschraubers, der schließlich auf dem großen vorderen Rasen landete. Als die Rotorblätter langsamer wurden, erschienen Germaine und Ron auf der Veranda, um zuzusehen.

Drei Männer kletterten aus der Maschine mit dem Abzeichen des National Park Service. Einer der Männer trug die Sommeruniform eines Rangers und die beiden anderen Anzüge; einer hatte eine Aktentasche bei sich.

Liz stellte den Jeep ab und traf am Fuß der Treppe mit Germaine zusammen, als die Turbine des Hubschraubers abschwoll.

»Das ist Großvaters Rechtsanwalt«, nahm sie Liz' Frage vorweg. »Ward Cheatham. Cheatham heißt er, eine Kanaille ist er«, murmelte sie. »Der andere Kerl ist unser Kongreßabgeordneter; seinen Namen habe ich vergessen. Den Wildhüter kenn ich nicht.« Sie nahm Liz beim Arm. »Bleib hier, ich muß mit dir reden.«

Germaine ging auf die Männer zu, schüttelte ihnen die Hand. Sie wechselten ein paar Worte, und dann sagte sie etwas zu Ron. Der junge Mann führte die Männer zum Transporter der Pension, und sie fuhren davon. Germaine kam zurück und führte Liz die Treppe hinauf, auf die breite Veranda zu einer der großen Schaukeln.

»Was soll das ganze?« fragte Liz, als sie sich setzten.

»Was weiß ich? Großpapa bat mich, Cheatham für ihn herzubestellen. Ich tippe, daß er sein Testament machen will. Keine Ahnung, warum zum Teufel der die anderen mitgebracht hat. Ron fährt sie nach Dungeness.« Germaine setzte sich auf und sah Liz in die Augen. »Ich hab schlechte Nachrichten, meine Liebe«, sagte sie, griff zum Tisch neben der Schaukel und nahm eine Zeitung auf. »Ich sag es dir klipp und klar, dann kannst du die Einzelheiten nachlesen, und dann bist du so schlau wie ich.« Sie räusperte sich, als suche sie nach einer Möglichkeit, nicht sprechen zu müssen. »Ray und Eleanor Ferguson sind beide tot – seit vorgestern nacht, glaube ich.«

Liz war zumute, als habe sie einen Hieb in den Magen bekommen. Wortlos griff sie nach der Zeitung.

VERLEGER TÖTET IN ATLANTA EHEFRAU UND DANN SICH SELBST

> Gestern früh wurden die Leichen des Verlegers Raymond E. Ferguson, Inhaber des Verlagshauses Buckhead Press, und seiner Frau Eleanor in ihrem Haus von der Putzfrau gefunden. Mrs. Ferguson wurde erschossen, ihr Ehemann hing an einem Strick.

Ein Waffenschein, der in Mister Fergusons Schreibtisch gefunden wurde, belegte, daß er 1982 die Schrotflinte erworben hatte, die neben der Leiche von Mrs. Ferguson gefunden wurde. Ein Sprecher des Atlanta Police Department mutmaßte, die Fergusons hätten sich gestritten und Mister Ferguson habe seine Frau im Affekt mit der Schrotflinte erschossen. Danach habe er sich offensichtlich zum Nachbargrundstück begeben, ein Seil von einer Kinderschaukel entfernt und sich am Deckenbalken seines Arbeitszimmers erhängt.

Nachbarn sagten, das Ehepaar habe seit über zwanzig Jahren friedlich in seinem Haus in Brookwood Hills gelebt und sei sehr beliebt gewesen. »Wir können nicht fassen, was geschehen ist«, sagte die Nachbarin, Mrs. James Thready. »Sie waren so furchtbar nette Leute, ich kann einfach nicht glauben, daß sie zueinander nicht genauso nett waren.«

Detective Sergeant Lee Williams vom Morddezernat, der mit den Ermittlungen betraut wurde, gab bekannt, es gebe erst dann eine offizielle Stellungnahme, wenn eine gründliche Untersuchung stattgefunden habe.

Liz fing an zu weinen. Germaine zog sie an ihre Brust und streichelte ihr übers Haar. »Wein ruhig, Mädchen, du hast alles Recht dazu.«

Liz weinte um Ray, und der Umstände wegen. Sie weinte vor Wut, und gleichzeitig überkam sie plötzlich eine kalte Furcht. Abrupt hörte sie auf zu weinen.

»Was ist?« fragte Germaine.

»Ich muß mal dein Telefon benutzen«, sagte Liz schniefend.

»Natürlich, nur zu, Liz.«

Liz nahm die Zeitung und ging hinunter in Germaines Büro. Als Al Schaefer gestorben war, hatte sie das für einen Unfall gehalten, aber jetzt war außer ihm der einzige Mensch gestorben, der seit ihrer Entlassung aus dem Krankenhaus in ihrer Nähe gewesen war. Das konnte natürlich Zufall sein, aber sie mußte sichergehen. Sie rief die Auskunft in Atlanta an und erhielt die Nummer des Morddezernats des Atlanta Police Department. Es dauerte nicht lange, bis sie mit Detective Sergeant Lee Williams verbunden war.

»Sergeant Williams«, sagte er, und seine Stimme klang tief und schwer, mit afro-amerikanischem Tonfall.

»Sergeant, mein Name ist Elizabeth Barwick, ich rufe wegen des Mordes an Raymond Ferguson und seiner Frau an.«

»Mord? Wissen Sie etwas, was ich nicht weiß, Mrs. Barwick?«

»Ich glaube, sie wurden ermordet.«

»Eins nach dem anderen«, sagte Williams, »würden Sie mir bitte Ihre Adresse und die Telefonnummer geben?«

»Ich bin nicht in Atlanta, und ich habe kein Telefon. Hören Sie mir einfach nur zu.«

»Einen Moment, bitte«, sagte er. Er hielt die Hand über die Sprechmuschel und redete mit einem Dritten. »Gut, also los, erzählen Sie mir alles.«

Ein elektrisches Summen klang in der Leitung.

»Ich glaube, der Tod von Mr. und Mrs. Ferguson hängt mit dem Tod von Al Schaefer vor ein paar Wochen zusammen.«

»Von Schaefer, dem Rechtsanwalt? War er mit den Fergusons bekannt?«

»Er hat Ray durch mich kennengelernt. Sie kannten sich nicht näher.«

»Warum glauben Sie dann also, die Todesfälle hätten miteinander zu tun?«

Liz' Entschlossenheit kam ins Wanken. Sie stand jetzt kurz davor, jemanden zu beschuldigen, und sie wußte, daß es danach kein Zurück mehr geben würde. Wieder ertönte das Summen; Williams nahm, was sie sagte, offensichtlich auf Band auf. Sie holte tief Luft. »Sie hatten beide mit mir zu tun. Ich glaube, mein geschiedener Mann hat alle drei umgebracht.«

»Wie heißt Ihr geschiedener Mann?«

»Baker Ramsey.« Jetzt war es heraus.

Es trat eine kurze Stille ein. »Der Verteidiger der Bobcats?«

»Ganz recht.«

Der Polizist atmete tief durch. »Könnten Sie mir bitte Ihren Namen buchstabieren?«

Sie tat es.

»Und Sie waren mit Baker Ramsey verheiratet?«

»Ja. Wir sind seit nicht ganz einem Monat rechtsgültig geschieden. Al Schaefer war mein Anwalt; Ray Ferguson mein Verleger. Er hat einen Band mit meinen Fotos veröffentlicht, und ich arbeite gerade an einem zweiten Buch für ihn.«

»Und wieso glauben Sie, daß Ramsey die beiden Männer töten wollte – und Fergusons Frau dazu?«

»Sergeant, kann ich von Anfang an erzählen?«

»Nur zu, ich habe viel Zeit.«

Liz fing mit der Nacht an, in der Ramsey sie beinah umgebracht hätte, und brachte den Polizisten auf den neuesten Stand.

»Verstehe«, sagte Williams schließlich. »Sie sind das Opfer der häuslichen Brutalität Ramseys, aber warum sollte er Schaefer und die Fergusons töten?«

»Ich weiß, daß das nicht vernünftig klingt«, sagte sie außer Atem, »aber Baker ist vollkommen verrückt. Er ist mit allen möglichen Steroiden vollgepumpt; er ist zu allem fähig. Sehen Sie, er war in der Nacht, als Al Schaefer ertrank, in Los Angeles; die Bobcats spielten am nächsten Tag gegen die L. A. Rams. Warum überprüfen Sie nicht einfach, wo er sich in der Nacht aufhielt, als die Fergusons starben? Ich wette mit Ihnen, er war in Atlanta.«

»Das waren eine halbe Million andere Leute auch, Mrs. Barwick, aber ich gehe der Sache nach, ich verspreche es. Wie kann ich mich wieder mit Ihnen in Verbindung setzen?«

»Überhaupt nicht.«

»Seien Sie vernünftig, Mrs. Barwick. Wenn Sie wirklich der Meinung sind, daß Ramsey das getan hat, und wenn Sie wirklich wollen, daß ich Ihnen helfe, dann muß ich doch mit Ihnen in Verbindung treten können.«

»Ich habe Ihnen alles gesagt, was ich weiß; mehr kann ich Ihnen nicht mitteilen. Ich rufe Sie später wieder an, wenn Sie wollen. Ich werde mir ein Telefon beschaffen müssen.«

Williams seufzte. »Na gut, rufen Sie mich morgen um die gleiche Zeit an, dann werden wir sehen, wie weit wir gekommen sind.«

»Gut. Und, Sergeant...«

»Ja?«

»Es ist sehr wichtig, daß Baker Ramsey nicht erfährt, daß ich mit Ihnen gesprochen habe. Ich hoffe, daß Sie das verstehen. Er war schon einmal drauf und dran, mich umzubringen, und ich möchte nicht, daß er noch wütender auf mich wird, als er sowieso schon ist.«

»Ich verstehe, Mrs. Barwick. Ich werde ihm nicht sagen, daß ich mit Ihnen gesprochen habe.«

»Ich danke Ihnen. Ich rufe Sie morgen wieder an.«

Williams gab ihr eine zweite Telefonnummer. »Das ist mein Funktelefon. Falls ich nicht im Büro bin, können Sie mich unter dieser Nummer erreichen.«

Liz notierte die Nummer, legte auf und ließ den Kopf auf Germaines Schreibtisch sinken. Sie hoffte, daß sie nicht hysterisch geklungen hatte. Sie wußte, daß sich die Geschichte in den Ohren des Polizisten ziemlich unglaubwürdig angehört haben mußte, aber sie wußte todsicher, daß Baker es getan hatte, auch wenn sie sich selbst nicht genau erklären konnte, woher.

18

Detective Sergeant Lee Williams wußte, wo Baker Ramsey wohnte. Irgend jemand hatte ihm das Haus einmal gezeigt. Er war schon fast dort, als er im Radio Sportnachrichten hörte.

»Baker Ramsey, der Starverteidiger der Bobcats, hat seine Knieoperation prächtig überstanden und wird heute nachmittag auf der Bobcat Farm wieder beim Training des Teams zuschauen.«

Williams wendete und fuhr Richtung Norden. Bobcat Farm war das Hauptquartier des Vereins, eine große Anlage in der Nähe der kleinen Stadt Roswell im Norden Atlantas. Williams war ein Fan der Bobcats, und er war aufgeregt, da er einen Ort aufsuchen würde, von dem die Öffentlichkeit rigoros ferngehalten wurde.

Zwanzig Minuten später hielt er vor dem Tor der Bobcat Farm und zeigte der Wache seine Marke. »Atlanta Police Department. Ich möchte Baker Ramsey sprechen.«

Der Posten bat ihn zu warten und telefonierte, dann kam er zum Wagen zurück. »Fahren Sie geradeaus die Straße entlang bis zum Hauptgebäude. Dort treffen Sie Mr. Smith, den Pressechef.«

Williams fuhr langsam die Straße hinunter und bewunderte die Aussicht. In der Ferne entdeckte er ein trainierendes Spielerknäuel. Das Hauptgebäude war die Imitation einer Südstaaten-Villa, und ein Mann mittleren Alters in einem Bobcats-Hemd erwartete ihn auf der Eingangstreppe.

»Guten Tag, ich bin Bob Smith«, sagte der Mann, als Williams aus dem Wagen stieg.

»Detective Sergeant Lee Williams, Atlanta Police Department«, antwortete er. Er vermied sorgfältig, das Morddezernat zu erwähnen.

»Wie ich höre, wollen Sie Baker Ramsey sprechen. Können Sie mir sagen, um was es sich handelt?«

»Nur ein paar Routinefragen«, erwiderte Williams. »Ich hoffe, er kann mir mit ein paar Auskünften dienen.«

»Hat es mit einer dringenden Untersuchung zu tun?« fragte Smith beharrlich. »Baker darf im Augenblick nicht gestört werden. Er lernt gerade neue Spielzüge.«

»Es handelt sich um eine offizielle Polizeiangelegenheit, und ich kann warten, bis er Zeit hat. Den ganzen Tag, wenn es sein muß.«

Smith rührte sich immer noch nicht von der Stelle. »Leider wird das nicht gehen«, sagte er.

»Mr. Smith«, sagte Williams mit leiser Stimme, »ich werde

heute noch mit Mr. Ramsey reden. Entweder ich spreche hier und jetzt mit ihm, oder ich besorge mir über Funk einen Haftbefehl, verhafte Ramsey, nehme ihn mit in die Stadt und befrage ihn dort. Wie würden Sie es vorziehen?«

»So ernst ist es?« fragte Smith. Er wirkte besorgt.

»Vielleicht ist es überhaupt nicht ernst, das weiß ich nicht, und ich kriege es auch nicht heraus, wenn ich nicht mit Ramsey persönlich rede. Ich weiß, daß es Ihre Aufgabe ist, die Spieler zu schützen, aber Sie schützen Ramsey am zuverlässigsten, wenn Sie mich unverzüglich zu ihm bringen.«

Smith zögerte nur kurz. »Kommen Sie bitte mit.« Er führte ihn durch die Eingangstür, an einem Empfang vorbei, in einen Raum, der aussah wie die Bibliothek eines Hauses aus der Zeit vor dem Bürgerkrieg. »Bitte warten Sie hier. Ich bitte Baker herzukommen. Möchten Sie etwas trinken?«

»Nein, danke.«

Smith verließ den Raum, und Williams sah sich um. In allen Büchern in den Regalen ging es um Football, und eine Wand war ausgefüllt mit ledergebundenen Spieltaktik-Büchern der Bobcats. Williams empfand leichte Nervosität, da er mit dem Star der Bobcats sprechen mußte. Nach zehn Minuten kam Smith zurück. Baker Ramsey humpelte an Krücken hinter ihm her. Er trug kurze Hosen und ein Spielertrikot, das linke Knie war dick mit einer Binde umwickelt. Smith stellte sie einander vor und setzte sich.

»Ich möchte Mr. Ramsey gern unter vier Augen sprechen«, sagte Williams zu ihm.

»Das widerspricht den Gepflogenheiten des Vereins, fürchte ich«, erwiderte Smith bestimmt. »In Bobcat Farm gibt es keine Auskünfte von einem Spieler, ohne daß ein PR-Mann zugegen ist.«

»Ich bin froh, daß Bob hört, was wir miteinander bereden«, sagte Ramsey, der zum ersten Mal sprach. Er wirkte gelassen, entspannt, sorglos.

»Wie Sie wünschen«, sagte Williams und setzte sich. »Mr. Ramsey –«

»Nennen Sie mich Baker, alle tun das.« Ramsey lächelte ihn an.

»Danke, ich bin Lee«, antwortete Lee, ebenfalls lächelnd. Er war froh, daß er das Gespräch informell halten konnte; er nahm auch sein Notizbuch nicht heraus. »Baker, zum Eröffnungsspiel gegen die Rams waren Sie in Los Angeles, nicht wahr?«

»Stimmt. Dort habe ich mir das Knie verletzt.«

»Das Spiel war am Sonntag?«

»Stimmt auch.«

»Wann sind Sie in Los Angeles angekommen?«

»Am Freitag nachmittag.«

»Erinnern Sie sich noch, was Sie Sonntag abend taten?«

»Klar, ich habe auf meinem Zimmer gegessen und bin früh zu Bett gegangen.«

»Waren Sie allein?«

Ramsey grinste. »Nein, ich hatte eine junge Dame bei mir. Sie blieb über Nacht.«

»Darf ich den Namen erfahren?«

»Brenda. Den Nachnamen weiß ich nicht. Wir haben uns am Freitag abend in einer Bar kennengelernt, und gut vertragen.«

»Haben Sie ihre Telefonnummer?«

»Leider nicht. Sie war nichts für die Dauer, verstehen Sie?«

»Wo haben Sie übernachtet?«

»Im Le Parc« – er buchstabierte den Namen –, »das ist ein Hotel in West Hollywood. Dort wohnt die Mannschaft immer.«

»Kann irgend jemand bestätigen, daß Sie an jenem Abend dort waren?«

»Der Zimmerkellner, nehme ich an.« Ramsey schien bemüht zu helfen. »Er war die einzige weitere Person, die ich in dieser Nacht gesehen habe.«

»Gut. Dann, wo waren Sie am Dienstag abend?«

»Das ist einfach, im Piedmont Hospital. Ich bin um fünf Uhr nachmittags aufgenommen worden und wurde am nächsten Morgen um sieben operiert.«

»Haben Sie das Krankenhaus zu irgendeinem Zeitpunkt an diesem Abend oder in der Nacht verlassen?«

»Nein, als ich dort ankam, haben die mich sofort ins Bett gesteckt.«

»War an jenem Abend irgend jemand bei Ihnen?«

»Nur der Arzt, gleich nachdem ich angekommen war, und die Schwester, die Dienst hatte. Um acht kam eine andere Schwester; die sah auch von Zeit zu Zeit nach mir.«

»Erinnern Sie sich an ihren Namen?«

»Ja, sie hieß Mary Alice Taylor. Sie war sehr nett.«

»Baker, kannten Sie einen Anwalt namens Al Schaefer?«

»Ich bin ihm nur einmal begegnet. Er vertrat meine Frau bei unserer Scheidung.«

»Haben Sie ihn je wiedergesehen?«

»Nein, nur dieses eine Mal.«

»Kannten Sie Raymond und Eleanor Ferguson?«

»Sicher, Ray war der Verleger meiner Ex-Frau.«

»Kannten Sie ihn gut?«

»Nicht besonders gut. Liz – das ist meine Ex-Frau – und ich haben ein paarmal mit ihm zusammen gegessen. Sie kannte ihn wesentlich besser als ich. Aber er war ein netter Bursche, ich mochte ihn. Es tat mir leid, als ich von seinem Tod las.« Er grinste schwach. »Schaefer tat mir nicht ganz so leid. Der hat mich eine Menge Geld gekostet.«

Williams lächelte. »So sind Rechtsanwälte eben. Sie mochten Schaefer also nicht?«

»Nein, er tat nur seine Arbeit. Ich bin ihm bloß dieses eine Mal begegnet, zehn oder fünfzehn Minuten vielleicht. Der Anwalt des Vereins und ich waren in seiner Kanzlei, um die Vereinbarung zu treffen.«

»War es leicht, zu einer Einigung zu kommen?«

»Wie ich schon sagte, es dauerte höchstens zehn oder fünfzehn Minuten. Ich wollte mit Liz nicht zu hart umgehen. Ich habe ihr gegeben, was sie haben wollte.«

»Wo hält sich die ehemalige Mrs. Ramsey jetzt auf?«

»Ich habe keine Ahnung. Mir ist zu Ohren gekommen, sie habe nach der Scheidung die Stadt verlassen. Einem gemeinsamen

Freund hat sie erzählt, sie wolle eine Weltreise machen. Das ist mir recht.«

Williams stand auf. »Gut, das war alles, ws ich brauche, denke ich. Danke, daß Sie mir Ihre Zeit geopfert haben. Vielen Dank, Mr. Smith.« Er wandte sich um und ging auf die Tür zu.

»Ich bringe Sie hinaus«, sagte Ramsey. »Ich weiß, daß Bob wieder an seine Arbeit gehen will.«

Smith hob die Augenbrauen, und Ramsey schüttelte den Kopf. Williams ging langsam, so daß Ramsey mithalten konnte.

»Zwingt das Knie Sie auf die Ersatzbank?« fragte Williams.

»Bleibt das unter uns?«

»Klar.«

»Mitte der Saison bin ich wieder dabei. Der Verein will, daß man glaubt, ich sei bis zum nächsten Jahr aus dem Rennen.«

»Keine Angst, ich komme nie mit Sportjournalisten zusammen.«

»Haben Sie Kinder?« fragte Ramsey.

»Einen Jungen, dreizehn. Er spielt Highball; vielleicht wird er mal Verteidiger.«

»Moment mal.« Sie waren in der Eingangshalle, und Ramsey wandte sich an die Empfangsdame. »Gib mir mal einen, Sheila.«

Die Frau ging zu einem verschlossenen Schrank hinter ihrem Schreibtisch und warf Ramsey einen Football zu. »Und ein paar von meinen reservierten Freiplätzen für Sonntag.« Er wandte sich Williams zu. »Wie heißt Ihr Junge?«

»Martin.«

Ramsey nahm einen Stift vom Schreibtisch und signierte den Ball: »Für Martin, von einem anderen Verteidiger, Baker Ramsey«. Er hielt Williams den Ball hin.

Williams sah den Ball an und zögerte.

»Kommen Sie, es ist für den Jungen, das ist keine Bestechung.«

Williams nahm den Ball. »Danke, daran wird er lange Freude haben.«

Ramsey lächelte und gab ihm zwei Tickets. »Das ist Bestechung: zwei Karten für das Heimspiel am Sonntag.«

Williams erwiderte das Lächeln. Er konnte die Karten nicht zurückweisen, das würde ihm der Junge nie verzeihen. »Betrachten Sie mich als bestochen.« Er lachte.

Auf der Treppe schüttelten sie sich die Hand.

»Sie haben mit Liz gesprochen, nicht wahr?« sagte Ramsey.

»Liz?«

»Meine Ex-Frau. Es kann keinen anderen Grund dafür geben, daß Sie hergekommen sind. Liz ist krank, paranoid. Sie hat herumerzählt, ich hätte sie verprügelt. Das ist nicht wahr, ich habe sie nie angerührt. Jetzt setzt sie sich wohl in den Kopf, daß ich Schaefer und die Fergusons umgebracht habe.« Er sah traurig drein. »Ich helfe Ihnen gern, so gut ich kann. Ich habe nichts zu verbergen.«

»Machen Sie sich keine Sorgen«, erklärte Williams. »Es handelt sich nur um eine Routineuntersuchung.«

»Wenn Sie mit Liz sprechen, sagen Sie ihr, daß ich sie gern wiedersehen würde – über die alten Zeiten reden.«

»Auf Wiedersehen«, sagte Williams und lief die Stufen hinab zum Wagen. Vor dem Haupttor hielt er an und sah in seinem Notizbuch die Nummer eines Beamten nach, den er bei der Polizei in Los Angeles kannte. Der Mann schuldete ihm einen Gefallen. Als er ihn in der Leitung hatte, bat Williams ihn, dem Le Parc in West Hollywood einen Besuch abzustatten. Dann wendete er seinen Wagen Richtung Piedmont Hospital.

Beim Empfang in der Halle zeigte Williams der Schwester seine Polizeimarke. Sie war jung und hübsch und wirkte schadenfroh. »Könnte ich bitte mit Mary Alice Taylor sprechen?«

»Die hat Nachtdienst, sie kommt nicht vor acht. Worum geht's denn?«

»Nur ein paar Routinefragen.«

Die Schwester grinste. »Klar, das sagen Polizisten immer, wenn sie jemanden wegen krummer Sachen hinter Gitter bringen wollen.«

Williams grinste zurück. »Ich suche sie nicht wegen krummer

Sachen, ehrlich.« Er hatte keine Lust, um acht wiederzukommen und das Abendbrot zu Hause zu verpassen, und er wollte dieses Mädchen auch nicht sofort aufsuchen, er hatte andere Dinge zu tun. »Vielleicht können Sie mir weiterhelfen. Können Sie mir sagen, wie der Dienstplan für den Nachtdienst aussieht, wann nach den Patienten gesehen wird?«

»Das ist genauso wie tagsüber, nur daß man sich tagsüber noch mit Ärzten herumplagen muß. Sie hat das bessere Los erwischt, glauben Sie mir.«

»Wie oft sieht sie in der Nacht nach ihren Patienten?«

»Sie geht einmal in der Stunde durch, öfter, falls ein Patient regelmäßig Medikamente bekommen muß.« Sie deutete auf die Monitore hinter ihr. »Früher war das häufiger, aber durch die da werden die Patienten in bedenklichem Zustand überwacht, und die Hälfte der Patienten dieser Station wartet auf Operationen, die nicht dringend sind. Sie bekommen abends ein Sedativ, und dann schlafen sie wie Tote.«

»Kennen Sie Mary Alice Taylor?«

»Sicher, wir waren zusammen in der Krankenpflegeschule.«

»Ist sie ein verantwortungsbewußter Mensch? Ich meine, macht sie ihre Runden nach Vorschrift, oder wäre sie eher der Typ, der sich aufs Ohr legt?«

»Oh, Mary Alice macht ihre Runden bestimmt nach Vorschrift.« Sie grinste wieder. »Bei manchen Patienten, den interessanteren, schaut sie vielleicht sogar öfter als nötig herein.«

»Glauben Sie, ein Football-Profi könnte sie interessieren?«

»Darauf können Sie sich verlassen; Mary Alice hat eine Schwäche für Sportler. Vor kurzem hatten wir Baker Ramsey wegen seiner Knieoperation hier, und sie war noch immer ganz aus dem Häuschen, als ich sie am nächsten Morgen ablöste.«

»Jemandem wie Ramsey würde sie also besondere Aufmerksamkeit widmen?«

»Hören Sie, wie ich Mary Alice kenne, hat sie ihm wahrscheinlich eine Schlafpille gegeben und ist dann nachts wiedergekommen, nur um einen Blick unter die Bettdecke zu werfen.«

Williams lachte. »Ich verstehe. Das war alles, was ich wissen wollte.« Er bedankte sich und ging.

Am Spätnachmittag meldete sich sein Kontaktmann in Los Angeles. »Ramseys Geschichte paßt«, sagte der Mann. »Er hat ein Mädchen zum Essen mit auf sein Zimmer genommen. Erst am nächsten Morgen wurde er wieder gesehen.«

»Sagen Sie«, fragte Williams, »wie weit ist das Le Parc vom Beverly Hills Hotel entfernt?«

»Fünf Minuten mit dem Wagen. In Los Angeles geht man nicht zu Fuß.«

Williams bedankte sich und hängte ein. Erneut ging er seine Notizen über die Gespräche mit Ramsey und der Krankenschwester im Piedmont durch. Es schien, als habe Ramsey ein Alibi, und er hatte Williams dadurch beeindruckt, daß er so offen und locker gewesen war.

Der Polizist schloß sein Notizbuch und seufzte. Er schien in eine Sackgasse geraten zu sein. Er konnte Ramseys Version ohne weiteres akzeptieren, bis auf einen Punkt. Wie Ramsey selbst zugegeben hatte, hatte er sich zum Zeitpunkt des Todes von drei Menschen nur Minuten vom jeweiligen Todesort entfernt aufgehalten. Amerika war ein großes Land, und Ramsey war in unmittelbarer Nähe von drei mutmaßlichen Morden gewesen, zweitausend Meilen voneinander entfernt.

Williams mochte keine Zufälle, aber er hatte nicht die geringste Ahnung, was er unternehmen sollte.

In dieser Nacht nahm sein Sohn den Football mit ins Bett.

19

Nachdem sie Detective Sergeant Williams zum zweiten Mal angerufen hatte, kehrte Liz in schrecklicher Stimmung wieder zu ihrem Haus zurück, teils wütend, teils deprimiert. Keir Drummond saß mit einem Bier in der Hand auf der Veranda und betrachtete das Licht, das über den Dünen verblaßte.

Sie ließ sich in den Sessel neben ihm fallen.

»Krieg ich einen Kuß?« fragte er.

»Nicht jetzt«, erwiderte sie.

»Was ist denn?«

»Hast du schon mal von Baker Ramsey gehört?« fragte sie.

»Nein. Wer ist das?« – »Du bist also kein Football-Fan?«

»Ich sehe gern Football, aber ich bin nicht auf dem laufenden.«

Liz erzählte ihm alles, sie erzählte ihm von Bake und ihrer Ehe, von Al Schaefer, den Fergusons und ihrer Unterredung mit dem Polizisten.

Er legte ihr die Hand an die Wange. »Tut mir leid, daß du all das durchmachen mußtest«, sagte er. »Glaubt dir der Polizist?«

»Ich denke nicht. Er hat mit Baker gesprochen, und er kauft ihm seine Version ab.« Sie berichtete ihm von den Alibis für die beiden Nächte.

»Na, ein Polizist kann nicht mehr tun als das. Selbst wenn die beiden Todesfälle Morde waren, wie du sagst, wenn Ramsey solide Alibis hat, was soll der Kerl dann tun?«

»Es ist zum Kotzen«, sagte sie. »Er kommt damit durch.« Sie begann zu weinen.

Keir hob sie auf, brachte sie ins Haus und machte es ihr auf dem Sofa im Wohnzimmer bequem.

»Ich habe nicht nur gute Freunde verloren«, sagte sie, als sie sich wieder gefaßt hatte, »sondern auch meinen Verleger. Die Arbeit, die ich hier getan habe, ist jetzt bedeutungslos geworden. Es gibt niemanden mehr, der sie veröffentlichen könnte.«

»Hör mir mal zu«, sagte er ernst. »Wenn deine Arbeit etwas taugt, findest du auch einen anderen Verleger.«

»Aber Ray wollte den Text schreiben. Ich kann nicht schreiben; ich kriege nicht mal einen anständigen Brief hin, geschweige denn ein Buch. Das muß jemand machen, der die Insel so liebt wie Ray.«

»Mir scheint, daß du die Insel ebenso liebst, wie Ray es getan hat. Warum versuchst du dich nicht selbst an dem Text?«

»Vielleicht hast du recht; aber ich weiß nicht, ob ich nach alldem noch mit dem Herzen dabeisein kann.«

»Dein Herz ist groß, da hat vieles Platz. Du wirst darüber wegkommen, keine Sorge. Die Insel wird von deiner Aufmerksamkeit wieder Besitz ergreifen, und du wirst wünschen, das Buch zu machen.«

Sie nahm ein Taschentuch vom Kaffeetisch und schneuzte sich laut die Nase, dann lehnte sie den Kopf an seine Schulter. »Ich bin froh, daß du hier bist«, sagte sie, dann hob sie den Kopf und küßte ihn. »Hier, den war ich dir schuldig. Tut mir leid, daß ich vorhin so schroff zu dir war.«

»Du warst erregt, das ist schon in Ordnung.«

»Ich bin immer noch erregt«, sagte sie. »Baker hat sie alle drei umgebracht, das weiß ich genau, und er kommt damit durch.«

»Sieh mal, ich weiß, wie sehr dich das Gefühl beschäftigt, aber du mußt etwas Raum für Zweifel lassen. Es ist immerhin möglich, daß die drei Todesfälle Zufall waren.«

»Das mag schon sein, aber wenn du Baker so gut kennen würdest wie ich – so, wie er in den letzten Jahren war –, dann wüßtest du, daß er zu so etwas ohne weiteres fähig ist, und dazu auch noch klug genug, sich zu tarnen. Seine Geschicklichkeit ist es, die ihn so gefährlich macht. Und wenn er trotz dieser Morde davonkommt, dann wird er glauben, er könne sich künftig *alles* erlauben.«

Keir strich ihr durchs Haar. »Glaubst du, daß er wieder versuchen wird, dir weh zu tun?«

»Wenn er Al Schaefer und die Fergusons umgebracht hat, dann deshalb, weil er mich haßt. Ich kann mir nicht vorstellen, daß er sich das inzwischen aus dem Kopf geschlagen hat.«

»Hier bist du in Sicherheit. Ich passe auf dich auf.«

»Ich muß irgendwann hier weg; ich kann mich nicht mein ganzes Leben lang verstecken.«

»Ich lasse nicht zu, daß dir etwas passiert.«

»Ich glaube dir«, sagte sie und küßte ihn wieder. »Solange ich hier bei dir bin, fühle ich mich sicher.«

»Gut.«

Sie hob den Kopf. »Aber eines sage ich dir: Wenn noch irgendeiner meiner Freunde plötzlich eines gewaltsamen Todes stirbt, dann ist mir egal, wie perfekt Bakers Alibi ist, dann besorge ich mir eine Waffe und bringe ihn selbst um.«

»Immer mit der Ruhe«, sagte er und drückte sie an sich. »Laß dich nicht verrückt machen. Wenn er es schafft, dich in Wut und Angst zu versetzen, hat er schon gewonnen.«

»Du hast recht«, sagte sie und bemühte sich, den eisigen, festen Klumpen in ihrer Brust zum Schmelzen zu bringen. »Ich werde nicht zulassen, daß er gewinnt.« Sie stand auf. »Ich werde wieder anfangen, wie ein normaler Mensch zu leben, und zwar jetzt gleich. Ich hol dir noch ein Bier.«

Es klopfte an der Vordertür. Sie drehte sich um und sah James Moses, der mit einem Brief in der Hand in der Tür stand.

»Guten Abend, Miss Elizabeth«, sagte er leise. »Ich habe eine Einladung von Mr. Angus für Sie. Er sagte, ich soll auf die Antwort warten.«

»Danke, James.« Sie nahm den Umschlag und öffnete ihn.

»Guten Abend, Mr. Hamish«, sagte James.

Liz zuckte zusammen.

»Mein Name ist Keir, James«, sagte Keir freundlich. »Guten Abend.«

Der Junge schien peinlich berührt zu sein, und Liz sprang in die Bresche. »Bitte, sage Mr. Angus, daß ich sehr gern annehme.«

»Ja, Madam«, sagte James lächelnd. Er wandte sich um und ging, ohne ein Wort zu sagen. Einen Moment später hörte Liz ein Pferd davontraben.

»Was wollte Großpapa?« fragte Keir.

Sie reichte ihm den dicken Bogen mit der altmodischen Handschrift. »Er hat mich zum Dinner eingeladen«, sagte sie. »Ich soll mich feinmachen.«

»Weißt du, ich glaube, er hat eine Schwäche für dich«, sagte Keir lächelnd.

»Weißt du«, erwiderte sie ebenfalls lächelnd, »ich glaube, ich habe auch eine Schwäche für *ihn.*«

20

Liz fuhr durch das Tor von Dungeness. Sie trug ihr einziges Seidenkleid, ein Überbleibsel ihres gesellschaftlichen Lebens in Atlanta. Sie konnte sich nicht erinnern, warum sie es mit auf die Insel gebracht hatte, aber sie war froh darüber. Sie fragte sich, wer noch zum Dinner kommen würde.

James Moses stand in einer weißen Baumwolljacke, deren Ärmel ihm ein wenig zu kurz waren, und mit schwarzer Fliege auf der Veranda des riesigen alten Hauses. »Guten Abend, Miss Elizabeth«, sagte er und verbeugte sich. »Willkommen in Dungeness.«

»Danke schön, James«, antwortete sie, als sie auf dem Treppenabsatz angekommen war. »Ist schon jemand von den anderen Gästen angekommen?« Sie fragte sich, wo die übrigen Dienstboten waren, falls es welche gab.

»Es kommt außer Ihnen niemand«, sagte James und sah überrascht aus. »Nur Sie und Mr. Angus.«

James hielt die Tür auf, und sie betrat die große Eingangshalle gerade rechtzeitig, um Angus die große Freitreppe herabsteigen zu sehen. Er trug einen frischgebügelten Abendanzug, den sie für sehr alt hielt, obwohl er nicht unmodern wirkte, mit Ausnahme der zweireihigen Weste mit den Aufschlägen vielleicht. Eine schwere goldene Uhrkette hing daran, und auf der steifen Hemdbrust glitzerten im Licht der Kandelaber Diamanten.

»Guten Abend, Elizabeth«, sagte Angus. »Willkommen in meinem Haus.«

»Guten Abend, Mr. Drummond.«

Er kam die Treppe herab und bot ihr den Arm. »Ich würde mich sehr freuen, wenn Sie mich Angus nennen würden«, sagte er.

»Natürlich, Angus«, antwortete sie.

Er führte sie in sein Arbeitszimmer, und sie hatte das Gefühl, in ein anderes Jahrhundert versetzt zu werden. Der Raum, den sie auf zwölf Meter Länge und sechs Meter Breite schätzte, war von großen Kerzen in silbernen Kandelabern hell erleuchtet. Am hinteren Ende des Zimmers, gegenüber von Angus' Schreibtisch, war ein Tisch für zwei Personen gedeckt. »Ich dachte, wir essen lieber hier«, erklärte er. »Das Speisezimmer ist eher für vierzig als für zwei Personen gedacht.«

James ergriff das Wort. »Darf ich Ihnen eine Erfrischung reichen, Miss Elizabeth?« fragte er und bewegte sich auf einen Servierwagen mit Karaffen und einem Eiskübel zu. Sie bat um einen Bourbon, und Angus bestellte einen Martini. Er beobachtete scharf, wie James die Drinks bereitete, und nickte anerkennend, als er damit fertig war.

Liz nahm ihren Drink von einem silbernen Tablett und nippte daran. »Was für ein schöner Raum«, sagte sie und sah sich nach den hohen Regalen mit den ledergebundenen Bänden und den polierten Mahagonipaneelen um.

»Ich bin froh, daß Sie dieses Wort gewählt haben. Ich habe schon immer gefunden, daß der alte Aldred Drummond sich hier ein schönes Zimmer eingerichtet hat, kein hübsches. Dies ist das Zimmer eines Mannes, und es ist schon immer mein Lieblingsraum gewesen. Hier habe ich wahrscheinlich mehr Zeit verbracht als an irgendeinem anderen Ort auf der Welt.«

Sie betrachtete den Gewehrschrank und den Ständer für die Angelruten, dann den antiquierten Aktenschrank und die Kartenfächer. »Ich glaube, dieser Raum verrät genauso viel über Sie wie über den alten Aldred«, sagte sie, und er strahlte vor Vergnügen.

»Sicherlich gibt es inzwischen hier wesentlich mehr Bücher, als ursprünglich von ihm stammen. Sechs Generationen haben diese Bibliothek aufgebaut. Bis vor ein paar Jahren hatten wir noch einen eigenen Buchbinder, bis der letzte starb.«

»Was für Personal haben Sie hier noch?«

»Nur ein Mädchen und einen Koch, die sich um mich kümmern. Natürlich gibt es einen Gärtner und einen Reparaturtrupp von einem Dutzend Männern, der die Straßen, die Kais und die Landebahn in Schuß hält.«

Sie blieb in der Mitte des Raumes vor dem Kamin stehen und betrachtete das Gemälde über dem Sims. Es zeigte eine Seeschlacht, die Feuer auf den brennenden Schiffen gaben erstaunlichen Schein ab. »Ist das ein Turner?« fragte sie ungläubig.

»Jawohl, und man sagte mir, es sei eines seiner besten Gemälde. Mein Großvater kaufte es 1889 in London. Ich habe irgendwo noch die Rechnung. Es hat hundert Pfund gekostet, glaube ich.«

»Er war schon immer einer meiner Lieblingsmaler«, sagte sie.

»Wahrscheinlich wissen Sie es mehr zu schätzen als ich. Es hing schon immer hier, schon als ich aufwuchs, und ich denke, ich habe mich einfach daran gewöhnt. Als ich noch ein Junge war, hat es mich aber dazu animiert, vom Kampf auf See zu träumen. Ich glaube, das war der Grund dafür, daß ich 1917 gleich nach Princeton in die Marine eingetreten bin.«

Liz rechnete kurz nach. »In welchem Alter haben Sie Princeton abgeschlossen? Mit neunzehn Jahren?«

»Ich hatte mein Leben lang gute Lehrer und dadurch einen gewissen Vorsprung vor meinen Altersgenossen.«

»Haben Sie am Ersten Weltkrieg teilgenommen?«

»Ich habe auf einer Fregatte in der Nordsee gedient und es zutiefst bedauert, daß ich nicht rechtzeitig dort war, um an der Schlacht am Skagerrak teilzunehmen, die ein Jahr zuvor stattgefunden hatte. Auf mich wurde kein einziger Schuß abgegeben.«

Liz' Großeltern waren beide tot, und es entzückte sie, jemanden zu kennen, der persönliche Erinnerungen mit Ereignissen verband, die für sie längst vergangene Geschichte waren. »Was taten Sie nach dem Krieg?« fragte sie.

»Ich reiste, wie es viele wohlsituierte junge Männer meiner Generation zu tun pflegten. Ich verbrachte drei Jahre in Europa – in Paris, Rom, Florenz, Budapest, Prag, Warschau, Wien, Dresden, Berlin.« Er führte sie zu zwei Ohrensesseln und setzte sich ihr gegenüber.

»Als Sie Ihre Reisen beendet hatten, was geschah dann?«

»Ich studierte an der Duke-Universität Rechtswissenschaften, aber ich habe nie als Anwalt praktiziert, nicht einmal die Zulassung beantragt. Mein Vater war der Meinung, daß Jurakenntnisse bei der Verwaltung des Vermögens von Nutzen sein würden, und bis zu einem gewissen Grade hatte er damit recht. Im gleichen Sommer, in dem ich meinen Abschluß machte, starb mein Vater, und seitdem bin ich hier – natürlich mit Unterbrechungen, die ich in New York, London und auf dem europäischen Festland verbrachte. Ich habe die Auslandsreisen aufgegeben, als der letzte Krieg ausbrach, und sie seitdem auch nie wieder aufgenommen.« Er schlug die langen Beine übereinander und seufzte. »Jene Welt ist versunken, aber in meiner Erinnerung besteht Europa immer noch so, wie es einmal war.« Er nippte an seinem Martini und blickte ins Feuer. »Als ich von der Bombardierung Dresdens hörte, habe ich geweint.«

»Ich habe auch vor zu reisen, wenn ich mein Buch beendet habe«, sagte sie. »Meine ganze Europaerfahrung beschränkt sich auf eine Pauschalreise nach Paris, während ich noch auf dem College war.«

»Sehen Sie sich die Welt an, die ganze Welt«, sagte er energisch. Er blickte sie an. »Sie sind immer noch mit diesem Buch beschäftigt? Nach dem, was Ray Ferguson zugestoßen ist?«

»Ja«, antwortete sie.

»Es tat mir leid, das von Ray und Eleanor zu hören. Sie waren reizende Leute; sie haben ein solches Ende nicht verdient.«

»Sie haben recht«, sagte sie und versuchte, nicht an Baker Ramsey zu denken. »Keir hat mich überredet, die Arbeit an dem Buch fortzusetzen, aber es erforderte keine besondere Überzeugungskraft. Wenn Sie nichts dagegen haben, daß ich länger bleibe.«

»Natürlich nicht. Sie treffen sich mit Keir?« fragte er.

»Ziemlich oft«, antwortete sie und spürte, wie sie errötete.

»Er ist ein guter Junge«, sagte Angus, »beide sind gute Jungen, aber sie sind sehr verschieden.«

»Sie sind der erste, der das sagt. Alle anderen sprechen nur darüber, wie ähnlich sich die beiden sind.«

»In meinen Augen waren sie schon immer verschieden. Wenn sie es darauf anlegten, konnten sie mich eine Weile hinters Licht führen, aber normalerweise konnte ich sie auseinanderhalten. Manchmal wünschte ich, Keir würde ein konventionelleres Leben führen, aber er scheint glücklich zu sein. In gewisser Hinsicht glücklicher als Hamish, obwohl Hamish der Erfolgreichere ist. Ich glaube, Keir ist emotionaler als Hamish.«

»Das Gefühl habe ich auch«, sagte Liz. »Hamish wirkt – kälter. Wissen Sie, warum die beiden sich... aus dem Wege gehen?«

»Ich weiß es nicht«, sagte Angus, »aber ich habe es schon vor langer Zeit aufgegeben, mich davon verrückt machen zu lassen. Wenn die beiden so tun wollen, als gäbe es den anderen nicht, nun, dann werden sie wohl ihre Gründe haben, und ich respektiere das. Wenn ich es nicht täte, würde ich keinen der beiden mehr zu Gesicht bekommen, sie würden nie mehr herkommen. Hamish sehe ich recht oft, aber Keir hatte ich drei Jahre nicht gesehen, bis er neulich auftauchte.« Er lehnte sich vor und stützte die Ellbogen auf die Knie. »Wissen Sie, als ich noch jünger war, glaubte ich, daß mich meine Nachkommen beerben würden, so, wie ich meinen Vater beerbt habe. Cumberland sollte von den kommenden Generationen in seinem althergebrachten Zustand erhalten werden. Dann starb mein Sohn Evan bei diesem Flugzeugabsturz, und ich dachte, seine Söhne wären ja auch noch da. Inzwischen weiß ich, daß keiner der beiden der Mann dazu ist, meine Nachfolge anzutreten, gleichgültig, wie sehr sie diese Insel auch lieben mögen.«

»Was ist mit Germaine?« fragte Liz.

»Germaine hat mit der Pension alle Hände voll zu tun, und ich glaube, daß sie damit zufrieden ist.« James trat wieder ins Zimmer. »Entschuldigen Sie, Mr. Angus. Es ist serviert.«

Angus führte Liz zur Tafel, schob ihr den Stuhl zurecht und wandte sich einer Flasche Champagner im Kühler zu, die neben dem Tisch stand. »Dreiundfünfziger Krug«, sagte er und zeigte ihr die Flasche. Er nahm die Folie ab und befreite den Korken aus dem Drahtgeflecht. »Ich liebe alten Champagner. Bestimmt nicht mehr so perlend wie ehedem, aber die Farbe, und der Geschmack!«

Er entfernte den Korken und goß ihr ein. »Der lagert seit fünfunddreißig Jahren in meinem Keller – in all den Jahren wurde er keinen Zentimeter bewegt.«

Liz nahm einen Schluck und wollte sich gerade äußern.

»Ich werde es Ihnen sagen«, sprach er. »Vollmundig, perlend, nicht zuviel Kohlensäure, mit einem Wort: perfekt.«

»Sie haben natürlich recht«, sagte sie lachend.

Er nahm Platz und blickte hoch, als James mit zwei zugedeckten Tellern hereinkam. Er stellte sie vor den beiden ab und hob die Deckel; auf jedem waren ein Dutzend Muscheln ausgebreitet. »Meine eigenen, aus dem Gebiet hinter dem Haus. Die besten, die es gibt.«

Liz kostete den süßen Geschmack. »Da kann ich Ihnen nur zustimmen.«

Angus sah James nach, wie er den Raum verließ. »Ich habe ihm den ganzen Nachmittag beigebracht, wie man serviert. Das Mädchen ist zu ungeschickt, und der Koch steht in der Küche. Er macht es nicht schlecht, nicht wahr?«

»Stimmt. Er scheint ein sehr netter Junge zu sein. Ist er auf der Insel aufgewachsen?«

»Ja«, antwortete Angus und schob eine Muschel in den Mund. »Er ist mein Sohn.«

Liz erstarrte, die Gabel auf halbem Wege in der Luft. Dann schob sie die Muschel in den Mund, um nicht sprechen zu müssen.

»Seine Mutter hat hier gearbeitet. Sie war eine Tochter von Buck Moses und seiner vierten Frau. Ich mochte sie, und ich war schon viele Jahre Witwer. Wir... trösteten uns gegenseitig. Sie starb vor ein paar Jahren, und seitdem wächst der Junge bei Buck auf – bei Buck, und jetzt bei mir. Buck wird zu alt.« Er nippte am

Champagner. »Ich habe das sonst noch keiner Menschenseele erzählt«, sagte er. »Tatsächlich habe ich es mir selbst erst vor kurzem eingestanden.« Er sah sie über sein Glas hinweg an. »Ich frage mich, warum ich es Ihnen erzähle.«

»Ich bin froh, daß Sie es getan haben«, sagte sie. »Es ist schmeichelhaft, wenn jemand, den man mag, einem seine intimsten Geheimnisse anvertraut.«

Als sie die Muscheln gegessen hatten, kam James und trug die Teller ab. Angus stand auf, ging zur Anrichte und brachte eine leere Weinflasche und eine volle Karaffe mit. »Mögen Sie Claret? Roten Bordeaux, meine ich. Die Briten nennen ihn Claret, ein schönes Wort.«

»Ich mag ihn. Ich habe allerdings noch nicht häufig welchen getrunken.«

»Diesen hier muß ich Ihnen erklären, denn vielleicht werden Sie in Ihrem ganzen Leben keinen so guten Wein mehr trinken. Dies ist ein Chateau Lafite Rothschild, Jahrgang 1929, der beste rote Bordeaux dieses Jahrhunderts, vielleicht sogar aller Zeiten. Ich wollte ihn trinken, bevor ich sterbe, in guter Gesellschaft trinken.« Er schenkte beiden ein Glas ein und setzte sich.

Liz tat es ihm mit dem Glas gleich und nippte am Wein.

»Ich habe noch nie etwas so Wunderbares gekostet«, sagte sie und meinte es ehrlich.

James kam mit einer Platte zurück und präsentierte zwei noch brutzelnde Fasane. »Die habe ich vorige Woche mit meiner neuen Flinte selbst geschossen«, sagte er lächelnd.

Liz erwiderte sein Lächeln. »Ich habe es zu allen Zeiten geschafft, einen guten Koch zu haben«, sagte Angus, als die Fasane aufgetragen worden waren. »Ich glaube, das ist der Grund, warum ich so alt geworden bin.«

Eine Weile aßen sie schweigend. Schließlich fragte Liz: »Was wird aus James, wenn Sie sterben?«

»Darüber habe ich auch nachgedacht«, antwortete Angus. »Ich würde ihn auf der Insel machen lassen, was er wollte, wenn ich wüßte, daß er hierbliebe. Aber das wird er nicht. Er möchte aufs

College, er möchte sein Land und die Welt kennenlernen. Ich werde dafür sorgen, daß er diese Möglichkeit bekommt, und hoffe, daß ihn die Sehnsucht nach Cumberland wieder zurückholt, so wie sie alle, die die Insel lieben, wieder zurückgeholt hat. Ich versuche, ihm die Rückkehr so leicht wie möglich zu machen.«

»Wissen Ihre Enkel, daß sie einen Onkel haben?« fragte Liz.

»Ich denke, Keir weiß es, aber bei Hamish und Germaine bin ich mir nicht sicher; die haben aber wahrscheinlich schon so einen Verdacht. Ich schere mich einen Dreck um das, was andere, wie dieses kleine Frettchen, dieser Jimmy, denken. Er bildet sich ein, er könne Cumberland Island *erschließen*. Der wird noch sein blaues Wunder erleben!«

Liz war versucht, nach dem blauen Wunder zu fragen, aber sie wollte nicht aufdringlich wirken.

Sie beendeten das Dinner mit einem Blaubeerkuchen und einem honigsüßen Dessertwein aus Angus Drummonds Weinkeller, dann machten sie es sich auf einem Ledersofa vor dem Kamin gemütlich.

»Ich glaube, ich habe in meinem ganzen Leben noch nie so gut gegessen.« Liz seufzte und nahm von Angus ein Glas Cognac entgegen. »Und sicher kein Dinner, dessen Zutaten sozusagen direkt aus dem Hinterhof stammen.«

»Es ist schon eine Weile her, daß ich eine Frau hier zu Besuch hatte«, sagte Angus und nippte an seinem Cognac. »Ich hatte ganz vergessen, wie befriedigend das sein kann.«

»Vielen Dank.« Dies war der Augenblick, dachte sie, in dem ein jüngerer Mann näherrücken würde. Sie fragte sich, ob er das vorhatte, und falls ja, wie sie darauf reagieren würde.

»Würden Sie ein Geschenk von mir annehmen?« fragte er plötzlich.

»Bitte?« erwiderte sie überrascht.

»Ich will Ihnen etwas schenken. Nehmen Sie es an?«

Sie zögerte nur kurz. »Ja.«

Angus stand auf und ging zu seinem gewaltigen Schreibtisch. Er brachte einen Umschlag und ein paar Bögen. »Ich versichere Ihnen, daß es sich um ein Geschenk handelt, das eine junge Frau unbesorgt von einem alten Mann annehmen kann.« Er reichte ihr den Umschlag. »Öffnen Sie den Umschlag erst, wenn ich tot bin. Ich hab's nicht gern, wenn man sich bedankt, und ich versichere Ihnen, Sie werden nicht mehr lange warten müssen.«

Sie sah ihn erschreckt an. »Wissen Sie etwas, was ich nicht weiß?«

Er lachte. »Nein, aber in meinem Alter kann es jeden Moment passieren. In letzter Zeit habe ich das Gefühl, daß es nicht mehr lange dauert.«

»Gut«, sagte sie und legte den Umschlag in den Schoß, »ich respektiere Ihren Wunsch und warte, aber bedanken will ich mich trotzdem. Obwohl ich nicht weiß, was es ist, bin ich Ihnen doch dankbar dafür, daß Sie es mir schenken wollen.«

Angus sah sie verblüfft an, dann fing er an, die Papiere zu sortieren. »Ich möchte Sie noch um einen kleinen Gefallen bitten – das hat nichts mit meinem Geschenk zutun.«

»Natürlich.«

»Ich möchte, daß Sie mein Testament bezeugen.«

»Gut. Als Ihr Anwalt neulich hier ankam, war ich gerade in der Pension. Germaine dachte sich schon, daß Sie einen Letzten Willen aufsetzen wollten.«

»Den hier hat nicht er vorbereitet, das habe ich selbst getan. Ich habe Ihnen ja erzählt, daß ich Jura studiert habe, und nachdem Cheatham mich letzte Woche hier aufgesucht hat, war ich sicher, keinen Anwalt mehr zu brauchen.« Er wurde rot, offensichtlich dachte er an Cheatham. »Wissen Sie, was dieser Hurensohn versucht hat?«

»Nur mit der Ruhe«, beschwichtigte sie ihn und legte die Hand auf seinen Arm. Er atmete tief durch. »Er hat den Kongreßabgeordneten und einen Mann von der Regierung mitgebracht, um... der Kongreßabgeordnete wollte einen Gesetzentwurf im Parlament einbringen, um Cumberland Island in einen Nationalpark zu verwandeln. Dafür wollte er mir dreißig Millionen Dollar zahlen.«

Liz sagte nichts.

»Er meinte, ich würde mir damit ein Denkmal setzen. Dieser Idiot.«

»Ich kann mir so ungefähr vorstellen, was Sie denen darauf erwiderten«, sagte Liz.

»Ich habe meinen Rechtsanwalt gefeuert und den Kerl von der Regierung zum Teufel geschickt. Dann habe ich dem Kongreßabgeordneten folgendes gesagt: Ich mache mein Testament, und ich werde eine Klausel einfügen, die jedem Widersacher einer solchen Gesetzesinitiative aus meinem Nachlaß fünfzigtausend Dollar für seine Wahlkampfkasse verspricht.«

Liz platzte lachend heraus. »Ha, das ist wundervoll. Was hat er darauf geantwortet?«

»Er sagte: ›Äh, selbstverständlich respektieren wir Ihren Standpunkt in dieser Angelegenheit, Mister Drummond.‹«

Sie lachte wieder.

»Ich habe es wirklich getan. Ich habe eine solche Klausel in mein Testament eingefügt.«

»Da hatten Sie ganz recht«, brachte Liz heraus.

»Also, ich will nicht, daß Sie glauben, ich hätte übereilt reagiert, denn das habe ich nicht. Ich habe einen Monat lang an dem Schriftstück gearbeitet, und jetzt ist es genau so, wie ich es haben möchte. Ich habe es allen sehr schwer, wenn nicht unmöglich gemacht, irgend etwas an dieser Insel entscheidend zu verändern. Als Aldred Drummond diese Insel geschenkt bekam, hat er sie zum Stammsitz seiner Familie auserkoren, und wir Drummonds waren immer ausreichend fruchtbar, um dafür zu sorgen, daß unsere Familie noch eine ganze Weile vertreten sein wird.«

»Die Insel ist Ihr Eigentum, Mister Drummond«, sagte Liz, »und ich bin der Meinung, daß Sie damit tun sollten, was Sie für richtig halten.«

»Gutes Mädchen«, sagte er mit einem breiten Grinsen. »Und jetzt hören Sie zu. Dieses Dokument ist mein Letzter Wille; ich bin in bester geistiger, wenn auch nicht körperlicher Verfassung; ich bin weder verrückt, noch war ich beim Schreiben betrunken, wenn ich auch jetzt ein bißchen betrunken bin; es enthält, was ich für meine Familie und diese Insel verfüge, haben Sie das verstanden?«

»Ja, das habe ich.«

Er nahm einen alten Füllfederhalter und unterschrieb. Dann zeigte er auf die Stelle, an der sie unterschreiben sollte. »Unterschreiben Sie hier, mit Datum.«

Liz tat es. »Warum wollten Sie ausgerechnet mich als Zeugen für Ihr Testament?«

»Weil Sie so ziemlich der einzige Mensch auf der Insel sind, der nicht davon profitiert oder enterbt wird. Sie verfolgen keine eigennützigen Zwecke.«

»Das stimmt natürlich, aber brauchen Sie nicht zwei Zeugen, damit es rechtsgültig wird?«

»Da haben Sie vollkommen recht, im Staate Georgia braucht man zwei Zeugen. Keine Angst, ich werde noch einen auftreiben, bevor es zu spät ist.«

Er ging zum Schreibtisch und legte das Testament fort. »Genug vom Geschäft«, sagte er, »kehren wir zum Cognac zurück. Hab ich ihnen die Geschichte dieses Cognac erzählt?«

Irgendwann nach Mitternacht führte Angus Drummond sie die Haupttreppe von Dungeness hinab, half ihr in ihren Jeep und küßte sie auf die Wange. »Keine Sorge«, sagte er, »hier gibt es keine Polizisten, die Sie auf Ihrem Heimweg pusten lassen.«

Liz reckte sich und küßte ihn fest auf den Mund. »Danke, Angus, für ein köstliches Essen und einen wundervollen Abend und für das, was in diesem Umschlag sein mag.«

Glücklich und beschwipst fuhr sie zum Haus am Stafford Beach zurück. Ihr Rock flatterte im Nachtwind. Zu Hause war sie durstig und ging zum Kühlschrank, um eine kühle Flasche Mineralwasser zu holen. Als ihr Durst gelöscht war, wandte sie sich zum Schlafzimmer, mit einer anderen Lust beschäftigt. Leider war er nicht da, aber schließlich, dachte sie, bin ich in Gedanken ohnehin zu weit weg.

21

Am Spätnachmittag verließ Liz mit vollbeladenem Jeep ihr Haus und fuhr zur Westseite der Insel. Auf der Landebahn landete gerade ein einmotoriges Flugzeug und rollte aus. Sie hielt an und sah Hamish Drummond, der einer Frau und einem kleinen Jungen aus der Maschine half. »Hallo«, rief sie, »Sie sind früh zurück.«

Er lächelte sie an. »Ja, es ging schneller, als ich erwartet hatte. Liz, das ist Hannah Drummond, und das ist unser Sohn Aldred.«

Liz maß beide kurz. Hannah war Mitte Dreißig, ihr blondes Haar war straff zum Knoten zurückgekämmt. Alles in ihrer Erscheinung und ihrem Verhalten sagte: ›Höhere Tochter, altes Geld; konservativ bis ins Mark.‹ Der Junge war ein verkleinertes Abbild seines Vaters, wuschelköpfig und kräftig. Er betrachtete sie bewundernd.

»Ihr Jeep gefällt mir«, sagte er. »Darf ich ihn fahren?«

»Dazu bist du noch ein bißchen zu jung«, sagte sein Vater und wühlte durch sein Wuschelhaar.

»Du hast es auch getan, als du klein warst«, sagte der Junge beleidigt. »Das hast du mir selbst erzählt.«

»Natürlich darfst du ihn mal fahren, Aldred«, sagte Liz. »Ich hole dich irgendwann in der Pension ab.« Sie wandte sich wieder an Hamish. »Kann ich Sie mitnehmen?«

»Danke, aber wir haben schon in der Pension angerufen. Sie schicken uns den Wagen.«

Während er sprach, erschien der Wagen zwischen den Bäumen am Rand der Landepiste. Ron saß am Steuer.

»Wir sehen uns später«, sagte Liz. »Ich bin unterwegs, weil ich den Sonnenuntergang fotografieren möchte. Können Sie eine besonders gute Stelle empfehlen?«

»Plum Orchard«, antwortete Hamish. »Vom Anlegeplatz aus hat man einen ungehinderten Blick über die Sümpfe.« Er winkte und wandte sich seinem Gepäck zu.

Liz fuhr nach Norden, Richtung Plum Orchard. An der Gabelung bog sie links ab, und bald tauchte das Haus auf, in die goldene Sonne des Spätnachmittags getaucht. Sie wollte nicht über den Rasen fahren, auch wenn er nicht gepflegt war. Sie folgte der Straße, die an der Hinterseite des Hauses entlang und schließlich zum Anlegeplatz führte. Sie bremste, um ein halbes Dutzend Wildpferde der Insel vorbeizulassen, die sich nur widerwillig von der Straße entfernten. Bei einem von ihnen konnte sie Fußfesseln erkennen. Außer James Moses hatte sie auf der Insel noch nie jemanden auf einem Pferd gesehen, geschweige denn auf einem Wildpferd.

Sie stellte den Jeep auf dem Grasstreifen an der Anlegestelle ab und stieg aus. Die Sonne stand hoch am Himmel, und sie machte sich daran, ihre Sucherkamera aufzubauen. Als sie fertig war, stand die Sonne noch immer zu hoch, daher machte sie sich auf, das alte Bootshaus zu inspizieren. Durch eine zerbrochene Fensterscheibe spähte sie ins Innere. Die Türen waren überraschenderweise offen, und auf dem verrotteten Dielenfußboden lag eine neue Taurolle. Sie kehrte zu ihrer Kamera zurück, entfaltete den Klappstuhl und wartete.

Die Sonne zog langsam nach Westen, wurde, während sie sank, immer roter und größer, warf ihr Licht im flachen Winkel auf die Sümpfe, und die Schatten wurden lang. Sie stellte die Kamera ein und fotografierte, dann legte sie einen neuen Film ein und schoß vier Fotos, bevor die Sonne ganz und gar hinter dem Horizont verschwunden war. Zwei weitere Aufnahmen machte sie noch im letzten Zwielicht des Tages. Zufrieden mit ihrer Arbeit packte sie langsam ihre Geräte zusammen und genoß die hereinbrechende Dunkelheit. Es war schon fast finster, aber der Himmel war noch immer strahlend blau, als sie wieder in den Jeep kletterte und auf die Straße zurückkehrte, die zum Haus führte. Da sah sie das Licht.

Es blinkte, während sie darauf zufuhr, ein leuchtender Stecknadelkopf hinter einer heruntergelassenen Jalousie im oberen Stockwerk. Zunächst war sie überrascht, daß es in dem Haus noch Strom gab, doch dann fragte sie sich, wer dort wohl sein mochte.

Sie fuhr hinter dem Haus von der Straße, hupte die Pferde an, die ihren Platz nicht verlassen wollten, und schließlich stellte sie den Wagen neben der Straße ab.

Sie stieg aus dem Jeep und blieb lauschend stehen. Kein Geräusch war zu hören, außer dem Schnauben der Pferde, den Malmgeräuschen, die sie beim Grasen verursachten, und den Grillen, die in der Dämmerung lebendig wurden. Sie holte eine kleine Taschenlampe aus dem Jeep und betrat die Hintertreppe des Hauses. Die Tür war fest mit einem Vorhängeschloß verschlossen, und hinter den Fensterscheiben sah man nur eine leere Küche, deren alte Geräte mit Staub bedeckt waren. Sie ging langsam um das Haus herum, untersuchte alle Fenster und spähte nach einer zweiten Tür. An der Seite des Hauses, dem Wasser zugewandt, befand sich eine Veranda, deren Tür jedoch genauso verschlossen war. Sie ging weiter zur Vordertür – ebenfalls verschlossen. Als sie jedoch an die den Sümpfen abgewandte Seite des Hauses kam, fand sie eine weitere Tür, und trotz des Vorhängeschlosses ging die Tür auf, weil sich die Schrauben des Türbeschlags lösten. Sie drehte den Türknopf und schob die Tür auf.

Die Tür quietschte, und Liz erschrak beim lauten Echo, das das Geräusch auslöste. Sie trat ein, den Strahl der kleinen Taschenlampe vor sich gerichtet. Sie befand sich am Rand eines leeren Swimmingpools. Das Sprungbrett schien über einen endlosen Abgrund zu ragen. Das Ding muß an die vier Meter tief sein, dachte sie, und es gab kein flaches Beckenende. Wenn sie die Taschenlampe nicht bei sich gehabt hätte, wäre sie möglicherweise hineingefallen. Der riesige Raum war gekachelt, daher der Widerhall.

Sie lief am Rand des Pools entlang zu einer weiteren Tür. Diese Tür war ebenfalls offen, und sie betrat den Flur des eigentlichen Hauses. Es roch nach Staub und abgestandener Luft. Kurz darauf gelangte sie in einen Salon, der nur wenige Möbel enthielt, alle mit Leintüchern abgedeckt. Dann kam sie in die Haupteingangshalle und blieb stehen, um die großartige Haupttreppe zu bewundern. Für einen Augenblick vergaß sie, warum sie eigentlich gekommen war, und gab ihrer Neugier nach, wie das Haus wohl sein mochte, das Angus Drummond für seinen Sohn gebaut hatte. Sie schnüffelte herum, betrat den Salon, dann die Bibliothek mit Regalen, deren Bücher verschwunden waren. Selbst im schwachen Schein der Taschenlampe bewunderte sie die Proportionen des Gebäudes. Es war groß, aber ausgewogen. Sie kehrte in die Eingangshalle zurück, fand das Eßzimmer und blieb wie angewurzelt stehen, weil plötzlich eine andere Person mit einer Taschenlampe aufgetaucht war.

Es dauerte einen Augenblick, bis sie begriffen hatte, daß sie vor einem großen Spiegel stand und sie selbst die andere Person war. Erleichtert seufzte sie auf und wandte sich der Haupttreppe zu. Beim Betreten knarrten die Stufen leicht. Sie stieg in den ersten Stock. Die Zimmer waren leer, doch sie fand einen Raum mit einer Tapete, aus der sich schließen ließ, daß es sich um Germaines Kinderzimmer gehandelt haben mußte. Etwas weiter entfernt gab es ein Zimmer, das den Zwillingen gehört hatte. In der Mitte des Raumes stand ein altes Schaukelpferd und wartete geduldig auf Reiter. Sie berührte es, und es quietschte in den Federn.

Am Ende des Ganges befand sich ein Raum, der noch möbliert war, und sie erkannte, daß dies das Zimmer von Evan Drummond und seiner Frau gewesen sein mußte. Ein Himmelbett mit durchhängendem Baldachin stand darin, ein Toilettentisch und ein Sofa. Zu beiden Seiten öffnete sich das Schlafzimmer in Ankleideräume, die leer waren, bis auf ein Paar weißer Herrenhandschuhe, die verlassen auf einem Regal lagen. Sie hob sie auf. Obwohl sie zugestaubt waren, schienen sie nie getragen worden zu sein. Sie legte die Handschuhe wieder zurück und überließ den Raum seinen Geistern.

Das Licht war aus einer Dachkammer gekommen, und das bedeutete, daß sie ein Stockwerk höher mußte. Liz fand zur Treppe zurück und stieg die schmaler werdenden Stufen zum Dachgeschoß empor. Als sie auf dem Treppenabsatz ankam, bemerkte sie eine zweite Lichtquelle und machte ihre Taschenlampe aus. Sie blieb einen Moment stehen, um ihre Augen an die Dunkelheit zu gewöhnen. Sie lauschte angestrengt, ob sie jemanden hörte, aber es blieb still.

Sie stieg die letzten Stufen empor. Instinktiv trat sie nur auf den äußeren Rand der Stufen, damit sie nicht quietschten. Sie kam an der Tür an und schob sich mit angehaltenem Atem daran vorbei. Der Anblick eines Wunderlandes unter dem Dach begrüßte sie. Dutzende von Kisten waren ordentlich übereinandergetürmt, eine große Stehlampe mit Fransen am Schirm stand an einer Wand; leere Bilderrahmen lagen verstreut herum.

Sie drang weiter in die Dachkammer vor, und ein großes Regal mit Kleidern tauchte vor ihr auf – Ballroben und andere Kleider, ein Frack und ein Leinenanzug, der einmal weiß gewesen war. Sie blickte um die Ecke und sah, wo das Licht hergekommen war. Am Ende des Dachbodens stand eine hell leuchtende Lampe auf einem kleinen Tisch. Sie warf ihr Licht auf einen Raum im Raum. Ein Sofa begrenzte ihn auf der einen und ein altes Etagenbett aus Eichenholz auf der anderen Seite. Dazwischen stand ein großer Tisch, und der kleine Tisch mit der Lampe befand sich am Ende.

Die obere Etage des Betts war sorgfältig gemacht, mit Laken, einem Kopfkissen und einer alten Armeedecke. Eine Hutablage stand in der Ecke, daran hingen eine Jeans und ein paar Polohemden.

Dann hörte sie ein quietschendes Geräusch hinter ihrem Rükken, und die Tür knallte ins Schloß.

Liz fuhr herum, stieß einen Ton aus – halb Schrei, halb Ausruf, außer sich. Sie war noch immer allein im Raum. Bei einem klappernden Geräusch wirbelte sie erneut herum, aber es war nur die Jalousie, deren Ende im Luftzug ans Fenster schlug. Der Wind hatte die Tür zugeschlagen.

Sie stöhnte erleichtert auf und ließ sich auf das Sofa sinken. Eine kleine Staubwolke stieg auf. Die Hand auf die Brust gepreßt, zwang sie sich zur Ruhe, da ihr das Herz aus der Brust zu springen drohte. Als ihr Atmen sich wieder normalisiert hatte, bemerkte sie vor sich auf dem Tisch ein großes, altertümliches Fotoalbum. Sie schlug es auf und hatte vor sich ein recht steifes Familienfoto, das auf der Veranda von Plum Orchard entstanden war. Evan Drummond sah klaren Blickes in die Kamera, seine Hand lag leicht auf der seiner Frau. Hinter ihnen in der Mitte stand ein acht oder neun Jahre altes Mädchen und hatte die Hände auf den Schultern der beiden. Zu ihren Füßen saßen mit gekreuzten Beinen und nur vorübergehend reglos die Zwillinge, vielleicht fünf oder sechs Jahre alt, schätzte Liz, und blickten trutzig in die Kamera. Sie waren alle nicht förmlich gekleidet und wirkten, als habe ein reisender Fotograf sie an einem Sonntagnachmittag zu Hause überrascht.

Liz blätterte um und fand noch mehr Bilder, einige in förmlichen Posen, andere eher Familienschnappschüsse, die an den Rändern gelb wurden. Bald tauchten die Eltern nicht mehr im Album auf, aber Germaine und die Zwillinge wurden von Seite zu Seite größer. Liz hielt inne, als die Zwillinge ungefähr achtzehn waren. Sie blätterte langsam zurück, um das Heranwachsen der Zwillinge zu betrachten. Manchmal glaubte sie, sie könnte anhand eines Blickes oder einer Geste unterscheiden, wer Keir und wer Hamish war, aber sie waren einander verblüffend ähnlich. Sie versuchte sich vorzustellen, Mutter zweier Söhne zu sein, deren Namen man nie ganz sicher wissen konnte, oder, was sie sich noch besser vorstellen konnte, wie es sein mußte, in einen der beiden verliebt zu sein und zu wissen, daß es einen Doppelgänger gab.

In diesem Moment kam ihr zum erstenmal ernsthaft der Gedanke, daß sie in Keir Drummond verliebt sein könnte.

Plötzlich war sie ein Eindringling, sie durfte hier nicht gefunden werden, sie konnte nicht einmal zugeben, hiergewesen zu sein. Sie spürte, daß sie sich in Keirs geheimer Welt befand, einer Welt, in der er die Existenz seines Bruders anerkennen konnte. Sie sprang hoch und machte, daß sie hinauskam, voller Angst, er könnte unerwartet zurückkehren. Sie rannte die Stufen hinab, das Licht der Taschenlampe tanzte vor ihren Füßen, und sie wußte, er würde nie wieder mit ihr reden, wenn er sie hier ertappen würde.

Später nachts, als sie schlief, kam er zu ihr ins Bett. Sie wandte sich schläfrig nach ihm um, und er umarmte sie und streichelte ihren Nacken.

»Wo warst du?« murmelte sie.

»Unterwegs«, erwiderte er und küßte sie.

»Ich habe dich vermißt«, sagte sie und legte ein Bein über ihn.

»Nicht so sehr, wie ich dich vermißt habe«, flüsterte er und schob sich auf sie.

22

Sie sprachen einen Dialekt, den kein Weißer verstehen konnte, obwohl sie in den alten Sklavenquartieren unter sich waren. Die Sprache enthielt Elemente des Gullah und des Geechee, die die Einwohner der weiter nördlich gelegenen Inseln von Georgia und South Carolina sprachen, aber vieles in diesem Dialekt war nur den Sklaven auf Cumberland und ihren Nachfahren eigen, und inzwischen sprachen nur noch Buck Moses und sein Enkel James diese Sprache.

»Große Veränderungen werden kommen«, sagte Buck.

»Was für Veränderungen, Großpapa?«

»Ein böser Wind wird über Cumberland fegen. Alles ändert sich. Ich bin froh, daß ich nicht mehr lebe, wenn es soweit ist.«

»Du stirbst nicht, Großpapa. Du hast vier Frauen und alle anderen Menschen auf der Insel überlebt. Ich glaube nicht, daß du jemals stirbst.«

Buck Moses grinste zahnlos. »Um die Wahrheit zu sagen, bis vor kurzem habe ich das selbst geglaubt. Doch ich sterbe wie alle anderen auch. Aber ich werde deinen Vater überleben.«

James brauchte einen Augenblick, bis er begriffen hatte, wen sein Großvater meinte, und erschrak. Buck hatte nie zuvor darüber gesprochen.

»Du hast es gewußt, nicht?« fragte Buck.
»Kann sein«, erwiderte James vorsichtig.
»Er wird es dir nie sagen«, meinte Buck. Er schlürfte seinen Tee, den er selbst aus Kräutern gebraut hatte. »Nicht von Mann zu Mann. Aber er wird dafür sorgen, daß du es erfährst. Ich kenne ihn, seit er ein Baby war; er wird es einfach verheimlichen. Das kann dir Ärger einbringen.«
»Was für Ärger?«
»Angus ist reich. Er hat eine Menge Verwandte. Die Leute lassen es nicht so einfach zu, daß ihnen Geld durch die Lappen geht, und du hast niemanden auf der Insel, der dir beisteht.«
»Denken die, daß ich sein Geld haben will?«
»Wenn du es nicht willst, bist du verrückt«, schnaubte Buck. »Du bist ein Mensch wie jeder andere. Du brauchst zu essen und ein Dach über dem Kopf. Du kannst es brauchen.«
»Ich gehe meinen Weg allein«, sagte James beleidigt. »Mein Leben lang hast du mir beigebracht, wie man sich auf dieser Insel ernährt. Wenn ich es auf dem Festland nicht schaffe, bleibe ich hier und lebe von der Jagd.«
»Vielleicht, vielleicht auch nicht«, sagte Buck. »Kann sein, daß sie dich hier nicht wollen, wenn sie erfahren, daß du sein Sohn bist. Kann sein, daß sie dich verjagen.«
»Zuerst müssen sie mich finden«, sagte James.
Buck lachte laut auf. »Stimmt, zuerst müssen sie dich finden. Willst ihnen eine Verfolgungsjagd liefern, was?«
James schwieg einen Moment. »Opa, wer weiß noch davon?«
»Die Leute haben Augen im Kopf. Germaine kann es sich denken, Keir und Hamish auch.«
»Die mögen mich doch, oder?«
»Sicher, mein Junge, aber du weißt nicht, wie die Leute sind, wenn sie sich um Geld streiten. Keir wird dir nichts zuleide tun. Bei Hamish und Germaine bin ich mir nicht sicher. Hamish ist manchmal komisch.«
»Was ist eigentlich mit den beiden los?« fragte James. »Wieso mögen sie sich nicht?«

»Die beiden lieben sich sogar; deshalb benehmen sie sich so.«

»Aber du kannst den einen nicht vor dem anderen erwähnen, sonst geht er weg. So benehmen sich Leute, die einander liebhaben, nicht.«

»Es gibt einen Grund«, sagte Buck.

»Was für einen Grund? Was könnte so schlimm sein, daß sie nicht mehr miteinander reden?«

»Ich kenne den Grund. Ich bin der einzige, der ihn kennt. Manchmal glaube ich, nicht einmal die beiden kennen ihn. Aber ich kenne ihn.«

»Dann erzähl ihn mir.«

»Ich erzähle ihn niemandem«, sagte Buck nachdrücklich. »Ich nehme ihn mit ins Grab. Aber sie werden sich bald von Angesicht zu Angesicht gegenüberstehen, und ich hoffe nur...« Er brach ab.

»Was hoffst du, Großpapa?«

»Ich sag kein Wort mehr darüber«, sagte Buck. Er trank seinen Tee aus. »Ich will dir was sagen. Wenn Angus tot ist, dann geh zu Miss Elizabeth.«

»Wieso?«

»Angus liebt sie. Er wird gut zu ihr sein, und sie wird gut zu dir sein.«

»Aber Großpapa, er ist doch – sechzig oder siebzig Jahre älter als Miss Elizabeth.«

»Das spielt keine Rolle. Ich kenne Angus; ich kenne ihn seit seiner Geburt. Er mag hübsche Frauen. Waren schon lange keine mehr hier, und er ist einsam.«

»Das verstehe ich nicht«, seufzte James.

»Du wirst auf mich hören, Junge. Wenn Angus stirbt, gehst du zu Miss Elizabeth. Sie wird dir helfen.«

»Wenn du es sagst, Großpapa.«

Buck Moses stand auf und ging ans Fenster. »Ein böser Wind wird über Cumberland wehen«, sagte er.

23

Liz hielt bei der Pension an, um ihre Lebensmittelbestellung abzugeben. Es war später Vormittag, die Gäste, mit Lunchpaketen versehen, hatten sich zu Fuß, mit dem Fahrrad oder dem Bus zu verschiedenen Stellen der Insel aufgemacht, und außer den Angestellten der Küche und Ron war niemand in der Pension. Liz ließ ihren Zettel auf Germaines Schreibtisch liegen und machte sich auf die Suche nach ihr. Sie hatte sich angewöhnt, hin und wieder auf eine Tasse Kaffee oder Tee vorbeizuschauen.

Sie schlenderte die Stufen hinauf, warf einen Blick in die verlassene Bibliothek und in den Salon und trat auf die Veranda.

»Guten Morgen«, sagte eine Stimme.

Liz sah sich um und bemerkte Hannah Drummond, Hamishs geschiedene Frau, die mit einem Buch auf dem Schoß in einer großen Schaukel saß.

»Trinken Sie einen Kaffee mit mir?« fragte sie. Vor ihr auf dem Tisch standen eine Kanne und zwei Tassen. »Ich habe ihn für Hamish gemacht, aber er ist mit Aldred irgendwo draußen im Dschungel.«

»Gern«, rief Liz und setzte sich zu ihr auf die Schaukel. Aus der Nähe sah Hannah Drummond noch besser aus. Sie trug ein sorgfältiges, aber nicht übertriebenes Make-up, war hübsch angezogen mit Khakihose und Leinenbluse. Ihr Haar war immer noch so straff zurückgekämmt, daß Liz sich fragte, wie sie die Augenlider bewegen konnte.

»Wenn er mit Aldred zusammen ist, wird Hamish wieder zum kleinen Jungen«, sagte Hannah, während sie den Kaffee eingoß. »Ich glaube, auf diese Weise durchlebt er seine Kindheit noch einmal. Wahrscheinlich sind sie jetzt irgendwo da draußen und lassen sich von Schlangen beißen.«

»Keine Schlange auf Cumberland Island würde es wagen, einen Drummond zu beißen«, sagte Liz.

»Da haben Sie wahrscheinlich recht«, lachte Hannah. Sie reichte Liz den Kaffee. »Wie ich höre, verbringen Sie Ihre Zeit mit einem der Drummonds.«

»Angus?«

»Nein, Keir.«

»Das stimmt.«

»Wie ist er?«

»Sind Sie Keir nie begegnet?«

»Nein. Eigentlich nicht. Ich habe ihn einmal gesehen.«

»Auf der Insel?«

»Nein, in New York. Ich war zum Einkaufen auf der Fifth Avenue und habe auf der Schlittschuhbahn im Rockefeller Center Mittag gegessen. Das war vor ein paar Jahren, als Hamish und ich noch verheiratet waren; ich erwartete gerade Aldred. Egal, ich hatte gerade meine Rechnung bezahlt, als ich aufsah und Hamish mit einem Mädchen auf dem Eis sah. Ich war vollkommen platt – Hamish hatte sich nie mit anderen Frauen abgegeben –, jedenfalls hatte ich nie etwas Derartiges bemerkt. Sie liefen auf dem Eis umher, gingen sehr vertraulich miteinander um, und ich saß da und wurde immer wütender.

Schließlich stand ich vom Tisch auf, ging zur Bande, die um die Eisfläche führt, und blieb dort stehen. Ich wollte sein Gesicht sehen, wenn er mich entdeckte. Sie kamen wieder vorbei, und er sah mich an, und zu meiner Überraschung fuhr er einfach an mir vorbei. Ich blieb stehen, während er zwei, drei Kreise um die Bahn fuhr, und jedesmal, wenn er an mir vorbeikam, war er vollkommen unbeteiligt.

Dann hörten sie auf zu laufen, und er ließ das Mädchen einen Moment allein. Wahrscheinlich ging er zur Toilette. Ich ging zu ihr hin und fragte sie, wie der Mann hieß, mit dem sie Schlittschuh lief. ›Er heißt Keir Drummond‹, sagte sie zu mir.«

»Haben Sie nicht mit ihm gesprochen?« fragte Liz.

»Nein, ich bin gegangen und nach Hause gefahren. Ich war völlig entgeistert. Ich hatte einfach keine Ahnung, ob es sich um einen üblen Scherz handelte oder ob ich meinen Mann tatsächlich mit einer anderen Frau erwischt hatte. Am Abend des gleichen Tages erzählte ich Hamish von der Sache, und er leugnete es rundweg ab. Er sagte, ich habe Halluzinationen.«

»Wie kommt es, daß Sie nicht wußten, daß er einen Bruder hat?«

»Er hat es mir nie erzählt. Erst einen Monat später besuchte Germaine uns in New York und hat mich aufgeklärt. Ich war furchtbar wütend, und Hamish und ich hatten einen Riesenstreit deswegen.«

»Er hat geleugnet, daß er einen Bruder hat?«

»Rundheraus. Ich fing an zu glauben, er sei verrückt.«

»Aber Sie haben gelernt, damit zu leben.«

»Genau. Ich meine, sonst war er in jeder Hinsicht völlig normal. Es schien die einzige Möglichkeit zu sein, damit zurechtzukommen.«

»Diese Erfahrung habe ich auch mit Keir gemacht. Entweder ignoriert er die Fragen nach seinem Bruder, oder er streitet alles ab. Haben Sie irgendeine Idee, wieso die beiden so sind?«

»Keine Ahnung, auch Germaine nicht. Offensichtlich fing es in dem Sommer an, als die beiden achtzehn wurden, kurz bevor Hamish nach Princeton ging.«

Die beiden Frauen schwiegen einen Augenblick, als sei ihnen der Gesprächsstoff ausgegangen.

»Möchten Sie Keir gern kennenlernen?« fragte Liz schließlich.

Hannah wollte etwas sagen, hielt aber sogleich inne. »Nein, ich glaube nicht«, meinte sie schließlich. »Ich habe die Sache mit Hamish soweit hinter mich gebracht, und ich möchte mich nicht allzu sehr in seine Familie verstricken. Es geht mich auch eigentlich wirklich nichts mehr an.«

»Ich verstehe«, sagte Liz.

Sie schwiegen. Dann fragte Hannah: »Wie ist Keir?«

»Wie Hamish, aber anders. Ich meine, Sie wissen ja, wie ähnlich die beiden sich sehen. Hamish war immer zurückhaltend, irgendwie distanziert. Ich könnte mir nicht vorstellen, ihm näherzukommen.«

»Ich weiß, was Sie meinen«, sagte Hannah heftig nickend. »Das fand ich so ungeheuer attraktiv. Es war eine Herausforderung, die Mauer zu durchbrechen und herauszubekommen, wie er wirklich ist.«

»Haben Sie es herausgefunden?«

»Manchmal, in kurzen Momenten. Im Bett, meistens, glaube ich. Bei manchen Männern ist das merkwürdig – man kann sie nur im Bett wirklich kennenlernen.«

Ganz sicher scheint das bei Keir der Fall zu sein, dachte Liz, aber sie war zu schüchtern, es auszusprechen. Hannah Drummond sprach, als seien sie alte Freundinnen, obwohl sie sich gerade erst kennengelernt hatten. Eine peinliche Stille trat ein. »Wie lange bleiben Sie hier?« fragte Liz, um das Gespräch wieder in Gang zu bekommen.

»Ich fahre in ein paar Tagen zurück, und Aldred kommt etwas später nach.«

»Dann wird er Hamish auch nicht häufig zu sehen bekommen.«

»Oh, im Frühsommer haben sie einige Zeit zusammen in Martha's Vineyard verbracht.«

Germaine trat durch die Gittertür, wischte sich den Schweiß von der Stirn und ließ sich neben sie auf die Schaukel plumpsen. »Ein Zimmermädchen hat seine Tage, deshalb hab ich jetzt doppelt soviel am Hals. Komisch, wenn ich meine Tage habe, arbeite ich trotzdem!«

»Du scheinst in diesem Jahr wirklich viel zu tun zu haben.«

»Das kann man wohl sagen. Ich habe nur achtzehn Betten, aber wenn ich den Platz hätte, könnte ich dreimal so viele Gäste unterbringen.«

»Warum erweiterst du nicht?« fragte Hannah.

»Den Gedanken hatte ich schon, aber das wird nichts, solange Großvater lebt. Er will, daß alles so bleibt, wie es immer war.«

»Nicht viele Menschen haben die Macht, die Dinge so zu erhalten, wie sie immer waren«, sagte Hannah versonnen. »Das muß schön sein.«

»Wenn ich ehrlich bin, habe ich die Dinge noch nie so gemocht, wie sie immer waren«, sagte Germaine. »Ich halte nichts davon, in der Vergangenheit zu leben.«

»Wirst du erweitern, wenn dein Großvater gestorben ist?« fragte Liz.

»Worauf du dich verlassen kannst. Das weiß er auch; er will nur, daß ich damit warte, bis er nicht mehr da ist.«

»Wie wirst du es machen?«

»Ich werde hinten anbauen, aber keine Angst, es wird im gleichen Stil sein wie das Haus. Ich hoffe, du kommst nicht auf die Idee, daß ich die Gegend verschandeln will.«

»Ich weiß, daß du das nie tun würdest, Germaine«, sagte Liz. »Du hast von einem typischen Landerschließer nichts an dir.«

Germaine deutete zum Haupttor. »Wenn man vom Teufel spricht«, sagte sie.

Der Bus der Pension fuhr vor, und Germaines Cousin Jimmy Weathers stieg aus, gefolgt von einem zweiten Mann. Jimmy trug einen großen Aktenkoffer.

»Und es sieht so aus, als hätte er ein paar Pläne mitgebracht«, sagte Germaine.

»Du meinst, er plant schon die Erschließung der Insel?«

»Ganz recht.«

»Aber wie kann er das? Ihm gehört hier doch nichts, oder?«

»Noch nicht, aber Großpapa hat Cheatham gefeuert, und wenn er kein Testament gemacht hat, dann wird das Land unter den Erben aufgeteilt, und das sind ich, Hamish, Keir, der kleine Aldred und rate, wer noch.«

»Aber ihr könntet ihn überstimmen.«

»Nein, mein Anwalt meint, er könne eine Teilung des Nachlasses erzwingen, und das bedeutet eine Teilung der Insel.«

Liz sah Jimmy nach, der zuversichtlich die Pension betrat. Es tat ihr gut zu wissen, daß Cumberland Island vor Jimmy und seinesgleichen sicher war. Sie überlegte, ob sie Germaine vom Testament ihres Großvaters erzählen sollte, aber sie hatte das unbestimmte Gefühl, daß Angus Drummond es seinen Enkeln lieber selbst erzählen wollte.

24

Sergeant Lee Williams hatte alle Hände voll zu tun, um zu verhindern, daß sein Sohn Martin einfach davonschwebte. Trotz des Gewichts der Bobcats-Mütze, des Bobcats-Wimpels und des Footballs, den Baker Ramsey ihm geschenkt hatte, drohte der Dreizehnjährige jeden Moment den Bodenkontakt zu verlieren und für immer zu entschweben, so aufgeregt war er.

»Sind es gute Plätze, Dad?« fragte er zum vierten oder fünften Mal.

»Ich denke schon«, sagte Williams wieder einmal. »Ich glaube nicht, daß Baker Ramsey uns schlechte Plätze geben würde, du etwa?«

»Wenn sie nur innerhalb der Vierzig-Yards-Linie sind, ist es schon okay«, meinte Martin. »Sogar zwischen den Dreißigern.« Er seufzte. »Ach Scheiße, selbst wenn sie an der Endzone sind, ist es mir genauso recht.«

»Achte auf deine Worte, mein Sohn«, sagte sein Vater streng.

Sie folgten der Menge den Gang um das Feld entlang, bis sie auf ein Schild trafen, das ihre Blocknummer anzeigte. Dann gingen sie nach oben. Sie tauchten aus dem Tunnel ins gleißende Sonnenlicht, die Vierzig-Yard-Linie direkt vor ihnen.

»Heilige Scheiße!« schrie der Junge. »Sieh dir das an! Und wir sind direkt am Gang!«

»Martin, ich sag es nicht noch einmal, achte auf das, was du sagst, sonst bekommst du Ärger mit mir. Wenn ich noch ein einziges Schimpfwort von dir höre, gehen wir auf der Stelle nach Hause, verstanden?«

»Ja, Dad«, sagte der Junge folgsam, und sie setzten sich.

Der Tag hätte nicht schöner sein können, dachte Williams. Es war über zwanzig Grad warm, keine Wolke am Himmel, und der Junge hatte allen Grund, aufgeregt zu sein: Sie hatten tatsächlich die besten Plätze im ganzen Stadion. Williams war sich nicht ganz sicher, ob er Ramsey mochte oder nicht, aber in diesem Augenblick hätte er ihn küssen mögen.

Um sie herum saßen gutgekleidete Bürger Atlantas in ihrer feinen Herbstkleidung. Während Williams die wohlhabend aussehende Menschenmenge betrachtete, die er alle für Freunde und Verwandte der Spieler hielt, bewegte sich ein sehr hübsches Mädchen an ihm vorbei und setzte sich auf den Platz neben Martin. Williams war froh, daß er ihn dazu gebracht hatte, seine guten Sachen anzuziehen. Von irgendwoher hörte man plötzlich eine Kapelle, und ein Raunen erhob sich, als die Bobcats aufs Feld liefen.

»Schau, Dad, da ist er – der mit den Krücken, siehst du?«

Baker Ramsey humpelte hinter der Mannschaft her aufs Feld. Der Trainerassistent wirkte neben ihm wie ein Zwerg. Er trug die gleiche Kleidung wie die Betreuer, blaue Hosen und ein weißes, kurzärmliges Trikot. Selbst auf diese Entfernung konnte Williams sehen, wie sich an den Unterarmen die Muskeln abzeichneten.

»Der Typ ist wirklich ein Mordsbrocken, was?«

»Nicht wahr«, korrigierte Williams. »Ja, er hat enorme Muskeln. Du solltest ihn mal aus der Nähe sehen.«

»Meinst du, ich könnte nach dem Spiel zu ihm?«

»Also, das kann ich nicht sagen; wir sind nicht eingeladen. Es war sehr nett von ihm, uns diese Plätze zu geben, also gehen wir ihm nicht auf die Nerven, ja?«

Das Mädchen, das neben ihm saß, wandte sich an Martin. »Du bist ein Fan von Baker Ramsey, stimmt's?«

»Ja, Madam«, sagte Martin, »bestimmt bin ich das.« Er zeigte ihr seinen geheiligten Besitz. »Er hat mir diesen Football geschenkt. Er hat ihn meinem Vater gegeben, aber er war für mich. Er hat mir eine Widmung draufgeschrieben, sehen Sie?« Er hielt den Lederball hoch, damit sie es sehen konnte.

Williams war erleichtert darüber, daß der Junge höflich war.

Das Mädchen lächelte und hielt ihm die Hand hin. »Ich bin Mary Alice«, sagte sie.

Martin schüttelte ihr respektvoll die Hand. »Ich bin Martin. Das ist mein Dad.«

»Hallo, ich bin Lee«, sagte er und streckte die Hand aus.

Sie schüttelte sie und wandte sich wieder an Martin. »Möchtest du nach dem Spiel zu Baker?«

»Oh, Mann, das würde ich gern, Mary Alice!«

»Er ist ein Freund von mir. Ich werde sehen, was sich machen läßt.«

Martin drehte sich zu seinem Vater um. »Dad, darf ich? Erlaubst du es?«

»Laß uns einfach abwarten, ob es Mary Alice nach dem Spiel recht ist.«

Sie blinzelte Martin zu.

Williams betrachtete sie genauer. Auf ihrer linken Wange, fast vom Make-up überdeckt, sah er etwas, das ein großes, häßliches Muttermal sein mochte. Er verglich die Wange mit der anderen und stellte eine Schwellung fest. Nein, entschied er, das war kein Muttermal; es war ein Bluterguß.

Nach dem Spiel folgten Williams und sein Sohn Mary Alice in die Höhlen des Stadions. Sie wurden zweimal angehalten, aber ihr Name stand auf einer Liste, und schließlich kamen sie in den Vorraum. In einem weiteren Raum wurde mit dem Trainer und einigen Spielern eine Pressekonferenz abgehalten.

»Warten Sie hier, ich hole ihn«, sagte Mary Alice. Sie ließ sie im Vorraum zurück und drängte sich an der Pressekonferenz vorbei. Martin ging zur Tür, blieb im Rahmen stehen und bestaunte mit großen Augen, was da vor sich ging.

Williams nahm sich einen Stuhl, der neben einer angelehnten Bürotür stand, und hörte plötzlich zwei Stimmen.

»Jetzt hör mir mal zu, du kleiner Hurensohn«, sagte eine vertraute Stimme. »Wenn du mir noch einmal mit Wucherpreisen kommst, brech ich dir die Knochen.«

»Hör mal, Baker«, sagte die zweite Stimme, »das ist der Preis, den ich selbst gezahlt habe, ich mache dabei kein Plus. Wenn du das Zeug nicht willst, dann mußt du es nur sagen, dann vergessen wir's.«

Williams wandte sich nach rechts, gerade rechtzeitig, um durch die angelehnte Tür zu sehen, wie Bake Ramsey einen kleineren Mann in Betreuerkleidung am Kragen hielt. Ramsey ließ das Hemd los und nahm ihm eine kleine Packung aus der Hand.

»Also gut, solange du mich nicht übers Ohr haust.« Er nahm ein Bündel Geldscheine aus der Tasche und zupfte ein paar davon heraus. »Nächste Woche will ich dasselbe noch mal.«

»Okay, aber ich kann nichts dafür, wenn die Preise steigen.«

Williams stand auf und ging von der Tür weg zum danebenliegenden Raum, wo die Pressekonferenz stattfand. Er erkannte ein Drogengeschäft, wenn er eines sah, aber er würde heute niemanden hochgehen lassen, besonders nicht Baker Ramsey in der Mannschaftsumkleidekabine, mit der Presse gleich im Nebenraum. Außerdem brannte sein Sohn darauf, den Kerl zu treffen. Eine Minute später sah er Ramsey in den Presseraum humpeln und dort Fragen beantworten. Als es vorbei war, brachte Mary Alice ihn in den Vorraum.

»Baker, ich möchte dir Martin vorstellen«, sagte sie. »Er ist dein größter Fan, glaube ich.«

Ramseys Verhalten hatte sich grundlegend gewandelt. »Hallo, Martin«, sagte er, und lächelte dem Jungen gewinnend zu. »Hat dir das Spiel gefallen?«

»Es hätte mir besser gefallen, wenn Sie gespielt hätten, Baker«, erwiderte der Junge.

Ramsey sah auf und erblickte Williams. »Oh, guten Tag. Das ist *Ihr* Junge, stimmt's?«

»Ganz recht«, sagte Williams und versuchte zu lächeln.

»Nun, Martin, komm mal einen Augenblick mit«, sagte Ramsey. Er nahm den Jungen mit aus dem Raum.

Mit strahlendem Lächeln wandte sich Mary Alice an Williams. »Er liebt Kinder«, sagte sie. »Ich war sicher, daß er Martin treffen wollte.«

»Das war eine gute Idee«, erwiderte Williams. »Diesen Tag wird er nie vergessen.« Er nickte. »Haben Sie sich das Gesicht verletzt?«

Sie wirkte unsicher. »Äh, ach ja, ich bin hingefallen. Blöde Sache, bin über meine eigenen Füße gestolpert.«

»Natürlich«, sagte Williams. »Das passiert mir auch ständig.« Natürlich.

Ramsey kam mit Martin zurück, der sich mit verzücktem Gesicht ein Bobcats-Trikot an die Brust drückte. »So, Martin, wenn du und dein Papa uns jetzt entschuldigen würdet, Mary Alice und ich haben noch was vor.« Er streckte die Hand aus, in der die des kleinen Jungen verschwand.

»Ja, natürlich, danke, Baker, ich freue mich wirklich sehr darüber.«

Mary Alice erklärte ihnen den Weg zum Parkplatz, und sie gingen.

»Daddy, sieh dir das an«, sagte Martin und hielt das Trikot hoch. »Das ist sein eigenes, das, das er gegen die Rams trug, als er verletzt wurde. Siehst du die Grasflecken?«

»Das ist ja toll, Junge. Heute ist dein Glückstag, was?«

Auf dem ganzen Heimweg hüpfte der Junge im Auto auf und ab und drückte das Trikot an sich.

Williams war glücklich über die Freude seines Sohnes, aber er hatte ein flaues Gefühl im Magen. Der Tag hatte zumindest einigen der Anschuldigungen von Elizabeth Barwick Gewicht verliehen: Baker Ramsey war sehr wahrscheinlich gewalttätig gegen Frauen, und mit ziemlicher Sicherheit nahm er Drogen. Wenn das möglich war, was konnte dann noch möglich sein?

Er hatte das Gefühl, hereingelegt worden zu sein, und das gefiel ihm nicht.

25

James Moses umklammerte das Lenkrad des Jeeps und folgte konzentriert den Anweisungen von Angus Drummond.

»So, siehst du das H auf dem Schaltknüppel? Das zeigt an, wo die Gänge liegen. Tritt auf die Kupplung und leg den ersten Gang ein.«

James tat es.

»Und jetzt gibst du ein wenig Gas und läßt die Kupplung ganz langsam kommen.«

James versuchte es. Der Jeep machte einen Satz und blieb stehen.

Angus seufzte tief. »Versuch's noch mal. Du kriegst den Bogen schon noch raus.«

James versuchte es wieder und brachte den Jeep in Gang. Das Lenkrad fest umklammernd, hielt er auf den Strand zu. Es war gerade Ebbe und genug Platz vorhanden. Er schaltete hoch und fing an, der Sache etwas abzugewinnen.

»Das macht Spaß!« schrie er, um den Fahrtwind zu übertönen.

Angus lachte laut. »Ich hatte vergessen, wieviel Spaß es machte, als ich fahren lernte«, sagte er. »Das war in einem Auto, das sich gar nicht sehr von diesem hier unterschied, vor etwa achtzig Jahren, ein alter Ford T Kombi, an dem so ziemlich alles fehlte, außer vier Rädern, einem Lenkrad und ein paar Sitzen. So, jetzt bleib stehen, wir üben noch ein bißchen Schalten.«

Eine Stunde später fuhr James gleichmäßig und ein wenig entspannter. »Ist es auf Straßen schwerer, Mister Angus?«

»Nicht viel, und hier auf der Insel gibt es nicht viel Verkehr, über den man sich den Kopf zerbrechen müßte.«

»Großpapa würde mir nie erlauben, seinen Laster zu fahren«, sagte James.

»Ich wüßte nicht, warum nicht«, erwiderte Angus. »Die alte Rostlaube war schon am Ende, als er sie von mir bekommen hat, und das ist schon lange her.« Er deutete auf den Weg durch die Dünen. »Gut, versuchen wir mal den Allrad-Antrieb.«

James schaltete, wie es ihm gezeigt wurde, fuhr den Weg hinauf und über den Dünenkamm.

»Wenn es einen größeren Sturm oder sogar einen Hurrikan gibt, dann muß jemand mit dem Schlepper hierherkommen und die Spuren wieder freiräumen, sonst verschwinden sie einfach«, erklärte Angus. »Merk dir das. Wenn ich weg bin, gibt es niemanden mehr auf der Insel, der sich um diese Dinge kümmert. Germaine und die Zwillinge glauben, daß diese Insel sich selbst erhält, daß sie eine Wildnis ist. Sie ist zwar urwüchsig, aber jemand muß dafür sorgen, daß die Arbeiter die Straßen in Schuß halten, das Gras auf der Landepiste mähen und die Dächer auf allen Gebäuden reparieren, sonst gehen sie vor die Hunde.«

»Jawohl«, sagte James. Er fragte sich, warum ihm das alles erzählt wurde.

Dann machten sie eine Inselrundfahrt, und Angus zeigte ihm noch mehr Dinge, auf die geachtet werden mußte. Die Brücken über die Bäche, die Fallen für die Wildschweine, die die Wurzeln ausgruben, die Transformatoren, die den elektrischen Strom vom Festland weitergaben, die Anlegestellen und ihre Pfahlfundamente, die Süßwasserbrunnen. Schließlich kamen sie in Dungeness an.

Im Arbeitszimmer holte Angus einen Karton und entnahm ihm ein in Leinen gebundenes Buch, das zwanzig auf dreißig Zentimeter groß und drei Zentimeter dick war. Angus schlug es auf und blätterte darin herum.

»Daran habe ich zwei Jahre gearbeitet«, sagte er, »und vorige Woche habe ich die gebundenen Kopien aus New York bekommen. Dieses Buch erzählt die Geschichte der Insel, angefangen mit der Zeit, in der die Indianer die einzigen Bewohner waren. Es enthält die Familiengeschichte der Drummonds, und als Ergebnis einer Vermessung, die ich vor ungefähr zwanzig Jahren durchgeführt habe, sind Landkarten darin enthalten. Ich habe sie selbst gezeichnet. Von den Anlagen, die ich auf der Insel gebaut habe, sind

Pläne und Beschreibungen dabei, und von den anderen Zeichnungen. Alles, was mir über die Insel eingefallen ist, steht in diesem Buch, und jedes lebende Mitglied der Familie bekommt ein Exemplar. Das heißt alle, bis auf Jimmy Weathers. In seiner Hand könnten die Informationen zur Gefahr werden.« Er schloß das Buch und überreichte es James. »Dies ist dein Exemplar, mein Sohn«, sagte er.

James nahm das Buch und bemerkte die goldene Prägeschrift am unteren Rand: JAMES MOSES DRUMMOND. Er zog die Schrift mit dem Finger nach. »Wenn es für mich ist, wieso steht dann dieser Name darauf?«

»Weil das dein rechtmäßiger Name ist, James«, sagte Angus.

James wußte nicht, was er sagen sollte. Dies war das erste Mal, daß Angus diese Tatsache erwähnte, und er war sprachlos.

»Nimm das Buch, und lies es«, sagte Angus leise, »und dann lies es noch einmal. Du mußt über die Dinge Bescheid wissen, die in diesem Buch stehen, und es würde zu lange dauern, sie dir zu erzählen.«

»Jawohl«, sagte James.

»Kümmere dich jetzt um deine Sachen, und komm morgen wieder. Dann werden wir uns weiter auf der Insel umsehen.«

In dieser Nacht ging James erst ins Bett, als er das Buch gelesen hatte. Er wußte, daß er es am nächsten Tag wieder lesen würde, und am übernächsten.

26

»Die Schwellung ist vollkommen abgeklungen«, sagte der Arzt. »Ich würde sagen, Sie haben wirklich bemerkenswerte Fortschritte gemacht.« Er sah Ramsey in die Augen. »Äußerst bemerkenswerte Fortschritte.«

Ramsey wich seinem Blick aus. »Tatsächlich? Schön.«

Der Arzt sah den Trainerassistenten Manny Davis an. »Manny, würdest du uns einen Augenblick entschuldigen?«

»Klar, Doc«, sagte Manny. Er lief zum anderen Ende des Raumes und tat so, als beschäftige er sich mit irgendeinem Werkzeug.

»Baker«, sagte der Arzt, »ich habe noch nie gesehen, daß die Schwellung nach einer solchen Operation in so kurzer Zeit verschwindet, es sei denn, der Patient nimmt starke Entzündungshemmer ein.« Er machte eine Pause, bekam jedoch keine Antwort. »Ich meine Steroide, Baker.«

»Bei mir ist schon immer alles schnell verheilt«, erwiderte er.

»Außerdem sehen Sie sehr aufgedunsen aus. Wieviel Gewicht haben Sie seit der letzten Saison zugelegt?«

»Ich habe auch Tempo zugelegt, Doc. Ich habe darauf hingearbeitet.«

Der Arzt schien nicht überzeugt zu sein. »Baker, Sie wissen, was das Team erwartet.«

Ramsey drehte sich um und sah ihm zum ersten Mal in die Augen. »Das Team erwartet, daß ich Spiele gewinne«, sagte er. »Und das tue ich.«

»Aber...«

»Und ich gehe jede Woche zur Dopingkontrolle, wie alle anderen im Team auch, ist es nicht so?«

Der Arzt sah ihn nur an.

»So, und jetzt will ich in drei Wochen wieder spielen«, fuhr Ramsey fort, »und ich glaube nicht, daß der Verein es komisch finden würde, wenn da irgend etwas dazwischenkäme. Verstehen Sie, was ich damit andeuten will?«

Der Arzt seufzte und stand auf. »Ja, Baker. Gehen Sie noch ein bißchen vorsichtig mit dem Knie um. Leichtes Lauftraining ist okay, wenn die Schwellung nicht wieder auftaucht.« Er nahm seine Tasche und machte sich auf den Weg zum Ausgang. »Und das halte ich nicht für wahrscheinlich. Ich sag dem Trainer, daß Sie für das Spiel gegen die Miami Dolphins wieder fit sind, sofern keine Komplikationen auftreten.«

»Sagen Sie es sonst noch niemandem«, sagte Ramsey. »Er will mich gegen die Dolphins als Joker einwechseln.«

»Ist gut«, sagte der Arzt am Ausgang. Er ging hinaus und zog die Tür hinter sich zu.

Ramsey ging zur Kraftmaschine und belud sie mit Gewichten. »Alles klar für die Dolphins«, sagte er, »sofern keine Komplikationen auftreten. Du wirst dafür sorgen, daß keine Komplikationen auftreten. Du besorgst mir, was ich brauche.« Er reckte sich und fing an, Gewichte zu heben. Von draußen hörte man Satzfetzen aus dem Megaphon des Trainers.

»Ich habe ein kleines Problem mit dem Nachschub«, sagte Davis vorsichtig. »Das FBI hat vorige Woche in Mexiko eine Fabrik hochgehen lassen, und es heißt, es gebe Versorgungsprobleme.«

»Manny«, erwiderte Ramsey, unter den Gewichten schnaufend, »du bist ein ganz ordentlicher Trainerassistent. Du wirst es in der Nationalen Liga nie zum Cheftrainer bringen, so gut bist du nicht. Aber du könntest es – du könntest – es als Trainer für den Sturm schaffen.«

»Mehr will ich nicht, Baker. Du weißt ja, daß Harley sich am Ende der Saison zur Ruhe setzt.«

»Ja, und vielleicht kommst dann du zum Zuge. Aber, Manny, wenn ich nicht ohne Unterbrechung bis zum Saisonende von dir bekomme, was ich brauche, dann behältst du nicht einmal den Job, den du jetzt hast. Dafür sorge ich.«

»Baker, so brauchst du nicht mit mir zu reden. Du weißt verdammt gut, daß ich mein möglichstes tue.«

»Ich hoffe nur, daß dein möglichstes auch ausreicht, Manny«, sagte Ramsey, ließ die Gewichte fallen und setzte sich auf. »Wenn die Bobcats dich fallenlassen, bekommst du nicht einmal mehr einen anständigen Job beim College-Football. Es würde mir leid tun, wenn ich in der nächsten Saison mit ansehen müßte, wie du irgendein lausiges High School-Team trainierst.«

Davis sah ihn irritiert an. »Baker, von Sportmedizin verstehe ich genausoviel wie die meisten Ärzte, und ich sage, daß dieses Knie schon in zwei Wochen wieder in Ordnung ist, nicht in drei.«

Ramsey sah ihn an und lächelte. »In zwei Wochen habe ich etwas anderes zu erledigen«, erwiderte er. »In der Zwischenzeit brauchst du nichts zu tun, als für mich in diese kleinen Becher zu pinkeln.«

27

Am späten Nachmittag kam Liz nach getaner Arbeit zu ihrem Haus und traf Keir an, der mit einem Drink auf der Veranda saß. Er hatte in den meisten vergangenen Nächten bei ihr geschlafen, in der vergangenen Nacht jedoch nicht. Sie hatte ihn mehr vermißt, als ihr lieb war, und nicht nur den Sex. Sie spürte, daß eine Verbundenheit in ihr wuchs, die sie gleichzeitig suchte und ablehnte.

»Der Jäger ist heimgekehrt«, sagte er.

»Die Fotografin auch«, erwiderte sie, nahm seinen Drink und trank einen Schluck. »Wo warst du heute nacht?«

Er lächelte milde. »Wie ein Adler segelte ich auf dem Wind.«

»Du wirst immer so verdammt lyrisch, wenn du eine Frage nicht rundheraus beantworten willst«, sagte sie, hob sein Kinn und küßte ihn.

»Einfache Antworten sind langweilig, findest du nicht?«

»Nicht immer«, antwortete sie. Sie ließ sich neben ihm auf den Sessel fallen und zog seinen Arm um ihre Schulter. Sie stahl ihm noch einen Schluck von seinem Drink.

»Heh, denkst du, ich schneide mir den Bourbon aus den Rippen?«

»Ich glaube schon, daß du zaubern kannst.«

»Das ist das Schönste, was ich heute von irgend jemandem zu hören bekommen habe«, sagte er und küßte sie auf den Kopf.

»Außer mir spricht ja auch niemand mit dir, da du außer mir niemanden triffst«, entgegnete sie. »Nicht, daß mich das stören würde.«

»Falsch. Ich treffe Buck Moses, meinen Großvater und Germaine.«

»Wohl kaum. Ich weiß nicht, wie du es mit Buck hältst, aber deinen Großvater und deine Schwester siehst du nicht oft.«

»Öfter, als du ahnst.«

»Warum gehen wir heute abend nicht mal unter Menschen?« fragte sie. »Ich bin zum Abendessen in der Pension. Hast du Lust mitzukommen?«

»Nein, danke«, sagte er mit einem Anflug von Bedauern in der Stimme.

»Warum nicht?« fragte sie. Sie hatte plötzlich Lust, ihn hier und heute mit Hamish zu konfrontieren. Er mußte wissen, daß sein Bruder in der Pension war; er schien über alles informiert zu sein, was auf der Insel geschah.

»Was du die Pension nennst, ist für mich immer noch Greyfield House. Großvaters Schwester Jenny wohnte dort, mein Urgroßvater hat das Haus für sie gebaut. Ich habe sie und das Haus sehr gern gemocht. Ich mag es nicht, wenn dort fremde Menschen essen und schlafen.«

Nun, dachte sie, das war die direkteste Antwort, die ich je von ihm bekommen habe. Sie stand auf. »Ich dusche und verschwinde«, sagte sie.

»Ich mag es, wenn du ein bißchen schwitzt«, er hielt ihre Hand fest. »Könnte ich dich für ein Schäferstündchen begeistern?«

»Was für ein Charmeur«, rief sie aus. »Ein richtig aalglatter! Ein Schäferstündchen, wie nett!« Sie lief zur Dusche und streifte auf dem Weg ihre Kleider ab.

Als sie aus der Dusche kam, stand er am Waschbecken im Badezimmer und wischte mit der Hand den beschlagenen Spiegel ab. Er trug nur ein paar alte Khaki-Shorts, und während sie sich abtrocknete, bewunderte sie seinen schlanken, braungebrannten Körper.

»Dein Haar wird langsam länger«, sagte er und sah sie an. »Auf dem Kopf steht es schon nicht mehr.«

»Wird auch allmählich Zeit«, sagte sie und schlug mit dem Handtuch nach seinen nackten Beinen.

»Au!« schrie er. »Du bist ja bösartig!«

»Typisch abgewiesene Frau«, rief sie über die Schulter, als sie ins Schlafzimmer ging.

»Ich habe dich nicht abgewiesen. Ich habe dich ins Bett eingeladen.«

»Du hast meine Einladung zum Essen abgewiesen«, sagte sie, nahm ein Baumwollkleid vom Bett und zog es sich über den Kopf. Sie zog absichtlich keine Unterwäsche an, sie wußte, daß er das mochte. Sie nahm eine Bürste und bürstete sich das Haar. Ein schneller Blick in den Spiegel sagte ihr, daß die Sonnenbräune als Make-up völlig ausreichte. Sie schlüpfte in ein paar flache Schuhe und wandte ihm den Rücken zu. »Ziehst du mir den Reißverschluß zu?« Sie wußte, daß der Reißverschluß bis zu ihrer Pofalte herabreichte.

»Ich kann diese Dinger besser aufziehen als zuziehen«, sagte er.

»Na dann«, sagte sie und schnappte sich die Autoschlüssel, »bleib in der Nähe, vielleicht bekommst du dann Gelegenheit, ihn wieder aufzuziehen, wenn ich zurückkomme.«

»Vielleicht«, sagte er.

»Bis später dann«, rief sie und ging zur Hintertür. Ihre Stimme klang fröhlicher, als sie sich fühlte. Irgendwie hatte sie gehofft, ihn dazu überreden zu können, mit ihr in die Pension zu kommen, aber sie hätte es besser wissen müssen. Sie wollte unbedingt aus dem Haus sein, bevor er sie wieder ins Bett schleppen würde. Sie hätte nachgegeben, das wußte sie, und sie wollte ihn ein wenig unter Kontrolle halten. Auf diese Weise hatte sie vor dem Essen wenigstens Zeit für einen Drink in der Bar.

Sie parkte vor der Pension und sah den kleinen Aldred Drummond, der in einer Astgabel der Eiche auf dem Vorrasen saß. Der Baum muß zweihundert Jahre alt sein, dachte sie. Hier und dort reichten seine Äste bis zum Boden – ein herrlicher Kletterbaum für kleine Jungen.

»Guten Abend«, rief sie.

»Hallo, Miss – äh…«

»Ich heiße Liz«, sagte sie und ging auf ihn zu. »Gefällt es dir hier mit deinem Vater auf der Insel?«

»Ja.« Offenbar kein Mann der großen Worte.

»Warst du schon am Strand?«

»Nein.«

»Ich wohne am Stafford Beach. Wenn ihr zum Strand geht, könntet ihr, du und dein Vater, ja einfach mal bei mir vorbeischauen.«

»Mein Vater fährt morgen nach Jacksonville, und ich kann nicht mit«, sagte er.

»Vielleicht bringt dich deine Mutter nach Stafford.«

»Mom fährt morgen ab. Deshalb fährt Dad nach Jacksonville. Er bringt sie zum Flugplatz. Ich bleibe bei Germaine.«

»Möchtest du morgen zum Essen nach Stafford kommen, wenn es sich einrichten läßt? Dann kannst du ins Wasser, und in den Dünen spielen kannst du auch.«

Er sah zweifelnd drein.

»Vielleicht darfst du sogar den Jeep fahren.«

»Oh, Mann, ja!« schrie er geradezu. »Fragen Sie meine Mom?«

»Klar, mach ich.«

Er kletterte vom Baum herab. »Ich gehe jetzt lieber. Ich muß mit Ron im Dienstbotenzimmer essen.«

»Okay, wir sehen uns später.«

Er rannte die Stufen hinauf ins Haus. Sie folgte ihm in langsamerem Tempo. Sie fand die Veranda verlassen vor, und als sie das Haus betrat, auch das Erdgeschoß. Sie sah sich im Salon und der Bibliothek um, dann ging sie in die kleine Selbstbedienungsbar. Sie mixte sich gerade einen Wild Turkey, als ein Mann eintrat, den sie erkannte.

»'n Abend«, sagte er. »Sie trinken allein?«

»Jetzt nicht mehr«, erwiderte sie. »Was darf ich Ihnen anbieten?«

»Kriegen Sie einen anständigen Martini zustande?«

»Sehen Sie genau hin.« Sie nahm den Gin und den Wermut und machte sich ans Werk. Es dauerte eine Minute, bis sie den Mann eingeordnet hatte. »Wie kommt Ihr Buch voran, das über Zwillinge?«

»Recht gut«, antwortete er. »Es kommt voraussichtlich im nächsten Herbst heraus. Tut mir leid, bei unserem letzten Zusammentreffen in der Pension habe ich Ihren Namen nicht richtig verstanden. Sie sind zum Fotografieren hier, nicht wahr?«

»Genau. Mein Name ist Liz Barwick.«

»Douglas Hamilton. Nennen Sie mich Ham. Wir sind in diesem Jahr schon zum dritten Mal hier. Wir sind begeistert.«

»Ich auch.« Sie reichte ihm den Drink. »Wie ist er?«

Er nippte und verdrehte die Augen zur Decke. »Perfekt. Wie kommen Sie mit Ihrer Arbeit voran?«

»Ich habe schon ein paar schöne Motive zusammen. Das ist auf Cumberland nicht schwierig, alles, was man tun muß, ist, die Kamera in die richtige Richtung zu halten.«

»Gut.« Er nippte an seinem Drink. Sie schienen beide nach Worten zu suchen.

»Doktor – äh – Ham?«

»Hmm?«

»Darf ich Sie mal kurz in ein berufliches Gespräch verwickeln?«

»Sicher«, sagte er und setzte sich auf ein Sofa. »Lassen Sie mich raten. Sie haben da diese Freundin, und die hat da dieses spezielle Problem.«

»Nichts dergleichen. Nur eine hypothetische Frage über Zwillinge.«

»Schießen Sie los.«

»Diese Zwillinge –«

»Männlich oder weiblich?«

»Männlich.«

»Eineiig?«

»Vollkommen identisch. Sie sind um die vierzig, hatten genau dieses besonders enge Verhältnis, das Sie bei unserem letzten Treffen als typisch für eineiige Zwillinge bezeichneten.«

»Ich erinnere mich. Die engste aller menschlichen Beziehungen.«

»Bis sie achtzehn waren.«

»Was geschah, als sie achtzehn waren?«

»Das weiß niemand. Zumindest will keiner darüber sprechen.«

»Haben sie sich auseinandergelebt?«

»Nein, eines Tages haben sie einfach aufgehört, miteinander zu reden.«

»Wie lange?«

»Bis zum heutigen Tag.«

Das Gesicht des Arztes verriet Überraschung. »Äußerst ungewöhnlich. Ich kann mich an einen Fall weiblicher Zwillinge erinnern, die sich wegen eines Mannes zerstritten. Sie waren beide in ihn verliebt, und nachdem eine der beiden ihre Verlobung mit ihm angekündigt hatte, sprach die andere kein Wort mehr mit ihr.«

»Wie lange?«

»Ein paar Jahre lang, bis die Ehe geschieden wurde. Als sich die zur Ehefrau gewordene Zwillingsschwester zwischen ihrem Ehemann und ihrer Schwester entscheiden mußte, entschied sie sich schließlich für ihre Schwester.« Er nippte an seinem Martini. »Diese hypothetischen Zwillinge, von denen Sie sprechen, was sagt denn da einer über den anderen? Haben sie niemandem, den sie kennen, je einen Hinweis gegeben, worin die Ursache für das Ende ihrer Beziehung liegen könnte?«

»Nein. Und darüber hinaus leugnen sie rundheraus, daß der andere überhaupt existiert.«

Dem Arzt fiel vor Erstaunen der Unterkiefer herunter. »Das ist äußerst beunruhigend«, brachte er heraus.

Seine Reaktion verunsicherte Liz. »Wieso beunruhigend?«

Er antwortete nicht sofort. »Nun«, sagte er schließlich, »für eineiige Zwillinge, die in diesem vollkommen innigen Verhältnis, wie Sie es darstellen, aufgewachsen sind, wäre es eine unerträgliche emotionale Belastung, zwanzig Jahre lang nicht miteinander zu sprechen. Ich weiß von Fällen, in denen eineiige Zwillinge zwangsweise getrennt wurden, und die Auswirkungen waren in allen Fällen verheerend – vielleicht schlimmer, als wenn die Trennung durch den Tod verursacht worden wäre, da sie ja wußten, daß der andere noch irgendwo lebte, sie einander jedoch nicht erreichen konnten. Es gab einen Fall im Zweiten Weltkrieg, als ein Zwilling im Konzentrationslager landete und der zweite entkam. Der eingesperrte Zwillingsbruder starb an den Folgen der Gefangenschaft, und der andere – nun, starb vor Kummer. Er aß nicht mehr, weil er seinen Bruder in diesem Lager wußte.«

Liz schwieg.

»Was Ihre hypothetischen Zwillinge angeht, so ist es schwierig, sich ein Trauma vorzustellen, welches sie dazu veranlassen könnte, so lange nicht miteinander zu sprechen. Aber das ist es nicht, was mich am meisten beunruhigt. Die Tatsache, daß sie sich weigern, die Existenz des anderen anzuerkennen, ist aus psychiatrischer Sicht erschreckend. Was Sie mir da schildern, sind die Symptome einer selbstgewählten Schizophrenie.«

»Ich verstehe«, sagte Liz, da ihr nichts anderes zu sagen einfiel.

»Liz, wenn es Ihre Zwillinge wirklich gäbe, sie also nicht hypothetisch wären, dann müßte ich Ihnen sagen, daß ich die beiden für ernsthaft gestörte Wesen halte.«

Auf der Treppe waren Schritte zu hören, und einen Augenblick später kam Hannah Drummond herein. »Guten Abend, Liz«, sagte sie freundlich. »Haben Sie die Bar übernommen?«

»Ja«, brachte Liz heraus.

»Dann hätte ich gern einen Scotch mit Eis.«

Zwei fröhlich schwatzende Paare traten ein. Dr. Hamilton stand auf und ging zur Bar.

»Ich hätte gern noch einen Martini, wo Sie gerade dabei sind«, sagte er. Er zog eine Visitenkarte aus der Tasche. »Wir reisen morgen früh ab«, sage er leise, »aber wenn Sie sich irgendwann einmal ausführlicher darüber unterhalten wollen, rufen Sie mich bitte an.«

Liz goß den Scotch ein und mixte den Martini, aber hinter der Theke zitterten ihr die Hände.

»Da ist sie«, sagte eine Stimme.

Liz sah auf und erblickte Germaine, die einen älteren Mann zur Bar führte.

»Liz, ich möchte dir Dr. Blaylock vorstellen. Doktor, das ist Liz Barwick, die Dame, von der ich Ihnen erzählt habe.«

»Sehr erfreut, Sie kennenzulernen«, sagte der Mann höflich.

»Liz, Dr. Blaylock ist Leiter der Anthropologischen Abteilung der Universität Georgia. Er ist mit einer Gruppe Studenten hier, um den Familienfriedhof zu verlagern.«

»Ja, Hamish hat mir davon erzählt. Angus möchte ihn höherlegen lassen, nicht wahr?«

»Wahrscheinlich fürchtet er, die Krabben könnten sich über seine Knochen hermachen«, erwiderte Germaine. »Ich habe mir überlegt, ob du uns vielleicht einen Gefallen tun und die Anlage fotografieren könntest, bevor die Toten umgebettet werden? Egal, wie vollkommen sie ihre Arbeit machen, es wird nie wieder so sein wie zuvor, und ich hätte gern ein Andenken daran, wie es jetzt aussieht.«

»Sicher, das mache ich gern«, antwortete Liz.

»Leider werden wir Sie sehr früh wecken müssen«, sagte Dr. Blaylock. »Wir haben vor, morgen in aller Frühe anzufangen.«

»Das ist mir recht«, sagte Liz. »Ich bin Frühaufsteher. Dort gibt es übrigens ein leeres Grab.«

»Leer?«

»Vielleicht solltest du ihm lieber von Light-Horse Harry Lee erzählen«, meinte Liz an Germaine gewandt. Sie sah, daß Hamish gerade hereinkam. Er kam zu ihr hinter die Theke und mixte sich einen Drink, während Germaine ihm Dr. Blaylock vorstellte und dem Anthropologen die Sache mit dem Lee-Grab erklärte.

»Das sieht aber nach einer Menge Arbeit für einen einzelnen Mann aus«, meinte Hamish zu Dr. Blaylock.

»Ich habe ein halbes Dutzend Studenten dabei, die die Knochenarbeit machen«, erklärte Blaylock. »Meine Aufgabe besteht darin, sie anzuleiten und ihren Arbeitseifer ein wenig zu bremsen. Man muß ihnen beibringen, langsam zu arbeiten, denn sonst kann es beim Alter mancher Gräber passieren, daß sie alles zerstören.«

»Wohnt Ihre Truppe in der Pension?« fragte Liz. Sie hatte keine Studenten gesehen.

»Nein, sie zelten mit der Ausrüstung beim Friedhof.« Er nahm einen Schluck von seinem Drink und lachte. »Der Himmel weiß, was sie dort im Schilde führen.«

Hamish lachte. »Genau dasselbe, was wir in dem Alter im Schilde führten, nehme ich an.«

»Um Gottes willen«, entfuhr es dem Professor.

Beim Dinner beobachtete Liz, wie Hamish Dr. Blaylock mit Geschichten der Insel unterhielt. Sie konnte nicht finden, daß Hamish gestört wirkte, auch Keir nicht, obwohl er, verglichen mit anderen Menschen, sehr unkonventionell war. Quer durch den Raum warf sie einen Blick auf Dr. Hamilton. Er hatte einfach seine fachliche Meinung geäußert, ohne den speziellen Fall zu berücksichtigen; er kannte die Zwillinge nicht und war daher auch nicht berechtigt, ein Urteil über sie zu fällen. Sie fing an, sich zu entspannen und den Abend zu genießen.

Sie wandte sich an Hannah Drummond, die neben ihr saß. »Ich habe Aldred eingeladen, morgen nach Stafford Beach zu kommen«, sagte sie. »Hätten Sie etwas dagegen?«

»Überhaupt nicht«, antwortete Hannah. »Ich reise morgen ab, und Hamish bringt mich zum Flugplatz. Ich bin sicher, Germaine wäre froh, ihn für einen Tag aus dem Weg zu haben.«

»Ich muß morgen früh auf dem Friedhof ein paar Fotos machen. Wie wäre es, wenn ich ihn auf dem Rückweg abholte? Sagen wir um neun?«

»Ausgezeichnet. Um die gleiche Zeit fahren wir zum Flugplatz.«

»Sagen Sie ihm, daß er seine Badesachen mitbringen soll.«

Als Liz, angenehm müde, nach Hause kam und sich auf Keir freute, war das Haus leer. Vielleicht war er eingeschnappt, weil sie nicht mit ihm hatte schlafen wollen, aber das kümmerte sie nicht weiter. Wenn er ungesellig sein wollte, war das sein Problem. Sie schlief mühelos ein. Aber als sie mitten in der Nacht aufwachte und er nicht da war, tat es doch weh.

28

Liz lud die Hasselblad samt Ausrüstung auf den Jeep und fuhr nach Süden, Richtung Dungeness. Es war sieben Uhr, und sie hoffte, früh genug anzukommen, um ihre Fotos zu machen, bevor der Professor und seine Studenten sich an die Arbeit begaben.

Sie parkte neben dem Geräteschuppen, und während sie ihre Ausrüstung ablud, fuhr Angus Drummond in seinem Jeep vor, Dr. Blaylock, den Anthropologen, auf dem Beifahrersitz.

»Guten Morgen«, sagte sie zu den beiden.

»Morgen«, antwortete Angus, aber er schien abwesend. Dr. Blaylock sagte gar nichts.

Sie schloß zu Angus auf, als sie den Pfad zum Friedhof erreichten. »Ich fotografiere alles, bevor sie mit der Arbeit anfangen«, sagte sie.

»Gute Idee«, entgegnete Angus. »Ich hätte gern ein paar Fotos vom Friedhof, wenn Sie mir einige Abzüge machen könnten.«

»Selbstverständlich.« Sie liefen eine Weile schweigend weiter. »Stimmt etwas nicht?« fragte sie schließlich. Sie konnte ihre Neugier nicht im Zaum halten.

»Probleme«, erwiderte Angus. Mehr schien er nicht sagen zu wollen.

Sie kamen an dem kleinen Friedhof an und fanden dort ein halbes Dutzend junger Leute vor, die in einer Gruppe zusammenstanden und sich mit besorgten Mienen unterhielten.

»Guten Morgen«, rief Angus in die Runde. »Ich wäre Ihnen dankbar, wenn Sie mir nun genau erzählen würden, was in der letzten Nacht vorgefallen ist.«

Einen Augenblick schwiegen alle, dann sagte ein hochgewachsener junger Mann: »Es fing mitten in der Nacht an – drei, vier Uhr, ich weiß nicht genau, wann.«

»Was fing an?« fragte Angus. »Sprich, junger Freund, damit wir der Sache auf den Grund gehen können.«

»Wir haben da drüben kampiert«, sagte er und zeigte in die Richtung. Das helle Orange einer Zeltwand war zwanzig Meter entfernt zwischen den Bäumen zu erkennen. »Da fing dieser Lärm an.«

»Was für ein Lärm?« fragte Angus. Allmählich verlor er die Geduld.

»Aller nur möglicher Lärm«, sagte ein Mädchen. »Etwas raschelte in den Bäumen, dann ertönten Tiergeräusche. Jedenfalls glaube ich, daß es Tiergeräusche waren.«

»Ich fand, sie klangen menschlich«, sagte ein anderes Mädchen.

»Ich fand eher, daß sie unmenschlich klangen«, rief ein Junge dazwischen.

»War das alles?« fragte Angus. »Geräusche?«

»Sie schienen von überall her zu kommen«, sagte der Große. »Es war, als würde jeden Moment etwas auf uns losgehen. Da waren wir schon alle wach. Der Lärm war ziemlich groß.«

»Und was geschah dann?« fragte Angus.

»Dann haben wir uns aus dem Staub gemacht«, erwiderte der Junge. »Wir rannten wie der Teufel, und irgendwie sind wir dann am Strand gelandet. Von dort aus sind wir zur Pension gelaufen.«

»Sie weckten mich um sechs«, sagte Dr. Blaylock. »Ich konnte mir keinen Reim darauf machen. Der Junge von der Pension hat uns dann hierhergefahren, und dann habe ich Sie abgeholt.«

»Wurde irgend etwas durcheinandergebracht?«

»Nein, nur Dr. Blaylocks Ausrüstung ist weg.«

»Ist etwas gestohlen worden?« fragte Angus den Professor.

»Zwei Werkzeugkästen«, erwiderte er. »Ich habe Jahre dazu gebraucht, diese Ausrüstung zusammenzubekommen.«

»Was war in den Werkzeugkästen?«

»Die Geräte, mit denen ich Ausgrabungen mache – Spachtel, alle möglichen Pinsel, eine ganze Menge Töpfe und Behälter.«

»Etwas, das für einen Dieb von Wert sein könnte?«

»Nein, es sei denn, er wäre Anthropologe oder Archäologe. Was halten Sie von der Sache, Mister Drummond?«

»Ich weiß nicht, was ich davon halten soll; etwas Derartiges ist noch nie zuvor passiert. Wir hatten schon hin und wieder Halbstarke vom Festland hier, die mit dem Boot herüberkamen und gestohlen oder Fensterscheiben demoliert haben, derartiges ist schon vorgekommen. Randalierende Teenager. Ich glaube, daß es sich um so etwas gehandelt hat. Ihr jungen Leute schwärmt am besten in die Wälder aus und seht euch mal genau um. Ich nehme an, dann finden wir die Werkzeugkästen.«

Etwas widerwillig folgten die Studenten der Anweisung. Eine halbe Stunde später waren sie alle wieder beim Friedhof versammelt. Keiner hatte etwas gefunden.

»Ich werde Ihnen sagen, was ich davon halte«, sagte einer der jungen Männer. »Ich denke, daß irgend jemand oder etwas will, daß wir die Gräber in Ruhe lassen.«

Angus lachte. »Sie meinen, wir hätten hier Geister, mein Junge?«

»Das weiß ich nicht, Sir, aber irgend etwas war hier letzte Nacht.«

»Das waren ein paar Halbstarke«, beharrte Angus. »Geister haben keine Verwendung für Werkzeugkästen. Abgesehen davon würde sich kein Geist auf diese Insel wagen. Wenn hier einer herumspukt, dann bin ich das, wenn ich tot bin.«

»Ich weiß nicht, was ich tun soll«, sagte der Professor. »So etwas ist mir bei einer Ausgrabung noch nie passiert.«

»Ich werde Ihnen sagen, was Sie tun sollen«, erwiderte Angus. »Sie fahren noch heute nach Jacksonville – ich stelle Ihnen das Boot der Pension zur Verfügung –, und Sie kaufen alles ein, was Sie für die Arbeit brauchen, und ich übernehme die Kosten. Und morgen fangen Sie an.«

»In diesem Wald verbringe ich keine einzige Nacht mehr«, sagte eines der Mädchen. Die anderen murmelten zustimmend.

»Gut«, sagte Angus. »Wenn ihr Angst habt, könnt ihr als meine

Gäste alle in der Pension schlafen. Germaine hat ein kleines Nebengebäude, das hin und wieder von Bautrupps benutzt wird. Ich sorge dafür, daß es für euch saubergemacht wird.«

Nach dieser Wendung blickten sie schon fröhlicher drein.

»Packt heute abend eure Sachen und die Geräte ein, ich schicke euch den Bus. Bis dahin könnt ihr bei Tageslicht arbeiten, ohne daß die Geister euch belästigen, und die Halbstarken auch nicht, nehme ich an.«

»Also los«, rief der Professor, »sucht euren Kram zusammen.«

Die Studenten taten wie geheißen. Angus und Dr. Blaylock gingen, und Liz fing an, ihre Ausrüstung aufzubauen. Die Sonne stand noch niedrig, das Licht war sehr günstig, um die Inschriften auf den Grabsteinen deutlich hervorzuheben. Sie machte von jedem Grab eine Aufnahme und dann vier Weitwinkelaufnahmen aus jeder der vier Ecken des Friedhofs. Zufrieden darüber, daß sie die Anlage der Nachwelt erhalten hatte, packte sie ihre Gerätschaften wieder in den Jeep.

Es war inzwischen fast neun, und Liz fuhr zur Pension, um Aldred Drummond für den Tag am Strand abzuholen. Der Junge war in der Küche gerade mit seinem Frühstück fertig, und an der Hintertür lag ein Haufen Gepäck.

»Mom und Dad fahren nach Jacksonville«, sagte Aldred und deutete auf das Gepäck, »aber ich komme heute mit Ihnen.«

»Genau«, sagte Liz. »Wir haben einen ganzen Tag für uns allein.«

Er rückte näher. »Und ich darf Ihren Jeep fahren, nicht wahr?«

»Ganz recht«, sagte sie. »Wir erzählen es niemandem.«

Hannah Drummond erschien und verabschiedete sich von ihrem Sohn. »Benimm dich anständig. Wir sehen uns nächste Woche.«

Hamish Drummond kam in die Küche. »Wir fahren los, sobald der Bus wieder da ist«, sagte er. Kaum hatte er es ausgesprochen, hielt der Bus an der Hintertür, und die Studenten stiegen aus. »Viel Spaß, ihr beiden«, sagte er zu Liz gewandt. »Und Aldred, du gehorchst, wenn Liz dir etwas sagt, okay? Sei brav.«

»Jawohl, Sir«, sagte der Junge.

»Auf geht's, Aldred«, sagte Liz. »Der Jeep wartet.«

Hannah reichte ihr die Segeltuchtasche. »Da drin ist sein Badezeug, ein Handtuch und alles, was er außerdem noch mitnehmen wollte.«

Liz verabschiedete sich. »Zum Abendessen bringe ich ihn wieder in die Pension.«

Sie schob den Jungen aus dem Gebäude und in den Jeep. Sobald sie die Dünen hinter sich gelassen hatten, hielt sie an und hob ihn auf ihren Schoß. »Also los, Aldred, du bist jetzt der Fahrer. Hier ist der Schaltknüppel.«

»Ich weiß, ich weiß, Sie müssen schalten«, sagte der Junge, und sie legte für ihn den Gang ein.

»So, ich bediene die Pedale, und du lenkst.«

Sie schlingerten über den Strand. Der Junge quietschte vor Vergnügen.

»Schneller, schneller!« rief er.

Liz trat aufs Gaspedal, und der Jeep fuhr mit sechzig Kilometern pro Stunde über den Strand. Das Kind am Lenkrad war völlig aus dem Häuschen, und Liz war ständig darauf gefaßt, das Lenkrad zu packen, falls er zu weit von der Mitte abweichen sollte.

Am späten Nachmittag kletterten die beiden sonnenverbrannt und sandverkrustet durch die Dünen zum Haus. Aldred rannte vorneweg. Woher, fragte sich Liz, nimmt er bloß die Energie? Sie war vollkommen erschöpft, und er schien nicht einmal ein wenig müde zu sein.

»Kann ich eine Cola haben?« rief er ihr zu.

»Klar, lauf schon voraus. Das Haus ist nicht abgeschlossen, und die Cola steht im Kühlschrank.«

Er sprintete über den letzten Dünenkamm, die Treppe hinauf, auf die Veranda. Sie blieb auf der Düne stehen, um wieder zu Atem zu kommen, und sah ihm zu, wie er durch das Wohnzimmer in die Küche rannte. Dann blieb er plötzlich stehen. Sie wunderte sich, was ihn wohl von seiner kalten Erfrischung abgehalten haben mochte. Eine ganze Weile stand er in der Tür, und dann machte er kehrt, ging langsam durchs Wohnzimmer und wartete schließlich auf der Veranda auf sie.

»Was ist los?« fragte sie, als sie die Treppe erreicht hatte. »Bist du nicht durstig?«

Er sah verwirrt drein. »Liz«, sagte er, »da ist jemand in der Küche.«

Jetzt verstand sie seine Verwirrung. Sie atmete tief durch. »Gut, dann wollen wir mal sehen, wer es ist«, sagte sie und fragte sich, wie sie es ihm wohl erklären konnte.

Hand in Hand durchquerten sie das Wohnzimmer und gelangten in die Küche. Eine halbleere Flasche Bier stand auf dem Tisch, aber es war niemand da. Liz seufzte.

»Liz«, sagte der Junge, »ich... ich hatte gedacht, es sei mein Vater, aber er war es nicht, oder?«

»Nein«, sagte sie, »er war es nicht.« Sie brachte ihn ins Wohnzimmer. »Setz dich einen Moment«, sagte sie. »Ich werde versuchen, es dir zu erklären. Aber es muß ganz unter uns bleiben, ja?«

»Ja«, sagte er und kletterte neben sie auf das Sofa.

Und sie versuchte Aldred Drummond zu erklären, was es mit seinem Vater und und seinem Onkel auf sich hatte. Sie fand, daß der Junge es überraschend gelassen aufnahm.

Bei Einbruch der Dunkelheit hörte Liz vor dem Haus einen Wagen vorfahren. Sanft hob sie den Kopf des schlafenden Aldred von ihrem Schoß, schob ihm ein Kissen unter und ging zur Tür. Bevor Hamish Drummond anklopfen konnte, kam sie ihm zuvor und öffnete die Tür.

»Hallo«, sagte er. »Ich dachte, ich komme vorbei und hole ihn ab. Das spart Ihnen einen Weg.«

»Kommen Sie rein«, flüsterte sie und zeigte auf Aldred. »Er ist fix und fertig.«

»Sie haben nicht viel Erfahrung mit Kindern, stimmt's?« Er lachte. »Wir hätten sogar unsere liebe Mühe, ihn jetzt aufzuwecken.«

»Wenn das so ist: Möchten Sie einen Drink?«

»Ja, gern. Haben Sie Bourbon?«

Sie machte zwei, und sie gingen hinaus auf die Veranda. »Ich habe Ihr Flugzeug nicht kommen hören«, sagte sie. »Normalerweise höre ich alles, was ankommt und wegfliegt.«

»Ich hatte auf dem Festland noch ein paar Einkäufe zu erledigen, deshalb bin ich heute nachmittag mit der *Aldred Drummond* zurückgekommen.« Er nippte an seinem Drink. »Sie haben sich hier gut eingelebt«, sagte er. »Es hat den Anschein, als lebten Sie schon seit ewigen Zeiten hier.«

»Ich bin ein Nestbauer«, sagte sie. »Ich würde eine Gefängniszelle in fünf Minuten in ein Zuhause verwandeln.«

»Das ist ein von Gott gegebenes Talent; ich könnte ein ganzes Jahr in einer Suite im Connaught Hotel wohnen, und die würde dann aussehen wie eine Gefängniszelle.«

Liz fiel das Zuhause ein, das Keir sich auf dem Dachboden von Plum Orchard geschaffen hatte. Vielleicht unterschieden sich die Zwillinge letztlich doch noch durch ein paar Dinge.

»Wie sieht Ihre Rechtslage hier eigentlich aus?« fragte er.

»Meine Rechtslage?«

»Eleanor Ferguson hatte dieses Grundstück in Erbpacht, und nach dem Tod ist die Erbpacht wohl ausgelaufen.«

»Oh.« Das war ihr noch gar nicht in den Sinn gekommen. »Sie wollen damit sagen, daß ich hier vielleicht nicht mehr willkommen bin?«

Er lächelte. »Das bezweifle ich. Großvater scheint Sie zu mögen; wenn er Sie hier nicht haben wollte, dann hätte er schon gedrängelt und genörgelt, bevor Ray und Eleanor unter der Erde waren.«

»Meinen Sie, ich sollte mit ihm darüber reden?«

»Nein, lassen Sie nur. Ihm gefällt, was Sie hier machen – das Buch.« Er grinste. »Und abgesehen von dem Buch benimmt er sich in Ihrer Gegenwart wie ein Teenager.«

»Das schmeichelt mir«, sagte sie, obwohl sie sich kaum vorstellen konnte, daß Angus sich wie ein Teenager benahm.

Hamish runzelte die Stirn. »Aber wenn er unerwartet sterben sollte – und Gott weiß, daß das in seinem Alter jederzeit geschehen kann…«

»An wen sollte ich mich dann wenden?«

»Es könnte brenzlig werden, wenn er stirbt, ohne ein Testament zu hinterlassen.«

»Brenzlig? Würden Sie und Germaine mich loswerden wollen?«

»Nein, natürlich nicht, verstehen Sie mich bitte nicht falsch. Es geht um Jimmy Weathers.«

»Tut mir leid, das verstehe ich nicht.«

»Wenn Großvater ohne Testament stirbt, wird Jimmy zum Erben. Er ist sein Enkel, genau wie Germaine und ich.«

»Das habe ich nie verstanden. Wessen Sohn ist Jimmy eigentlich?«

»Mein Vater hatte eine jüngere Schwester, die vor ein paar Jahren gestorben ist. Jimmy ist ihr Sohn. So, wie es der alte Aldred Drummond festgelegt hatte, erben die Kinder, wenn das Familienoberhaupt – das ist im Augenblick Großvater – stirbt. Wenn die Kinder nicht mehr am Leben sind, so wie im jetzigen Fall, wird das Vermögen unter den Enkeln aufgeteilt. Es gibt keinerlei Richtlinien, wie das Vermögen zu teilen wäre, also könnte Jimmy uns eine Menge Ärger bereiten. Er will die Insel touristisch erschließen, also will er natürlich den Strand. Germaine will die Pension, und ich will Plum Orchard, also weiß ich nicht genau, ob wir Jimmy das beste Strandstück vorenthalten können. Das würde natürlich auch dieses Haus hier betreffen; über alles müßte verhandelt werden.«

»Vielleicht macht Ihr Großvater ein Testament und erspart Ihnen eine Menge Kummer.«

Hamish schüttelte den Kopf. »Das würde ich gern glauben, aber jedesmal wenn Germaine oder ich davon anfangen, wird er wütend. Wir haben es so oft angesprochen, daß es ihm ähnlich sähe, wenn er es bleiben ließe, nur so aus Trotz.«

Liz war versucht, ihm von Angus' neuem Testament zu erzählen, aber sie hatte das Gefühl, daß er es Germaine und Hamish selbst sagen würde, wenn er wollte, daß sie es wüßten. »Er macht auf mich nicht den Eindruck eines trotzigen Mannes«, sagte sie.

»Sagen wir mal, willensstark. Er hat noch nie gemocht, wenn jemand versuchte, ihn zu etwas zu überreden.«

»Er liebt Sie beide. Ich glaube, er wird das Richtige tun«, sagte sie.

»Das glaube ich auch«, sagte Hamish, »aber ich mache mir Sorgen.«

Liz sagte nichts mehr. Die Probleme der Familie faszinierten sie, aber sie hatte das Gefühl, daß sie schweigen sollte.

»Nun«, sagte er und trank sein Glas aus, »ich bringe jetzt mal den Jungen nach Hause und gebe ihm etwas zu essen.«

Sie kehrten ins Wohnzimmer zurück, Hamish hob Aldred sanft hoch und legte den Kopf auf seine Schulter.

Liz holte Aldreds Tasche und brachte die beiden zum Wagen. »Es war schön, ihn hier zu haben«, sagte sie.

»Ihm hat es auch gefallen«, grinste Hamish. »Das merke ich daran, wie erledigt er ist.«

»Darf er wiederkommen?«

»Nun, er fährt bald wieder nach Hause. Die wenige Zeit, die er hier noch verbringt, möchte ich gern mit ihm zusammen sein.«

»Natürlich, das verstehe ich. Wenn er aufwacht, sagen Sie ihm, ich hätte mich genauso gut amüsiert wie er.«

»Mach ich. Danke für den Drink.« Hamish legte den Jungen auf den Vordersitz, stieg ein und ließ den Motor an. »Machen Sie sich wegen des Hauses keine Gedanken«, sagte er. »Wenn es soweit ist, werde ich sehen, was ich tun kann.«

»Danke«, sagte sie.

Er wendete und fuhr winkend davon, Richtung Greyfield.

Liz war wieder im Haus, als ihr einfiel, was Hamish gesagt hatte: Wenn Angus Drummonds Kinder alle tot waren, dann erbten die Enkel. Aber Angus Drummonds Kinder waren nicht alle tot. James Moses lebte.

29

Sergeant Lee Williams stand in der Kantine des Piedmont Hospitals und suchte Mary Alice Taylor. Sie saß allein an einem Tisch und aß etwas, das nach einer Diätmahlzeit aussah.

»Hallo, Mary Alice«, sagte er. »Erinnern Sie sich? Lee Williams?«

»Ja, sicher. Hallo, Lee«, sagte sie mit einem strahlenden Lächeln. »Setzen Sie sich. Was führt Sie ins Piedmont? Besuchen Sie jemanden?«

»Nein«, sagte er. Er stellte seine Kaffeetasse ab. »Eigentlich bin ich Ihretwegen hier.«

»Na, das ist nett«, sagte sie. Sie sah etwas verwirrt aus. »Wie geht es Martin?«

»Wunderbar. Man kann ihn kaum noch dazu bewegen, Bakers Trikot auszuziehen, auch wenn es ihm bis auf die Knöchel herunterhängt.«

»Ich bin froh, daß er Baker treffen konnte. Baker liebt Kinder.«

»Zu Martin war er jedenfalls sehr nett.«

»Warum sind Sie meinetwegen hier?« fragte Mary Alice. »Und wie um alles in der Welt haben Sie mich gefunden?«

»Nun, um die Wahrheit zu sagen, Mary Alice, habe ich Sie schon einmal gesucht, bevor wir uns über den Weg gelaufen sind, aber Sie waren an jenem Tag nicht da. Es war Zufall, daß wir uns bei dem Spiel begegnet sind.«

Sie hob den Kopf. »Was für eine Arbeit haben Sie, Lee?«

»Ich bin Polizist«, antwortete er ruhig.

Sie atmete scharf ein und schwieg einen Moment, bevor sie antwortete. »Ich verstehe, und warum suchen Sie nach mir?«

»Ich wollte mit Ihnen über Baker Ramsey sprechen. Das war, bevor ich wußte, daß Sie mit ihm – ausgehen. Damals wußte ich nur, daß er als Patient hier war.«

»Sie wollten zu mir, als Baker seine Knieoperation hatte?«

»Danach. Aber ich wollte mit Ihnen über die Nacht vor seiner Operation reden. Erinnern Sie sich an diese Nacht?«

Sie errötete nur zart.

»Damals haben Sie Baker kennengelernt?«

»Ja. Worum geht es eigentlich?«

»Mary Alice, können wir im Vertrauen miteinander sprechen? Es ist wichtig, daß Sie niemandem von unserem Gespräch erzählen.«

Sie zögerte. Sie wußte, daß Ramsey gemeint war, aber sie war neugierig. »Ich denke schon«, sagte sie schließlich.

»Sie hatten in jener Nacht Dienst, stimmt das?«

»Von acht bis acht. Ich habe eine halbe Schicht von einer Freundin übernommen.«

»Wie oft waren Sie in dieser Nacht bei Baker?«

»Mindestens einmal pro Stunde«, sagte sie. »Der Dienstplan schreibt vor, daß wir in regelmäßigem Turnus nach den Patienten sehen.«

»Ist in dieser Nacht irgend etwas vorgefallen, das dazu geführt haben könnte, daß Sie eine Runde ausgelassen haben? Einen Kontrollgang zu Baker, meine ich?«

Sie wurde vorsichtig. »Nein, ich glaube nicht.«

»Sie haben ihn regelmäßig jede Stunde überprüft?«

»Genau nach Vorschrift.«

Ich komme nicht weiter, dachte er. Sie wußte etwas, was er wissen wollte, und sie wollte es ihm nicht sagen. Er beschloß, sie ein bißchen aufzurütteln. »Mary Alice, haben Sie in jener Nacht mit Baker Ramsey geschlafen?«

Sie wankte, aber sie fiel nicht. »Ich wüßte nicht, was das die Polizei anginge«, antwortete sie. Sie hatte es nicht geleugnet, und das reichte ihm.

»Nachdem Sie und Baker miteinander geschlafen hatten, sind Sie da noch einmal in sein Zimmer gekommen?«

Sie mauerte. »Ich denke, ich habe diese Frage bereits beantwortet, und ich glaube, es ist an der Zeit, daß Sie mir sagen, worum es hier überhaupt geht«, sagte sie. Sie hatte ihre Fassung wiedergewonnen. Jetzt würde sie keinen Zentimeter mehr nachgeben, das wußte er.

Er versuchte es anders. »Mary Alice, würden Sie sagen, daß Baker Ramsey über ein aggressives Naturell verfügt?«

Sie lachte. »Er ist doch ein Football-Profi, nicht?«

»Ist er Ihnen gegenüber je gewalttätig geworden?«

»Warum fragen Sie das?«

»Ich denke, wenn er es noch nicht war, dann wird er es noch werden.«

Reglos saß sie da und starrte ihn an. Sie war sich nicht sicher, ob er Freund oder Feind war.

»Ich glaube, er hat Sie schon mindestens einmal geschlagen. Der Bluterguß ist noch nicht vollständig wieder verschwunden.«

Unwillkürlich hob sie die Hand an ihr Gesicht, aber sie sagte nichts.

Er lehnte sich zurück. Er kam nicht weiter, und er wollte sie nicht gegen sich aufbringen. »Ich entschuldige mich für die groben Fragen, die ich Ihnen gestellt habe. Ich frage diese Dinge nicht zum Spaß, sondern weil ich mir Sorgen um Baker mache.«

»Was soll er denn bloß getan haben?«

»Ich bin mir nicht sicher, ob er etwas getan hat, aber ich habe Grund zu der Annahme, daß er in der Vergangenheit Frauen gegenüber schon einmal gewalttätig war.«

Sie schwieg und wandte den Blick ab.

Er schob sich vom Tisch zurück. »Darf ich Ihnen einen Rat geben? Privat, nicht dienstlich.«

»Wenn Sie wollen.«

»Ich weiß, wenn ich Sie bitten würde, Baker nicht mehr zu sehen, würden Sie sehr wahrscheinlich nicht auf mich hören. Schließlich bin ich ein Fremder. Aber ich glaube, Sie sollten sehr vorsichtig sein und Baker nicht reizen. Ich brauche Ihnen nicht zu erklären, was für ein kräftiger Mann er ist, und er – nun, er gerät wohl manchmal außer sich.« Er nahm eine Karte aus der Tasche und legte sie auf den Tisch. »Hier sind meine Nummern – zu Hause, Büro und Autotelefon. Wenn Ihnen noch irgend etwas zu der Nacht vor Bakers Operation einfällt oder wenn Sie Hilfe oder einen Rat brauchen, dann zögern Sie nicht, und rufen Sie mich an. Das meine ich ernst.«

Sie nahm die Karte und schob sie in eine Tasche ihres Kittels. »Danke«, sagte sie.

Er winkte ihr leicht zu und verließ die Kantine. Vielleicht ruft sie an, dachte er, wäre ja möglich. Besonders, wenn Ramsey sie wieder in die Mangel nimmt. Besonders, wenn er *sie* reizt.

Williams klopfte an die Büroglastür seines Captains. Captain Ed Haynes winkte ihn herein.

»Wie geht's, Lee?« fragte Haynes und deutete auf einen Stuhl.

»Ging schon schlechter, Ed«, sagte Williams und setzte sich. Vor zwölf Jahren, in den ersten vier Monaten, nachdem er seine Detektiv-Prüfung abgelegt hatte, war Ed Haynes sein Partner gewesen, daher war ihr Umgangston kameradschaftlich. »Ich stecke in der Klemme, und ich muß mit dir reden.«

»In der Klemme?«

»Na ja, es handelt sich um ein Problem.«

»Du meinst, du hast einen Verdacht, und dir fehlt der Beweis.«

Williams lachte. »Genau, Captain.«

»Ihr Jungs vergeßt dauernd, daß ich auch mal euren Job getan habe. Los, erzähl. Geht's um den Fall Ferguson?«

»Zum Teil; es ist nicht so einfach. Vor einiger Zeit bekam ich einen Anruf von einer Frau, die sagte, sie glaube, ihr Ex-Mann habe sowohl die Fergusons als auch Al Schaefer umgebracht.«

»Schaefer ist verunglückt, in L. A. ertrunken«, erwiderte Haynes.

»Stimmt, im Swimming-pool des Beverly Hills Hotels. Aber vielleicht war es kein Unfall.« Williams schlug die Beine übereinander. »Zuerst dachte ich, ihre Geschichte klinge ziemlich wild, aber ich habe nachgeforscht. Es hat sich herausgestellt, daß ihr Geschiedener in der Nacht, als Al Schaefer ertrank, in L. A. war; er wohnte in einem Hotel, nur fünf Minuten entfernt, außerdem war er in der Nacht, als die Fergusons starben, im Piedmont Hospital, und das liegt nur ein paar Minuten von ihrem Haus entfernt, sogar dann, wenn man zu Fuß geht.«

»Hat er Alibis für die beiden Zeiten?«

»Er hat seine Aufenthaltsorte angegeben, aber seine Geschichten könnten Löcher haben. Ich muß sie nur finden.«

»Motiv?«

»Er kannte die Fergusons über seine geschiedene Frau. Er behauptet, er habe sich gut mit ihnen verstanden. Ich habe nichts Gegenteiliges herausfinden können, nur die Aussage seiner Geschiedenen, die meinte, er hasse sie so sehr, daß er die Fergusons umgebracht haben könnte, bloß, weil sie ihre Freunde waren.«

»Das klingt schwach. Gibt es für Schaefer ein Motiv?«

»Da sieht es ein wenig besser aus. Schaefer hat seine geschiedene Frau in der Scheidungssache vertreten. Jeder geschiedene Mann haßt den Anwalt seiner Ex-Frau.«

Haynes grinste. »Das kann ich bestätigen. Schaefer konnte man schon hassen, wenn man ihn gegen sich hatte.«

»Außerdem hat der Kerl eine gewalttätige Vergangenheit, wenn die Geschichte der Ex-Frau stimmt. Sie sagt, er habe sie krankenhausreif geschlagen, sie beinahe umgebracht.«

»Das würde sich vor Gericht gut machen, aber zunächst einmal brauchst du einen Fall.« Haynes legte die Füße auf den Tisch. »Wer ist der Kerl?«

»Das willst du lieber nicht wissen.«

Haynes hob die Augenbrauen. »O doch, das will ich wissen.«

»Baker Ramsey.«

»Ach du dicke Scheiße. Das wollte ich wirklich nicht wissen.«

»Sag nicht, ich hätte es dir nicht gesagt.«

»Hast du das jemandem erzählt? Ich meine, *irgend* jemandem?«

»Nein.« »Dann laß es auch um Gottes willen bleiben! Und jetzt sag mir, was du willst. Ich weiß, du willst etwas, das ich dir nicht geben will.«

»Ich will nach L. A. Ein Kumpel dort hat mir ein bißchen geholfen, aber um mehr kann ich ihn nicht mehr bitten. Ich muß Ramseys Alibi zu Fall bringen.«

»Was ist mit dem Alibi im Fall Ferguson? Warum bringst du nicht lieber das zu Fall?«

»Das habe ich schon versucht. Meine Zeugin mauert, aber ich glaube, das kommt noch auf mich zu. Doch bis dahin ist Ramsey eine Zeitbombe.«

»Eine Zeitbombe? Glaubst du, daß er noch jemanden umbringen wird?«

»Seine geschiedene Frau behauptet, er sei mit Steroiden vollgepumpt, und ich habe mich ein bißchen über die Auswirkungen schlaugemacht, und eine davon ist ein bemerkenswert ansteigender Aggressionstrieb. Um die Wahrheit zu sagen, und das erhärtet natürlich meinen Verdacht: Ich glaube, er ist fähig, jeden umzubringen, der ihn reizt.« Er warf einen Zeitungsausschnitt auf den Tisch.

Haynes las ihn kopfnickend durch. »Die Geschiedene könnte vermutlich recht haben. Ist sie in Gefahr?«

»Ich glaube nicht; er weiß nicht, wo sie sich aufhält.«

»Und wo hält sie sich auf?«

Williams schüttelte bedauernd den Kopf. »Ich weiß es auch nicht. Sie wollte es mir nicht sagen, und die neue Telefonanlage konnte die Nummer nicht bestimmen, als sie anrief. Die Techniker vermuten, daß sie ein Autotelefon benutzt, und es ist nicht festzustellen, ob sie in Atlanta gegenwärtig eine Adresse hat.«

»Gut«, sagte Haynes, nahm die Füße vom Tisch und stützte die Ellbogen auf. »Fassen wir zusammen. Du glaubst, zweitausend Meilen voneinander entfernt zwei Morde zu haben. Einer davon fällt in den Zuständigkeitsbereich einer anderen Staatspolizei. Dein Aufhänger ist die Aussage einer höchstwahrscheinlich verärgerten Ex-Ehefrau; im Fall Ferguson hast du praktisch kein Motiv, und ein Na-ja-Motiv im Fall Schaefer; geographisch käme es in beiden Fällen hin, aber dein Verdächtiger hat für beide Male ein Alibi; dein Verdächtiger ist einer der prominentesten Männer Atlantas, und die Medien würden sich überschlagen, wenn sie von der Sache Wind bekämen. Trifft das ungefähr zu?«

»Ziemlich genau.«

Haynes sah plötzlich besorgt drein. »Lee, ich wollte das nicht zur Sprache bringen, aber ich denke, es hat mit dem zu tun, was wir gerade besprechen.«

»Was denn?«

»Bei dem Fall des Kindermörders vor einiger Zeit, da hast du ein paarmal völlig falsche Schlüsse gezogen, nicht wahr?«

Williams' Ohren glühten. Es stand eindeutig fest, daß er danebengeraten hatte. Ein Mann wurde daraufhin verurteilt. Dies war das erste Mal, daß der Captain es zur Sprache brachte. »Das könnte man wohl sagen«, gab er schließlich zu.

»Du hast dich zu sehr auf deinen Instinkt verlassen, als alle anderen schon wußten, daß wir den Richtigen gefaßt hatten. Ich will offen zu dir sein, Lee, das ist der Grund, warum du im Augenblick keinen Partner hast. Die allgemeine Stimmung ist die, ungerechtfertigterweise, daß keiner schlecht aussehen will wegen eines Kerls, der sich zu sehr auf seinen Instinkt verläßt. Das verstehst du doch, oder?«

»Ja, Captain, das verstehe ich.« Aber es brachte ihn fast um, es zugeben zu müssen.

»Und jetzt willst du nach L. A., um dort herumzuschnüffeln. Ich denke, du weißt, daß diese Tatsache ein Fax von mir an den Polizeichef von L. A. auslösen müßte, in dem steht, daß einer meiner Leute in seinem Hinterhof herumstöbert, und natürlich auch eine Kopie davon an unseren geliebten Chef, der eine ganz persönliche Vorliebe für überflüssige Reisespesen bei Ermittlungen hat.«

»So weit hatte ich nicht gedacht.«

»Ich muß so weit denken.« Haynes blickte zur Decke. »Wenn ich das Ganze allerdings als Detective betrachte, was ich natürlich nicht mehr bin, würde ich sagen, daß dein Instinkt dich möglicherweise nicht trügt.«

Williams beugte sich vor. »Danke, Ed.«

»Wenn ich es allerdings andererseits als Leiter der Mordkommission betrachte, was ich im Augenblick bin und auch gern bleiben möchte, würde ich sagen, daß ich noch mehr von dir haben will.«

»Zum Beispiel?«

»Einen einzigen Beweis; ein gekipptes Alibi; ein weiterer Mord an jemand anderem aus der Umgebung Ramseys, der sich zum Zeitpunkt des Mordes möglichst in unmittelbarer Nähe aufgehalten haben sollte.«

»Und was geschieht, wenn er wieder jemanden umbringt, Cap? Wie würdest du dich dann fühlen, nach dem, was ich dir erzählt habe?«

Haynes stand auf, ging zur Tür und machte sie auf. »Du hast mir überhaupt nichts erzählt, Lee. Wir haben bloß inoffiziell ein bißchen über einen hypothetischen Fall geplaudert. Einen schönen Tag noch.«

Williams stand auf und verließ das Büro.

»Lee?«

Williams blieb stehen und wandte sich um.

»Falls auf deiner Kreditkarte noch Platz für ein Flugticket ist: Wenn du ein paar Tage Urlaub an der Westküste machen willst, wer sollte dich daran hindern? Und wenn dir der Urlaub deine Weste wieder reinwäscht, könnte es sein, daß ich dir deine Spesen aus einem Geheimfonds mühelos ersetzen kann.«

Williams grinste übers ganze Gesicht. Jetzt hatte er seine Chance – eine winzige vielleicht, aber immerhin eine Chance –, sich vor den Augen seiner Kollegen zu rehabilitieren. Er brauchte einen Riesenknüller, und das könnte er sein.

30

Liz ging den Pfad hinunter, der zum Friedhof führte. Beim Näherkommen hörte sie durch die Bäume Stimmengemurmel. Dann wurde ein Werkzeug über den Boden gescharrt. Die Ausgrabungen hatten begonnen.

Sie hatte erwartet, jemanden knietief in einem Grabloch stehen zu sehen, der schaufelte, was das Zeug hielt – eine Szene wie aus einem alten Horrofilm, allerdings vom Tageslicht beleuchtet. Statt dessen fand sie Dr. Blaylock und seine Studenten auf den Knien vor, und sie scharrten mit kleinen Spateln und den Händen auf der Erde herum. Blaylock blickte auf, sah sie näher kommen und erhob sich.

»Ich wollte Sie nicht stören, Dr. Blaylock«, sagte sie. »Ich wollte nur ein bißchen zuschauen.«

»Sie stören mich nicht, Miss Barwick«, antwortete er. »Ich wollte Sie sowieso sprechen.«

»Ja, ich habe gehört, es gäbe einen Schwarzen auf der Insel, der schon über hundert Jahre alt sei.«

»Das stimmt, sein Name ist Buck Moses.«

»Mir scheint, es könnte nützlich sein, mit ihm zu sprechen. Ein uralter Inselbewohner, der wahrscheinlich bei vielen Familienbegräbnissen zugegen war, vielleicht sogar selbst ein paar Gräber ausgehoben hat, könnte uns etwas über das Material berichten, aus dem die Särge gemacht worden sind.«

»Möglicherweise«, stimmte sie zu.

»Wir haben keinen fahrbaren Untersatz, und ich wollte Sie fragen, ob ich vielleicht Ihre Gutmütigkeit ausnutzen und Sie bitten darf, zu Mr. Moses zu fahren und ihn vielleicht hierherzubringen, damit ich mit ihm reden kann.«

»Mit Vergnügen, Dr. Blaylock«, sagte sie. »Ich werde zur alten Sklavensiedlung fahren, aber ich sollte Ihnen sagen, daß Buck sich sonstwo auf der Insel aufhalten kann. Er hat einen alten Lieferwagen und ist viel unterwegs.«

»Nun, vielleicht könnten Sie ihm eine Nachricht hinterlassen.«

»Ich bin nicht einmal sicher, ob er lesen kann. Belassen wir es dabei: Ich fahre jetzt dorthin, und wenn ich in einer Stunde nicht wieder zurück bin, können Sie davon ausgehen, daß ich ihn nicht angetroffen habe. Irgendwann wird er so oder so auftauchen.«

»Das ist sehr nett von Ihnen.«

Liz deutete auf die Grabung. »Sie gehen sehr behutsam vor, wie ich sehe.«

»Oh, wir behandeln das Ganze wie eine archäologische Ausgrabung – einerseits, weil der Friedhof so alt ist, andererseits, damit meine Studenten Erfahrungen sammeln können. Außerdem legt Mr. Drummond Wert darauf, daß wir so vorgehen. Wenn er nur die Toten umgebettet haben wollte, hätten es auch ein paar geübte Arbeiter mit Schaufeln getan. Dieser Friedhof besteht mindestens seit dem frühen achtzehnten Jahrhundert. Mr. Drummond hat mir erzählt, hier habe vorher eine Begräbnisstätte der Indianer gelegen; man kann also nicht wissen, worauf wir stoßen werden.« Er runzelte die Stirn. »Es könnte etwas schneller gehen, wenn meine Werkzeugkästen nicht in der letzten Nacht verschwunden wären.«

»Dr. Blaylock«, rief ein Mädchen.

Liz und Dr. Blaylock drehten sich um und sahen, daß eine der Studentinnen eine zerbrochene Tonpfeife in der Hand hielt.

»Verstehen Sie, was ich meine?« Der Forscher lächelte. »Jetzt hat sich der Tag für sie gelohnt.« Er ging wieder zum Ort der Ausgrabung.

Liz stieg in den Jeep und fuhr auf die Nord-Süd-Piste, die die Insel in der Mitte teilte. Sie bog zur Sklavensiedlung ab, fuhr vor die Kirche und hielt an. »Buck?« rief sie. »Buck Moses?«

Stille antwortete ihr. Sie lief zwischen den alten Blockhütten umher und sah hier und da in ein Fenster. Die Hütten waren alle leer, bis auf die von Buck, die er mit seinem Enkel teilte. Sie öffnete die Tür zur Kirche und trat ein. Das Gebäude war winzig. Es gab nur wenige Bänke und eine grob gezimmerte Kanzel. Es paßten auf keinen Fall mehr als zwanzig Leute hinein, selbst dann nicht, wenn die meisten von ihnen standen.

Konnte Buck Moses lesen? Das konnte man nicht wissen, aber sie beschloß, für alle Fälle eine Nachricht zu hinterlassen. Im Jeep fand sie einen Notizblock und einen Kugelschreiber, schrieb die Nachricht nieder und ging zu Bucks kleinem Haus. Sie suchte nach einer Möglichkeit, den Zettel an der Tür zu befestigen, lehnte sich dagegen, und die Tür schwang auf. Sie steckte den Kopf ins Innere. »Buck?« Die Hütte war ordentlich, ein Holzofen und eine

Sitzbank standen darin. Im hinteren Teil befand sich ein Schlafzimmer.

Als Liz gerade die Tür wieder schließen wollte, fielen ihr neben dem Ofen zwei Gegenstände ins Auge. Auf dem Fußboden, halb hinter dem Holzstapel versteckt, standen zwei große, graue Werkzeugkästen.

Sie trat rückwärts hinaus und schloß die Tür. James Moses kam auf einem großen Pferd langsam auf die Lichtung geritten. Er schwang das Bein über den Sattel und stieg ab.

»Hallo, Miss Elizabeth«, sagte er und lächelte freundlich. »Wollen Sie uns besuchen?«

»Ich wollte zu deinem Großvater«, sagte Liz und hielt den Zettel in die Höhe. »Würdest du ihm diese Nachricht von mir geben?«

»Natürlich, mach ich.«

»Dr. Blaylock möchte ihn wegen des Familienfriedhofs der Drummonds in Dungeness sprechen. Er will ihn etwas wegen der Beerdigungen fragen.«

James' Lächeln erstarb. »Großvater geht nicht dorthin«, sagte er. »Er ist dagegen, daß der Friedhof umgepflügt wird; das hat er mir gesagt.«

»Ach so. Nun, ich habe angeboten, die Nachricht zu überbringen, und das habe ich hiermit getan.« Sie wandte sich zum Jeep um, blieb stehen. »James, hattest du etwas mit den Geräuschen zu tun, die die Studenten in ihrem Zeltlager verschreckt haben?«

James stocherte mit der Zehe auf dem Fußboden herum. »Großvater sagt, diese Leute haben kein Recht, auf dem Friedhof herumzubuddeln. Er sagt, sie machen die Geister zornig. Vielleicht waren es die Geister.«

»Dr. Blaylock vermißt seit dieser Nacht zwei Werkzeugkästen. Es war nichts Wertvolles drin; nur Geräte, die er für seine Arbeit braucht.«

»Ja, Madam«, sagte James. »Ich habe davon gehört.«

»Weißt du etwas darüber?« fragte sie freundlich.

»Darüber müssen Sie mit meinem Großvater reden«, sagte James. Er schien zu weiteren Auskünften keine Lust zu haben.

»Verstehe«, sagte Liz.

»Miss Elizabeth«, sagte er langsam, »Großpapa sagt, daß sich die Dinge hier ändern werden; er sagt, ein böser Wind werde wehen, der alles verändert.« Er blickte wieder zu Boden. »Ich glaube, er will die Veränderungen nicht, solange er noch lebt. Er will alles beim alten belassen.«

»Das ist verständlich«, sagte Liz. »Trotzdem verändern sich die Dinge früher oder später.«

»Er macht sich Sorgen«, sagte James. »Ich habe noch nicht oft bemerkt, daß er sich über etwas Sorgen gemacht hätte, aber hierüber ist er besorgt, ständig redet er davon.«

»So sind alte Menschen, James«, sagte sie. »Sie wollen nicht, daß die Dinge sich ändern. Sie wollen sie so, wie sie seit jeher waren. Junge Menschen wie du freuen sich über Veränderungen, aber je älter du wirst, desto weniger willkommen sind sie dir. Ich glaube, ich habe verstanden, was dein Großvater und dein... Mr. Angus für diese Insel empfinden, wie sehr sie sie schützen möchten. Aber sie können nicht viel tun. Sie sind beide sehr alt, und bald wird ihre Zeit kommen. Dann werden du, Germaine und die Zwillinge die Insel behüten müssen.«

»Das ist wohl der Lauf der Dinge«, sagte James. Dann sah er sie besorgt an. »Aber ich denke nicht, daß Großvater vom natürlichen Lauf der Dinge spricht. Er befürchtet, daß hier bald etwas passieren wird, und das gefällt ihm nicht. Ich habe Angst.«

Liz war verblüfft. »James, wenn etwas passiert, dann müssen wir tun, was wir können, und das scheint mir nicht wenig zu sein, meinst du nicht?«

Der Junge lächelte wieder ein bißchen. »Ja, Madam, das denke ich auch.«

Liz verabschiedete sich, kletterte in den Jeep und fuhr zum Haus am Stafford Beach zurück. Sie nahm die Abkürzung quer über die Insel zum Strand, die sie am Lake Wheitney vorbeiführte. Langsam fuhr sie über den Sandpfad, der den See von einem kleineren Tümpel trennte, sah nach vorn und blieb stehen. Aus dem hohen Gras am Seeufer ragte eine Männerhand. Sie hätte sie nicht bemerkt, wenn sich das Sonnenlicht nicht in der goldenen Rolex am Handgelenk gespiegelt hätte.

Sie betrachtete die Hand, um zu sehen, ob sie sich bewegte. Sie rührte sich nicht. Sie kletterte aus dem Jeep und lief, solange ihr Mut andauerte, zu der Stelle, an der der Mann lag. Wegen des Grases konnte sie den übrigen Körper nicht sehen. Sie blieb stehen, holte tief Luft, grub ihre Hacken in den Boden, nahm das Handgelenk und zog kräftig, um den dazugehörigen Mann auf die Straße zu befördern.

Zu ihrer Überraschung und zu ihrem Schrecken landete sie mit ihrem Hintern unsanft auf der Straße. Auf ihrem Schoß lag ein Männerarm, völlig zerfetzt, über dem Ellbogen abgetrennt.

31

Ziemlich aufgeregt stieg Lee Williams am L. A. Airport aus. Er war noch nicht oft gereist – einmal nach New York, ein paar Mal nach Florida –, und jetzt war er in der Stadt, die er, wie viele, die zum ersten Mal hierher kamen, Hollywood gleichsetzte.

Er entdeckte sehr schnell, daß der Los Angeles International Airport nichts Glamouröses an sich hatte. Er war wie alle Flughäfen, wenn man von den Palmen absah, und er kam ihm kleiner vor als der Hartsfield International in Atlanta.

Während er auf seine Reisetasche wartete, sprach er bei Avis wegen des Mietwagens vor, den er reserviert hatte.

»Warten Sie draußen an der Rampe auf den Bus«, erklärte ihm die Frau. Dann erkundigte er sich nach dem Weg nach West Hollywood. Einen Mietwagen in Los Angeles abzuholen, stellte sich als mühselige Plage heraus. Er wartete geraume Zeit auf den Bus, dann fuhr er ein ganzes Stück bis zu einem riesigen Parkplatz. Endlich hielt der Bus hinter seinem Chevette. Er warf die Tasche auf den Rücksitz, zeigte der Wache am Tor seinen Mietvertrag und fing langsam an festzustellen, wie groß Los Angeles war. Anhand der eingezeichneten Linie auf seinem Stadtplan machte er sich staunend auf den Weg nach West Hollywood. Er war überrascht, daß es nur so wenige hohe Gebäude gab und wie flach die Stadt angelegt war, bis er in die Berge kam. Das Hotel, Le Parc, lag versteckt in einer Seitenstraße, und ein paar Minuten später bezog er ein Wohnzimmer mit Kochnische in einer Ecke, Schlafraum und Bad. Sehr hübsch ist es hier, dachte er; geräumig und sauber. Er rief die Rezeption an und fand heraus, daß der Nachtportier um acht anfing.

Dank der dreistündigen Zeitverschiebung war es in Los Angeles erst früher Nachmittag, und er wurde zum Touristen. Zu Fuß kam er, den Anweisungen des Portiers folgend, zum Chinese Theatre, dem Inbegriff all dessen, was Kino für ihn bedeutete. Er trat in die Fußabdrücke von Gary Cooper und James Stewart, schlenderte an denen von Judy Garland, Clark Gable und Marlene Dietrich vorbei und badete förmlich in der Vergangenheit. Zufrieden kehrte er danach zum Hotel zurück und machte ein Nickerchen.

Um halb acht wurde er telefonisch geweckt. Er duschte, rasierte sich und zog eine Jacke und ein Hemd ohne Krawatte an – man hatte ihm gesagt, daß es in Los Angeles nicht sehr förmlich zuging – und ging nach unten, um nach dem Nachtportier zu suchen.

Der Mann war groß, irgendwie gutaussehend, und Williams fragte sich, ob er wohl Schauspieler gewesen war. Er stellte sich vor. »Erinnern Sie sich daran, als vor ein paar Wochen die Atlanta Bobcats gegen die Rams gespielt haben?«

»Klar, hier wohnen oft Teams.«

»Erinnern Sie sich an Baker Ramsey?«

»Klar, Baker hat sich in dem Spiel verletzt.«

»Baker hat mir gesagt, daß er an diesem Abend in seinem Zimmer mit einem Mädchen namens Brenda zu Abend gegessen hat. Können Sie sich daran erinnern?«

»Ich weiß noch, daß er am frühen Abend mit ihr hier hereingekommen ist«, sagte der Portier, »aber ich kann mich nicht daran erinnern, daß sie gegangen wäre.« Er grinste. »Wahrscheinlich ist sie erst am anderen Morgen gegangen, als ich schon Dienstschluß hatte.«

»Und sie haben im Zimmer gegessen?«

»Das müßten Sie den Oberkellner vom Zimmerservice fragen.«

»Noch eines: Als ich mich einschrieb, hat man meinen Wagen unten geparkt und mir eine Plastikkarte gegeben, mit der ich rein und raus kann. Ist das bei allen Gästen mit Auto so?«

»Ja, bei allen.«

»Wenn Ramsey also seinen Wagen aus der Garage holen wollte, brauchte er nur nach unten zu gehen und wegzufahren und konnte später zurückkommen, ohne irgendeinem Parkwächter oder sonst jemandem aufzufallen?«

»Genau.«

»Sagen Sie, haben Sie Baker Brenda vermittelt?«

Der Portier schüttelte den Kopf.

»Sehen Sie, ich bin nicht aus der Stadt; ich bin nicht darauf aus, Ihnen Schwierigkeiten zu machen. Ich will nur wissen, wie es gewesen ist.«

»Ich habe nichts arrangiert. Ich würde am ehesten auf eine Bar in Melrose tippen. Sie heißt ›The Goal Post‹. Das ist eine Sportlerbar, dort treiben sich 'ne Menge Mädchen rum.«

»Danke«, sagte Williams und schob dem Portier zehn Dollar zu.

Er fand den Oberkellner des Zimmerservice und den Kellner, der Ramsey und das Mädchen bedient hatte. Auf Ramseys Anweisung hatte der Kellner das Tablett bis zum nächsten Morgen nicht wieder abgeholt. Er überprüfte die Feuerleiter und stellte fest, daß Ramsey, ohne gesehen zu werden, in die Garage und mit dem Zimmerschlüssel wieder zur Feuertreppe zurück gelangen konnte.

Ramsey konnte das Le Parc verlassen haben, ins Beverly Hills Hotel gefahren und zurückgekehrt sein, ohne bemerkt zu werden. So weit, so gut.

Um neun Uhr war im ›Goal Post‹ noch nicht viel los. Williams setzte sich ans Ende der Theke, in die Nähe des Kellners, und bestellte ein Bier. Auf dem Fernseher über der Theke lief eine Fußballübertragung.

»Das ist ein elendes Spiel«, sagte er zum Barkeeper.

Der Barkeeper zuckte die Schultern. »Sonst läuft nichts. Der Besitzer will, daß Sport läuft, und heute abend ist das die einzige Sportübertragung.«

»Nicht viel los, wie?«

»Das kommt noch. Die meisten kommen nicht vor zehn. Ich habe keine Ahnung, wo die alle um diese Zeit hingehen.« Er ging weg, um einen anderen Gast zu bedienen. Einen Augenblick später war er wieder zurück. »Sind Sie von außerhalb?« fragte er.

»Atlanta. Ich bin zum ersten Mal hier.«

»Geschäftlich?« »Was sonst?«

»Nun, hier ist immer viel los. Kommen Sie jederzeit rein, wenn Sie in der Stadt sind.«

»Danke, mach ich.«

»Wollen Sie etwas essen?«

»Kann ich an der Theke essen?«

»Klar, wie Sie wollen.« Er reichte Williams eine Speisekarte. »Das Rindfleisch ist gut.«

»Ich nehme das New York Strip, Medium, mit Folienkartoffel, und irgendeine Salatsoße, die Sie da haben.«

Das Lokal füllte sich langsam, und die meisten Gäste schienen sich gut auszukennen.

»Sie haben hauptsächlich Stammgäste, nicht wahr?«

»Ja, wir liegen ein bißchen abseits der Touristenmeile. Wie haben Sie uns gefunden?«

»Über den Portier vom Le Parc.«

»Harry? Ja, den kenn ich. Der war früher mal Schauspieler. Ich übrigens auch.«

»Harter Job, was?«

»Ich verdiene hier an einem Abend mehr als früher als Schauspieler in einer Woche.«

Williams' Steak kam, und er aß mit Appetit. Er behielt die Theke im Auge, und bald standen drei Mädchen neben ihm.

»Viele junge Talente«, sagte er zum Barkeeper.

»Ja, hier kommen eine Menge Sportler her; die ziehen die Mädchen an.«

»Sagen Sie, haben Sie vor ein paar Wochen an dem Abend gearbeitet, als die Rams gegen die Bobcats spielten?«

»Klar, samstags arbeite ich immer.«

»Erkennen Sie Baker Ramsey, wenn Sie ihn sehen?«

»Ja, Baker ist immer hier und jagt den Röcken nach, wenn er in der Stadt ist.«

»Erinnern Sie sich noch, bei wem er in der Nacht gelandet ist?«

»Aber ja, er hat Brenda abgeschleppt.«

»Ist Brenda oft hier?«

»Sie sind ein Bulle, stimmt's?«

»Sie haben's erfaßt, Kumpel.«

»Das merke ich immer. Bei Ihnen hat es allerdings ein bißchen länger gedauert; wahrscheinlich, weil Sie aus einer anderen Stadt sind.«

»Gut möglich. Erzählen Sie mir von Brenda.«

»Warum lassen Sie Brenda nicht selbst erzählen?«

»Hm?«

Der Barkeeper nickte zu einer Frau hinüber, die sechs Barhokker weiter saß.

»Das ist Brenda«, sagte er.

Sie saß schon seit einer Dreiviertelstunde dort, fiel Williams auf. »Geben Sie Brenda einen Drink auf meine Rechnung«, sagte er. Jetzt kam der kitzlige Teil. Wie dachte Brenda über Schwarze?

Offensichtlich nicht negativ. Sie prostete ihm mit ihrem Drink zu und lächelte leicht. Sieht nett aus, obwohl sie sich in Bars herumtreibt, dachte Williams. Ihre Kleidung war nicht überkandidelt, sie sah nicht aus wie ein Flittchen.

Der Barkeeper kam zurück. »Witzig, daß Sie ein Bulle sind«, meinte er.

»Wieso?«

»Brenda ist auch einer.«

Williams lachte schallend. Das würde ihm eine Menge Zeit und Charme sparen, den er womöglich gar nicht mehr hatte. Er stand auf und ging zu ihr hin. »Hallo«, sagte er lächelnd. »Ich bin Lee Williams. Der Barkeeper hat mir erzählt, daß Sie Polizistin sind.«

»Er hat mir gesagt, Sie seien auch einer«, erwiderte sie freundlich. »Hören Sie, ich will Sie nicht beleidigen, und danke für den Drink, aber ich habe gerade zehn Stunden mit einem Polizisten in einem Streifenwagen verbracht; ich war mit einem Polizisten verheiratet; ich habe mein ganzes elendes Leben mit Polizisten verbracht. Deshab komme ich hierher: um jemanden zu treffen, der kein Polizist ist.«

»Oh«, sagte Williams. »Mein Anlaß ist auch nicht rein privat. Ich bin dienstlich hier.«

»Sie arbeiten in West Hollywood?« fragte sie und sah gelangweilt aus. »In welcher Abteilung?«

»Ich bin bei der Mordkommission in Atlanta, Georgia.«

»Da sind Sie ganz schön weit weg von zu Hause, Lee. Na gut, setzen Sie sich und erzählen Sie. Wollen Sie eine Auslieferung erwirken oder so was?«

»Nein, Brenda, Sie werden es nicht glauben, aber ich bin den ganzen weiten Weg aus Atlanta hierhergekommen, um Sie zu treffen.« Er lächelte. »Und da sind Sie nun.«

»Lee«, sagte sie, »Sie sind so bescheuert, daß Sie auch ein Polizist aus Los Angeles sein könnten, wissen Sie das?«

»Brenda, ich würde niemals einen Kollegen auf den Arm nehmen. Ich bin hergekommen, weil ich mit Ihnen über Baker Ramsey sprechen will.«

Sie starrte ihn ungläubig an. »Im Ernst?«

»Im Ernst. Darf ich mich setzen?«

»Aber sicher, Lee. Das ist die beste Anmache, die ich je im Leben gehört habe.«

Er setzte sich. »Keine Anmache«, sagte er. »Ich werde es Ihnen beweisen. In der Nacht vor dem Spiel der Rams gegen die Bobcats waren Sie hier und lernten Baker Ramsey kennen.«

»Das könnte Ihnen auch Sammy erzählt haben«, sagte sie und nickte zum Barkeeper hin.

»Am nächsten Abend haben Sie dann mit ihm in seiner Suite im Le Parc zu Abend gegessen.«

Sie sah ihn mit zusammengekniffenen Augen an. »Sie sind ein besserer Polizist, als ich dachte.«

»Und später – sehr viel später sogar –, in der gleichen Nacht, waren Sie mit Baker auf einen Drink im Beverly Hills Hotel.«

»Sie sind uns gefolgt, nicht wahr?« fragte sie.

»Brenda, darf ich Sie zu einem Drink in der Polo Lounge einladen?«

»Wir nehmen meinen Wagen«, sagte sie.

Sie fuhr einen japanischen Sportwagen, und sie fuhr ihn gut. Beim Herunterschalten vor einer Kurve sagte sie: »Ich mache den Job jetzt seit sechs Jahren, habe gerade die Prüfung zum Detective bestanden und will so dringend zur Mordkommission, daß es fast weh tut.«

»Brenda, heute ist Ihr Glückstag. Sie befinden sich gerade mitten in einem Mordfall.«

Sie grinste breit. »Im Ernst?«

Man wies ihnen einen Tisch in der Polo Lounge an.

»Das ist ein Treffpunkt fürs Filmbusineß«, sagte Brenda. »Schauen Sie mal, da drüben.«

Williams sah hin. Zwei Paare saßen in einer Nische. Einer der Männer war Charlton Heston.

»Mein Gott«, sagte er. »Und der andere kommt mir auch bekannt vor.«

»Ich kenne ihn nicht«, sagte sie. »Vielleicht ist er aus Atlanta.«

»Kommen Sie oft hierher?«

»Sooft ich jemanden finde, der mich hierher einlädt. Der Oberkellner weiß, daß ich Polizistin bin, und gibt mir immer einen guten Tisch.«

»Ich bin also nicht nur in Hollywood, sondern sitze auch noch an einem guten Tisch in der Polo Lounge.«

»Sie befinden sich in Beverly Hills.«

»Für mich ist das alles Hollywood, Kleine.«

»Woher wußten Sie, daß ich mit Baker Ramsey hier war?«

»Ganz einfach, meine liebe Brenda. Er mußte hier gewesen sein, weil er mein Verdächtiger ist. Ich wette, er wußte nicht, daß Sie Polizistin sind.«

»Nein. Ich erzähle denen immer, ich sei Regieassistentin bei Paramount. Alle Sportler wollen zum Film.«

Williams lachte. »Sie sind wirklich Klasse, Brenda. Sie haben eine Schwäche für Sportler, was?«

»Ich will Ihnen gegenüber offen sein, Lee. Ich mag Sex. Ich mag Sportler. Ich mag Sex mit Sportlern. Sie sind gut in Form, und mit ihnen ist es sicherer als mit irgendeinem anderen aus der Bar; sie haben einen Ruf zu verlieren. Sagten Sie, Baker ist Ihr *Verdächtiger?*«

»Ramsey war eine Weile vom Tisch verschwunden, als Sie hier waren, nicht wahr?«

»Ja. Ich war auf der Toilette – die ist draußen in der Halle. Ich ließ mir Zeit, und als ich zurückkam, war er nicht am Tisch. Ich dachte, er hätte auch die Toilette aufgesucht. Ein paar Minuten später kam er zurück.«

»Wie lange dauerte Ihr Weg zum Klo, die Zeit, bis er wieder zurückkam, mitgerechnet?«

Sie starrte kurz ins Leere.

»Mindestens eine Viertelstunde, höchstens zwanzig Minuten.«

»Das war Zeit genug.«

»Zeit genug, wofür?«

Williams zog zwei Fotos aus der Manteltasche. Eines zeigte Ramsey; er legte ihr das andere vor. »Erinnern Sie sich an jene Nacht. Haben Sie damals diesen Mann in der Polo Lounge gesehen? Oder sonstwo im Hotel?«

Sie starrte auf Al Schaefer. »Ja«, sagte sie. »Er saß da drüben, allein.« Sie zeigte auf einen Tisch bei der Außenterrasse. »Und er stand auf und verschwand durch diese Tür, kurz bevor ich zur Toilette ging.«

»Brenda, Sie haben ein Polizistengedächtnis«, sagte Williams, »und dafür liebe ich Sie. Können Sie sich an irgend etwas Besonderes an Baker Benehmen in dieser Nacht erinnern?«

»Meinen Sie hier oder später?«

»Sowohl als auch.«

Sie starrte einen Moment zur Seite. »Baker hat einen Drink verschüttet, ein Glas Wasser. Er hatte alles auf der Hemdbrust, als er von der Toilette zurückkam, und er tupfte mit einem Taschentuch daran herum. Das ist das einzig Ungewöhnliche, woran ich mich erinnere.«

»Phantastisch, Brenda.«

»Und jetzt erzählen Sie mir, was zum Teufel eigentlich los ist«, sagte sie.

»Es ist folgendermaßen, ein ganz unwahrscheinlicher Zufall, aber so etwas passiert manchmal. Sie sind mit Baker Ramsey hier hereingekommen. Der Typ auf dem Foto ist Albert Schaefer, ein Rechtsanwalt aus Atlanta, der Bakers Ex-Frau in der Scheidungssache vertreten hat. Baker muß ihn gehaßt haben, denn Schaefer stand auf und ging – wer weiß, warum? Und sobald Sie den Tisch verlassen hatten, lief Ramsey ihm nach und ersäufte Al Schaefer im Swimmingpool des Hotels.«

»O Gott, davon habe ich gelesen; es hieß, es sei ein Unfall gewesen. Mir ist gar nicht aufgegangen, daß das in der gleichen Nacht war.«

»Nun, Brenda, ich habe wirklich gute Neuigkeiten für Sie. Ich habe vor, Ramsey wegen zwei weiterer Morde in Atlanta festzunageln, und wenn ich mit ihm fertig bin, kann er nach Kalifornien ausgeliefert werden, und dann werde ich dafür sorgen, daß Sie ein Stück von ihm abbekommen. Das sollte reichen, um Sie ins Morddezernat zu schaffen.«

Sie strahlte ihn an. »Hören Sie, Lee, wohnen Sie im Le Parc?«

»Ja.«

»Warum gehen wir nicht zu Ihnen?«

Williams lächelte sie dankbar an. »Herzchen, liebend gern, wirklich, aber ich habe diese schreckliche Frau, die mir eine Heidenangst einjagt. Sie hat mir gedroht, wenn ich je mit einer anderen Frau in irgendeinem Hotel ins Bett ginge, würde sie kommen, die Tür eintreten und uns beide im Schlaf ermorden. Ich wäre nie dazu in der Lage, glauben Sie mir.«

»Tu ich nicht«, sagte sie und tätschelte seine Wange, »aber ich finde es süß, daß Sie an Ihre Frau denken.«

32

Die Rotorblätter des Hubschraubers wurden langsamer und der Motor leiser. Bevor die Rotoren anhielten, betrat ein Mann von etwa vierzig Jahren in Khaki-Hemd und -Hosen, mit einem Stetson den Erdboden.

»Guten Tag, Bob«, sagte Germaine, als er sich der Veranda der Pension näherte, wo sie mit Liz wartete. »Kommen Sie doch nach hinten.«

»Gut«, sagte er und ließ den Blick über die Gäste schweifen, die die vordere Veranda bevölkerten. Er wartete, bis sie außer Sichtweite waren, bevor er seine Fragen stellte.

»Nun erzählen Sie mir mal genau, was passiert ist, Germaine.«

»Bob, das ist Liz Barwick. Sie lebt im Haus am Stafford Beach. Liz, das ist Bob Walden, unser Sheriff.«

»Hallo«, sagte der Sheriff.

»Nett, Sie kennenzulernen«, erwiderte Liz.

Sie waren bei Liz' Jeep angekommen.

»Besser, Liz erzählt Ihnen alles«, meinte Germaine. »Sie hat ihn gefunden.«

Liz berichtete, wie sie am Lake Whitney auf ihren Fund gestoßen war. Sie ging zur Rückseite des Jeeps, hob die Heckklappe und zeigte auf eine grüne Plastikfolie. »Das ist es.«

Der Sheriff näherte sich dem Jeep, und Liz und Germaine traten unwillkürlich einen Schritt zurück.

»Ich will das bestimmt nicht sehen, oder?« sagte Germaine.
»Wahrscheinlich nicht«, antwortete Liz.
Sheriff Walden rollte die Plastikfolie vorsichtig aus und betrachtete den Arm. »Mein Gott«, sagte er leise. »So etwas habe ich noch nie gesehen.«
»Und ich will so etwas auch nie mehr sehen«, sagte Liz und wandte sich ab.
»Miss Barwick, warum haben Sie es mitgenommen? Warum haben Sie es nicht liegenlassen, wo Sie es fanden, und haben Hilfe geholt?«
»Ich dachte, da hinge ein Mann dran, und versuchte, ihn aus dem Gras zu ziehen«, erklärte Liz. »Als ich bemerkte, was passiert war, hielt ich es für besser, ihn mitzubringen, sonst wäre er womöglich verschwunden gewesen, bevor ich mit den Helfern wiedergekommen wäre.«
»Das klingt, als wüßten Sie, was geschehen ist«, sagte der Sheriff. »Ich würde es auch gern erfahren, erklären Sie es mir.«
»Es muß Goliath gewesen sein«, sagte Liz.
»Goliath?«
Germaine sprang ein. »Im Nordteil der Insel gibt es in einem See einen riesigen Alligator.«
Der Sheriff betrachtete den Arm aufs neue. »So, wie der über dem Ellbogen zerfetzt ist, scheint er abgerissen worden zu sein. Das hier dürften Bißspuren sein, nehme ich an.«
Liz sah nicht hin.
»Haben Sie eine Idee, wem der Arm gehört haben könnte?« fragte der Sheriff.
»Ich glaube, meinem Cousin, Jimmy Weathers.«
»Das ist jedenfalls seine Uhr, oder so eine, wie er sie hatte.«
»Sind Sie sicher, daß das sein Arm ist?«
»Nun, ich habe nicht damit gerechnet, daß ich ihn einmal anhand seines Armes identifizieren müßte«, räumte Germaine ein, »aber die Haare sind hellbraun, genau wie Jimmys. Ich habe ihn heute morgen zum letzten Mal gesehen; er war mit einem Architekten auf der Insel unterwegs.«

»Und wo ist der Architekt?« fragte der Sheriff.

»Daran habe ich nicht gedacht«, sagte Germaine.

Hamish Drummond kam aus der Hintertür. »Hallo, Bob, was ist los?« fragte er.

Der Sheriff nickte zum Heck des Jeeps hinüber.

Hamish warf einen Blick auf den Arm, verzog das Gesicht und wandte sich ab.

»Das ist Jimmys Armbanduhr, nicht wahr?« fragte ihn Germaine.

»Kann sein. Wer hat ihn gefunden?«

»Ich«, sagte Liz.

»Hoffentlich war das am Lake Whitney«, sagte Hamish.

»War es. Auf diesem Deich, über den die Straße führt.«

»Gut. Es wäre mir nicht recht, wenn der Alligator irgendwo hier unten herumstromern würde.«

Angus Drummond fuhr in seinem Jeep vor, dicht gefolgt von Buck Moses in seinem ramponierten Lieferwagen. »Ich habe den Hubschrauber gesehen«, sagte er. »Was ist los?«

Alle erklärten Angus die Lage.

»Haben Sie den Rest der Leiche gesehen?« fragte Angus Liz, nicht unfreundlich.

»Nein. Ich wollte bloß weg, bevor ich diesem Alligator ein zweites Mal begegne.«

»Ein zweites Mal?« fragte Hamish. »Sie haben ihn schon einmal gesehen?«

Liz nickte. »Ich habe dort neulich Aufnahmen gemacht, und er war hinter mir her. Ich hatte Glück und bin entkommen; allerdings hat er mein halbes Stativ gefressen.«

»Wie groß war er?« fragte Angus.

»Er wirkte riesig«, sagte Liz, »aber ich habe eigentlich nur den Rachen gesehen.«

»Sechs Meter ist er«, sagte Buck.

»Wann hast du ihn das letzte Mal gesehen, Buck?« fragte Angus.

»Vor ungefähr einem Jahr. Da war er fünf Meter lang.«

»Das glaube ich«, sagte Angus.

»Ich ebenfalls«, erwiderte der Sheriff, »wenn ich mir diesen Arm ansehe.«

Angus und Buck warfen einen Blick auf den Arm, und der Sheriff zog vorsichtig die Uhr vom Handgelenk. »Keine Gravur«, sagte er, »aber hier ist eine Seriennummer, und wenn er die Garantiekarte ausgefüllt hat, als er sie kaufte, dann haben die eine Akte. Das kann ich mit einem Anruf überprüfen.« Er ließ sie in einen Plastikbeutel fallen, den er zuzog, dann wickelte er den Arm wieder ein. »Der Arm wird tiefgekühlt, und dann werfen wir einen Blick auf euren See«, sagte er zu Germaine.

Germaine erschauerte. »Gut, kommen Sie mit, ich besorge Ihnen eine Kühlbox und etwas Eis.« Sie hielt inne. »Irgend jemand sollte auch Jimmys Frau Bescheid sagen, denke ich. Irgendwelche Freiwillige?«

Alle schwiegen.

»Das dachte ich mir schon.« Germaine seufzte und setzte ihren Weg zum Haus fort.

»Könnte der Arm auch jemand anderem als Jimmy gehören?« fragte Angus, als sie verschwunden waren.

»Germaine sagte, alle anderen seien überprüft worden, mit Ausnahme des Architekten, der bei Jimmy war.«

Liz fiel plötzlich ein, daß eine weitere Person nicht überprüft worden war: Keir Drummond. Sie dachte über den Arm nach. Er konnte Keir gehören, wurde ihr bewußt, und ihr Herz schlug wild. Aber sie hatte ihn nie mit einer goldenen Rolex gesehen, und sie hielt ihn nicht für den Mann, der so etwas Protziges tragen würde.

»Das ist der erste Mensch, den wir durch Goliath verloren haben«, sagte Angus. »Gott allein weiß, wieviel von meinem Wild er schon gerissen hat.«

Germaine kam mit einer Kühlbox, dem Sheriff und einem anderen Mann zurück. »Das ist Henry Rhineheart, Jimmys Architekt«, sagte sie. »Er ist gerade zur Pension zurückgekehrt. Ich habe ihm erzählt, was passiert ist.«

Rhineheart blickte verblüfft drein.

»Wo haben Sie Jimmy Weathers zuletzt gesehen?« fragte der Sheriff.

»Wir liefen am Strand entlang«, sagte er, »dann wollte Jimmy noch einen Blick auf irgend etwas werfen; er hat nicht gesagt, auf was. Er kletterte durch die Dünen, zum Innern der Insel.«

»Wie lange ist das her?«

Rhineheart sah auf die Uhr. »Etwa drei Stunden. So lange habe ich gebraucht, um zurück zur Pension zu laufen.«

»Wie lange bleibt es noch hell?« fragte der Sheriff in die Runde.

Buck Moses schaute zur Sonne. »Ungefähr fünf Stunden.«

»Ich finde, wir sollten besser dort hingehen und versuchen, seine Überreste zu finden. Vielleicht erwischen wir auch den Alligator.«

»Den Knaben kriegt ihr nicht«, meinte Buck Moses.

Der Sheriff schien zu spüren, daß er einen Experten der Wildnis vor sich hatte. »Wieso nicht?«

»Der Alligator nimmt seine Beute und versteckt sie irgendwo – unter einem Stein, einem Baumstamm – unter Wasser. Wenn Sie Leute ins Wasser schicken, um ihn zu suchen, schnappt sich der Alligator den nächsten.«

»Also, mit einer Bullenflinte hätte ich keine Angst, ins Wasser zu gehen«, sagte der Sheriff.

»Sie werden das Tier nicht töten«, sagte Angus bestimmt.

»Es hat einen Menschen getötet, Mister Drummond«, entgegnete der Sheriff. »Wenn das möglich ist, muß ich etwas unternehmen.«

»Es ist mein Alligator, und er lebt auf meiner Insel. Was er getan hat, ist nur natürlich, und dafür wird ihn niemand erschießen.«

»Kein Alligator kommt aus dem Wasser, um Menschen anzugreifen«, sagte Buck. »Er hat Jimmy erwischt, also war Jimmy im Wasser.«

»Warum sollte er ins Wasser gehen?« fragte der Architekt.

»Weiß nicht«, erwiderte Buck. »Aber der Alligator käme nie aus dem Wasser, um ihn anzugreifen.«

»Aber er hat mich angegriffen«, widersprach Liz.

»Waren Sie im Wasser?« fragte Buck.

»Ja«, gab sie zu. »Bis zu den Knien.«

»Ihr Glück, daß Sie Ihre Knie noch haben«, meinte Buck.

»Wem sagen Sie das.«

»Gut, gut«, sagte der Sheriff. »Wir brauchen alle bewaffneten Männer, die wir auftreiben können – Gewehre und Schrotflinten mit Bullenschrot.«

»Ich will nicht, daß irgend jemand auf den Alligator schießt«, sagte Angus.

»Wir müssen nach dem Rest der Leiche suchen, und ich werde keinen Unbewaffneten dazu auffordern«, entgegnete der Sheriff.

»Wenn Sie wirklich begriffen haben, daß niemand auf ihn schießt, außer er ist in Gefahr, dann treibe ich ein paar Waffen auf.«

Eine Stunde später kam die Truppe am Deich an.

»Also, Miss Barwick«, sagte der Sheriff, »wo haben Sie den Arm gefunden?«

Liz zeigt auf die Stelle. »Dort, ungefähr zwanzig Meter weiter, ragte er aus dem Gras. Ich habe nur die Hand und das Handgelenk gesehen.«

»Zwei Mann bleiben dicht hinter mir«, sagte er und lud die Flinte durch.

Der Sheriff ging langsam auf den Deich, aufmerksam das hohe Gras am Seeufer betrachtend, Buck Moses und den Architekten mit Schrotflinten dicht hinter sich.

»Er kriegt Sie nicht, Sheriff!« kicherte Buck. Er schien sich köstlich über diese weißen Männer zu amüsieren.

»Ungefähr da«, rief Liz, und die Gruppe blieb stehen.

Der Sheriff bog mit dem Gewehrkolben das Gras zur Seite. »Da ist Blut, sehr viel Blut.« Alle drei begannen, mit ihren Gewehren im Gras herumzustochern.

»Seht her!« rief Buck. »Hier hat ihn der Alligator weggeschleppt.«

»Miss Barwick«, rief der Sheriff. »Könnten Sie mit Ihrer Kamera herkommen?«

Liz holte tief Luft und lief über den Deich zu ihnen.

»Bitte fotografieren Sie die blutige Stelle, hier, wo Sie den Arm gefunden haben, und diesen Fleck im Schlamm dort, wo man die Schleifspuren sieht.«

Liz tat, was man ihr gesagt hatte, aber sie zitterte dabei.

Ein paar Minuten später traf die Gruppe sich wieder bei den Wagen.

»Ich habe keine Ahnung, was zum Teufel ich sonst noch tun soll«, sagte der Sheriff und wischte sich den Schweiß von der Stirn. »Mit so etwas habe ich noch nie zu tun gehabt.«

»Sie können gar nichts weiter tun«, sagte Buck. »Der Alligator ist mit Jimmy weg. Wir sehen Jimmy nie wieder.«

»Und Sie glauben nicht, daß der Alligator aus dem Wasser käme, um einen Menschen anzufallen, Buck?« fragte der Sheriff.

»Nein, Sir«, antwortete Buck. »Jimmy ist ins Wasser hineingegangen.« Er hielt inne. »Oder es hat ihn jemand hineingeschubst.«

Alle drehten sich um und sahen Buck an.

»Wer könnte Jimmy so hassen, daß er so etwas tun könnte?«

Buck grinste zahnlos. »So ziemlich jeder, würd ich sagen.«

33

Am Montag morgen um Punkt neun Uhr war Lee Williams im Büro des Captains. Er sah zu, wie sein Chef den Mantel aufhängte, um seinen Schreibtisch herumging und sich in seinen Sessel fallen ließ.

»Na, wie war dein Wochenende?« fragte Haynes.

»Es hätte kaum besser sein können«, grinste Williams.

»Erzähl mal.«

»Ich habe eine Zeugin, die aussagt, daß Baker Ramsey zu derselben Zeit im Beverly Hills Hotel in der Polo Lounge war, als auch Schaefer sich dort aufhielt, und die bestätigt, daß Ramsey Zeit hatte, Schaefer im Pool zu ertränken, und mit nassem Hemd an seinen Tisch zurückkehrte.«

»Wie gut ist deine Zeugin?«

»Eine Polizistin vom Los Angeles Police Department, die an jenem Abend mit Ramsey aus war.«

Haynes lächelte breit. »Das ist ziemlich gut.«

»Es ist erste Sahne. Und nicht nur das; der Oberkellner wird bestätigen, daß Ramsey die Lounge auf demselben Weg verlassen hat wie Schaefer.«

»Noch besser. Hat er sich am Personal vorbei aus dem Hotel geschlichen?«

»So ist es. Die Hotelgäste können das Hotel durch die Garage betreten und verlassen, ohne gesehen zu werden.«

»Gute Arbeit. Aber für eine Anklage reicht es noch nicht aus, es sei denn, die Mordkommission in L. A. spürt noch einen Zeugen am Pool oder einen physischen Beweis auf, und ohne Anklage gibt es keine Auslieferung.«

»Das ist mir recht; ich möchte ihn zuerst hier hochgehen lassen.«

»Wie willst du das anstellen?«

»Das Labor soll noch einmal zum Haus der Fergusons. Ich brauche einen Fingerabdruck, ein paar Gewebefasern, irgendwas.«

Haynes nickte. »Ich kümmere mich drum. Sonst noch was?«

»Nur Zeit, damit ich seine Freundin in die Mangel nehmen kann. Sie ist sein Alibi. Außerdem will ich die Ex-Frau finden, diese Barwick. Die werde ich auch brauchen.«

»Hast du sonst noch anderes zu tun?«

»Nichts, was eilig wäre.«

»Gut, nimmt dir so viel Zeit wie du brauchst, aber besorge mir ausreichend Material für die Festnahme.«

»Jawohl, Sir!«

Als Williams das Büro verließ, war seine Brust vor Stolz geschwellt. Dies war ein Glanzfall; er würde Ramsey wegen der Morde an den Fergusons festnageln und ihn anschließend dem

Los Angeles Police Department auf dem Silbertablett überreichen, und jeder in der Stadt würde ihn kennen. Mit diesem Fall konnte er Karriere machen, und er hatte nicht die Absicht, ihn zu vermasseln.

Er hob den Telefonhörer ab und wählte Mary Alice Taylors Privatnummer.

»Hier spricht Mary Alice«, sagte eine honigsüße Stimme. »Ich bin nicht zu Hause, aber ich möchte gern mit Ihnen sprechen; hinterlassen Sie bitte nach dem Piepston eine Nachricht.«

»Mary Alice, hier spricht Lee Williams. Es ist wichtig, daß wir umgehend miteinander sprechen, rufen Sie mich bitte an.« Er gab alle drei Nummern an. »Und, Mary Alice, es ist wichtig, daß Sie sich nicht mit Baker treffen und nicht mit ihm sprechen, bevor wir einander gesehen haben. Es ist zu Ihrem eigenen Besten, glauben Sie mir.«

Als sie am Abend noch nicht angerufen hatte, wartete er bis halb neun und ging dann zum Piedmont Hospital. Als er auf ihrem Stockwerk aus dem Lift ausstieg, war eine andere Schwester auf Mary Alices Posten.

»Entschuldigen Sie«, sagte er, »aber arbeitet Mary Alice Taylor heute abend auf einer anderen Station?«

»Da müssen Sie die Dienstleiterin fragen«, sagte die Frau. »Ich rufe sie für Sie an.«

Williams zeigte der Dienstleiterin seine Marke.

»Sie ist heute nicht zum Dienst erschienen«, sagte die Schwester, »und sie war nicht zu Hause, als ich dort anrief.«

»Ist das ungewöhnlich für Mary Alice?« fragte Williams.

»Ja, aber ich nehme an, daß sie übers Wochenende die Stadt verlassen hat und nicht rechtzeitig zurückgekommen ist. Ich erwarte, daß sie sich in absehbarer Zeit bei mir meldet, und von mir wird sie mit Sicherheit hören.«

»Ich brauche ihre Privatadresse«, sagte er. »Das erspart es mir, sie über die Telefongesellschaft in Erfahrung bringen zu müssen.«

Die Schwester nahm eine Karteikarte und schrieb ihm die Adresse auf.

»Wissen Sie, was für einen Wagen sie fährt?«
»Nein.«
»Einen Volkswagen«, sagte die Schwester.
»Einen Golf?«
»Nein, einen größeren.«
»Jetta?«
»Richtig. Einen weißen. Sie hat ihn im Sommer gekauft.«
Williams bedankte sich und ging.

Mary Alice wohnte in einem großen, ansehnlichen Apartmentkomplex im Nordwesten der Stadt. Williams zeigte dem Wachmann am Tor seine Polizeimarke und fragte nach dem Weg zu ihrem Apartment. Es war ein Zwei-Zimmer-Apartment im Erdgeschoß an einer hübschen Straße, und das Licht im Zimmer brannte. Er klingelte. Als sich nichts rührte, lief er durch ein Blumenbeet und blickte durch das Fenster in das erleuchtete Zimmer. Es schien nichts Außergewöhnliches darin zu sein.

Er kehrte zum Wachhaus zurück und fragte nach dem Sicherheitschef. Kurz darauf erschien eine schwarze Frau in Uniform. Er zeigte ihr die Marke. »Ich suche Mary Alice Taylor in 198. Sie ist nicht zur Arbeit erschienen, und es gibt Gründe, sich Sorgen zu machen.«

»Sie brauchen einen Durchsuchungsbefehl, wenn Sie in ihre Wohnung wollen«, sagte die Frau.

»Hören Sie, Lady, die Angelegenheit ist ernst, und ich brauche keinen Durchsuchungsbefehl, wenn Sie mich hineinlassen. Ich werde nichts in Unordnung bringen, ich will nur einen Blick hineinwerfen.«

»Ja, also gut, aber ich muß mit Ihnen kommen.«

»Das ist mir auch lieber so.«

Die Tür öffnete sich unter dem Generalschlüssel, und Williams war drinnen. Das Apartment war gut ausgestattet – es schien, als lebte sie schon eine lange Zeit hier und hätte extra einiges für die Wohnung angeschafft. In der Küche auf dem Tresen stand ein offener Topf mit Spaghettisauce, auf der sich Schimmelpilz gebildet hatte, und auf dem Herd eine Pfanne. Er suchte weiter herum, ohne zu wissen, wonach. Die Tür zum Schlafzimmer war geschlossen.

Williams drehte den Knopf, den er dicht am Türblatt ergriffen hatte. Drinnen war es dunkel. Er tastete nach dem Lichtschalter, und eine Deckenlampe leuchtete auf. Das Plumeau und das Laken lagen auf dem Fußboden, und mitten auf dem Bett war ein trockener Blutfleck. Nicht genug für eine Stich- oder Schußwunde, überlegte er. Er untersuchte den Fleck genauer und entdeckte noch mehr. Das Blut stammte von Sex, und das andere schien Sperma zu sein. Drei Schamhaare fand er auf dem Laken.

Er sah sich noch einmal im Raum um, dann untersuchte er das Badezimmer. Im Waschbecken lag ein benutztes Handtuch. Es war blutig.

Dann ging er zurück ins Wohnzimmer, nahm sein Notizbuch heraus und spulte das Band ihres Anrufbeantworters zurück.

»Hallo, Herzchen«, erklang Baker Ramseys Stimme. »Es ist Freitag mittag. Wir fliegen heute nachmittag nach Miami, wir sehen uns also erst nächste Woche wieder. Tut mir leid wegen gestern nacht. Ich mach's wieder gut.«

»Miss Taylor, hier spricht Tiffany's; Ihre Armbanduhr ist fertig; Sie können sie abholen.«

»Hallo, hier ist Baker. Es ist Samstag morgen, und ich dachte, ich könnte dich zu Hause erwischen. Du bist mir hoffentlich nicht mehr böse. Ich bin in Miami, ruf mich mal an.« Er nannte eine Nummer.

Der nächste Anruf war der von Williams. Dann:

»Miss Taylor, hier spricht die Dienstleiterin vom Piedmont Hospital. Es ist jetzt Montag abend, zwanzig Uhr zwanzig, und Sie sollten seit zwanzig Uhr hier sein. Rufen Sie bitte so schnell wie möglich an.«

Williams schaltete das Gerät ab, setzte sich und nahm mit zwei spitzen Fingern den Hörer ab. »Wer ist da? Ja, hier spricht Lee Williams. Ich bin an einem mutmaßlichen Tatort und brauche hier sofort ein Team – alles – alle Einheiten, nur den Leichenwagen nicht, es gibt keine Leiche.« Er nannte die Adresse. »Dann brauche ich die Nummer von einem VW Jetta, weiß, zugelassen auf Mary Alice Taylor unter dieser Adresse, und gebt sofort eine Suchmeldung raus. Sprechen Sie es mit dem Captain ab, wenn nötig, ich allein übernehme die Verantwortung. Wenn der Wagen irgendwo abgestellt gefunden wird, rührt ihn keiner an, bis ich da bin. Ich möchte wissen, ob die Bobcats am Wochenende in Miami gespielt haben, und wenn ja, wann und wie sie gereist sind, Hin- und Rückweg. Außerdem will ich wissen, ob Baker Ramsey dabei war, auf dem Hin- und Rückweg. Wenn Sie mich brauchen, ich bin unter dieser Nummer zu erreichen.« Er nannte die Nummer, legte auf und wählte erneut.

»Hallo?«

»Captain? Hier spricht Lee. Ich fürchte, ich habe meine Zeugin verloren.«

Es klingelte an Mary Alice Taylors Wohnungstür.

»Moment, Captain.« Williams stand auf und öffnete.

Auf der Schwelle stand Baker Ramsey, er sah verwirrt aus. »Was, zum Teufel, machen Sie denn hier?« fragte er.

34

»Hallo, Baker«, sagte Williams. Er brachte ein überraschtes Lächeln zustande. »Was machen *Sie* denn hier? Sie habe ich hier auch nicht erwartet.« Ramsey starrte ihn böse an. »Mary Alice ist heute abend nicht zur Arbeit erschienen, und das Krankenhaus hat die Polizei angerufen. Ich war dran.«

»Warum ist sie nicht gekommen?«

Williams ergriff Ramseys enormen Arm und führte ihn die Treppe zum Parkplatz hinauf. Er sprach unausgesetzt. »Das versuche ich auch herauszufinden. Haben Sie eine Idee, wo sie sein könnte?« Er blieb stehen und lehnte sich an seinen Wagen.

»Nein, ich habe sie seit voriger Woche nicht gesehen.«

»Wann vorige Woche?«

»Donnerstag abend. Wir hatten eine Verabredung.«

»Haben Sie nachher noch mit ihr gesprochen?«

»Nein. Ich habe sie ein paarmal aus Miami angerufen. Ich war mit der Mannschaft unten.«

»Wann sind Sie abgereist?«

»Freitag nachmittag.«

»Und wann sind Sie zurückgekommen?«

»Heute früh. Wir haben abends gespielt und dort übernachtet.«

»Ich verstehe.« Das paßte zu dem, was er bisher wußte, aber Ramseys Geschichten paßten immer.

»Sagen Sie, ist Mary Alice etwas passiert?« Ramsey zeigte genau das richtige Maß an Überraschung und Betroffenheit.

»Nicht, daß ich wüßte. Wir müssen solchen Dingen trotzdem nachgehen, wenn man uns ruft. Hören Sie, Sie gehen am besten nach Hause, und ich rufe Sie an, wenn ich etwas Neues weiß.«

»Okay«, sagte Ramsey widerwillig. Er gab Williams seine Nummer. »Vielleicht sollte ich mal einen Blick in die Wohnung werfen und nachsehen, ob ich irgend etwas Ungewöhnliches feststelle.«

»Machen Sie sich keine Sorgen. Die Wache ist jetzt drin, und es ist nichts Auffälliges zu sehen. Wir schließen gleich ab und gehen. Ich rufe Sie an. Gute Nacht, Baker.«

»Gute Nacht, Lee.« Ramsey schlenderte zu seinem Mercedes, stieg ein und fuhr davon.

Williams seufzte erleichtert auf; er wollte Ramsey aus dem Weg haben, bevor noch mehr Polizisten auftauchten. Er hatte jetzt den Kern von Ramseys Alibi, obwohl das vor Gericht nicht anerkannt werden würde, weil er ihm seine Rechte nicht vorgelesen hatte. Das konnte er später noch tun, wenn sich herausstellen sollte, daß ein Verbrechen stattgefunden hatte.

Kurz darauf erschien ein Polizeiwagen, und Leute stiegen aus. Williams ging mit ihnen in das Apartment zurück und schickte sie an die Arbeit. Zwei Stunden später verließen sie mit den Beweismitteln das Apartment wieder, und die Wachfrau schloß hinter ihnen ab.

»Kann ich sonst noch etwas für Sie tun?«

Williams gab ihr seine Karte. »Rufen Sie mich bitte an, wenn Mary Alice Taylor zu ihrer Wohnung kommt – und ich möchte gern Bescheid wissen, wenn Baker Ramsey auf dem Gelände auftauchen sollte.«

»Der Footballspieler?«

»Genau der.«

»Ist gut.«

Sie gab ihm einen Schlüssel und eine Plastikkarte. »Hier ist ein Ersatzschlüssel für die Wohnung, falls Sie hineinwollen, wenn ich nicht da bin. Mit der Karte kommen Sie durch das hintere Tor der Anlage, dort gibt es kein Wachhaus.«

Er dankte ihr für ihre Hilfe und stieg in seinen Wagen. Als er davonfuhr, hatte er Angst. Er befürchtete, ohne die Hilfe von Mary Alice Taylor nicht in der Lage zu sein, Ramseys Alibi im Fall Ferguson zu kippen. Noch mehr Angst jedoch hatte er um sie.

35

Liz saß im Wohnzimmer des Hauses und trank Bourbon. Es war dunkel geworden, und sie hatte sich nicht die Mühe gemacht, Licht zu machen. Die Stille wurde durch das Scharren nackter Füße auf dem Küchenlinoleum gestört, und sie wußte, Keir war wieder da. Bei solchen Geräuschen fuhr sie nicht mehr zusammen; er kam und ging so oft auf diese Weise, daß sie es inzwischen schon fast als normal empfand.

»Hallo«, sagte sie, als genug Zeit verstrichen war, daß er das Wohnzimmer erreicht haben konnte.

»Es sieht dir nicht ähnlich, allein im Dunkeln zu sitzen«, sagte er und schob sich neben sie auf das Sofa.

»Es sieht mir nicht ähnlich, betrunken allein im Dunkeln zu sitzen, willst du sagen.«

»Warum bist du betrunken?«

»Weil ich heute nachmittag den Arm von Jimmy Weathers gefunden habe – den Rest hat der Alligator – und das nicht vergessen kann. Ich dachte, der Bourbon würde helfen.« Sie legte ihm die Hand auf den nackten Schenkel. »Warum trägst du diesen Lendenschurz?« fragte sie. »Das wollte ich dich schon immer fragen.«

Er lachte leise. »Als ich noch ein Kind war, lief ich oft nackt herum. Irgendwann in der Pubertät wurde ich dann ein bißchen schamhafter – ich hielt es wohl für möglich, daß mir irgend etwas meinen Schwanz abbeißen würde, und der war mir gerade vor kurzem erst sehr wichtig geworden. Den Lendenschurz zu tragen, war dem Nacktsein so nah wie möglich, und ich konnte damit gleichzeitig mein kleines Lümmelchen schützen.«

»So klein ist das gar nicht.«

»Damals schon.«

»Überrascht dich das mit Jimmy nicht?«

»Buck Moses hat es mir erzählt.«

»Ich hätte nicht gedacht, daß ein Alligator so etwas tut. Ich meine, sogar als er hinter mir her war, hielt ich ihn eigentlich nicht für einen Menschenfresser.«

»Goliath ist etwas Besonderes, weißt du. Er hat nie viel Erfahrung mit Menschen gesammelt, und er hält uns wahrscheinlich für Jagdbeute, nur ein bißchen größer als die üblichen Tiere.«

»Buck hat gesagt, er käme niemals aus dem Wasser, um einen Menschen anzugreifen; stimmt das?«

»Ich glaube nicht, daß das jemand genau weiß; jedenfalls niemand, der noch am Leben ist.«

»Glaubst du wirklich, daß er sechs Meter lang ist?«

»Ja, das glaube ich. Ich hab mal irgendwo gelesen, daß der größte Alligator der Vereinigten Staaten im vorigen Jahrhundert in Louisiana gefunden wurde. Er war fünf Meter achtzig lang, und sie haben ihn nur gefunden, weil er so alt war und zum Sterben aus dem Wasser gekrochen war. Ich glaube nicht, daß sie heute noch so groß werden, weil die Menschen sie töten, bevor sie alt genug werden. Aber Goliath liegt schon Gott weiß wie lange – seit hundert Jahren vielleicht? – da draußen im See, hat ausreichend Futter, und keiner stellt ihm nach. Es würde mich nicht wundern, wenn er der größte Alligator der Welt wäre.«

»Woher weißt du, daß es ein ›Er‹ ist? Hast du nachgesehen?«

»Weibchen werden nicht so groß.«

»Warum, glaubst du, hat er Jimmy angegriffen?«

»Vielleicht ist Jimmy den Jungen zu nahe gekommen.«

»Das war es bei mir auch. Ich habe versucht, die Kleinen zu fotografieren, als er auf mich losging.«

»Bevor er dich angriff, hast du da solche Geräusche gehört?« Keir machte hohe, grunzende Geräusche mit der Kehle.

»Ja! Genau so! Woher weißt du das?«

»Das ist das Notsignal der Kleinen. Wenn sie dieses Geräusch ausstoßen, kommen sofort Papi und Mami angerannt. Jede Wette, daß das das letzte Geräusch war, das der arme Jimmy hörte, abgesehen von seinen eigenen Schreien. Ich hoffe nur, daß Goliath nach so einem gifthaltigen Mahl nicht übel wird.« Keir kicherte in sich hinein.

»Wie kannst du nur so über ihn reden?« fragte sie betrunken. »Er war ein Mensch, und er ist tot! Er war schließlich dein Cousin, Himmel noch mal!«

»Na und?« sagte Keir freundlich. »Wenn man den hätte machen lassen – und dazu wäre es sehr wahrscheinlich gekommen –, dann hätte er die ganze Insel von vorn bis hinten verschandelt; überall hätte er was hingebaut und den Rest zugepflastert, glaube mir. Sie würde danach aussehen wie Hilton Head und all die anderen vorgelagerten Inseln, die den Landerschließern in die Hände gefallen sind.«

»Aber er hätte nicht die Möglichkeit dazu gehabt«, protestierte sie.

»Klar hätte er. Großvater macht kein Testament, und damit spielt er Jimmy geradewegs in die Hand.«

»Er *hat* doch ein Testament gemacht.«

»Du weißt nicht, wovon du sprichst. In dem Punkt ist er komisch; sobald irgend jemand davon anfängt, wird er wütend und droht, uns alle zu enterben.«

»Er hat ein Testament gemacht. Ich weiß es, ich habe es bezeugt.«

Verblüffte Stille.

»Keir, ich habe das Schriftstück gesehen; er hat mir gesagt, was es ist; ich habe es als Zeuge unterschrieben. Und er hat erklärt, er habe es so formuliert, daß auch kein Zipfel der Insel Jimmy in die Hände fallen kann.«

Keir lehnte sich vor und begrub das Gesicht in den Händen. »Mein Gott, ich fasse es nicht«, sagte er und fing an zu lachen. »Der arme alte Jimmy ist umsonst gestorben; einfach als ordentliches Abendbrot für einen Alligator und seine Brut. Mein Gott, hat man ihm einen Streich gespielt! Was für einen Streich mir!«

»Dir? Was meinst du damit?« Keir lachte weiter. Es klang verzweifelt, bedrückt, und Liz mochte das Geräusch nicht. »Hör auf!« schrie sie und schlug ihm an den Hinterkopf. »Sei still!« Sie schlug wieder.

Er setzte sich auf und holte tief Luft. »Meine Güte«, sagte er bedauernd. Er wandte sich um und legte die Arme um sie, legte den Kopf auf ihren Schoß und umarmte sie. »Der Mann, der dich liebt, ist ein pathetisches Geschöpf.« Er seufzte. »Er kann nichts lieben, ohne etwas anderes dafür zu zerstören. Liebe und Destruktion, das ist alles, wozu er fähig ist.«

Sie lehnte sich herüber und legte die Wange auf seine Schulter. »Psch«, sagte sie. »Du weißt nicht, was du redest.«

Sie wollte nicht, daß er weitersprach; es gab ein paar Dinge, die sie einfach nicht wissen wollte. Sie streckte sich auf dem Sofa aus und zog seinen Kopf an ihre Brust. »Schsch«, flüsterte sie. »Du brauchst mir nichts zu erzählen. Ich liebe dich, egal, was du bist, was immer du getan hast.«

Sie strich ihm übers Haar, bis der Tag und der Bourbon sie übermannten, und in seinen Armen schlief sie ein.

36

Zwanzig Minuten, nachdem er den Anruf erhalten hatte, traf Lee Williams am Dekalb-Peachtree Airport ein, einem Sportflughafen nördlich von Atlanta. Er fuhr durch das Haupttor und entdeckte einen Block weiter, was er suchte. Zwei Streifenwagen, ein Notarztwagen und der Laborwagen der Gerichtsmedizin standen nebeneinander auf einem Parkplatz. Zwischen ihnen und einer Reihe einmotoriger Flugzeuge stand eine Kiefernreihe. Er bog auf den Parkplatz ein und hielt neben dem Krankenwagen. Jetzt sah er, daß die Fahrzeuge einen weißen VW Jetta umstanden. Die Männer standen mißmutig herum; er hatte sie warten lassen.

»Können wir den Wagen jetzt knacken, Lee?« fragte Mike Hopkins vom Labor.

»Moment noch.« Er lief langsam um den Wagen herum, da und dort war er mit schwarzem Puder zur Fingerabdruckbestimmung verschmutzt. Er sah hinein. Auf dem Rücksitz lag eine Tüte aus der Reinigung mit einem Krankenschwesternkittel. Auf dem Beifahrersitz lag eine schwarze Handtasche. Das gefiel ihm nicht. Keine Frau ließ ihre Handtasche freiwillig offen im Wagen liegen. Ansonsten war der Wagen leer.

»Okay«, sagte er, »öffnet den Kofferraum.« Er ging zum Heck des Wagens und stand da, während ein Polizist am Kofferraumschloß Schlüssel ausprobierte. Williams versuchte, ruhig durchzuatmen.

»Da wären wir«, sagte der Mann, als ein Schlüssel drehte.

Die Haube hob sich. Unter den Männern herrschte völlige Stille. Sie stöhnten bei dem Geruch.

Hopkins trat vor, blickte in den Kofferraum und sprach in ein handgroßes Diktiergerät. »Das Opfer wurde im Kofferraum eines 1989er VW Jetta gefunden, der auf ihren Namen zugelassen ist. Der Körper liegt in unnatürlicher Stellung, der Tod trat also mutmaßlich ein, bevor sie in der Kofferraum kam; leichter Verwesungsgeruch ist wahrnehmbar. Die Leiche ist völlig unbekleidet und kalt.« Er bewegte den Arm, ein Bein. »Totenstarre ist noch nicht eingetreten.« Er trat von dem Wagen zurück und ließ den Fotografen vor.

Williams ging zu ihm. »Wann?«

»Das sage ich Ihnen später.«

»Ungefähr.«

»Am Wochenende. Wahrscheinlich Samstag.«

»Wurde sie vergewaltigt?«

»Kann man noch nicht sagen. Aber normalerweise ist das der Fall, wenn sie nackt sind.«

»Eines sollten Sie wissen: Am Donnerstag soll sie mit ihrem Freund geschlafen haben. Es muß ziemlich wild zugegangen sein. Sie könnten versuchen festzustellen, welche Verletzungen von dieser Sache und welche bei ihrem Tode entstanden.«

»Danke, das war eine wichtige Information.«

»Wann kann ich die Ergebnisse haben?«

»Die vorläufigen« – er sah auf die Uhr – »heute abend um zehn. Endgültig morgen, übermorgen.«

»Geben Sie mir heute abend schon so viel wie möglich«, bat Williams.

»Ich werd's versuchen. Vielleicht ist der Fall ganz einfach, wer weiß? Falls es Ihnen hilft, ich glaube, die Todesursache ist ein Genickbruch; ich glaube nicht, daß sie erwürgt wurde.«

»Ein kräftiger Mann also?«

»Das ist eine plausible Annahme.«

»Sonst etwas, was Sie mir schon jetzt sagen können?«

Hopkins blickte auf seine Füße. »Sie ist verprügelt worden, das sieht man. Es sieht so aus, als hätte der Kerl ihr Schmerzen zufügen wollen, bevor er sie umbrachte.«

»Hm-hm. Glauben Sie, daß er sie nur verprügeln wollte, daß sie den Genickbruch von einem Schlag an den Kopf erlitten hat?«

Hopkins schüttelte langsam den Kopf. »Ich glaube, daß er sie töten wollte.«

Williams nickte. »Das stimmt mit meiner Theorie überein.«

Langsam fuhr Williams vom Flugplatz weg. Der Krankenwagen überholte ihn ohne Blaulicht. Für Mary Alice Taylor kam er ohnehin zu spät.

Ihm fiel auf, daß er in all seinen Jahren als Polizist noch nie, bis auf den heutigen Tag, die Leiche eines Mordopfers gesehen hatte, das er persönlich kannte. Das war ein gewaltiger Unterschied.

37

Sorgsam arrangierte Williams die Stühle. Er hatte sich für diesen Morgen das Büro des Captains geborgt, denn er wollte nicht gleich ein Verhörzimmer benutzen; er wollte von Ramsey zunächst einmal eine Akte anlegen. Nervös hob er den Hörer und wählte eine Nummer.

»Gerichtsmedizinisches Labor.«

»Hopkins, bitte.«

»Er ist unterwegs, Sergeant«, sagte die Frau. Inzwischen kannte sie seine Stimme.

»Ist er fertig geworden?«

»Er hat alles bei sich.«

»Gut. Danke.« Williams legte auf und wartete ungeduldig. Hopkins brauchte zwanzig Minuten, bis er bei ihm war, und mit einem Blick auf die Uhr stellte Williams fest, daß es nur noch fünf Minuten bis zu dem verabredeten Treffen waren.

»Entschuldigen Sie die Verspätung«, sagte Hopkins schnaufend, als er sich hinsetzte.

»Macht nichts; ich bin froh, daß Sie so schnell fertig geworden sind. Was haben wir?«

»Ziemlich genau das, was ich gestern abend sagte. Sie ist mit Fäusten verprügelt worden, und das Genick ist gebrochen.«

»Vergewaltigung?«

»Nicht ganz. Sie hatte ein paar Wunden, die von dem Zusammensein mit ihrem Freund am Donnerstag abend stammen könnten, aber sie hat auch frischere, tiefere Wunden an Vagina und Anus, die um den Zeitpunkt ihres Todes entstanden sein dürften.«

»Und zwar wann?«

»Irgendwann zwischen Freitag um Mitternacht und Sonntag mittag.«

»Welcher Art waren die frischeren Verletzungen?«

»Kein Sex, jedenfalls nicht im üblichen Sinn.« Hopkins öffnete seine altmodiche Aktentasche und nahm einen verschließbaren Plastikbeutel heraus. Er legte ihn auf den Schreibtisch des Captain.

Williams hatte Mühe, sein ausdrucksloses Gesicht beizubehalten. Der Beutel enthielt einen hölzernen, spitzen Pflock. »Das sieht aus wie die Dinger, die man in den Gartenläden kaufen kann.«

»Das ist es. Ich weiß nicht, ob Sie sich erinnern, aber am Flugplatz war gerade dieses Stück zwischen dem Parkplatz und dem Abstellplatz für Flugzeuge frisch eingesät worden. Die Fläche war mit Draht eingefaßt und ein ›Betreten verboten‹-Schild angebracht. Ich glaube, das ist einer der Pflöcke, an denen der Draht befestigt war.«

»Am oder im Wagen habe ich das Ding nicht gesehen. Wo haben Sie es gefunden?«

»In ihrem Enddarm«, sagte Hopkins. Er senkte den Blick zur Erde. »Das ganze Ding. Deshalb haben wir es vorher nicht gesehen.«

»Großer Gott«, stöhnte Williams, »das Ding ist dreißig Zentimeter lang!«

»Fünfunddreißig.«

»War sie noch am Leben, als das geschah?«

»Ja, und sie hatte das Ding auch in der Vagina gehabt.«

Williams betrachtete den Pflock. Er bestand aus rohem Holz, nicht gehobelt und nicht lackiert.

Hopkins las seinen Gedanken. »In beiden Körperzonen fanden wir Splitter.«

Williams blickte auf und sah Baker Ramsey und einen anderen Mann, die sich der Glasfront des Büros näherten. »Sonst noch etwas? Ich bin spät dran.«

»Nichts, was Ihnen jetzt sofort nützen würde. Am Wagen waren ein paar Fingerabdrücke, die nicht von der Frau stammen. Ich habe sie Ihren Leuten zum Überprüfen gegeben, aber sie könnten auch beim Tanken oder Wagenwaschen entstanden sein. Die Klinke der Fahrertür und das Kofferraumschloß sind von jemandem berührt worden, der ein Tuch oder Handschuhe benutzte. Das war mit Sicherheit Ihr Mann.«

»Danke, Mike«, sagte Williams. »Sie müssen mich jetzt entschuldigen. Ich habe eine Unterredung.«

Hopkins überreichte ihm den Bericht und ging. Williams nahm den Bericht und die Tüte mit dem Pflock schnell an sich und steckte sie in eine Schublade des Schreibtischs, um aufzustehen und Baker Ramsey zu begrüßen.

»Guten Morgen, Lee«, sagte Ramsey. Er klang unterwürfig. »Das ist Henry Hoyt, der Rechtsanwalt des Vereins. Sie sagten, ich solle einen mitbringen.«

»Guten Morgen, Baker«, sagte Williams, und versuchte, sich zusammenzunehmen und normal zu klingen. »Guten Morgen, Mister Hoyt, ich freue mich, Sie kennenzulernen. Baker, ich möchte Ihnen sagen, wie leid mir das mit Ihrem Mädchen tut. Ich weiß, daß es ein schwerer Schock für Sie gewesen sein muß.« Er brachte es fertig, dies zu sagen, ohne eine Miene zu verziehen.

»Danke, Lee«, antwortete Ramsey sanft. »Ja, es war ein Schock. Ich kann mir nicht vorstellen, daß jemand meiner Mary Alice etwas zuleide tun könnte.« Er hob die Stimme. »Den Kerl hätte ich gern mal für fünf Minuten zwischen den Fingern.«

Damit würdest du uns allen eine Menge Ärger ersparen, dachte Williams.

»Steht Mr. Ramsey unter Verdacht?« fragte der Anwalt.

»Wir haben noch keinen Verdächtigen, Mr. Hoyt«, log Williams. »Baker war einer der letzten, die Miss Taylor lebend gesehen haben, und ich brauche seine Aussage für die Akten.« Er ging zur

Tür und rief eine Frau herbei. Sie kam mit einem Steno-Apparat zurück, stöpselte ihn ein und setzte sich an den Schreibtisch. »Miss Jordan wird alles notieren, was gesprochen wird, und es später abtippen. Danach werde ich Baker bitten, es zu lesen und zu unterschreiben, wenn es in Ordnung ist.«

»Ich verstehe«, sagte Hoyt. »Das ist die normale Vorgehensweise, Baker.«

»Nun, Baker, die Vorschrift gebietet, daß ich Ihnen sage, daß Sie das Recht haben, die Aussage zu verweigern und sich einen Anwalt zu nehmen, ein Recht, das Sie ja bereits genutzt haben. Wenn Sie meine Fragen beantworten und später eines Verbrechens beschuldigt werden, können Ihre Aussagen vor Gericht gegen Sie verwandt werden. Haben Sie verstanden?«

»Das ist ebenfalls normal«, sagte Hoyt.

»Sicher, ich habe verstanden«, sagte Ramsey.

»Nehmen Sie zu Protokoll, daß Mr. Henry Hoyt als Vertreter von Mr. Baker Ramsey anwesend ist; außerdem sind anwesend Sergeant Lee Williams vom Atlanta Police Department und Miss Evelyn Jordan, Stenotypistin und Gerichtsschreiberin. Sind Sie bereit, meine Fragen zu beantworten, Baker?«

»Natürlich«, sagte Ramsey. »Ich tue alles, um Ihnen zu helfen. Der Tod von Mary Alice hat mich tief getroffen.«

»Sicher hat er das. Fangen wir am Anfang an. Wann sind Sie Miss Taylor zum ersten Mal begegnet?«

»Vor ein paar Wochen, als ich wegen meiner Knieoperation im Krankenhaus war.«

»Übrigens, wie geht es dem Knie?« fragte Williams. »Das kommt nicht ins Protokoll«, sagte er zu der Stenographin.

»Wir dachten, es sei bis zum nächsten Wochenende wieder in Ordnung, aber Arzt und Trainer wollen noch eine Woche warten.«

»Okay, das kommt jetzt wieder ins Protokoll. Haben Sie Mary Alice Taylor oft gesehen?«

»Ja, wir gingen regelmäßig miteinander aus.«

»Hatten Sie eine intime Beziehung?«

»Ja.«

»Damit meine ich, ob regelmäßig Geschlechtsverkehr stattgefunden hat.«

»Ja, ganz regelmäßig.«

»Wann haben Sie Mary Alice zuletzt gesehen?«

»Donnerstag abend. Wir haben bei ihr zu Abend gegessen.«

»Hatten Sie an jenem Abend Geschlechtsverkehr?«

»Ja, zwei oder dreimal.«

»Hat sie während Ihrer sexuellen Beziehung irgendwelche Anzeichen von Schmerz gezeigt?«

»Es gab ein bißchen Blut.«

»Und Sie haben weiter mit ihr geschlafen?«

»Nur beim letzten Mal hat sie ein bißchen geblutet, und das war nicht ungewöhnlich. Sie wollte nicht aufhören. Sie wollte nie aufhören.«

»Haben Sie in der Nacht Sperma auf ihrem Bett hinterlassen?«

»Ich glaube schon.«

»Hat sie sich freiwillig auf den Beischlaf eingelassen?«

»Vollkommen. Sie liebte Sex.«

»Mußten Sie sie überreden oder zwingen?«

»Nein, nicht im geringsten. Es war genauso wie immer, wenn wir miteinander schliefen. Hören Sie, muß das wirklich sein? Das ist alles ziemlich persönlich.«

»Leider ja, Baker.« Ein bißchen spät, dich zu sperren, meinst du nicht? dachte Williams bei sich. »Ich wechsle gern das Thema, falls es Ihnen peinlich ist, über Sex zu reden.«

»Es ist mir nicht peinlich, es ist nur so persönlich.«

»Sprechen wir vom Essen. Sie sagten, daß Sie in ihrem Apartment zu Abend gegessen haben?«

»Ja, sie hat gekocht.« Plötzlich wirkte Ramsey unruhig. »Also, äh, sie hat gekocht, aber gegessen haben wir nicht. Wir haben in der Küche herumgealbert, sie hat etwas umgeworfen, und dann sind wir ins Schlafzimmer und haben miteinander geschlafen.«

»Und sie hat aus vollkommen freien Stücken mit Ihnen geschlafen«, sagte Williams.

»Ja, das sagte ich schon.«

»Baker, Sie haben später eine entschuldigende Nachricht auf Mary Alices Anrufbeantworter hinterlassen, so, als ob Sie sie beleidigt hätten und es Ihnen leid täte. Worum ging es dabei?«

Ramsey schien etwas verbergen zu wollen. »Das war nur, äh, etwas Persönliches.«

»Wir sprechen hier über sehr persönliche Dinge, Baker. Wofür haben Sie sich entschuldigt?«

»Dazu sage ich nichts«, sagte er heftig.

Williams schwieg und tat, als notiere er ein paar Worte auf seinem Block. Ramsey würde darüber sprechen, sobald er Zeit genug hatte, sich eine gute Story auszudenken. »Um wieviel Uhr haben Sie in dieser Nacht das Apartment verlassen?« fragte Williams schließlich.

»Ich bin nach Mitternacht nach Hause, vielleicht um halb eins.«

»Haben Sie Mary Alice Taylor danach wiedergesehen?«

»Nein. Die Mannschaft ist Freitag nachmittag nach Miami abgereist, und wir sind erst Montag wiedergekommen.«

»Und Sie reisten mit der Mannschaft?«

»Ja.«

»Wie sind Sie gereist?«

»Geflogen. Wir fliegen immer.«

»Neben wem haben Sie auf dem Hinflug gesessen?«

»Neben Manny Davis, einem Trainerassistenten.«

»Und auf dem Rückflug?«

»Auch neben Manny. Wir sind gute Freunde; wir wohnen unterwegs manchmal im selben Zimmer.«

»Hatten Sie an diesem Wochenende dasselbe Zimmer?«

»Nein, ich hatte ein Zimmer für mich allein.«

»Was haben Sie Freitag abend gemacht?«

»Ich habe mit Manny im Restaurant des Hotels zu Abend gegessen und bin dann früh zu Bett, so gegen zehn.«

»Wann sind Sie aufgestanden?«

»Ich wache immer ungefähr um acht auf.«

»Wo haben Sie gefrühstückt?«

»Mit Manny und ein paar anderen Spielern, Ralph James und Bobby Martino, im Speisesaal.«

»Um wieviel Uhr?«

»Ungefähr um neun. An dem Tag hatten wir leichtes Training, und ich bin mit dem Mannschaftsbus zum Trainingsplatz gefahren.«

»Wie lange sind Sie dort geblieben?«

»Bis etwa um vier Uhr nachmittags. Nachdem der Bus uns zurückgebracht hatte, habe ich geschlafen.«

»Und was haben Sie in der Zeit bis zum Spiel am nächsten Tag gemacht?«

»Ich habe ferngesehen und mit Manny zu Abend gegessen. Wir waren in einem Fischrestaurant und haben in einer Sportlerbar namens ›End Zone‹ ein paar Drinks gekippt.«

»Hat Sie dort jemand gesehen?«

»Alle. Ich hatte dort eine kleine Meinungsverschiedenheit mit einem Kerl.«

»Haben Sie sich geprügelt?«

»Nein, nur angeblafft. Der Barkeeper hat uns getrennt.«

»Wann sind Sie wieder ins Hotel zurückgekehrt?«

»Gegen Mitternacht. Ich habe am nächsten Tag nicht gespielt.«

»Und um wieviel Uhr sind Sie aufgestanden?«

»Gegen acht. Ich habe unten wieder mit den gleichen Leuten gefrühstückt.«

Mit der restlichen Geschichte, die Ramsey erzählte, war es dasselbe. Er hatte Zeugen für alle Aufenthaltsorte, es sei denn, er war allein in seinem Zimmer, und die Zeit überschnitt sich mit der Todeszeit des Mädchens, die Hopkins ausgerechnet hatte.

»Am Freitag abend, haben Sie da das Zimmer noch einmal verlassen, nachdem Sie um zehn zu Bett gegangen waren?«

»Nein, nicht vor dem Frühstück am nächsten Morgen.«

»Kann das jemand bezeugen?«

»Nein, ich habe allein geschlafen.«

»Können Sie ein Flugzeug fliegen?«

»Nein. Ich hatte noch nie Unterricht.«

»Kennen Sie in Miami jemanden, der ein Privatflugzeug besitzt?«

Ramsey blickte irritiert. »Nein.«

»Kennen Sie jemanden in Atlanta, der eines besitzt oder häufiger eines mietet?«

»Nein. Also, doch, einige Jungs aus der Mannschaft fliegen hin und wieder eine dieser Einmotorigen.«

»Haben Sie jemals ein Flugzeug mit Pilot gemietet, Baker?«

»Seit Jahren nicht mehr.«

»Wann zum letzten Mal?«

»Vor etwa vier Jahren, als meine Mutter krank wurde.«

»Wie sind Sie damals an das Flugzeug gekommen?«

»Der Verein hat das geregelt. In solchen Sachen ist er wirklich gut.«

Williams streckte sich. »So, ich denke, das war's.«

Ramsey machte Anstalten aufzustehen.

»Ach, noch ein paar Fragen, Baker.«

Ramsey setzte sich wieder. Sein Anwalt sah gelangweilt drein.

»Baker, haben Sie Mary Alice Taylor jemals geschlagen?«

»Nein, natürlich nicht.«

Der Anwalt war plötzlich hellwach. »Ich glaube nicht, daß diese Frage zum Thema gehört, Sergeant.«

»Ich denke doch. Nie, Baker? Nicht mal einen leichten Klaps?«

»Nein, so etwas tue ich nicht.«

»Baker, haben Sie im Juli dieses Jahres Ihre Frau so zusammengeschlagen, daß sie ins Krankenhaus mußte?«

»Augenblick mal«, sagte Hoyt und erhob sich halb.

»Beantworten Sie meine Frage. Haben Sie Ihre Frau halbtot geschlagen?«

»Den Unfug brauche ich mir nicht anzuhören«, sagte Ramsey und stand auf.

»Nehmen Sie zu Protokoll, daß Ramsey sich plötzlich weigert, Fragen zu beantworten«, sagte Williams zu der Stenographin. »Was würden Sie sagen, Baker, wenn ich Ihnen sage, daß ich Ihre Ex-Frau als Zeugin bringen kann und daß sie aussagen wird, daß

Sie sie so furchtbar zusammengeschlagen haben, daß sie sich einer Schädeloperation unterziehen mußte? Und daß ihr Arzt bestätigen wird, daß sie an ihren Verletzungen hätte sterben können? Was würden Sie dazu sagen?«

»Das Verhör ist beendet«, sagte Hoyt.

»Ach, bevor Sie gehen, Mr. Hoyt, möchte ich Ihnen und Mr. Ramsey noch etwas zeigen.« Er griff in die Schreibtischschublade und zog den eingepackten Pflock hervor. »Der Gerichtsmediziner hat dies hier bei der Autopsie aus dem Rektum von Mary Alice Taylor entfernt. Das hat ihr der Mann angetan, der sie umgebracht hat.« Er bemühte sich, nicht zu schreien.

Hoyt wurde beim Anblick des Pflocks blaß. »Hören Sie damit auf, Sergeant, sonst muß ich Ihrem Captain von Ihrem Betragen berichten!« Der Anwalt war kreidebleich, und Schweiß tropfte ihm von der Stirn.

»Es geht hier nicht um mein Betragen, sondern um das Ihres Klienten, Herr Anwalt.«

»Wir gehen auf der Stelle, Baker«, sagte Hoyt, ergriff seinen Klienten am Ellbogen und führte ihn aus dem Büro. »Guten Tag, Sergeant. Ihre Vorgesetzten werden von mir hören.«

»Nur zu, schaffen Sie ihn hier raus«, sagte Williams. Er sank in seinen Sessel.

»Ich habe alles, Lee. Brauchen Sie mich noch?«

»Lassen Sie alles von der Stelle an weg, wo Ramsey nichts mehr sagen wollte, und tippen Sie's, sobald Sie können«, sagte Williams und versuchte, sich zu beruhigen.

Captain Haynes erschien. »Ich war im Nebenzimmer«, sagte er. »Du hast wohl zum Schluß etwas die Kontrolle verloren, was?«

»Tut mir leid, Captain. Wenigstens habe ich bis zum Ende damit gewartet.«

»Wirst du den Kerl schnappen?«

»Worauf du dich verlassen kannst!«

»Du bekommst, was du brauchst. Ich will ihn auch haben.«

»Ich möchte, daß ein Polizist Ramseys Geschichte mit dem Trainerassistenten und den beiden Spielern nachprüft.«

»Okay. Aber Ramsey war in Miami. Ich habe ihn am Sonntag im Fernsehen gesehen. Er stand beim Spiel an der Seitenlinie.«

»Und ich will nach Miami. Ich habe ihn in Los Angeles beim Lügen ertappt, vielleicht gelingt es mir auch in Miami.«

»Sag schon. Wie ist deine Theorie?«

»Das Mädchen wurde an einem Privatflugplatz gefunden. Ich glaube, daß Ramsey jemanden hatte, der ihn am Freitag abend nach Atlanta geflogen hat; er hat die Frau umgebracht und ist dann nach Miami zurückgeflogen; das ist die einzige Möglichkeit. Ich möchte, daß das jemand von hier aus überprüft; ich überprüfe es in Miami.«

»Diesmal kannst du dein Geld sparen. Ich unterschreibe die Spesen.«

»Denkst du, daß uns die Besitzer der Bobcats wegen dieser Sache die Hölle heiß machen werden?«

»Noch nicht; die wollen nicht, daß es in die Presse kommt. Erst wenn es rauskommt, schreien die Zeter und Mordio.«

Williams brachte ein Lächeln zustande. »Das paßt.« Aber ihm war nicht nach Lächeln zumute; dazu war er zu betroffen. Nach dem Anblick des Pflocks war es nicht mehr möglich, unbeteiligt zu bleiben. Er wollte Baker Ramsey haben.

38

Liz traf Germaine in ihrem Büro in der Pension. Sie addierte gerade Rechnungen.

»Komm rein, Mädchen, und setz dich«, sagte Germaine. »Du siehst übernächtigt aus. Hast du heute nacht nicht geschlafen?«

»Immer wieder aufgewacht«, sagte Liz und sank in einen Sessel.

»Mußt du immer noch an deinen Fund am Lake Whitney denken?«

Liz nickte. »Ich kann das einfach nicht vergessen.«

»Auch meinen Gästen spukt es noch im Kopf herum«, sagte Germaine, ließ die Rechenmaschine stehen und wandte sich mit ihrem Sessel zu Liz um. »Wenn ich es zulassen würde, würden sie alle dort hinaufströmen, um von dem Alligator ein Foto zu schießen. Ich mußte den Mädchen, die die Rundfahrten betreuen, sagen, daß sie in der Nähe des Sees niemanden aus dem Bus lassen dürfen. Das würde mir gerade noch fehlen, daß mir ein Gast aufgefressen wird.«

Liz brachte ein Lächeln zustande. »Nach der Reaktion auf Jimmys Ableben zu schließen, sieht es doch so aus, als wäre ein aufgefressener Gast gut fürs Geschäft.«

Germaine lachte. »Vielleicht hast du recht.« Sie kritzelte ein paar Zeilen auf ihren Notizblock. »Ich habe gerade beschlossen, einen Gast zu Fuß zum Lake Whitney zu schicken. Ich muß es tun, nur den einen; er hat gestern abend den Wein zurückgehen lassen, den mußte ich selbst trinken, jetzt hab ich einen Kater.«

»Arme Germaine.«

»Das ist nicht das Schlimmste. Ron ist gestern wieder zurück zur Schule, und ich bin jetzt schon scharf. Was soll ich nur tun?«

»Arme, arme Germaine! Verkatert und scharf!«

»Ich seh schon, von einer Frau, die männermäßig gut versorgt ist, kann ich kein Mitleid erwarten. Wie geht es meinem kleinen Bruder überhaupt? Ich habe ihn seit Tagen nicht gesehen.«

»Ich weiß nicht so recht«, erwiderte Liz.

»Hast du ihn auch nicht gesehen?«

»Doch, gestern abend, aber ich weiß nicht recht, wie es ihm geht. Zum ersten Mal habe ich ihn deprimiert erlebt.«

»Na, da hast du mir etwas voraus. Ich habe keinen der beiden je deprimiert erlebt. Sie waren immer die fröhlichsten Menschen, die ich kannte.«

»Germaine, ich mache mir Sorgen um Keir, und ich kenne außer dir niemanden, den ich danach fragen könnte.«

»Schieß los. Ich helfe, wo ich kann.«

»Es geht um etwas, was er gestern nacht zu mir sagte. Er sagte, er könne niemanden lieben, ohne einen anderen zu zerstören.«

Germaine sah erstaunt aus. »Das hat Keir gesagt?« »Ja.«

»Ich habe weder Keir noch Hamish je so etwas sagen hören, und wenn nicht gerade du es mir erzählen würdest, würde ich es nicht glauben. Das hat mit Sicherheit mit etwas zu tun, worüber ich nicht Bescheid weiß.«

»Da ist noch etwas. Er sagte es im Zusammenhang mit Jimmy; es klang fast so, als wollte er damit andeuten, daß er etwas mit Jimmys Tod zu tun habe.«

Germaine sagte nichts und sah sie nur an.

»Hältst du Keir für fähig... also, er war sehr aufgebracht, daß euer Großvater sich weigert, ein Testament zu machen – er sagte, wenn Angus ohne Letzten Willen stürbe, würde Jimmy automatisch einen Teil der Insel erben.«

Germaine sah sie an, als überlege sie, was sie darauf erwidern solle. »Nein«, sagte sie schließlich. »Ich glaube nicht, daß Keir so etwas tun könnte, wie sehr er Jimmy auch gehaßt haben mag. Aber was er über die Erbfolge sagt, stimmt.«

»Wovon hat er dann gesprochen?«

»Ich glaube, du solltest einfach deinen Mut zusammennehmen und ihn selbst fragen.«

»Ich glaube nicht, daß mein Mut dazu ausreicht.«

»Dann mußt du lernen, damit zu leben.«

Liz seufzte. »Da ist noch etwas. Ich glaube, daß ich zu dem beigetragen habe, was Keir... beschäftigt. Ich wußte etwas, wovon ich ihm erst gestern abend berichtet habe. Auch dir oder Hamish habe ich es nicht erzählt, obwohl Angus mich nicht ausdrücklich darum gebeten hat, es für mich zu behalten.«

»Wovon redest du eigentlich?«

»Ich meine, Angus hat mich vor einiger Zeit zum Essen eingeladen – gleich, nachdem sein Anwalt mit dem Kongreßabgeordneten und den Leuten vom National Forest Service hier war. Nach dem Essen hat er ein Testament hervorgeholt und mich gebeten, es zu bezeugen.«

Germaine bekam große Augen. »Er hat ein Testament gemacht? Bist du sicher?«

»Ganz sicher. Er sagte mir, er habe es selbst aufgesetzt, ohne die Hilfe seines Anwalts, er sei bei geistiger Gesundheit und so weiter, und ich solle es bezeugen.«

Germaine lehnte sich in ihrem Stuhl vor. »Was stand drin?«

»Ich weiß es nicht. Ich habe nur die Seite für die Unterschrift gesehen. Aber er sagte, er habe es so formuliert, daß die Insel Jimmy nicht in die Hände fallen könne.«

»Na, das ist jetzt auch nebensächlich. Entscheidend ist, daß er ein Testament gemacht hat, obwohl es jetzt, da Jimmy wegfällt, wahrscheinlich keine große Rolle mehr spielt. Warum hast du mir das nicht früher erzählt?«

»Ich hatte Angst, ihr könntet denken, daß ich mich in eure Familienangelegenheiten einmische.«

»Du hast dich nicht eingemischt, du hast nur getan, worum er dich gebeten hat. Das ist eine vollkommen normale Sache.«

»Da ist noch etwas, wobei ich wieder als Eindringling dastehe.«

»O nein, Liz«, sagte Germaine. »Ich weiß, daß er dich sehr mag, aber du willst doch hoffentlich nicht andeuten, daß er dich zur Begünstigten gemacht hat.«

»Nein, da brauchst du dir keine Sorgen zu machen, Germaine. Ich kann nicht begünstigt sein, denn er sagte, daß der Grund, warum er mich als Zeugen gebeten hat, darin liege, daß ich der einzige Mensch weit und breit sei, dessen Interessen davon nicht berührt werden.«

Germaine beugte sich herüber und legte Liz eine Hand auf den Arm. »Verzeih mir bitte. Ich muß geklungen haben wie die enterbte Verwandte, die mit der Mätresse ihres Großvaters spricht.«

»Das macht nichts, ich verstehe dich.«

»Aber für ein Testament braucht man doch zwei Zeugen, oder?«

»Ja. Er sagte, er fände schon noch jemanden.«

»Ich frage mich, wen. Er hat recht; du bist so ziemlich der einzige Mensch, der in dem Testament nicht erwähnt wird; denn selbst die Diener wird er sicher bedenken.«

»Da ist noch etwas«, sagte Liz langsam.

»Was?«

»Ich glaube, jetzt mische ich mich wirklich in die Familienangelegenheiten, aber es wäre vielleicht schlimmer, wenn ich es nicht täte. Das konnte ich Keir gestern abend nicht sagen; ich dachte, er sei vielleicht zu deprimiert, um angemessen zu reagieren.«

»Wovon redest du, Schätzchen?«

»Von James Moses.«

»Du meinst, er ist im Testament berücksichtigt? Das hoffe ich doch, nach allem, was er für Großvater getan hat.«

»James spielt in dem Testament eine weit... bedeutendere Rolle.«

»Was meinst du damit, eine bedeutendere Rolle?«

»Angus hat mir erzählt, daß James sein Sohn ist.«

Germaine war fassungslos. *»Was?«*

»Das ist doch bestimmt keine echte Überraschung für dich, oder? Sie sehen sich schließlich ähnlich.«

Germaine legte die Hand auf die Brust. »Überraschung? Herzchen, das ist der größte Schock meines Lebens!«

»Ich nahm an, daß alle Mitglieder der Familie zumindest einen Verdacht hätten.« Sie sah, daß Germaines Verstand anfing, Schlüsse zu ziehen.

»Ich war nicht da, als James geboren wurde. Damals war ich gerade mit meinem Ex-Mann weg. Ich glaube, James war fünf oder sechs, als ich wieder auf die Insel zurückkehrte.«

Liz wartete, bis Germaine zum entscheidenden Punkt gedacht hatte.

»Herrgott!« sagte Germaine plötzlich. »Ich hoffe bei Gott, daß er ein Testament gemacht hat, denn wenn nicht...«

»Keir hat mir von Aldred Drummonds Testament erzählt, darüber, wie das Vermögen aufgeteilt wird, wenn der Eigentümer ohne Verfügung stirbt.«

»Zuerst erben die Kinder, und dann die Enkel«, japste Germaine.

»Also will Angus eine andere Regelung, sonst hätte er kein Testament zu machen brauchen.«

Germaine lachte. »Jetzt geht's mir auf: ich bin die Tante eines Bimbos; falsch: ich bin die Nichte eines Bimbos!«

»Germaine!«

»Tut mir leid; ich weiß, es ist nicht sehr nett, sie Bimbos zu nennen. Ich bin bloß so durcheinander, daß mir ein völlig neuer Onkel aufgetischt wird.«

»Bist du wütend?«

»Nur verblüfft.«

»Tut mir leid, dich so schockiert zu haben. Ich dachte, du hättest das geahnt. Glaubst du, daß Hamish und Keir Bescheid wissen?«

»Wahrscheinlich. Die sind klüger als ich.«

»Nun, warum stellst du nicht fest, ob Hamish Bescheid weiß, und ich weihe Keir ein.«

Germaine zuckte die Schultern. »Gut.«

Liz stand auf und wandte sich zum Gehen. »Germaine, dein Großvater liebt dich und die Zwillinge. Er wird zu eurem Schaden nichts Idiotisches anstellen, auch wenn er James ebenfalls liebt.«

Germaine stützte den Kopf in die Hände. »Mein Gott, hoffentlich nicht.«

Keir nahm am Abend die Nachricht von seinem neuen Onkel ganz anders auf. »Ich mochte James schon immer.« Er zuckte die Schultern. »Warum sollte ich ihn weniger mögen, wenn er der Sohn meines Großvaters ist?« Er lächelte schief. »Gut, daß Jimmy das nicht mehr erfahren hat. Der hätte den Jungen umgebracht.«

39

Es war heiß und schwül in Miami, und das gefiel Lee Williams nicht besonders. Noch weniger gefiel ihm, daß er feststellen mußte, daß Baker Ramseys Alibi für das Wochenende praktisch nicht zu erschüttern war. Jede Bewegung des Football-Spielers am Wochenende fand er bestätigt und konnte nicht widerlegen, daß Ramsey sich zwischen Freitag abend zehn Uhr und Samstag morgen acht Uhr in seinem Hotelzimmer aufgehalten hatte. Jedenfalls bisher noch nicht. Noch immer galt es, den Flugplatz zu überprüfen.

Zuerst wandte er sich an den Flugservice und stellte fest, daß zur fraglichen Zeit kein Flugzeug einen Flug von Miami aus zum Dekalb-Peachtree Flugplatz in Atlanta angemeldet hatte. Weil er so enttäuscht wirkte, erklärte ihm der Beamte, daß es keine Anmeldepflicht für Flüge gab. »Jedes Sportflugzeug kann ohne weiteres nach Atlanta fliegen, wenn das Wetter gut ist. Es fliegt auf Sicht, und der Pilot setzt sich mit der Flugleitstelle in Verbindung, wenn er in ihren Luftraum kommt«, sagte er.

»Heißt das, daß ein solcher Flug nicht nachvollzogen werden könnte?«

Der Mann nickte. »Er ist nicht nachprüfbar, selbst wenn es dem Piloten gleichgültig ist, ob er überprüft wird oder nicht. Wenn er nicht will, daß der Flug nachvollzogen werden kann, kann er eine falsche Meldenummer benutzen, oder er kann es machen wie die Drogenschmuggler: Er schaltet seinen Sender aus und bleibt aus dem Funkverkehr.«

»Ich verstehe.«

»Ist Ihr Gesuchter hin- und zurückgeflogen?«

»Ja.«

»In diesem Falle mußte er wahrscheinlich tanken. Miami-Atlanta-Miami ist eine Strecke, die über die Reichweite aller Sportflugzeuge, die ich kenne, hinausgeht. Natürlich kann er sich an jedem Flugplatz auf der Strecke, der nachts geöffnet ist, den Sprit besorgt haben.«

Williams bedankte sich bei dem Beamten und ging. Jetzt lag seine letzte Hoffnung in der Beinarbeit – alle Flugplätze mußten überprüft werden. Er stieg in seinen Mietwagen, drehte die Klimaanlage auf die höchste Stufe und fuhr los.

Er fing im Südwesten der Stadt beim Tamiami Airport an, fragte bei allen Chartergesellschaften und Flugschulen nach und kehrte mit leeren Händen zurück. Dann fuhr er nach Norden zum Miami International, mit dem gleichen Erfolg, dann zum Opa-Locka und dem kleineren Opa-Locka West. Auf keinem der Flugplätze fand er die Spur eines Flugzeuges, das Freitag nacht nach Atlanta und zurück geflogen war. In Opa Locka West stand er neben einer kleinen Beechcraft und wischte sich den Schweiß von der Stirn. »Ich habe alle Flugplätze in Miami abgeklappert, die ich finden konnte«, erklärte er dem Fluglehrer, den er befragt hatte, und zählte die Flughäfen auf. »Habe ich vielleicht einen übersehen?«

»Ja«, sagte der junge Mann, »da gibt es noch Dade-Collier.«

»Wo zum Teufel ist der?« fragte Williams und suchte auf der Karte.

»Das ist ein wirklich komischer Platz, draußen in den Everglade-Sümpfen. Der ist nur für Übungszwecke der Fluggesellschaften angelegt worden. Dort gibt es eine drei Kilometer lange Landebahn und eine Anlage für Instrumentenlandungen, und das ist so ziemlich alles.«

»Eine drei Kilometer lange Landebahn in den Everglades?«

»Ja, dort kann man mit der 747 Instrumentenanflüge trainieren, wenn man Lust dazu hat.«

Williams wischte sich erneut den Schweiß aus den Augen und erkundigte sich nach dem Weg dorthin.

Anderthalb Stunden später, nachdem er sich zweimal verfahren hatte, hielt er mitten im Niemandsland vor einem Tor. Auf einem Schild stand ›Dade-Collier Trainings- und Durchgangs-Flugplatz‹. Er fuhr langsam weiter, bis eine riesige Landebahn auftauchte, auf deren Betonoberfläche die Hitze flimmerte. Es gab einen Tower, der verlassen schien, ein flaches Gebäude und ein einzelnes Flugzeug, eine kleine, zweimotorige Maschine, die in einigem Abstand vom Tower auf dem Vorfeld parkte. Ansonsten war kein einziges Flugzeug zu sehen, weder auf dem Boden noch in der Luft.

»Was für eine blödsinnige Zeitverschwendung«, brüllte er und drosch auf das Lenkrad. Dann holte er tief Luft und fuhr auf das Gebäude zu. Als er näherkam, trat ein Mann heraus und kam auf ihn zu.

»Was kann ich für Sie tun?« fragte er. »Dieser Platz ist nicht für die Öffentlichkeit bestimmt.«

Williams zeigte ihm seine Marke. »Ich versuche, den Flug eines leichten Sportflugzeuges zurückzuverfolgen, das aus der Gegend von Miami am vorigen Freitagabend nach Atlanta geflogen ist, und dachte, Sie könnten mir vielleicht dabei helfen.«

»Mister, so etwas gibt es bei uns nicht«, sagte der Mann kopfschüttelnd. »Das hier ist ein Übungsplatz; normale Flugzeuge können hier nur mit einer Erlaubnis vom Dade County landen, und seit Wochen ist eine solche Erlaubnis nicht einmal beantragt worden.«

Williams ließ den Kopf hängen. Seine letzte Hoffnung war dahin. Ihm war heiß, er war müde, verärgert und vollkommen erschlagen. »Na ja, trotzdem, danke«, sagte er zu dem Mann.

»Keine Ursache«, antwortete der und machte sich wieder auf den Weg zum Gebäude.

»Entschuldigen Sie«, sagte Williams.

Der Mann drehte sich um. »Ja?«

»Wenn normale Flugzeuge eine Erlaubnis brauchen, um hier landen zu dürfen, und wenn in letzter Zeit keine beantragt wurde, wie kommt die dann hierher?« Er deutete auf die zweimotorige Maschine, die in einiger Entfernung stand.

»Da haben Sie mich aber erwischt, Mister«, antwortete der Mann. »Die stand voriges Wochenende plötzlich da, und keiner weiß, was sie da zu suchen hat.«

»Warum gehen wir beide nicht mal dorthin und sehen sie uns an?«

Der Mann zuckte die Schultern. »Warum nicht.«

Sie stiegen in den Wagen und fuhren zu dem Flugzeug.

»Das ist eine Cessna 310«, sagte der Mann. »Eine schöne.«

Williams hielt den Wagen und notierte sich die Zulassungsnummer, die in vierzig Zentimeter großen Buchstaben auf das Leitwerk gemalt war. Die beiden stiegen aus und näherten sich der Maschine.

»Wie kommt man da hinein?« fragte Williams.

»Es gibt nur eine Tür, die ist auf der anderen Seite.«

Sie gingen um das Flugzeug herum, und der Mann stieg auf die Tragfläche und schaute ins Innere. »O je«, sagte er. Er hüpfte wieder auf das Pflaster. »Die Tür mache ich nicht auf. Das machen Sie.«

Williams stieg auf die Tragfläche, wie es zuvor der Mann getan hatte, und sah hinein. Jemand lag zusammengesunken über dem Steuerknüppel des Piloten. Fliegen surrten um ihn herum, und Verwesungsgeruch drang durch die Türdichtungen.

Williams hüpfte wieder von der Tragfläche. »Ich würde sagen, wir überlassen es dem hiesigen Sheriff, die Tür zu öffnen«, entschied er.

Eine Stunde später telefonierte Williams vom Büro des Flugplatzes aus mit seinem Captain.

»Ich glaube, ich habe den Kerl gefunden, der Baker Ramsey nach Atlanta und zurück geflogen hat«, sagte er.

»Was hatte er zu sagen?« fragte Haynes.

»Gar nichts mehr; er ist vor ein paar Tagen an einem Genickbruch gestorben. Wir haben ihn auf einem fast völlig verlassenen Flugplatz in seiner Maschine gefunden, vierzig Meilen nördlich von Miami.«

»Hoppla«, sagte der Captain. »Einer unserer Jungs hat auf dem Dekalb-Peachtree nachgeforscht und herausgefunden, daß dort am Samstagmorgen um drei ein Flugzeug aufgetankt hat. Ich habe die Nummer.«

Sie stimmte mit der Nummer auf dem Zettel überein, den Williams in der Hand hielt.

»Bingo«, sagte er.

»Können wir Ramsey und das Flugzeug miteinander in Verbindung bringen?«

»Der Sheriff von Dade County ist gerade dabei, das Flugzeug

unter die Lupe zu nehmen.« Er stockte. »Aber, Captain, ich habe das bestimmte Gefühl, daß wir nichts finden werden, das auf Ramsey hinweist. Ich glaube, der Hurensohn hat uns schon wieder aufs Kreuz gelegt.«

»Komm nach Hause, Lee«, sagte Haynes. »Du hast von der Sonne Floridas genug abgekriegt.«

»Da hast du verdammt recht«, erwiderte Williams und gab sich alle Mühe, seine Wut und Enttäuschung zu verbergen.

40

Liz traf Angus Drummond auf dem Familienfriedhof, wo es unter den Studenten und ihrem Chef, Dr. Blaylock, einige Aufregung zu geben schien. Sie blieb außerhalb der niedrigen Mauer stehen, die den Friedhof umschloß, und beobachtete das Ganze. Sie standen um ein großes Loch herum und sahen zu, wie kleine Erdklumpen von jemandem herausgehoben wurden, der so tief unten stand, daß Liz nicht einmal seinen Kopf sehen konnte.

»Er ist intakt!« rief eine Stimme aus dem Grab, und sie applaudierten kurz. »Ich komme mit der Hand unter den Sarg; die Stützen haben auch gehalten.«

»Ist das der erste Sarg, den Sie gefunden haben?« fragte Liz ein Mädchen, das am Rand der Gruppe stand.

»Ja«, sagte das Mädchen aufgeregt.

»Was meint er mit ›Stützen‹?«

»Nun«, sagte das Mädchen belehrend, »wenn jemand beerdigt wird, legt man ein paar Holzstücke quer ins Grab, auf denen der Sarg ruht. Dadurch hält man das Wasser, das sich ansammelt, vom Sarg fern, und wenn der Sarg heruntergelassen wurde, kann man auf diese Weise auch die Seile wieder herausziehen. Das Grab stammt aus dem Jahr 1881, und damals waren Seile teuer, besonders auf einer Insel, wo man sich neue vom Festland holen mußte.«

»Wirf das Seil runter«, rief die Stimme aus dem Grab, und man reichte zwei Rollen hinunter. Die Studenten begannen, über dem Grab ein dreifüßiges Gestell aufzurichten: Als sie fertig waren, hängten sie einen Flaschenzug daran auf, legten ein Seil über die Umlenkrolle und ließen das Ende ins Grab hinabgleiten.

Ein Student kletterte aus dem Grab und zog eine Holzleiter hinter sich hoch. »Okay, ihr könnt loslegen«, sagte er.

Die Gruppe sammelte sich am Seilende und fing an zu ziehen. Kurz darauf tauchte ein verdreckter Holzsarg aus dem Grab auf, den die Studenten auf die Erde hievten.

Angus Drummond, der neben dem Grab gestanden und zugesehen hatte, trat heran und wischte den Sargdeckel mit der Hand ab. Dann nahm er ein Taschentuch und rieb daran, bis eine Messingplakette aus dem Dreck zum Vorschein kam. »Dorothy Callaway Drummond«, las er laut. »Achtzehnhundertsieben bis Achtzehnhunderteinundachtzig.«

»Das stimmt mit dem Grabstein überein«, stellte Dr. Blaylock fest. »Also dann, macht euch an die Arbeit, und reinigt den Sarg.«

Die Studenten gingen mit Seife, Wasser und Bürsten an die Arbeit.

»Der Sarg ist in einem bemerkenswert guten Zustand, wenn man bedenkt, daß er hundertzehn Jahre unter der Erde verbracht hat«, sagte Blaylock.

»Das liegt daran, daß er aus Eichenholz ist«, erwiderte Angus. »Bevor Aldred Drummond starb, hat er sich einen mit Blei ausgekleideten Sarg aus dem Holz der Eichen von der Insel ausgesucht. Seither wurden alle Särge für die Drummonds so gemacht. Ich neige dazu zu glauben, daß selbst der Sarg vom alten Aldred noch intakt ist, wenn Sie ihn herausheben.«

Der Sarg stand sauber, wenn auch etwas fleckig, da, und das massive Holz glänzte stumpf.

»Kein Lack mehr da«, sagte Blaylock und strich mit der Hand über das Holz.

»Er war nicht lackiert«, erwiderte Angus. »Der Sarg war mit Teak-Öl eingerieben.«

»Dürfen wir den Sarg öffnen, Mr. Drummond?« fragte Blaylock.

»Nein, das dürfen Sie nicht«, erwiderte Angus. »Das war nicht Teil unserer Abmachung, und ich möchte nicht, daß die Totenruhe meiner Familienmitglieder unnötig gestört wird. Dorothy Drummond war meine Großmutter.«

»Natürlich, ich verstehe«, nickte Blaylock.

»Ich wäre Ihnen verbunden, wenn Sie sie unverzüglich zu ihrer neuen Ruhestätte bringen könnten«, sagte Angus. »Der Boden ist bereits ausgehoben. Wenn alle Toten umgebettet sind, werden wir einen ordentlichen Gottesdienst abhalten.«

»Sofort«, antwortete Blaylock. »Also los, Kinder, ladet den Sarg auf den Laster. Aber vorsichtig.«

Angus drehte sich um und sah Liz. »Guten Morgen, meine Liebe«, sagte er strahlend. »Wie schön, Sie zu sehen.«

»Schön, Sie zu sehen, Angus«, antwortete sie.

»Sie kommen gerade rechtzeitig, um meine Großmutter kennenzulernen«, sagte er und deutete auf den Sarg, der inzwischen auf dem Lastwagen ruhte.

»Ich habe es mitbekommen. Diese Särge sind faszinierend.«

»Finden Sie? Dann kommen Sie mit, ich zeige Ihnen noch mehr Faszinierendes.«

Er führte sie vom Friedhof weg, zum Hauptgebäude zurück. Bald kamen sie zu der kleinen Gruppe von Nebengebäuden, die sich hinter dem Haupthaus drängten. Angus öffnete eine große Tür und bedeutete Liz vorauszugehen.

Ein Oberlicht im Dach erleuchtete den Raum hell, und sofort stieg ihr der saubere, scharfe Geruch von Sägespänen in die Nase. Sie waren in einer Zimmerei, reich mit Maschinen und anderen, teilweise offensichtlich sehr alten Werkzeugen ausgestattet, die sauber aufgereiht an Haken an der Hinterwand hingen. An den Seitenwänden befanden sich breite Regale, auf denen Holzbalken lagerten.

»Wir fällen selten Eichen«, sagte Angus. »Sie brauchen zu lange zum Wachsen, als daß sie einfach unter der Axt irgendeines widerwärtigen Menschen fallen dürften, aber hin und wieder fällt der Sturm eine oder ramponiert sie so sehr, daß es sinnvoll ist, sie zu fällen. Die Balken sägen wir in unserer eigenen Sägemühle zurecht und lagern sie hier zum Trocknen.«

In der Mitte des Raums standen drei Särge auf Sägeböcken, einer bereits mit Blei ausgekleidet, die anderen in rohem Holz. In einer Ecke stand ein kleinerer Sarg auf dem Fußboden.

»Wir haben immer ein paar vorrätig«, sagte Angus. »Seit längerem wurden keine mehr gebaut, aber es schien angebracht, es jetzt zu tun. Jimmy Weathers wird keinen brauchen, aber ich werde bald einen benötigen, und Buck Moses auch. Er wird mit uns auf dem Familienfriedhof beerdigt.«

»Und was ist mit dem Kindersarg dort in der Ecke?«

»Den haben wir nie gebraucht, Gott sei's gedankt. Der wurde gebaut, als die Mutter der Zwillinge mit ihnen schwanger war. Wir waren auf alles vorbereitet.«

»Und für wen ist der dritte große?« fragte sie.

»Es ist immer gut, einen in Reserve zu haben«, sagte Angus. »Man kann nie wissen.«

Liz ließ die Hand über die Oberfläche eines Sarges gleiten. »Wie glatt das ist«, sagte sie.

»Das Holz ist sehr fest, fast wie Eisen. Wenn man es abschmirgelt, bleibt es lange Zeit glatt.« Er schwieg. »Das hier ist meiner.«

»Der scheint ein bißchen größer zu sein als die beiden anderen«, sagte sie.

»Mein ganzes Leben lang habe ich nach Kleidern, Betten und anderen Sachen gesucht, die groß genug für mich waren«, erklärte Angus, »in meinem Grab will ich Platz haben.«

»Angus«, sagte sie vorsichtig, »da gibt es etwas, was ich Ihnen sagen möchte.«

»Legen Sie los«, sagte er.

»Als Sie mich zum Essen eingeladen haben und mich Ihr Testament bezeugen ließen, haben Sie mich über James Moses aufgeklärt.«

»Ja.«

»Obwohl Sie es nicht ausdrücklich sagten, hatte ich das Gefühl, daß Sie mich sowohl in das Testament als auch in die Sache mit James Moses vertraulich eingeweiht haben.«

Angus sagte nichts.

»Falls dem so war, dann tut es mir leid, daß ich Ihr Vertrauen enttäuscht habe.«

»Inwiefern?«

»Germaine und Keir, wahrscheinlich auch Hamish, waren aufgebracht, weil Sie noch kein Testament gemacht hatten.«

»Das haben sie oft genug erwähnt«, sagte Angus ärgerlich.

»Ich denke, daß sie vernünftige Gründe dazu hatten, und es war ein Punkt erreicht, an dem ich glaubte, es ihnen erzählen zu müssen.«

»Das macht nichts; ich hätte es ihnen wohl auch bald gesagt.«

»Das freut mich, aber leider habe ich ihnen auch erzählt, daß James Moses Ihr Sohn ist.«

Angus kicherte. »Ich bin mir nicht sicher, ob ich denen auch das gesagt hätte, aber ich bin froh, daß Sie es übernommen haben. Sonst hätten sie's erst beim Lesen des Testaments erfahren, und das wäre ein ziemlicher Schock geworden, glaube ich.«

»Es war auch jetzt ein Schock«, sagte Liz, »aber ein geringerer, als wenn sie es nach Ihrem Tod erfahren hätten.«

»Wie haben sie reagiert?«

»Die Reaktion war keinesfalls so, daß Sie oder James sich Sorgen machen müßten, denke ich. Sie haben es beide recht gut aufgenommen, obwohl Germaine anfangs wirklich schockiert war.«

»Na, jetzt haben sie ja Zeit, sich an die Vorstellung zu gewöhnen.«

»Ich glaube, es macht die Sache einfacher, daß sie James alle mögen, verwandt oder nicht.«

»Ich weiß, daß sie ihn mögen. Erst in letzter Zeit erlaube auch ich mir Gefühle gegenüber dem Jungen. Lange Zeit wollte ich keinen Gedanken daran aufkommen lassen.«

»Nach dem zu urteilen, was sie mir berichtet haben, hat Jimmys Tod die Dinge wohl vereinfacht.«

»Das ist wahr, bei Gott. Ich bin sicher, der kleine Bastard hätte jede Menge Ärger gemacht, wenn er das Testament gesehen hätte. Es hätte jahrelange rechtliche Auseinandersetzungen gegeben. Der alte Goliath hat uns allen einen Dienst erwiesen.«

»Allen, bis auf Jimmy.«

»Gott möge mir verzeihen, wenn ich schlecht über einen Toten spreche, aber ich muß gestehen, daß ich den Jungen nie gemocht habe, schon seit er ein Baby war. Er war sein Leben lang immer nur ein Ärgernis für die Familie. Seine Mutter, meine Tochter, war ein aufsässiges Ding, hat schlecht geheiratet und hatte Gott sei Dank nur dieses eine Kind. Sie starb in Jacksonville, betrunken hinter dem Lenkrad eines Wagens. Ihr Ehemann hatte sich ein paar Jahre zuvor zu Tode getrunken.«

»Jimmy war verheiratet.«

»Dafür mußte ich Vorsorge treffen; ich habe ihr etwas im Testament hinterlassen und eine Klausel eingefügt, die verhindert, daß er die Kontrolle darüber bekommt. Sie ist kein übles Mädchen; hat mir immer leid getan.«

Ein Lastwagen holperte vorbei.

»Nun«, sagte er mit einem Blick auf seine Taschenuhr, »ich glaube, ich gehe jetzt und sehe zu, wie Großmutter Dorothy zur Ruhe gebettet wird. Sie war schon tot, als ich zur Welt kam, deshalb habe ich ihre erste Beerdigung verpaßt. Kommen Sie mit?«

»Natürlich. Ich bin froh, daß ich mir das von der Seele geredet habe und Sie mir nicht böse sind.«

»Unsinn. Sie haben getan, was ein vernünftiger, überlegter Mensch unter den Umständen tun muß. Und«, fügte er scheu hinzu, »Sie haben mir etwas abgenommen, wozu mir der Mut fehlte. Kommen Sie jetzt, holen wir unsere Wagen, damit Sie mich nicht zurückfahren müssen.«

Arm in Arm verließen die beiden die Zimmererwerkstatt, und zum ersten Mal seit Tagen fühlte sich Liz wieder rundum wohl.

41

Williams setzte sich Haynes gegenüber an den Schreibtisch. Der Captain sah ihn ausdruckslos an. In seinen Augen war weder Ärger noch Mitleid zu erkennen.

»Also gut, gehen wir's noch einmal durch«, sagte er. »Von Anfang an. Beginn am besten mit Schaefer.«

»Ich habe zwei Zeugen, darunter eine Polizistin aus L. A., die aussagen, daß Ramsey im Beverly Hills war, als Schaefer im Swimmingpool ertränkt wurde.«

»Das wäre die Gelegenheit«, sagte der Captain. »Das Motiv?«

»Er hat Schaefer umgebracht, weil er ihn bis auf die Knochen haßte. Schaefer hat Ramseys Ex-Frau in der Scheidungssache vertreten, und Schaefer hat immer riesige Abfindungen für seine Klienten herausgeschlagen. Ich habe mich umgehört.«

»Das Motiv«, sagte der Captain. »Und nun zu den Fergusons.«

»Zu dem Zeitpunkt, als die Fergusons umgebracht wurden, lag Ramsey wegen einer Knieoperation im Piedmont Krankenhaus. Er hat mit der Nachtschwester gepennt, und ich glaube, daß sie ihn gedeckt hat oder zumindest nicht regelmäßig in seinem Zimmer war, so daß er mitten in der Nacht das Krankenhaus verlassen konnte, zu den Fergusons gegangen oder gefahren ist, was ganz in der Nähe liegt, und es getan hat.«

»Vielleicht eine Gelegenheit. Motiv?«

»Das weiß der Himmel. Seine Ex-Frau hat darüber bei ihrem Anruf keine Klarheit geschaffen, und ich habe sie noch nicht finden können. Es ist schwer zu glauben, aber all ihre Freunde erklären, sie wüßten nicht, wo sie sei, und ich glaube ihnen.«

»Also steht die Sache bei den Fergusons auf tönernen Füßen, sogar in der Theorie.«

»Leider ja.«

»Das Motiv für Mary Alice Taylor?«

»Ich habe mit ihr über die Nacht gesprochen, in der sie Ramsey kennengelernt hat, und es kam mir so vor, als verberge sie etwas. Ich habe sie davor gewarnt, Ramsey zu erzählen, daß wir miteinander gesprochen haben, aber ich glaube, sie hat es doch getan. Er hat sie umgebracht, weil er wußte, daß sie sein Alibi im Fall Ferguson zum Platzen bringen konnte.«

»Warum hat er sie gequält?«

»Um herauszufinden, was sie mir gesagt hat. Sie wird natürlich abgestritten haben, daß sie mir etwas erzählt hat, was ja auch stimmt, aber er hat ihr offensichtlich nicht geglaubt.«

»Und Ramsey ist mitten in der Nacht von Miami hierher- und wieder zurückgeflogen, um sie umzubringen?«

»Genau. Er muß den Mann, dessen Leiche wir fanden, gekannt haben. Wir konnten noch keine Verbindung herstellen, aber sie haben sich vielleicht in einer Bar kennengelernt. Ramsey kennt Tausende von Leuten. Der Flugplatz in Florida ist optimal; er ist nicht Tag und Nacht besetzt. Der Kerl konnte Ramsey dort abholen und wieder absetzen, alles in den frühen Morgenstunden. Wir wissen, daß das Flugzeug in Dekalb-Peachtree war, weil es dort aufgetankt wurde – der Tankwart hat nur den Piloten gesehen; wir können Ramsey nicht mit dem Flugzeug festnageln, es war sauber.«

Der Captain lehnte sich in seinen Stuhl zurück und legte die Beine auf den Tisch. »Das ist alles völlig plausibel«, sagte er. »Aber wir können nichts beweisen. Wir müssen warten, bis er noch jemanden umbringt, und hoffen, daß er einen Fehler macht.«

»Ich glaube nicht, daß er noch jemanden umbringen wird«, sagte Williams.

»Wieso nicht? Er scheint es zu genießen.«

»Weil niemand mehr zum Töten übrig ist. Bei fünf Leuten hatte er Grund, sie zu töten, aber jetzt ist er aus dem Schneider. Warum sollte er noch jemanden töten?«

»Es sei denn…« Der Captain nahm die Beine vom Tisch und lehnte sich mit den Ellbogen auf die Platte. »O Mann, ich glaube, ich habe gerade eine Idee.«

»Sag schon.«

»Die Frau.«

»Du meinst, er will die Frau töten?«

»Warum macht sie sich sonst solche Mühe, ihre Spuren zu verwischen? Sie hat keinem einzigen Freund gesagt, wohin sie ist – sagtest du. Und warum? Sie befürchtet, daß Ramsey sie findet, deshalb.«

»Das ergibt einen Sinn«, gab Williams zu.

»Es ergibt nicht nur einen Sinn, es ergibt auch ein Motiv für den Mord an den Fergusons, und ein noch besseres Motiv für den Mord an Schaefer.«

»Das verstehe ich nicht, Cap.«

»Die wußten, wo Elizabeth Barwick ist! Gott, sie mußte es irgend jemandem sagen. Wem denn, wenn nicht ihrem Anwalt und ihrem Verleger?«

»Aber warum alle drei?«

»Vielleicht hat Schaefer es ihm nicht verraten. Der Kleine hatte Mumm, dieser Al.«

»Er wollte es also von den Fergusons erfahren?«

»Jedenfalls von Raymond. Vielleicht hat er die Frau nur getötet, weil sie da war.«

»Er hat die Frau bedroht, um den Mann dazu zu bringen, es ihm zu sagen«, sagte Williams aufgeregt. »So muß es gewesen sein. Und jetzt weiß Ramsey, wo seine geschiedene Frau ist?«

»Möglich. Aber andererseits, vielleicht haben es ihm auch die Fergusons nicht verraten.«

»Nein, das glaube ich nicht. Ferguson hat geredet, um seine Frau zu schützen.«

»Ich glaube, du hast recht. Und außerdem glaube ich, daß wir Elizabeth Barwick so schnell wie möglich finden müssen, sonst ist sie in Kürze mausetot.«

»Wenn sie das nicht jetzt schon ist«, sagte Williams.

»Das hätten wir erfahren, wo immer sie auch sein mag.«

»Aber sie könnte sonstwo sein. Sie könnte in Paris oder Tokio oder in Moskau sein, wenn Schaefer ihr eine große Abfindung verschafft hat.«

»Versuch's bei ihrer Bank«, sagte der Captain. »Jedermann braucht Zugang zu seinem Geld. Versuch's mit Kreditkarten.«

Williams wollte unbedingt sofort loslegen. »Okay, ich versuch's bei allen.«

»Fang bei den größten Banken an, und arbeite dich langsam nach unten durch. Nehmen wir an, daß sie richtig Kohle hat, durch die Scheidung von Ramsey. Dafür wird sie Hilfe in Anspruch genommen haben, entweder bei einem Börsenmakler oder bei einer Bank. Moment, ich hab's! Versuch's bei den Privatkundenabteilungen der großen Banken – Trust Company, C&S, First Atlanta, Bank South.«

Williams war schon unterwegs.

Er fing bei der Trust Company Bank an und machte sogleich einen Fehler. »Haben Sie eine Kundin namens Elizabeth Barwick?« fragte er den Leiter der Privatkundenabteilung.

»Es tut mir leid«, sagte der, »wir geben die Namen unserer Kunden nicht preis.« Und dabei blieb er. Er sagte nichts, nicht einmal, ob sie Kundin war, ohne gerichtlichen Beschluß.

Bei seiner nächsten Station war Williams pfiffiger. Im vierzehnten Stock des Towers der First National Bank stieg er aus dem Lift und hielt der Empfangsdame seine Polizeimarke hin. »Ich möchte mich über einen Ihrer Kunden informieren«, sagte er.

»Einen Augenblick, bitte.« Die Frau wählte eine Nummer und sprach mit jemandem.

Wenig später betrat ein Mann den Empfangsraum. »Kann ich Ihnen helfen?« fragte er.

»Ich möchte Erkundigungen über eine Ihrer Kundinnen einziehen, Miss Elizabeth Barwick«, sagte er und hielt den Atem an.

»Ach ja«, sagte der Mann. »Sie ist eine Kundin von Bill Schwartz. Folgen Sie mir.«

Williams versuchte seine Erleichterung zu verbergen und folgte dem Mann durch einen Gang in ein Büro, wo er einem rothaarigen Mann mit Brille vorgestellt wurde, der Anfang Vierzig sein mochte.

»Mr. Schwartz, im Zusammenhang mit einer polizeilichen Untersuchung brauche ich Informationen über Elizabeth Barwick.«

Schwartz sah erschrocken aus. »Liz Barwick hat doch sicher nichts Unrechtes getan.«

»Sicher nicht«, erwiderte Williams. »Das wollte ich damit nicht sagen. Wir glauben, daß sie uns ein paar wertvolle Informationen geben kann, und können sie nicht finden. Könnten Sie mir bitte ihre Anschrift geben?«

»Das kann ich leider nicht«, sagte Schwartz.

»Mr. Schwartz, ich will versuchen, mich so klar wie möglich auszudrücken. Ich habe Grund zu der Annahme, daß Elizabeth Barwick in großer Gefahr schwebt. Ich muß Ihnen leider mitteilen, daß Sie, falls Sie sich weigern, uns zu helfen, möglicherweise zu ihrem gewaltsamen Tod beitragen.«

»Ich bin wirklich fassungslos«, sagte Schwartz, und er sah tatsächlich fassungslos aus, »aber ich fürchte, ich kann Ihnen wirklich nicht helfen, Miss Barwick zu finden.«

Williams wurde allmählich sauer. »Mr. Schwartz, wenn es sein muß, gehe ich bis zum Präsidenten Ihrer Bank, und...«

»Detective Williams«, unterbrach Schwartz ihn, »Sie mißverstehen mich; ich weigere mich nicht, Ihnen zu sagen, wo Miss Barwick ist, ich *weiß* nicht, wo sie ist.«

»O Gott, nein«, sagte Williams und hielt sich die Hand vors Gesicht.

Schwartz stand auf und ging zu einem Aktenschrank. »Unter den gegebenen Umständen verletze ich wohl kein Bankgeheimnis, wenn ich Ihnen sage, daß Miss Barwick im Juli dieses Jahres ein Konto bei uns eröffnet hat. Ihr Anwalt hat das besorgt; ich selbst bin ihr nie begegnet. Sie hat eine gewisse Summe eingezahlt und uns gebeten, sie anzulegen. Außerdem bat sie uns, einige Rechnungen für sie zu bezahlen.« Er zog eine Akte aus dem Schrank und sah hinein. »Im August hat sie mehrere Anschaffungen getätigt, die letzte war ein Wagen, am dreizehnten August. Am nächsten Tag wurde ihr eine vergleichsweise große Summe in bar ausgezahlt, und das war das letzte Mal, daß wir zu ihr Kontakt hatten.«

»Wissen Sie, ob sie irgendwelche Kreditkarten hat?«

»Die hat sie; die üblichen. Die Rechnungen gehen an mich.«

»Wenn ich einen Blick auf die Abrechnungen werfen dürfte; vielleicht finde ich auf diese Weise ihre Spur.«

»Es gibt keine Abrechnungen; da es keine Rechnungen gab.«

»Hat sie Schecks eingelöst?«

Schwartz sah in der Akte nach und gab dann ein paar Informationen in sein Computerterminal ein, das auf dem Schreibtisch stand. »Nein«, sagte er. »Außerdem hat sie die Kundenkarte der Bank nicht benutzt, mit der sie bis zu fünfhundert Dollar pro Tag an unseren Geldautomaten und an einigen Tausend weiterer Automaten im ganzen Land abheben kann. Ich nehme an, das Bargeld, das ihr ausgezahlt wurde, hat für ihren Bedarf ausgereicht.«

»Was für einen Wagen hat sie gekauft?«

Schwartz nahm ein Blatt hervor. »Hier ist die Zulassung. Es handelt sich um einen schwarzen Jeep Cherokee.« Er las die Nummer vor.

Williams notierte sie in sein Notizbuch. »Wenigstens kann ich eine Suchmeldung nach dem Wagen herausgeben. Können Sie mir sonst noch etwas sagen, was mir helfen könnte, sie zu finden?«

»Ich wünschte, ich könnte es. Ich kann nur sagen, daß sie ihr investiertes Kapital nicht angetastet hat; ich verwalte es.«

Williams wühlte eine Karte hervor. »Wenn Sie von ihr hören, wäre ich Ihnen sehr dankbar, wenn Sie ihr dringend nahelegen würden, sich sofort mit mir in Verbindung zu setzen, jederzeit, Tag und Nacht. Sagen Sie nur, ihr Leben könne davon abhängen.«

»Das werde ich ganz gewiß tun«, erwiderte Schwartz.

Williams saß in seinem Wagen und telefonierte mit dem Büro. Er wurde mit Captain Haynes verbunden.

»Captain, ich brauche eine Fahndung nach dem Cherokee von Elizabeth Barwick, schwarz.« Er las die Zulassungsnummer vor.

»Kein Problem. Erledige ich sofort. Wie weiträumig willst du sie haben?«

»Ich glaube, sie ist in Georgia. Als sie mich angerufen hat, hat sie gesagt, sie habe die Nachricht von Schaefers Tod gelesen. Das stand nur in den Zeitungen von Atlanta und L. A., denke ich.«

»Wir nehmen noch die angrenzenden Staaten dazu«, sagte der Captain, »für alle Fälle.«

»Noch etwas. Ich glaube, wir müssen davon ausgehen, daß Ramsey weiß, wo sie ist. Ich möchte, daß er rund um die Uhr beschattet wird.« Aus dem Hörer kam langes Schweigen.

»Captain?«

»Lee«, sagte Haynes schließlich, »das kann ich nicht machen.«

»Aber Captain, das ist die einzige echte Chance, die Frau zu finden, bevor Ramsey sie umbringt.«

»Ich verstehe deine Gefühle«, sagte Haynes vorsichtig, »aber es geht nicht.«

Er sagte ›es geht nicht‹, nicht ›ich will nicht‹, dachte Williams. »Captain, hast du Druck von oben gekriegt?«

»Sagen wir, ein gewisser Henry Hoyt jr. von einer prominenten Anwaltskanzlei in Atlanta hat den Chef angerufen, und der Chef hat mich angerufen.«

»Verstehe«, sagte Williams.

»Hoffentlich, Lee«, erwiderte der Captain. »Ich werde für dich in dieser Sache tun, was ich kann, aber ohne wirklich stichhaltige Anhaltspunkte, die deine Theorie bestätigen, kann ich nicht weiter gehen. Das sind meine Anweisungen.«

»Ich verstehe, Captain«, sagte Williams. Verblüfft über diese Wendung der Ereignisse legte er auf.

Er ließ den Wagen an und fuhr, ohne ein bestimmtes Ziel vor Augen, los. Er war deprimiert. Ramsey lief frei herum, hatte fünf Morde begangen, würde möglicherweise bald einen sechsten begehen, und es gab absolut nichts, was er dagegen unternehmen konnte. Es gab da eine Möglichkeit, eine alte Polizeimethode, die er nie zuvor angewandt hatte. Er fragte sich, ob er wirklich schon so wütend und frustriert war. Nein, sagte er sich, bin ich nicht. Aber Ramsey würde Elizabeth Barwick umbringen, wenn man ihn nicht stoppte.

Kurz darauf stellte er fest, daß er auf dem Weg nach Hause war. Der Wagen schien den Weg zu kennen. Er parkte auf der Zufahrt zu seinem Haus im Westend und schloß die Tür auf. Es war erst zwei Uhr nachmittags; Martin war in der Schule, und seine Frau arbeitete. Langsam ging er durchs Haus und, fast zu seiner eigenen Überraschung, ertappte sich dabei, wie er die Kellertreppe hinabstieg.

Dort hatte er eine kleine Werkbank, mit einem Schraubstock und ein paar Werkzeugen für den Hausgebrauch. Er nahm eine kleine Werkzeugkiste aus dem Regal, fand den Schlüssel, der an einem Nagel unter der Werkbank hing, und öffnete das Vorhängeschloß. Er griff nach einem öligen Tuch und spürte den Gegenstand darin.

Nachdem er das Tuch beiseitegezogen hatte, hielt er eine neu aussehende italienische 9-mm-Pistole in der Hand. Sie stammte aus einem Waffenlager, das vor zwei Jahren bei einer Drogenrazzia aufgeflogen war, und war noch nie abgefeuert worden. Er hatte die Seriennummer abgefragt und festgestellt, daß die Waffe 1985 bei einem Einbruch gestohlen worden war. Sie war noch nie abgefeuert worden, er hatte auch keine Fingerabdrücke darauf hinterlassen, weil er sie nie mit den Fingern berührt hatte. Mit einer Ecke des Tuchs zog er das Magazin heraus, in dem neun Patronen steckten, deren Köpfe sorgfältig flachgeschliffen waren. Diese Kugeln waren wahrscheinlich Polizisten zugedacht gewesen.

Er nahm die Kugeln heraus, rieb jede einzelne mit dem öligen Tuch ab und schob sie dann wieder in das Magazin. Dann rieb er auch das Magazin ab. Er schob es wieder in die Pistole zurück und rieb noch einmal über die ganze Waffe. Schließlich wickelte er sie in sein Taschentuch und steckte sie in die Manteltasche.

Er stieg in seinen Wagen und fuhr ziellos umher. Er mußte äußerst gründlich überlegen, wie er es anstellen wollte. Zunächst würde er aufhören müssen zu zittern. Er würde seinen Eid und sein Gewissen verdrängen müssen und war nicht sicher, ob er das schaffen würde. Er wünschte sich sehnlichst, ihm möge eine andere Lösung einfallen, aber es fiel ihm keine ein.

42

Liz saß in ihrer Dunkelkammer am Lichtkasten, preßte ein Auge gegen eine Lupe und untersuchte ein Farbnegativ. Sie lächelte ein wenig, dann legte sie das Bild auf einen Stapel zu den anderen und zählte sie. Genau einhundert, wenn man die Schwarzweißaufnahmen mitzählte. Für den Anfang nicht schlecht.

Sie trug die Bilder zu ihrem Schreibtisch und packte sie sorgfältig, zusammen mit der Beschreibung, die sie verfaßt hatte, ein und adressierte sie an einen New Yorker Verleger, der sich einmal an ihrer Arbeit interessiert gezeigt hatte. Es war an der Zeit, herauszufinden, ob noch jemand der Ansicht war, daß ihre Arbeit auf der Insel etwas taugte. Sie stieg in den Jeep und fuhr zur Pension.

Germaine instruierte gerade die Zimmermädchen, und Liz wartete, bis sie fertig war.

»Hallo, meine Liebe«, rief Germaine.

»Guten Morgen. Ich habe ein Päckchen für den Paketdienst; hat die *Aldred Drummond* schon abgelegt?«

»Ich erwische sie noch«, sagte Germaine. Sie nahm das Paket und rannte zur Hintertür hinaus. Kurz darauf kam sie schnaufend zurück. »Geschafft, puh! Seit Ron weg ist, komme ich aus dem Training.«

Liz lachte. »Ich leihe dir mein Jane-Fonda-Video.«

»Danke, aber das ist nicht ganz die Art Training, nach der mir der Sinn steht.« Sie wollte weitersprechen, aber vor der Hintertür ertönte ein Motorengeräusch, und Reifen schleuderten knirschend über den Kies.

Liz und Germaine liefen nach draußen und sahen James Moses, der, Angst im Gesicht, auf sie zugerannt kam.

»Miss Germaine«, schrie er, »es ist Mr. Angus! Rufen Sie den Doktor!«

Germaine hielt ihn am Handgelenk fest. »Beruhige dich, James, und sag mir, was passiert ist.«

»Er ist die Treppe heruntergekommen, und ich hielt den Wallach für ihn bereit, und er wollte mir etwas sagen, aber er brachte keinen Ton heraus.« James schwieg und versuchte, ruhig zu atmen. »Dann hat er sich mit den Händen an den Kopf gegriffen und ›O Gott‹ gesagt und ist hingefallen. Ich habe ihn aufgehoben und ins Arbeitszimmer auf die Couch gelegt, mehr konnte ich nicht tun, deshalb bin ich zu Ihnen gekommen.«

»James«, sagte Germaine, »fahr zum Haus zurück, und bleib bei ihm. Ich hole Hilfe.«

James rannte zum Jeep, und Germaine wandte sich zu ihrem Büro. Liz folgte ihr.

»Kann ich irgend etwas tun?« fragte Liz.

»Du kannst mich nach Dungeness fahren, sobald ich Hilfe gerufen habe.« Sie warf einen Blick auf eine maschinengeschriebene Liste, die neben dem Telefon an der Wand hing, und wählte eine Nummer. Als jemand antwortete, sagte sie: »Charley, hier spricht Germaine Drummond auf Cumberland. Mein Großvater ist krank, und wir brauchen in Dungeness sofort einen Hubschrauber mit Arzt. Es klingt nach einem Schlaganfall. Ja, ich bin in zehn Minuten dort, und daß es bei Ihnen auch nicht länger dauert, hören Sie? Bringen Sie alles mit.« Sie legte auf und wandte sich Liz zu. »Ich treffe dich in dreißig Sekunden beim Jeep.« Sie rannte aus dem Büro und stürmte die Treppe hinauf.

Liz hörte sie nach Hamish rufen. Sie ging zum Jeep, und kurz darauf kamen Germaine und Hamish aus dem Haus auf sie zugestürzt. Sie fuhren schnell und schweigend nach Dungeness; niemand schien in der Stimmung zu sein, etwas zu sagen. Liz bremste quietschend vor dem großen Haus, und alle drei rannten durch die Haupttür die Treppe hinauf und nach links ins Arbeitszimmer.

Angus Drummond lag mit offenen Augen ausgestreckt auf einem Ledersofa und starrte an die Decke. James saß neben ihm auf dem Boden, hielt seine Hand und sprach auf ihn ein. »Bleiben Sie ganz ruhig, Mr. Angus«, sagte er gerade, »sie sind unterwegs.«

Alle standen um das Sofa herum. Germaine kniete sich hin, nahm Angus' andere Hand. »Großpapa, hörst du mich?« fragte sie.

Angus nickte und sah sie verständnislos an. Dann nickte er wieder mit dem Kopf.

»Kannst du mit mir sprechen?« fragte sie.

Sein Kiefer bewegte sich, aber es kam nichts.

»Großpapa«, sagte Hamish, »mach eine Faust mit der rechten Hand.«

Germaine lächelte. »Ein kräftiger Griff«, sagte sie.

»Und jetzt mach mit links eine Faust«, sagte Hamish.

James sah zu Hamish auf. »Er kann es nicht«, flüsterte der Junge.

Die vier saßen eine Dreiviertelstunde bei Angus, und Germaine und Hamish versuchten, mit dem alten Mann zu reden, ihm Mut zuzusprechen.

»Okay«, sagte Angus plötzlich.

»Du *kannst* ja reden, du alter Heimlichtuer!« rief Germaine. »Du kommst wieder in Ordnung!«

Von draußen her hörten sie das entfernte Brummen des Hubschraubers. Hamish lief hinaus. Hinter ihm rannte Liz die Stufen der Haupttreppe hinunter und blieb stehen, um Hamish zuzusehen, der den Hubschrauber mit beiden Händen auf einen Platz abseits des Hauses und der Eichenbäume einwinkte. Sobald der Hubschrauber auf der Erde stand, kamen ein Mann und eine Frau heraus. Der Mann rannte mit Hamish zum Haus. Liz ging zum Hubschrauber und half der Frau beim Transport zweier großer Kästen.

Kurz darauf waren sie im Arbeitszimmer, und die Schwester packte ein Beatmungsgerät aus, während der Arzt mit seiner Untersuchung begann.

»Es wäre mir lieb, wenn Sie alle draußen warten würden, bis ich fertig bin«, sagte er.

Hamish, Germaine und Liz verließen zögernd das Zimmer. James trat beiseite, blieb aber stehen, und niemand hinderte ihn. Hamish führte sie durch die Halle zum Salon, den Liz bisher nur flüchtig gesehen hatte. Er war riesig, im viktorianischen Stil eingerichtet, und hing voller Familienportraits.

Hamish ließ sich auf das samtene Sofa sinken. »Ich kann es nicht glauben«, sagte er. »Ich wüßte nicht, daß er je krank gewesen wäre, abgesehen von einer Erkältung.«

»Irgendwann mußte es passieren«, sagte Germaine, die neben ihm saß. »Ich habe gespürt, daß etwas in der Luft lag.«

»Ich nicht«, sagte Liz. »Ich war gestern bei ihm, als sie seine Großmutter in ihrem neuen Grab beisetzten, und er kam mir vor wie immer, seit ich ihn kenne. Er hat mich in eine Schreinerei geführt und mir seinen Sarg gezeigt.«

»Er hat sich einen Sarg machen lassen?«

»Er hat drei machen lassen«, erwiderte Liz. »Er sagte, einer sei für Buck Moses, den er im Familiengrab beigesetzt haben will.«

»Und der dritte?« fragte Hamish erschrocken.

»Er sagte, der sei für alle Fälle.«

Hamish wirkte erleichtert.

»Für wen glaubten Sie, daß er gedacht sei?« fragte Liz.

»Ich weiß es nicht, ich habe mich nur gewundert«, antwortete Hamish.

Der Arzt trat ein. »Er hat einen Schlaganfall gehabt.«

»Wußt ich's doch«, sagte Germaine.

»Er ist linksseitig gelähmt und spricht nur mühsam, aber ich denke, daß sein Zustand stabil ist – so stabil, wie er bei jemandem sein kann, der in diesem Alter einen Schlaganfall erleidet, selbst wenn es nur ein leichter war.«

»Und nun?« fragte Hamish.

»Er will nicht ins Krankenhaus, und ich kann ihm nicht widersprechen. Dort könnten wir auch nicht viel für ihn tun.«

»Das sieht ihm ähnlich«, sagte Hamish.

»Ich glaube, es ist das beste, wenn wir ihn in sein eigenes Bett bringen. Die Krankenschwester wird über Nacht bei ihm bleiben. Morgen kümmere ich mich darum, daß ihn jemand regelmäßig versorgt. Ich nehme an, in einem Haus dieser Größe wird sich ein Plätzchen finden, wo eine Schwester oder zwei schlafen können?«

»Das ist gar kein Problem«, sagte Germaine. »Ich bitte das Mädchen, etwas vorzubereiten.«

»Ich habe den farbigen Jungen zum Hubschrauber geschickt, um eine Trage zu holen«, sagte der Arzt. »Wenn Sie mir vielleicht helfen könnten...«

Ein paar Minuten später lag Angus Drummond in seinem Bett, und die Schwester, eine attraktive Brünette, hantierte im Zimmer herum und arrangierte ihre Gerätschaften.

»Bleiben Sie?« fragte Angus.

»Lassen Sie sich durch mich nicht stören«, sagte sie.

»Sie stören überhaupt nicht«, sagte Angus und brachte ein schiefes Lächeln zustande.

Hamish, Germaine und Liz lachten schallend.

»Du bist unverbesserlich«, sagte Germaine und zog ihm die Bettdecke zurecht. »Behalten Sie ihn im Auge«, sagte sie zu der Schwester. »Der hat Ihnen schneller die Hand unter den Rock geschoben, als Sie glauben.«

»Ich werde schon achtgeben«, sagte die Schwester.

»Ich bin unten in der Halle«, sagte Germaine, »falls Sie mich brauchen sollten.«

»Ich glaube nicht, daß das nötig ist«, sagte der Arzt.

»Aber hier gibt es kein Telefon«, erwiderte Germaine.

Die Schwester zog ein kleines Funktelefon aus der Tasche und schaltete es ein. »Funktioniert«, sagte sie mit einem Blick auf den Apparat. »Geben Sie mir nur Ihre Nummer.«

Die drei gingen mit dem Arzt nach unten.

»Ich gehe jetzt«, sagte er. »Jennifer ist sehr gut; sie kann im Notfall so ungefähr alles, was ich auch könnte, ich bin also wieder abkömmlich. Ich werde mich bei ihr nach seinem Zustand erkundigen, und sobald ich gebraucht werde, bin ich wieder da.«

Hamish dankte ihm, und der Arzt ging zum Hubschrauber.

Germaine lief ins Arbeitszimmer, wandte sich geradewegs zu Angus' Schreibtisch und fing an, die Papiere durchzusehen.

»Was suchst du da?« fragte Hamish.

»Sein Testament«, erwiderte Germaine.

»Er hat ein Testament gemacht?«

»Tut mir leid, ich wollte es dir heute erzählen. Liz hat es mir gesagt, sie hat es bezeugt.«

Hamish stellte sich zu ihr an den Schreibtisch. »Ich helfe dir«, sagte er.

»Ach, da ist noch etwas, was ich dir noch nicht gesagt habe«, sagte Germaine. »Du hast einen Onkel.«

»Einen Onkel?«

»James Moses. Großvater hat es Liz vor einiger Zeit gebeichtet.«

»Das mit James wundert mich nicht«, sagte Hamish. »Aber ich staune, daß Großpapa es so ohne weiteres erzählt hat.«

»Du kannst dich auf eine noch üblere Überraschung gefaßt machen«, sagte Germaine. »Nach dem zu urteilen, was ich von Liz weiß, hat er es auch ohne weiteres in seinem Testament erwähnt.«

»Ich glaube nicht, daß ich mir deshalb Sorgen mache«, sagte er, »du etwa?«

Germaine suchte systematisch weiter in den Papieren. »Das sage ich dir, wenn ich das Testament gesehen habe«, meinte sie.

43

Lee Williams blickte auf die Uhr auf dem Nachttisch. Es war zwanzig nach eins, und im Haus war es vollkommen still. Im Dunkeln hörte er das tiefe Atmen seiner Frau; sie schlief so, wie nur sie es fertigbrachte – tief, wie bewußtlos, und traumlos. Aus diesem Zustand vermochte nicht einmal das Telefon sie zu wekken.

Williams stieg vorsichtig aus dem Bett, schlüpfte aus dem Pyjama, nahm seine Kleider und ging leise ins Wohnzimmer. Dort zog er sich an – die gleiche Unterwäsche, die Socken, das gleiche Hemd und die gleiche Krawatte, die er erst vor kurzer Zeit abgelegt hatte. Er wollte nicht, daß seine Frau ihn beim Bügeln fragte, wieso er frische Wäsche angezogen habe.

Gewohnheitsmäßig ging er in das Zimmer seines Sohns und sah nach ihm. Er lag quer über dem Bett ausgebreitet da und schlief fest, wie seine Mutter. Williams verließ das Haus und stieg in den Polizeiwagen, der als solcher nicht zu erkennen war.

Er fuhr auf die Fünfundsiebzig, die Autobahn, die durch die Innenstadt von Atlanta führte, in nördliche Richtung, nahm die Ausfahrt Moores Mill Road, nördlich vom Stadtzentrum, fuhr dann zur Collier Road und hielt an einer Telefonzelle vor einer unbeleuchteten Tankstelle. Er wollte nicht, daß dieses Gespräch auf der Rechnung seines Autotelefons erschien. Es war fünf vor zwei Uhr morgens.

Er blätterte in seinem Notizbuch und wählte die Nummer.

»Hallo?« sagte eine Stimme. Sie klang nicht schlaftrunken.

»Baker, hier spricht Lee Williams. Tut mir leid, daß ich Sie so spät noch störe.«

Die Stimme bekam einen feindseligen Klang. »Was wollen Sie, Lee?«

»Zunächst, Baker, möchte ich mich dafür entschuldigen, wie ich mich bei unserem Gespräch aufgeführt habe. Ich war fast genauso aufgewühlt durch Mary Alices Tod wie Sie, und das habe ich rausgelassen.«

»Schließlich haben Sie nur Ihre Arbeit getan.«

»Nein, ich habe mich persönlich hineingesteigert, und das ist unentschuldbar, und ich habe meine Wut an Ihnen ausgelassen. Tut mir außerordentlich leid, daß ich das getan habe.«

»Ist schon recht, Lee.« Die Stimme klang ein wenig entspannter.

»Aber das ist nicht der Grund meines Anrufs.« Er holte tief Luft; er wollte in diesem Augenblick auf keinen Fall nervös klingen. »Ich habe angerufen, weil ich mich völlig in Ihnen getäuscht habe. Ich weiß jetzt, daß Sie Mary Alice kein Härchen gekrümmt haben.«

»Ja?« Die Stimme klang ungläubig.

»Ich habe herausgefunden, wer Mary Alice umgebracht hat.«
»Wer?« Die Stimme klang interessiert.
»Ein professioneller Einbrecher namens Ace Smith. Er hat ein halbes Dutzend Einbrüche in dem Apartmentblock auf dem Kerbholz, und ich habe Beweise gegen ihn.«
»Haben Sie ihn verhaftet?«
»Nein, das habe ich noch nicht getan. Ich dachte, Sie würden vielleicht gern dabeisein.«
»Ich?«
»Nun, Sie sagten doch, Sie würden ihn gern zwischen die Finger bekommen. Vielleicht findet sich eine Möglichkeit, Sie beide ein paar Minuten allein zu lassen.«
»Sehr gern. Wo soll ich hinkommen?«
»Können Sie in, sagen wir, zwanzig Minuten in Mary Alices Apartment sein?«
»Natürlich!«
»Ich werde dort sein und die Tür angelehnt lassen. Ich habe was läuten hören, daß Ace heute nacht wiederkommen und die Wohnung ausräumen will. Das ist ein Teil seiner Vorgehensweise, später wiederzukommen. Viele Einbrecher kehren ein zweites Mal zum Tatort zurück, nachdem die Opfer Zeit hatten, die gestohlenen Dinge zu ersetzen. In diesem Fall braucht Ace nicht so lange zu warten.«
»Ich bin in zwanzig Minuten da«, sagte Ramsey und legte auf.
Williams hängte den Hörer ein und wischte ihn mit dem Taschentuch ab. Ich werde langsam paranoid, dachte er. Kein Mensch wird je auf die Idee kommen, ausgerechnet dieses Telefon nach Fingerabdrücken zu untersuchen. Er stieg wieder ins Auto, fuhr zur Rückseite des Apartmentblocks und benutzte die Karte, die die Dame vom Wachdienst ihm gegeben hatte, um durch das hintere Tor zu gelangen. Er fuhr langsam zu Mary Alices Apartment, öffnete mit seinem Schlüssel die Tür und ließ sie angelehnt.
Er griff in seine Manteltasche und nahm die 9-mm-Automatik im Taschentuch heraus; dann setzte er sich in einen bequemen Sessel, um auf Ramseys Ankunft zu warten. Er nutzte die Zeit, um

Atmung und Herzrhythmus unter Kontrolle zu bringen und die Augen an die Dunkelheit zu gewöhnen.

Gerade rechtzeitig quietschte die Tür, und Ramsey stand im Türrahmen, eine Straßenlaterne beleuchtete ihn von hinten. »Lee?« flüsterte er.

»Kommen Sie rein, Baker, setzen Sie sich«, sagte Williams im Plauderton.

»Ich sehe kaum etwas«, sagte Ramsey.

»Wir können kein Licht machen. Zwei Meter vor Ihnen steht ein Sessel.«

»Hab ihn.« Ramsey setzte sich. »Was passiert jetzt?«

»Es dauert wahrscheinlich noch eine knappe Stunde, bis er auftaucht. Ich nehme ihn fest, und dann können Sie ihn haben.«

»Klingt gut. Und bis dahin bleiben wir einfach hier sitzen?«

»Wir können uns auch unterhalten.«

»Sicher. Woran denken Sie?«

»Ich glaube, daß ich alles beisammen habe. Vielleicht können Sie mir helfen, die Lücken zu schließen.«

»Welche Lücken?«

»Es ging die ganze Zeit um Elizabeth, stimmt's?«

Ramsey erwiderte nichts.

»Sie waren auf Elizabeth aus. Deshalb sind Sie auf Al Schaefer losgegangen, aber Al hat Ihnen nichts gesagt, nicht wahr?«

Ramsey sagte noch immer nichts.

»Dann mußten Sie sich auch noch Ferguson schnappen. Raymond Ferguson hat Ihnen gesagt, wo sie ist, nicht wahr?«

»Nehmen Sie das auf Band, Lee?« fragte Ramsey schließlich.

»Nein. Das bleibt unter uns.«

»Ja, Ferguson hat es mir gesagt. Als ich seine Frau in der Mangel hatte, hätte er mir alles gesagt.«

»Wo ist Elizabeth?«

»Auf einer Insel namens Cumberland Island, nördlich von Jacksonville.«

»Und Mary Alice. Sie haben ihr das angetan, weil Sie dachten, sie hätte mir etwas erzählt.«

»Stimmt. Mary mochte es immer gern von hinten. Ich dachte, ich tu ihr damit einen Gefallen.«

Williams spürte, wie ihm das Blut in den Schläfen pochte. Er schob den Finger an den Abzug. Das Taschentuch verhinderte Fingerabdrücke am Hahn.

»Sie wollen mich töten, Lee, nicht wahr? Sie können mir nichts nachweisen, und deshalb töten Sie mich.«

»Ganz recht, Baker. Sie haben verdient zu sterben, und ich bringe Sie um. Oder, besser gesagt, Sie werden sich selbst umbringen.«

»Verstehe. Und warum, glauben Sie, erzähle ich Ihnen all das?«

»Weil Sie glauben, daß Sie vorher mich umbringen.«

»Genau, Lee, das glaube ich.«

»Keine Sorge, Baker, ich weiß, wie schnell Sie sind. Für einen so kräftigen Mann waren Sie schon immer schnell. Wieviel ist es, eins neunzig, hundert Kilo?«

»Dieses Jahr sind es hundertzehn. Durch die Anabolika habe ich noch etwas an Gewicht zugelegt. Aber ich bin so schnell wie noch nie.«

»Wann hatten Sie vor, Elizabeth zu ermorden?«

»Nächstes Wochenende. Wir haben am Sonntag frei, und ich fahre hin und spiele ein bißchen mit ihr. Ich werde mit Liz Sachen anstellen, daß man das, was ich mit Mary Alice gemacht habe, für reinste Kinderspielchen hält.«

Während Ramsey sprach, stand Williams auf, bewegte sich schnell mit vorgehaltener Pistole durchs Zimmer und drückte sie ihm an die Schläfe. Der Footballspieler rührte sich nicht.

»Sehr gut, Lee«, sagte Ramsey, »schnell, und im richtigen Moment.«

»Es ist vorbei, Baker«, sagte Williams. »Ich schicke dich jetzt zur Hölle.«

»Nur noch eins, Lee; würdest du mir einen Gefallen tun?«

»Was für einen, Baker? Ich...«

Ramsey hatte den Moment ebenfalls geschickt gewählt, und in der Dunkelheit bekam Williams die Bewegung nicht mit. Plötzlich griff Ramseys Hand nach seinem Handgelenk und drückte den Lauf der Pistole von der Schläfe weg. Zu Williams' Überraschung war die Umklammerung so fest, daß er die Finger nicht bewegen konnte, um den Abzug zu betätigen. Dann wurde der Griff noch enger, die Finger des Detective öffneten sich, und die Pistole fiel ihm aus der Hand.

»Komisch, nicht wahr«, sagte Ramsey mild, »wenn das Handgelenk so gequetscht wird, kann man die Finger nicht mehr bewegen.«

»Scheiße!« entfuhr es Williams, und das war fast sein letztes Wort.

Ramsey sprang auf, riß den Detective herum und schlang ihm einen Arm um den Hals. Er riß ihn zu Boden und quetschte ihm mit dem Unterarm die Halsschlagader ab.

Vor Williams' Augen verschwamm die Dunkelheit. »Baker«, brachte er noch heraus, bevor es finster um ihn wurde.

Ramsey lockerte den Griff ein klein wenig. »Ja, Lee? Noch einen letzten Wunsch?«

»Baker, die Wache hat dich gesehen, als du durch das Haupttor gekommen bist. Diesmal kommst du nicht davon.«

»Oh«, sagte Ramsey, »ich bin mit der Karte, die mir Mary Alice gegeben hat, durch das hintere Tor gekommen. Gute Nacht, Lee.« Er nahm Williams' Kinn in die Hand, löste den Würgegriff und nahm den Hinterkopf in die andere Hand. Ein kurzer, kräftiger Ruck, und der Körper des Detective erschlaffte.

Williams hörte ein lautes Krachen und sackte langsam in tiefe Finsternis.

»So, so ist es besser«, sagte Ramsey.

Diese Worte waren das letzte, was Williams hörte, bevor ihn die Dunkelheit umfing. Dennoch sah er noch etwas. Er sah das Gesicht seines Sohns, das Profil seiner Frau, er sah sich selbst, als er vier oder fünf Jahre alt war, auf einem Heuwagen. Er sah den Rükken seiner Mutter, die sich über einen gußeisernen Wäschezuber beugte; er sah den jungen Hund, den ihm sein Vater geschenkt hatte; seinen ersten. Dann sah er nichts mehr.

44

Dr. Blaylock sah sich zufrieden auf dem Familienfriedhof der Drummonds um. Er und seine Studenten hatten die Überreste von einundzwanzig Drummonds ausgegraben, und nun lagen die letzten beiden bereit, um zum neuen Friedhof transportiert und beerdigt zu werden. Zusätzlich zu den Särgen hatten er und seine Studenten hundertdreißig Objekte ausgegraben, die von archäologischem oder anthropologischem Interesse waren, darunter Keramik, Tonpfeifen, Werkzeuge, eine Pistole, einige Hornknöpfe und eine Messingkiste, die dreitausend Dollar in Einhundert-Dollar-Noten aus der Zeit des Bürgerkriegs enthielt. Ihre Arbeit war beendet, bis auf ein winziges Detail.

»Also, meine Freunde«, rief er seiner Gruppe zu, »ich brauche zwei Freiwillige, die die ehemalige Ruhestatt von General Light-Horse Harry Lee auseinanderbauen und am neuen Standort, den Mr. Drummond ihr angewiesen hat, wieder aufbauen. Leider werden darin keine Kunstgegenstände zu finden sein – nur harte Arbeit beim Abbauen der Grabplatte und des Fundaments.« Er wartete auf Freiwillige. Niemand meldete sich. »Gut«, sagte er, »Sie und Sie.« Er deutete auf zwei stämmige junge Männer.

Die jungen Leute seufzten und griffen nach den Werkzeugen. Das ehemalige Grabmal bestand aus einer einzigen großen, sehr verwitterten Marmorplatte, die auf einem Fundament aus vier kleineren, tief in die Erde gesenkten Platten ruhte. Die Deckplatte war ziemlich leicht beiseitezuheben und wurde zu den Särgen auf den Lastwagen geladen. Um an die Platten des Fundaments zu kommen, mußte man graben. Einer der Jungen nahm die Spitzhacke, der andere eine Schaufel. Als sie einen halben Meter tief gelangt waren, unterbrachen sie ihre Arbeit.

»Dr. Blaylock, schauen Sie sich das hier mal an«, bat der Junge mit der Spitzhacke.

»Was gibt es denn?« fragte Blaylock.

»Einen Knochen, glaube ich«, sagte der Junge.

Blaylock nahm einen Spatel und schabte kleine Erdklumpen beiseite. Die anderen Studenten standen um ihn herum und sahen zu.

Drei Stunden später trat Blaylock ein paar Schritte zurück, um seine Arbeit zu begutachten. »Kommentare, bitte?« Fragend blickte er in die Runde.

Langes Schweigen folgte. Dann sagte ein Mädchen: »Männlich, mindestens ein Meter achtzig groß.«

»Gut«, sagte Blaylock. »Alter?«

»Nicht sehr alt«, sagte das gleiche Mädchen. »Der hat noch alle Zähne.«

Blaylock griff nach unten und drehte den Schädel des Skeletts vorsichtig. »Todesursache?«

»Kugel im Kopf«, sagte ein Junge.

»Sehen Sie eine Kugel im Schädel?«

»Nein, Sir«, antwortete der Junge.

»Sehen Sie eine Austrittsöffnung?«

»Nein, Sir.«

»Schlag auf den Hinterkopf«, sagte das Mädchen.

»Gut«, lobte Blaylock. »Wie lange hat nach Ihrer Schätzung die Leiche dort in der Erde gelegen?«

Das Mädchen runzelte die Stirn, dann beugte sie sich vor und zupfte mit einer langen Pinzette ein paar Fäden ab. »Ich tippe auf zwanzigstes Jahrhundert«, sagte sie.

»Wieso?«

Sie hielt den Fetzen hoch. »Dort in dem Kleidungsstück ist ein ockerfarbener Faden eingenäht. Sieht mir nach Levi's aus. Im Westen gibt es Levi's schon seit dem neunzehnten Jahrhundert, aber hier bestimmt nicht, da wette ich.«

»Ausgezeichnet beobachtet«, sagte Blaylock. »Nun, was fällt Ihnen an diesem Skelett als ganz besonders ungewöhnlich auf?«

Es gab einiges Füßescharren und Kopfkratzen. »Nur, daß es in einem auffallend guten Zustand ist«, sagte das Mädchen.

»Sie enttäuschen mich, alle«, schimpfte Blaylock. »Sehen Sie denn keine Filme mehr im Fernsehen, oder im Kino?«

»Was meinen Sie damit, Dr. Blaylock?« fragte ein Junge.

»Ich meine damit, daß es doch stark danach aussieht, als ob dieser Mann ermordet und in einem leeren Grab verscharrt wurde«, sagte Blaylock. »Und zwar vor wenigen Jahrzehnten.«

»Ach du dicke Scheiße«, sagte der Junge.

»Eine nicht sehr wissenschaftliche, aber sehr zutreffende Feststellung«, sagte Blaylock. »Sie«, sagte er und deutete auf einen jungen Mann, »Sie fahren den Lastwagen zur Pension und bitten Germaine Drummond, den Sheriff in St. Mary's anzurufen. Und zu niemandem sonst ein Wort.«

Der Sheriff, Dr. Blaylock und Germaine standen am Grab und starrten auf das Skelett hinab.

»Dr. Blaylock«, sagte der Sheriff, »würden Sie eine Schätzung wagen, wie lange der Knabe schon dort unten liegt?«

»Nur eine sehr grobe – für eine genauere brauchen Sie einen Pathologen –, aber ich schätze, so zwanzig, dreißig Jahre.«

»Germaine, können Sie sich daran erinnern, ob hier mal jemand verschwunden ist? An irgend etwas Mysteriöses?«

»Nein, und wenn jemand verschwunden wäre, würde ich mich sicher daran erinnern.«

»Ich lasse jemanden vom staatlichen Polizeilabor kommen, der soll sich das mal ansehen«, sagte der Sheriff, »aber ich habe keinen Schimmer, wie die den identifizieren sollen. Er trägt weder Schmuck noch eine Brieftasche, noch sonst was, wodurch man seine Identität feststellen könnte.«

»Ich glaube, die wird man nie erfahren«, nickte Blaylock.

»Was ist mit dem Gebiß?« fragte Germaine. »Dadurch werden doch Leichen identifiziert, oder?«

»Ja«, antwortete der Sheriff, »aber das funktioniert nur, wenn man eine Ahnung hat, wer es sein könnte, und nur eine Bestätigung braucht. Man braucht Unterlagen über die Zähne, um vergleichen zu können.«

»Aber davon haben wir eine Menge«, sagte Germaine.

»Zahnarztunterlagen?«

»Ja. Zweihundert Meter von hier entfernt, hinter dem Hauptgebäude, gibt es eine Zahnarztpraxis. Früher, so bis vor zehn, zwölf Jahren, kam regelmäßig ein Arzt vom Festland, um die Inselbewohner zu behandeln. Dann entschied Großvater, daß die Kosten für eine moderne Ausstattung bei der geringen Zahl an Arbeitern auf der Insel nicht mehr gerechtfertigt waren. Seitdem fahren alle nach Jacksonville oder St. Mary's.«

»Hatten Sie einen Röntgenapparat?« fragte Blaylock.

»Selbstverständlich. Für die Inselbewohner gab es alles immer nur vom Feinsten, dafür hat Großvater gesorgt.«

»Sheriff«, sagte Blaylock, »ich würde die Unterlagen gern mal durchgehen und schauen, ob ich eine Übereinstimmung finde.«

»Nur zu, Doc«, nickte der Sheriff. »Wenn Sie ihn identifizieren können, brauche ich nicht mit Atlanta zu telefonieren.«

»Ich mach mal ein paar Nahaufnahmen von den Zähnen«, beschloß Blaylock, »und dann können Sie mich in die Zahnarztpraxis bringen.«

»Ich möchte Sie alle bitten, das Ganze für sich zu behalten, bis wir wissen, wer es war«, sagte der Sheriff in die Runde. Er warf einen Blick zum Himmel. »Heute abend wird es wohl regnen.«

»In diesem Falle sollten wir das Skelett lieber wegbringen.«

Am späten Nachmittag saß Dr. Blaylock, über einen Leuchtkasten gebeugt, in der staubigen Praxis, neben sich auf dem Tisch hatte er einen kleinen Karteikasten. Mit einem Vergrößerungsglas verglich er die Röntgenaufnahmen vor dem Leuchtschirm mit dem Polaroid-Foto der Zähne des Skeletts. Er schaltete die Leuchte ab, stand auf und massierte sich den Nacken. Dann nahm er das Röntgenfoto, legte es in einen Umschlag und steckte es in die Innentasche seines Kittels. Er war durcheinander, und wenn ihn etwas verwirrte, schlief er gern eine Nacht darüber, bevor er eine Entscheidung traf. Vor dieser Entscheidung würde er mit Sicherheit erst eine Nacht schlafen.

Er schaltete das Deckenlicht aus und verließ das Zimmer. Der Sheriff und Germaine warteten unter einer riesigen Eiche auf ihn.

»Was gefunden?« fragte der Sheriff. Blaylock schüttelte den Kopf. »Ich habe noch keine Übereinstimmung gefunden«, log er, »und ich werde mindestens bis morgen mittag brauchen, bis ich alle Krankenblätter durchgesehen habe. Warum fliegen Sie nicht nach Hause, Sheriff, und ich rufe Sie an, wenn ich Ihnen etwas Neues sagen kann.«

»Gut«, sagte der Sheriff und wandte sich zum Hubschrauber. »Ich warte dann auf Ihren Anruf.«

»Ich sehe mal nach Großvater«, sagte Germaine und ging zum Hauptgebäude.

»Erzählen Sie ihm lieber nichts davon«, rief Blaylock hinter ihr her, »jedenfalls nicht, bevor wir Genaueres wissen.« Und dann vielleicht erst recht nicht, dachte er. Er stieg in den Lastwagen und fuhr zur Pension. Er freute sich auf ein heißes Bad und sein Abendessen, das er sich wohl verdient hatte, wie er fand. Er wußte noch immer nicht, um wen es sich bei dem Skelett im Grab von Light-Horse Harry handelte, aber jetzt wußte er, warum Buck Moses nicht gewollt hatte, daß auf dem Familienfriedhof der Drummonds herumgebuddelt wurde.

»Verdammte Scheiße«, sagte er laut vor sich hin.

45

Als Liz durch das Haupttor von Dungeness fuhr, hörte sie die Rotorblätter eines Hubschraubers. Sie stieg aus dem Jeep, blickte nach oben und sah ihn aus westlicher Richtung herankommen. James Moses stand, den Wallach am Zügel, an der Treppe, wie an jedem gewöhnlichen Tag.

»Guten Morgen, Miss Elizabeth«, sagte er.

»Guten Morgen, James. Ich bin vorbeigekommen, um nach Mr.

Drummond zu sehen.« Als sie gerade die Treppe erreicht hatte, erschien die Krankenschwester, Jennifer, in der Tür und blickte dem näherkommenden Hubschrauber entgegen.

»Gott sei Dank«, sagte sie.

»Was ist denn los?« fragte Liz besorgt.

»Mr. Drummond hat eine Art Anfall«, sagte sie. »Ich kann gar nichts tun; er hat mich zweimal aus dem Zimmer geworfen. Ich habe den Arzt und Germaine herbeigerufen.« Liz rannte an ihr vorbei ins Haus die Treppe hinauf. Oben wandte sie sich nach rechts und fand Angus' Zimmer. Die Tür war geschlossen. Sie klopfte ängstlich an.

»Herein!« rief eine kraftvolle Stimme.

Sie machte auf und blieb stehen. Angus Drummond stand neben dem Bett und stopfte Kleider in einen Schrankkoffer.

»Ach, du bist es, Darling«, sagte er und strahlte. »Ich dachte, es wäre schon wieder das dumme Zimmermädchen. Sie kommt andauernd hereinspaziert, während ich hier in Unterhosen herumrenne.«

»Ich verstehe«, sagte Liz schwach. Angus war wie verwandelt. Aus dem kranken, alten Mann, den sie gerade gestern erst erlebt hatte, war ein respekteinflößender, fast jugendlicher Mann geworden; er wirkte um Jahrzehnte verjüngt. »Was tun Sie, Angus?« fragte sie.

»Ich packe, was denn sonst«, sagte er, kam auf sie zu und umarmte sie. »Ich habe beschlossen, dich lieber in Paris die Mimi singen zu hören, statt hier, außerhalb der Saison, mit dir zu versauern. Ich bin in ein paar Minuten bei dir.« Er küßte sie auf den Mund und packte weiter.

»Paris?« fragte sie, unfähig, einen klaren Gedanken zu fassen.

»Ich habe ein Wassertaxi bestellt; in einer Gondel schaffen wir es nie im Leben bis zum Morgenzug, und wenn wir den verpassen, müssen wir in Mailand umsteigen, und das bedeutet vier Stunden Wartezeit. Ich hasse es, auf Bahnhöfen Zeit zu vergeuden, du nicht?«

»Doch.« Sie hatte das Gefühl, etwas unternehmen zu müssen,

aber ihr fiel nichts ein. Das einzige was sie tun konnte, war, ihn bei Laune zu halten, bis der Arzt eintraf.

»Ich habe es dir gestern abend nicht gesagt«, fuhr er fort, während er Krawatten aus dem Schrank nahm und in den Koffer legte, »aber Cipriani hat mir das Rezept für die Bellinis gegeben. Wenn wir nach Cumberland kommen, mache ich sie für dich, mit Pfirsichen aus Georgia!«

»Das wird sicher wundervoll«, sagte Liz. Sie hörte eilige Schritte auf der Treppe.

»Angus«, sagte sie, »ich weiß nicht, wo ich mit meinen Gedanken bin; welches Jahr haben wir eigentlich?«

Er hörte auf zu packen und starrte sie einen Augenblick an, dann brach er in Gelächter aus. »Na, neunzehnhundertdreiundzwanzig, Dummchen!«

Die Tür ging auf. Liz drehte sich um, es waren der Arzt und die Schwester, dicht gefolgt von Germaine, Hamish und James. Sie wandte sich wieder Angus zu.

»Verdammt noch mal«, rief er, »ich klingle, wenn das Gepäck fertig ist. Ich brauch doch nicht das gesamte Personal hier!« Dann sah er Liz an und schien sie zum erstenmal richtig wahrzunehmen. »Oh, guten Morgen, Elizabeth«, sagte er. Er führte die Hand zum Kopf, und seine Knie knickten ein.

Liz fing ihn in ihren Armen auf, und der Arzt kam angerannt, um ihr zu helfen. Sie legten ihn auf das Bett. Liz sah, wie sich seine Pupillen weiteten, dann gab er einen kurzen Krächzlaut von sich und blieb bewegungslos liegen.

Der Arzt zog ein Stethoskop aus seiner Tasche, beugte sich vor und horchte die Brust des alten Mannes ab; dann stand er auf.

»Er ist von uns gegangen.«

Germaine, James und Hamish traten ans Bett, und Germaine nahm ihres Großvaters Hand. »Was ist passiert?« fragte sie Liz.

»Oh«, sagte Liz und begann zu weinen. »Ich wünschte, du hättest das erlebt! Er war wundervoll!«

Bis zur Mittagszeit war Angus Drummonds Leiche gewaschen, mit einem blauen Anzug bekleidet, in den Sarg gelegt und im Weinkeller aufgebahrt, dem kühlsten Platz auf der ganzen Insel. Hamish, Germaine, James und Liz saßen in Angus' Arbeitszimmer. Der Arzt trat ein und reichte Germaine ein Blatt Papier.

»Der Totenschein«, sagte er. »Sie können ihn beerdigen, wann immer Sie wollen.«

»Danke, Herr Doktor«, sagte Germaine. »Und danke, Jennifer«, sagte sie der Krankenschwester zugewandt.

Die Schwester trat näher und übergab Germaine einen Umschlag. »Das hat mir Mr. Drummond gestern abend gegeben und mich gebeten, es Ihnen zu übergeben. Als ob er es geahnt hätte.«

Der Arzt und die Schwester verabschiedeten sich bei allen und gingen.

Germaine setzte sich langsam auf die große Ledercouch und öffnete den Umschlag. Sie hielt ein einzelnes Blatt hoch. »Es ist die Kombination seines Safes«, sagte sie.

»Welcher Safe?« fragte Hamish.

»Ich wußte auch nicht, daß es einen gibt«, sagte Germaine. »Was meint ihr, wo der ist? James, weißt du es?«

»Nein, Miss Germaine«, sagte James.

»James, wir sollten bei der Gelegenheit etwas klären«, sagte Germaine bestimmt. »Großvater hat uns über dich aufgeklärt, bevor er starb. Du bist sein Sohn, daher bin ich deine Nichte und Hamish dein Neffe. Du brauchst niemanden in der Familie mehr Mister oder Miss zu nennen, okay?«

»Okay, Germaine«, sagte James und brachte ein kleines Lächeln zustande.

Auch Germaine lächelte. »Muß ich dich jetzt ›Onkel‹ nennen?«

James lachte laut auf. »Nein, Germaine.«

»Und jetzt zu diesem Safe«, sagte Germaine.

Liz fiel etwas ein. »Im Film sind die Safes immer hinter Bildern.«

Alle wandten sich gleichzeitig dem großen Turner zu, der über dem Sofa hing. Germaine stand auf, nahm ihn vom Haken und legte einen großen, farbig lackierten Wandsafe frei. Mit dem Zettel in der Hand stellte sie die Kombination ein und drehte das Schloß; die Tür schwang leise auf. Der Safe war mit Papieren vollgestopft; und im obersten Fach fand Germaine einen großen, versiegelten Umschlag. »Letzter Wille und Testament«, las sie.

Alle setzten sich, außer Hamish.

»Entschuldigt«, sagte er und verließ das Zimmer.

»Willst du nicht wissen, was drinsteht?« fragte Germaine.

»Ich glaube, ich kann es mir mehr oder weniger denken«, sagte er. »Lest ihr es.« Er ging, und einen Augenblick später hörte man, wie die Haustür sich öffnete und wieder schloß.

Germaine nahm den Umschlag, riß ihn auf und zog mehrere Bögen hervor. »Hier«, sagte sie und gab sie Liz, »du bist die neutrale Partei, du kannst den Anwalt spielen. Lies es uns vor.«

Liz faltete die Bögen auseinander und sah sie an. »Der zweite Zeuge ist ein gewisser Ronald Cummings; wer ist das?«

»Das ist mein Ron, erinnerst du dich?« Germaine seufzte. »Davon hat er mir nie erzählt.« Liz begann zu lesen.

»Ich, Angus Drummond, im Vollbesitz meiner geistigen Kräfte, verfüge hiermit meinen Letzten Willen und mein Testament, und alle, die es betrifft, sollen wissen, daß es meine wahren Wünsche darstellt, ohne Einfluß einer anderen Person.

Zum Verwalter meines Nachlasses ernenne ich das älteste meiner Enkelkinder, Germaine Drummond.

Die Nachlaßverwalterin ist gehalten, alle meine Schulden und fälligen Erbschaftssteuern aus dem bar verfügbaren Teil meines Nachlasses zu bezahlen, bevor sonstige Ansprüche geltend gemacht werden.

Ich möchte hiermit festhalten, daß der junge Mann namens James Moses mein natürlicher und geliebter Sohn ist; das Ergebnis liebender Vereinigung zwischen seiner Mutter, Helen Moses, und mir. Es ist mein Wunsch, daß er, wenn er dies möchte, seinen Namen nach dem Tode seines Großvaters Buck Moses durch Gesetzesakt in Drummond abändern soll, um dadurch aller Welt zu zeigen, daß er mein Sohn ist.

Ich habe unter dem Namen The Cumberland Island Trust einen Fonds geschaffen, der zum Eigentümer allen Landes der Insel werden soll, mit Ausnahme einiger Hinterlassenschaften, die ich im folgenden darlege. Diesem Letzten Willen ist eine von mir unterzeichnete Landkarte hinzugefügt, die die Insel in Landstücke von jeweils ungefähr vierhundert Hektar aufteilt, die nach Gutdünken der Erben verwaltet werden sollen. Kein Teil von Cumberland Island soll von einem der Erben an jemanden verkauft werden, der kein direkter Nachkomme in väterlicher oder mütterlicher Linie von Aldred Drummond ist, der die Insel als Gabe von König George III. von England erhielt. Sollte einer meiner Erben ohne letztwillige Verfügung sterben, soll das von mir hinterlassene Land dem Cumberland Island Trust zufallen, darf aber von den Nachkommen des Erben bis zu deren Tode genutzt werden.

Ich hinterlasse das Haus, das unter dem Namen Greyfield bekannt ist, und das Grundstück, auf dem es steht, meiner Enkelin Germaine zur freien Verfügung, zusammen mit einer Summe von zwei Millionen Dollar.«

»Mein Gott«, sagte Germaine, »wie nett von ihm, aber er hatte doch keine zwei Millionen Dollar.«

Liz las weiter.

»Ich hinterlasse das Haus, das unter dem Namen Plum Orchard bekannt ist, und das Grundstück, auf dem es steht, meinem Enkel Hamish, zusammen mit einer Summe von zwei Millionen Dollar.

Ich hinterlasse meinem Enkel Keir den Teil des Landes von Cumberland Island, den er begehrt und der noch keinem anderen übereignet ist, zusammen mit einer Summe von drei Millionen Dollar, in der Hoffnung, daß er sich ein eigenes Haus auf der Insel bauen möge.

Ich hinterlasse meinem natürlichen Sohn, James Moses, einen Teil des Landes von Cumberland Island, den er begehrt und der noch keinem anderen übereignet ist, zusammen mit einer Summe von drei Millionen Dollar, die bis zu seinem fünfundzwanzigsten Geburtstag für ihn treuhänderisch verwaltet werden soll. Es ist mein Wunsch, daß James Moses die beste Erziehung erhält, die er bekommen kann, und daß er sein Vermögen für weite Reisen nutzen möge, so, wie ich es in meiner Jugend getan habe. Zu Treuhändern ernenne ich Germaine Drummond und meine Freundin Elizabeth Barwick.«

Liz wandte sich an James. »Wir werden eine Menge zu besprechen haben«, sagte sie.

»Ich hinterlasse meinem Urenkel Aldred Drummond die Summe von drei Millionen Dollar, die bis zu seinem fünfundzwanzigsten Geburtstag treuhänderisch verwaltet werden soll. Als Ausnahme gilt, daß die Einkünfte aus dem Vermögen zur Erziehung und für Reisen verwendet werden können. Zu seinen Treuhändern ernenne ich seine Mutter, Hannah, und seinen Vater, Hamish Drummond. Bei Vollendung seines fünfundzwanzigsten Lebensjahrs darf sich Aldred einen Teil der Insel aussuchen, die noch keinem anderen hinterlassen wurde, und der Trust soll ihm eine Summe von einer Million Dollar auszahlen, erhöht um den Wertverlust durch Inflation, womit er sich seinen Teil Land erhalten und ein Wohnhaus bauen kann, sofern er das wünscht.

Ich schließe meinen Enkel James Weathers von jeglichem Zugang zu meinem Erbe aus und weise die Treuhänder des Cumberland Island Trust an, ihn für alle Zeiten von der Insel fernzuhalten. Ich hinterlasse Ann Weathers, der Ehefrau von James Weathers, eine Summe von 250000 Dollar, unter der Auflage, daß sie die Summe nicht direkt ihrem Mann zuwenden darf.

Ich gebe dem Testamentsvollstrecker hiermit für alle Zukunft folgende Anweisung: Falls ein Politiker der Vereinigten Staaten, des Staates Georgia oder des Distriktes es befürworten sollte, Cumberland Island der Öffentlichkeit zugänglich zu machen, sollen dessen Hauptwidersachern aus meinem Nachlaß eine Summe von fünfzigtausend Dollar für Wahlkampfzwecke zur Verfügung gestellt werden.«

»Herrlich«, lachte Germaine.

Liz verlas eine kleine Liste von Legaten, die für die Angestellten von Dungeness und die Arbeiter der Insel bestimmt waren. Es waren auch Zuwendungen an karitative Organisationen darunter.

»Schließlich hinterlasse ich den noch verbliebenen Teil meines Vermögens, darunter die nicht näher bestimmten Teile von Cumberland Island, all meine Aktien, festverzinslichen Wertpapiere und Barmittel dem Cumberland Island Trust. Der liquide Teil meines Vermögens beläuft sich auf ungefähr siebzig Millionen Dollar vor Steuern und wird von der Morgan Guaranty Trust Company in New York verwaltet.«

»Großer Gott«, platzte Germaine los, »er muß Hirngespinste gehabt haben. Er hatte doch gar kein richtiges Geld, bloß die Insel. Ich meine, vor ein paar Generationen war da mal Geld, aber ich habe gedacht, das sei alles vertan.«

»Nachweise über diese Vermögensteile sowie eine Bilanz befinden sich im Safe meines Arbeitszimmers in Dungeness.«

Germaine sprang auf und wühlte den Safe durch. »Er war nicht verrückt«, sagte sie atemlos, »hier ist ein Depotauszug vom letzten Monat, mit einem Kontostand von über zwanzig Millionen Dollar! Wo kommt das bloß her?«

»Ich nehme an, er hat geschickt investiert«, sagte Liz. »Es wäre interessant herauszufinden, ob er rechtzeitig vor dem Schwarzen Freitag von neunundzwanzig verkauft hatte. Jetzt setz dich hin, Germaine, damit ich fertiglesen kann.«

»Zu Treuhändern ernenne ich Germaine Drummond, Hamish Drummond, Keir Drummond, Elizabeth Barwick und einen Repräsentanten der Morgan Guaranty Trust Company New York, den die Bank auswählt. Ich ernenne James Moses von seinem fünfundzwanzigsten Geburtstag an zum Treuhänder. Die Treuhänder sind gehalten, mindestens viermal jährlich zusammenzutreffen, um die Vermögensverwaltung zu besprechen, und die Treuhänder, die nicht bei der Bank angestellt sind, sollen eine Aufwandsentschädigung von jeweils fünfzigtausend Dollar per anno aus dem Fondsvermögen erhalten. Stirbt einer der Treuhänder, bestimmen die übrigen einen Nachfolger.

Ich weise meine oben genannten Erben an, alle Möbel, Silber, Bücher, Kunstgegenstände und alle anderen Objekte, die für sie oder irgendeinen anderen nützlich sein mögen, aus dem Haus

Dungeness zu entfernen. Ich wünsche, daß sie diese Besitztümer unter sich und ihren Freunden aufteilen. Sollten sie sich über eines der Objekte nicht einigen können, soll es dem Vermögen der Stiftung zufallen und zugunsten der Stiftung versteigert werden.

Ich bin der Ansicht, daß Dungeness einen Anachronismus darstellt und daß es mit mir sterben muß. Kein Mitglied der Familie möchte darin wohnen, und ich habe nicht den Wunsch, es von Fremden bewohnen zu lassen. Aus diesem Grund habe ich das Haus in den vergangenen zwanzig Jahren verkommen lassen. Es ist mein Wunsch, und dementsprechend ergeht meine Anweisung an meine Erben, daß das Haus, nachdem alle Möbel und Gegenstände von Wert entfernt worden sind, an einem windstillen Tag in Brand gesetzt wird und das Grundstück, wenn das Bauwerk verbrannt ist, gesäubert und mit Bäumen, Blumen und anderen Pflanzen, die typisch für Cumberland Island sind, bepflanzt wird. Es ist mein Wunsch, daß diese Neubepflanzung zusammen mit einem schlichten, angemessenen Grabstein mein einziges Denkmal sein soll.

Schließlich möchte ich meinen Erben und Freunden und allen, die mich kannten, mitteilen, daß ich zum größten Teil ein fröhliches und lohnendes Leben geführt habe, dank der Großzügigkeit meiner Vorfahren und der Liebe meiner Familie und Freunde und dank dem Respekt und der Zuneigung der Menschen, die in meinem Dienst und für Cumberland Island geschuftet haben. Ich sterbe als glücklicher und zufriedener Mann, und ich wünsche allen, die ich liebe, das gleiche Glück und die gleiche Zufriedenheit.«

»Das ist alles«, sagte Liz. Tränen rollten ihr über die Wangen. Sie sah auf und bemerkte, daß auch Germaine und James Tränen in den Augen standen.

Sie fragte sich, wo Hamish war und warum er gegangen war.

46

Alle drei, Liz, Germaine und James, saßen schweigend und ausgelaugt in Angus Drummonds Arbeitszimmer. Keiner schien zu wissen, was als nächstes zu geschehen habe.

»Ich glaube, wir sollten uns Gedanken über den Beerdigungstermin machen«, sagte Germaine schließlich. »Wir werden seinen Tod morgen in den Zeitungen anzeigen müssen, und wir müssen den Leuten etwas Zeit für die Anreise lassen – Hannah und Aldred werden sicher kommen, und auch andere aus Atlanta und Jacksonville. Ich denke, Montag ist gut. Wir werden am Montag morgen für die *Aldred Drummond* eine Sonderfahrt einplanen, und nach dem Gottesdienst mache ich in der Pension für alle etwas zu essen. Was meint ihr?«

»Das klingt vernünftig«, sagte Liz.

»Mir ist es recht«, sagte James. »Ich versäume die Schule dann nur am Montag.«

»Nun«, Germaine seufzte, »hier gibt es offenbar nichts mehr zu tun. Ich gehe zur Pension und rufe die Zeitungen an. Ich bin an diesem Wochenende völlig ausgebucht und muß mich um das Haus kümmern.«

Sie standen gerade auf, um zu gehen, als es klingelte. Gemeinsam gingen sie, um zu öffnen, und fanden Dr. Blaylock vor, der auf der Veranda stand. Der Hubschrauber des Sheriffs landete gerade auf dem Rasen.

»Ich habe durch Hamish gerade von Ihrem Großvater gehört«, sagte Blaylock und sah aufgeregt aus. »Mein herzliches Beileid, Germaine; er war ein wundervoller Mann und mein langjähriger Freund.«

»Danke, Dr. Blaylock«, sagte sie. »Was macht der Sheriff wieder hier, frage ich mich?«

»Ich fürchte, ich habe ihn angerufen, wie ich es ihm gestern schon vorschlug. Das war, bevor ich Hamish getroffen und von

Angus' Tod gehört habe. Es tut mir leid, daß der Zeitpunkt so ungünstig ist, aber ich muß sofort mit Ihnen und dem Sheriff sprechen, Germaine.«

»Gut«, antwortete sie.

»Und mit Ihnen auch, Miss Barwick«, sagte der Doktor. »Wir werden Ihren Rat brauchen, genauso wie den der Familie.«

»Wenn es sich um eine Familienangelegenheit handelt, sollte auch James dabeisein«, sagte Germaine. »Er ist der Sohn meines Großvaters, und es ist das beste, wenn sich alle an diese Vorstellung gewöhnen.«

»Gut«, sagte Dr. Blaylock.

Der Sheriff kletterte aus dem Hubschrauber und kam auf das Haus zugeschlendert.

Alle standen in der verwahrlosten Zahnarztpraxis, und Dr. Blaylock hatte den Leuchtkasten eingeschaltet. Er nahm einen Umschlag aus der Tasche und legte ein paar Röntgenaufnahmen auf die Scheibe; dann holte er ein paar Polaroid-Fotos hervor.

»Ich bin alle Krankenakten und Röntgenfotos durchgegangen. Zunächst habe ich alle Frauen, Kinder und alten Männer aussortiert. Dann waren es nicht mehr so viele Unterlagen.« Er hielt inne. »Ich habe Aufnahmen gefunden, die mit den Zähnen des Skeletts übereinstimmen, das wir im Grab von Light-Horse Harry Lee gefunden haben.«

»Wer war es?« fragte Germaine. »Wenn er sich hier die Zähne behandeln ließ, muß ich ihn gekannt haben.«

»Er hat sich die Zähne nie behandeln lassen, mit einer einzigen Ausnahme.« Der Doktor sah unglücklich aus.

»Und zwar?« sagte der Sheriff.

»Hier habe ich ein gutes Bild«, sagte Blaylock und hielt ein Foto neben die Röntgenaufnahme auf dem Leuchtkasten.

»Scheint das gleiche zu sein«, sagte der Sheriff. »Wie heißt er?«

»Das weiß ich noch nicht«, antwortete Blaylock.

»Stand der Name nicht auf der Akte?« fragte der Sheriff.

»Leider standen zwei Namen auf dieser Akte«, sagte Blaylock.

»Es gab keinen Hinweis, welche der Aufnahmen zu welcher Person gehörten.« Er hielt eine Akte hoch.

»Die Drummond-Zwillinge«, las der Sheriff laut.

Es herrschte Totenstille im Raum, während alle versuchten, diese Nachricht zu verdauen.

»Ich verstehe nicht, was Sie damit sagen wollen, Dr. Blaylock«, sagte Germaine schließlich.

»Ich will sagen, daß das Skelett im Grab von Light-Horse Harry Lee einer der Drummond-Zwillinge ist, entweder Hamish oder Keir.«

Plötzlich war Liz, als habe man ihr einen schweren Gegenstand vor die Brust geknallt. Sie wollte davonlaufen.

»Aber das ist völlig undenkbar«, sagte Germaine ruhig. »Sie haben Hamish gesehen, und auch Keir ist auf der Insel. Ich habe ihn gesehen, und Liz auch. Die Akte muß irgendwie verwechselt worden sein.«

»Nein«, sagte Dr. Blaylock, »sie wurde nicht verwechselt. Keiner der beiden hat je auch nur eine Füllung bekommen. Die einzige Zahnbehandlung, die sie je hatten, abgesehen von einer gelegentlichen Entfernung des Zahnsteins, fand statt, als die beiden sechzehn waren. Man hat ihnen am selben Tag die unteren Weisheitszähne gezogen. Dabei wurden diese Aufnahmen gemacht.«

Da Germaine immer noch nicht zu verstehen schien, was er damit andeutete, sprach Dr. Blaylock weiter. »Ich will damit sagen, daß einer der Zwillinge drüben in der Hütte liegt. Oder, besser gesagt, seine sterblichen Überreste.«

Germaine starrte Blaylock ungläubig an. Sie schien sprachlos.

»Wollen Sie sagen«, fragte der Sheriff, »daß einer der Jungen den anderen umgebracht und sich als sein Bruder ausgegeben hat?«

»Nein, das will ich nicht sagen. Ich habe keine Ahnung, wie oder wann der Junge getötet wurde. Aber«, fuhr er fort, »ich gehe jede Wette ein, daß uns Buck Moses das sagen kann.«

»Ich glaube, Sie haben recht«, sagte Liz.

»Wieso glauben Sie, daß Buck es weiß?« brachte Germaine heraus.

»Buck hat die Werkzeugkästen aus dem Zelt des Professors gestohlen«, erklärte Liz. »Ich habe sie in seinem Haus gesehen. Er muß es getan haben, weil er nicht wollte, daß das Grab von Light-Horse Harry aufgemacht wird.«

»Ich glaube, genau so war es«, sagte Blaylock. »Ich nehme an, daß Buck den Jungen am gleichen Tag, an dem er umgebracht wurde, in dem Grab beerdigt hat.«

Germaine sackte auf einen Stuhl.

Liz hielt sich am Tisch fest, um ihrer Gefühle Herr zu werden. »Germaine«, sagte sie schließlich, »wann hast du die Zwillinge zum letzten Mal zusammen gesehen?«

»Das weiß ich noch genau«, sagte Germaine. »Das war an dem Tag, als die beiden zum College fuhren, im September – warte mal, die Zwillinge sind jetzt siebenunddreißig, und damals waren sie achtzehn – neunzehnhundertsiebzig. Buck Moses hat sie in Großvaters Boot nach Fernandina gebracht.«

Sie rieb sich mit den Fingern über die Schläfen. »Ich weiß noch, daß Hamish in Princeton ankam, aber Keir nicht. Bis Weihnachten hörten wir nichts von ihm, dann bekamen wir einen Brief aus New York. Großvater und ich sind fast verrückt geworden, weil wir nichts von ihm hörten. Großvater hat ihn von Privatdetektiven suchen lassen.«

Dr. Blaylock wandte sich an James Moses, der schweigend zugehört hatte. »James, hat dein Großvater dir gegenüber jemals etwas davon erwähnt?«

»Nein, Sir«, sagte James. Er wirkte genauso schockiert wie Germaine und Liz.

»Ich würde sagen, am besten holst du ihn nach Dungeness«, sagte Blaylock.

Buck Moses saß in Angus Drummonds Arbeitszimmer, den Hut auf dem Schoß, und wischte sich das Gesicht mit dem Taschentuch ab. »Die beiden Jungen haben sich geliebt, so etwas habe ich noch nie erlebt«, sagte er. »Bis dieses Mädchen auf die Insel kam.«

»Ich erinnere mich«, sagte Germaine. »Gilly Sowieso, ich kann mich an den Nachnamen nicht mehr erinnern. Ihre Mutter hatte sie den ganzen August über auf die Insel gebracht.«

»Sie liebten das Mädchen«, sagte Buck, »alle beide. Sie liebten sie wie toll. Ich habe sie nie so erlebt, nur dieses Mal.«

»Was ist dann geschehen, Buck?« fragte Germaine und legte ihm die Hand auf die Schulter.

»Ich bin nach Dungeness gekommen, um sie abzuholen, um sie nach Fernandina zu bringen, damit sie dort ein Taxi zum Flugplatz nehmen konnten. Sie frühstückten gerade.«

»Ich weiß es noch«, sagte Germaine, »wir verabschiedeten uns von ihnen, Großvater und ich. Sie wollten keine Anzüge tragen.«

»Das stimmt. Sie hatten Jeans an, und sie sagten, sie würden sich auf dem Boot umziehen. Ich habe sie aufs Boot gebracht, und dann haben sie sich fürchtbar gestritten, um dieses hübsche Mädchen, so, wie Jungen eben streiten, und sie schlugen aufeinander ein. Ich habe das Boot angehalten, aber ich konnte nichts tun, es ging einfach nicht. Sie schlugen sich, sie fielen hin, und dann hat einer von ihnen sich nicht mehr bewegt. Er hatte Blut am Hinterkopf. Er war auf einen Bronzebeschlag gefallen.« Buck schloß die Augen. »An dem Beschlag klebte Hirnmasse.«

»Welcher war es, der sich den Kopf aufgeschlagen hat, Buck?« fragte Germaine und rückte ganz nah zu dem alten Mann hin.

»Ich schwöre bei Gott, ich weiß es nicht. Ich habe es nie gewußt, ich habe den anderen Jungen in Fernandina abgesetzt und ihm gesagt, er solle in die Schule gehen und den Mund halten, ich würde mich um seinen Bruder kümmern.«

»Und er ging, einfach so?«

»Er war wie in Trance. Er tat, was ich ihm sagte. Ich habe ihn in ein Taxi gesetzt und weggeschickt. Weihnachten habe ich ihn wiedergesehen. Es war Hamish.« Buck wischte sich wieder mit dem Tuch über die Stirn, und die Tränen rollten ihm über die Ebenholzwangen. »Als ich ihn das nächste Mal sah, war es Sommer, und er war Keir. Er war zu beiden Jungen geworden.«

»Und was haben Sie mit dem Toten gemacht, nachdem Sie Fernandina verlassen hatten?« fragte der Sheriff.

»Ich bin mit dem Boot zum Friedhof gefahren, habe ihn in das Grab des alten Harry gelegt und für ihn gebetet. Dann bin ich wieder zum Anlegesteg von Dungeness und habe zu keinem ein Wort gesagt, bis auf den heutigen Tag nicht. Ich habe auch Hamish und Keir gegenüber nichts erwähnt – wer er auch gerade war. Er verhielt sich, als ob der Unfall nie geschehen wäre, und ich auch. Wir haben nie wieder darüber gesprochen.«

Lange Zeit sagte niemand im Raum ein Wort; dann stand der Sheriff auf. »Germaine«, sagte er, »das hier geht mich nichts an. Ich bin für das, was hier vorgeht, nicht zuständig. Es gibt, soweit ich das beurteilen kann, kein Verbrechen, lediglich einen Unfall – fahrlässige Tötung, schlimmstenfalls, und die wäre schon längst verjährt. Ich werde niemanden verhaften, der so alt ist wie Buck Moses, nur weil er einen Todesfall verheimlicht hat, und ich überlasse es Ihnen, zu tun, was Sie für richtig halten.« Er klopfte den Staub von seinem Stetson. »Ich wünsche Ihnen allen einen guten Tag, und ich werde die Sache so schnell wie möglich vergessen. Germaine, mein Beileid wegen Mr. Drummond.« Er verließ das Zimmer und das Haus. Sekunden später hob der Hubschrauber vom Rasen ab.

»Buck«, sagte Germaine zu dem weinenden alten Mann, »ich weiß nicht, ob es richtig war, was du getan hast, aber du hast zumindest nichts Falsches getan. Du hast keinen Grund, ein schlechtes Gewissen zu haben. Ich danke dir, daß du mir all die Jahre meine... Brüder erhalten hast.«

James stand auf. »Komm, Großvater, ich bringe dich nach Hause.«

Die beiden gingen, und Dr. Blaylock stand auf. »Ich werde meinen Studenten erzählen, ich hätte keine übereinstimmenden Aufnahmen gefunden. Und mir selbst werde ich das auch einreden.« Er reichte Germaine die Röntgenaufnahmen der Zwillinge. »Hier, lassen Sie die verschwinden.«

Er verließ das Haus, und die beiden Frauen saßen allein im Arbeitszimmer.

Germaine sah Liz an und sagte, »was machen wir bloß?«

Liz sprach über ihre Benommenheit und ihren Kummer hinweg. »Wir holen Hilfe«, sagte sie.

Liz saß mit dem Telefonhörer in der Hand an Germaines Schreibtisch, und Germaine hörte ängstlich zu.

»Das ist die schlimmste Geschichte, die ich je gehört habe«, sagte Dr. Douglas Hamilton. »Was haben Sie bisher unternommen?«

»Bisher noch nichts«, sagte Liz.

»Dann haben Sie das Richtige getan«, sagte Hamilton. »Dieser Mann hat zwanzig Jahre so getan, ... nein, nicht so getan, er *war* zwei Personen. Es ist eine Art selbst hervorgerufener Schizophrenie, und die geht sehr tief. Ich nehme stark an, daß er sich in der Rolle des einen Zwillings an nichts von dem erinnern kann, was geschah, während er den anderen spielte.«

»Das ist doch nicht menschenmöglich«, sagte Germaine.

»Das Bewußtsein kann alles nach Belieben verdrängen, wenn die Motivation hoch genug ist. Die Schuld Ihres Bruders ist für ihn unerträglich, deshalb hat er den Tod seines Zwillingsbruders verdrängt. Die einzige Möglichkeit, seinen Bruder am Leben zu erhalten, besteht darin, dessen Leben zu leben, genau wie sein eigenes.«

»Aber wie können wir dem ein Ende bereiten?« drängte Germaine. »Wie können wir ihm helfen?«

»Sie können es gar nicht beenden, und helfen können Sie ihm nur, indem Sie so weitermachen wie bisher.« Hamilton seufzte. »Germaine, wenn Sie ihn zwingen, sich der Realität zu stellen, werden Sie ihn zerstören. Für einen eineiigen Zwilling ist Mord an seinem Bruder fast das gleiche wie Selbstmord, und die einzige Möglichkeit, dieser Tatsache aus dem Weg zu gehen, bestand darin, sie zu ignorieren. Wenn man ihn zwingt, sie sich bewußt zu machen, wird er sich sehr wahrscheinlich das Leben nehmen.«

»Könnten Sie ihn behandeln, wenn wir ihn zu Ihnen bringen würden?« fragte Liz.

»Das bezweifle ich. Nicht jeder kann psychiatrisch behandelt werden, wissen Sie, wie es auch unheilbare physische Krankheiten gibt. Nach allem, was Sie mir erzählt haben, führt er zwei verschiedene, aber einigermaßen stabile Existenzen. Nur, wenn man die Membrane zwischen diesen beiden Existenzen zerreißt, wird er wahrscheinlich Symptome psychischer Krankheit zeigen. Wenn das geschehen sollte und er diese Erfahrung überstehen sollte, wäre er vielleicht zu heilen. Aber ich bezweifle ernsthaft, daß er sie überstehen würde.«

»Wie lange wird das wohl dauern?« fragte Germaine.

»Bis ihn der Tod befreit«, sagte Hamilton.

»Danke, Ham«, sagte Liz. »Wir wollen Ihnen nicht weiter die Zeit stehlen.«

»Liz«, sagte Hamilton, »ich habe bemerkt, daß Sie diesen Mann lieben.«

»Ja«, antwortete Liz.

»Dann muß ich Sie warnen. Ich denke, daß Drummond einen Weg gefunden hat, wie er mit sich selbst leben kann, und er kann weiter so funktionieren. Aber Sie wissen etwas, das er nicht weiß, und dieses Wissen ist geeignet, Ihnen das Zusammenleben mit ihm zu erschweren, vielleicht sogar unmöglich zu machen. Sie werden nie mehr als eine Hälfte von ihm besitzen, oder ihn bestenfalls für kurze Momente ganz für sich haben. Und Sie werden niemals in der Lage sein, das Geheimnis zu verdrängen, wie er es getan hat; Sie werden jede Sekunde damit leben müssen. Bevor Sie sich entschließen, diese Beziehung fortzusetzen, sollten Sie sich genau überlegen, ob Sie damit leben können.«

»Danke, Ham. Darf ich Sie wieder anrufen?«

»Jederzeit, Liz.«

Sie legte auf und wandte sich Germaine zu.

»Mein Gott«, sagte Germaine. »Das wird für mich schon schlimm genug, aber was, zum Teufel, wirst du erst tun?«

»Ich glaube, ich werde herausfinden müssen, ob ich damit leben kann«, sagte Liz.

47

Liz wappnete sich, während sie nach Stafford Beach zurückfuhr, aber als sie ankam, war Keir nicht da.

Sie legte sich erschöpft auf die Couch, und ihr Blick fiel auf etwas Vertrautes, das auf dem Tisch lag: Angus Drummonds Handschrift und ihr Name. Es war der Umschlag, den er ihr beim Dinner gegeben hatte; das Geschenk, um dessen Annahme er sie gebeten hatte. Sie hatte es in einer Spalte ihres Schreibtischs versteckt. Keir mußte es dort hingelegt haben, damit es ihr ins Auge fiel.

Vorsichtig öffnete sie den Umschlag und las den einzigen Bogen, der darin war. Er trug das gleiche Datum wie das Testament.

ERBPACHT

Als der einzige Treuhänder des Cumberland Island Trust gewähre ich hiermit an dem Anwesen Stafford Beach und den daran angrenzenden zehn Hektar Land, wie auf der Landkarte in meinem Safe eingezeichnet, an Miss Elizabeth Barwick ein Erbpachtrecht für die Dauer ihres und ihres Ehemannes Leben sowie aller direkten Nachkommen. Sollten sie oder ihr letzter Nachkomme ohne gesetzlichen Nachfolger sterben, fällt das Erbpachtrecht an den Cumberland Island Trust. Ich ordne hiermit an, daß der Trust auf Anforderung der Erbpachtberechtigten für alle Instandhaltungskosten der Fassade des besagten Hauses und des es umgebenden Grundstückes aufkommen soll. Darüber hinaus ordne ich an, daß die Erbpachtberechtigte die Erlaubnis erhält, Fahrzeuge auf der Insel zu benutzen, sowie berechtigt sein soll, die Straßen, Anlegestellen, Wasserwege und die Landebahn der Insel kostenlos zu benutzen.

Es war das zweite Mal an diesem Tag, daß sie weinte.

Liz sah Keir erst am folgenden Tag wieder. Er kam am späten Nachmittag im Haus an und sah sich in der Küche nach einem Drink um. Er tat Eis in ein Glas und füllte es mit Bourbon auf.

Sie war auf ihn vorbereitet. Er kam ihr verändert vor. »Hast du von deinem Großvater gehört?«

»Ja«, sagte er, »Germaine hat es mir gesagt, und es hat mich überrascht. Ich habe immer gedacht, er würde mich überleben.«

»Komisch«, sagte sie, »genauso ist es mir auch gegangen; er war ein so vitaler Mann. Irgendwie kam er mir wesentlich jünger vor.«

»Ich glaube nicht, daß er je älter wurde als etwa zweiundzwanzig.«

»Kurz bevor er starb, war er für kurze Zeit wieder ganz jung«, sagte Liz und erzählte ihm, was sie erlebt hatte.

Keir grinste. »Als er jung war, war er ziemlich wild, wußtest du das?«

»Nein, aber es überrascht mich nicht. Er hat mir erzählt, er sei ein paar Jahre in Europa herumgereist.«

»Gereist ist nicht ganz der richtige Ausdruck. In der Familie erzählt man sich, er habe von Stockholm über Cannes nach Rom, Madrid, Paris und zurück eine Schneise durch Europa geschlagen, und zwar mit einer Diva im einen und einer Primaballerina im anderen Arm. Germaine hat mir verraten, daß sie einmal eine von ihm selbst aufgestellte Liste seiner Geliebten gefunden hat, und daß es über hundert waren.«

»Großer Gott!«

»Da bekomme ich das Gefühl, ein äußerst zurückgezogenes Leben geführt zu haben.«

»Im Vergleich zu ihm haben wir das wohl alle!«

»Hast du den Umschlag aufgemacht?«

»Ja.«

»Er hat dir das Haus vermacht, nicht wahr?«

»In Erbpacht, der Gute. Ich glaube, wir werden Nachbarn.«

Er küßte sie sanft. »Das ist mir sehr recht.«

»Hat Germaine dir von dem Testament erzählt?«

»Ja«, sagte er, und wechselte sofort das Thema. »Übrigens, sie hat uns für heute abend in die Pension eingeladen.«

Liz sah ihn verblüfft an. »Und du willst hingehen?«

»Sicher, warum nicht?«

Er hatte die Pension gemieden, seit sie ihn kannte. »Ja, warum eigentlich nicht? Ich glaube, ich ziehe mir etwas Lässiges an.« Sie blickte auf seine kurzen Hosen. »Was ist mit dir? Gehst du so, oder bist du der Ansicht, du solltest lieber den Lendenschurz anziehen?«

»Ach, ich denke, ich nehme den Lendenschurz«, sagte er. »Die Shorts sind zu fein, wo es in der Pension doch so lässig zugeht.«

Eine Stunde später kamen sie in der Pension an. Liz warf einen Seitenblick auf Keir. Er trug ausgebeulte Leinenhosen und ein altes Seidenhemd. »Du siehst ziemlich elegant aus«, sagte sie. »Weißt du, daß ich dich jetzt zum ersten Mal in langen Hosen sehe?«

»Psst, was sollen denn die Gäste denken?« Sie gingen die Vordertreppe hinauf. »Diese Sachen haben eigentlich meinem Vater gehört. Ich könnte sogar mit Frack und Fliege dienen, wenn es sein müßte.«

Am oberen Ende der Treppe blieb Liz stehen und blickte zum Himmel. »Es sieht nach Regen aus«, sagte sie.

»Nach einer ganzen Menge Regen, würde ich sagen«, erwiderte Keir.

In der Bar waren zwei Paare, und Germaine goß Drinks ein. Sie wirkte müde, aber fröhlich.

»Guten Abend, ihr beiden.« Sie grinste. »Was hättet ihr gern zu trinken?«

»Ich denke, ich nehme Bourbon«, sagte Keir. »War viel los?«

»Das kann man wohl sagen. Zu allem Überfluß bin ich heute zum ersten Mal seit Wochen völlig ausgebucht. Sogar das gräßliche Einzelzimmer ist belegt – ein Mann, denkt nur!«

»Vorsicht, Germaine«, sagte Keir und rückte näher heran. »Fang nichts mit Gästen an.«

»Das ist *meine* Regel, deshalb brauche ich mich auch nicht danach zu richten«, sagte Germaine verschmitzt. Sie reichte Keir die Drinks. »Sowohl in Atlanta als auch in Jacksonville werden morgen Todesanzeigen in den Zeitungen erscheinen. Ich habe für Montag alles vorbereitet.«

»Sag mir bitte Bescheid, wenn ich dir irgendwie helfen kann«, sagte Liz.

»Ich werde dich brauchen, wenn wir Dungeness ausräumen. Da brauche ich jemanden mit Kennerblick, der mir hilft zu entscheiden, was wir behalten und was wir wegwerfen sollen.«

»Dabei helfe ich dir gern.«

Germaine wandte sich ab, um andere Gäste zu bedienen, die hereinkamen. Liz und Keir fanden ein Sofa und setzten sich.

»Na, wie fühlt man sich als Herdentier?« fragte Liz.

»Hatte ich ganz vergessen«, antwortete Keir. »Seit Wochen war ich nicht mehr mit so vielen Menschen im selben Raum.«

»Du solltest es öfter versuchen.«

Dr. Blaylock kam mit einer etwa gleichaltrigen Frau herein.

»Guten Abend, Dr. Blaylock«, sagte Liz.

»Ah, Miss Barwick, darf ich Ihnen meine Frau vorstellen?«

»Guten Abend«, sagte Liz. »Und das ist Keir Drummond.«

Sie hielt den Atem an. Sie war gespannt, wie er reagieren würde.

»Mister Drummond, ich habe schon von Ihnen gehört«, sagte Blaylock freundlich. »Der Tod Ihres Großvaters tut mir sehr leid. Er war ein guter Freund, und er wird mir fehlen.«

»Danke sehr«, sagte Keir.

»Ich habe gehört, daß Sie die Insel genauso gut kennen sollen wie Buck Moses.«

»Niemand kennt die Insel so gut wie Buck Moses«, lachte Keir.

»Der alte Buck scheint Dinge zu wissen, die niemand sonst ahnt«, sagte Blaylock.

»Nun«, erwiderte Keir, »Buck lebt in einer anderen Welt als wir übrigen. Sein Vater wurde Mitte des letzten Jahrhunderts als Sklave auf diese Insel verschleppt. In Buck schlummert noch viel von Afrika, glaube ich.«

»Ohne Zweifel«, sagte Blaylock.

»Wieviel haben Sie noch zu tun?« fragte Keir.

»Wir sind fertig. Gestern haben wir die beiden letzten Särge abtransportiert. Für die Beerdigung am Montag werden wir wohl alle Grabsteine an ihrem Platz haben.«

Germaines Stimme schallte herüber: »Das Dinner ist angerichtet.«

Die Gäste tranken ihre Gläser aus und setzten sich zum Speisesaal im Erdgeschoß in Bewegung.

Donner rumpelte von draußen herein, und es begann zu regnen.

»Das dürfte der Hurrikan Iago sein«, sagte Dr. Blaylock.

»Ein Hurrikan?« fragte Liz erschrocken. »Wird er hier herüberziehen?«

»Wahrscheinlich nicht, wenn man dem National Weather Service Glauben schenken darf. Sie sagen voraus, daß er irgendwo an der Küste von North Carolina oder Virginia aufs Festland treffen wird«, erklärte Blaylock. »In Charleston macht man sich allerdings ziemliche Sorgen, die haben sich noch nicht ganz von Hugo erholt.«

»Ich bin froh, daß Iago nach Norden abdreht«, sagte Keir. »Wir haben hier das letzte Mal vor über fünfzehn Jahren die volle Wucht eines Hurrikans abbekommen, und danach hatten wir lange mit Aufräumen zu tun.«

Sie kamen im Speisezimmer an, und Germaine dirigierte Keir, Liz und die Blaylocks an einen Tisch. »Ich bin gleich bei euch«, sagte sie. »Ich will noch einmal in die Küche schauen, bevor ich mich setze.«

Keir rückte Liz den Stuhl zurecht, sie setzte sich, faltete ihre Serviette auseinander, trank einen Schluck Wasser und sah sich im Raum um. Ihr Blick blieb an einem wohlvertrauten Rücken an einem anderen Tisch hängen, und sie erzitterte.

»Stimmt etwas nicht?« fragte Keir.

Liz versuchte zu sprechen, brachte es aber nicht zustande.

Keir beugte sich zu ihr hin. »Liz, du bist weiß wie die Wand, und du zitterst. Was ist los?«

Der Rücken erhob sich breit und gewaltig. Oben drauf saß ein blonder, kurzgeschorener Schopf auf einem furchtbar dicken Hals. Der Kopf drehte sich, und sie erkannte das vertraute, grobschlächtige Profil. Die Augen wanderten durch den Raum, ruhten auf ihr, wanderten weiter.

»Bring mich weg«, brachte Liz heraus. »Schnell.«

»Bitte entschuldigen Sie uns einen Augenblick«, sagte Keir zu den Blaylocks. Er legte Liz den Arm um die Taille, half ihr auf die Beine und brachte sie in die Küche.

Germaine sah sie an und kam eilig heran. »Was ist denn los, Mädchen?«

»Ihr ist nicht gut«, sagte Keir. »Ich passe auf sie auf. Geh nur und kümmere dich um deine Gäste.«

Er führte sie in das Eßzimmer des Personals und bugsierte sie auf den Stuhl. Dann nahm er ein Glas und goß Wasser ein.

»Nein, das brauche ich nicht«, stöhnte Liz.

»Was ist denn los? Soll ich einen Arzt holen?«

»Nein. Mein Ex-Mann sitzt im Speisezimmer.«

»Was? Der Kerl, der...«

»Ja, genau der.«

»Aber Germaine hätte ihn hier nicht hereingelassen.«

»Germaine kennt nicht einmal seinen Namen. Wahrscheinlich benutzt er sowieso einen falschen.«

»Den Kerl würde ich gern treffen«, sagte Keir und straffte sich.

»Nein!« Sie schrie fast. »Daß du mir nicht in seine Nähe gehst.«

»Gut, wenn du es so willst«, murmelte Keir, aber er schien nicht erfreut darüber zu sein.

»Wir müssen den Sheriff holen.«

Keir faßte sie an die Schulter. »Nein, Liz, sei vernünftig. Was sollen wir denn dem Sheriff sagen? Der Kerl hat nichts verbrochen. Außerdem fährt heute abend niemand durch den Cumberland Sound, nicht bei diesem Wetter.«

»Bring mich zum Haus zurück, ja?«

»Natürlich.«

Er half ihr die Treppe hinauf und zur Tür hinaus. Blitze zuckten, und sie eilten durch den stärker werdenden Regen die Treppe hinab. Die riesigen Eichen auf dem Rasen schwankten und ächzten in der Dunkelheit.

»Ich muß sofort von der Insel verschwinden«, sagte sie, als sie von der Pension wegfuhren.

Keir legte den Arm um sie und zog sie heran. »Liz, das ist unmöglich«, sagte er. »Sieh dir nur dieses Wetter an. Außerdem glaube ich, daß du übertreibst. Warum sollte er dir etwas tun? Eure Ehe ist vorüber.«

»Darum geht es doch. Sie ist vorüber. Baker hat es schon immer gehaßt zu verlieren, und seit er die Medikamente nimmt, hat sich das bis zum Wahn gesteigert. Ich glaube, er betrachtet die Scheidung als eine Art öffentlicher Demütigung, sie hat das Faß endgültig zum Überlaufen gebracht. Er hat mich beinah umgebracht, weil ich ihm erklärte, daß ich mich scheiden lassen will. Jetzt will er den Vorsatz endgültig in die Tat umsetzen. Ich bin hier nicht mehr sicher.«

»Hat er dich gesehen?«

»Er hat mich angeschaut, aber ich glaube nicht, daß er mich erkannt hat. Mein Haar war früher viel länger, und ich bin viel dünner als zu der Zeit, als er…«

»…vielleicht weiß er gar nicht, daß du hier bist. Vielleicht ist er zufällig in der Pension. Das ist denkbar; eine Menge Leute kommen in die Pension.«

»Das ist kein Zufall«, sagte Liz. »Er ist meinetwegen hier.« Sie nahm die Hand vor den Mund. »O Gott, wir müssen Germaine über ihn informieren.«

»Kein Grund, sie aufzuregen. Selbst wenn du recht hast und er ist deinetwegen hier, besteht für sie oder sonst jemanden in der Pension keine Gefahr. Hör mal, warum legst du dich nicht ein bißchen hin? Ich bleibe bei dir, und wenn du morgen früh immer noch abreisen willst, wenn der Sturm vorübergezogen ist, bringe ich dich mit Großvaters Boot selbst hinüber.«

Sie kamen beim Haus an und rannten durch den strömenden Regen und den stärker werdenden Wind hinein. Liz warf sich aufs Bett und unterdrückte die Tränen.

»Bleib hier«, sagte Keir. Er verließ das Schlafzimmer und kehrte mit einem großen Bourbon zurück. »So, kipp das runter. Das wird dich entspannen.«

Liz nahm einen Schluck. »Mein Gott, das habe ich gebraucht.«

Sie drehte sich um und sah ihn an. »Du läßt mich heute nacht doch nicht allein?«

»Natürlich nicht.« Er lächelte. »Mir fällt auch kein Ort ein, wo ich lieber schlafen würde.«

Sie hielt ihm das Glas hin. »Halte das mal einen Moment.« Sie ging hinaus und kam mit einem dreißig Zentimeter langen Tranchiermesser aus der Küche zurück.

»Ich hoffe, es stört dich nicht, wenn ich das hier mit ins Bett nehme.«

»Nicht, solange es auf deiner Seite des Bettes bleibt«, sagte Keir und warf einen mißtrauischen Blick auf die gefährlich aussehende Klinge.

»Keir, ich möchte, daß du morgen etwas für mich tust.«

»Was du willst.«

»Ich möchte, daß du mir eine Pistole besorgst. Im Ernst.«

»Gut. Großvater hat ein paar Waffen in seinem Arbeitszimmer. Ich suche dir etwas gefährlich Aussehendes aus.«

Sie nahm noch einen Schluck Bourbon und lehnte den Kopf an seine Schulter. »Wenn ich die heutige Nacht überstehe, wird alles gut, denke ich.«

Kurz nach Mitternacht, als sie schon glaubte, alle ihre Gäste hätten sich zurückgezogen, stand Germaine in der Bar und spülte Gläser. Ein Mann betrat das Zimmer.

»Ah, Mr. Sutherland, Sie sind noch wach?« sagte sie und schenkte ihm ein bezauberndes Lächeln.

»Nennen Sie mich Bob«, sagte er. »So nennt mich jeder.«

»Sagen Sie Germaine zu mir. Möchten Sie einen Schlummertrunk, Bob?«

»Aber gern. Einen Cognac, bitte.«

Germaine schenkte beiden ein großes Glas ein und stellte seines auf die Theke.

Er nahm ihn, roch daran und trank einen Schluck, ohne die Augen von ihr zu wenden.

Germaine lehnte sich auf die Theke und gewährte ihm einen

Blick in ihren Ausschnitt auf ihre beachtlichen Brüste. Sie trug keinen Büstenhalter.

»Sie sind eine sehr attraktive Frau, Germaine«, sagte er.

Germaine lächelte. »Ich habe das Gefühl, Bob, daß dieser Cognac Sie nicht zufriedenstellt. Kann ich sonst irgend etwas für Sie tun?«

Er lächelte und entblößte große, ebenmäßige Zähne. »Wo betten Sie Ihr Haupt zur Ruhe, Germaine?«

»In einem Häuschen, gleich gegenüber dem Vorderrasen.«

»Möchten Sie es mir nicht zeigen?«

»Sehr gern«, sagte Germaine, »nehmen Sie Ihren Drink mit.« Sie ergriff die Cognacflasche, schnappte sich einen Regenschirm von der Garderobe neben der Haustür und führte ihn in die Nacht hinaus.

48

Das erste, was er sah, war die Dunkelheit; das erste, was er hörte, war Stille. Dann ein Piepsen – schwach, gleichmäßig, und dann ein anderes Geräusch.

»Pssst«, sagte eine weibliche Stimme. »Versuchen Sie nicht zu sprechen; ich hole den Arzt.«

Kleider raschelten, Gummisohlen quietschten auf Linoleum, und dann war nur noch das Piepsen zu hören. Eine lange Zeit schien zu vergehen, und er versuchte sich zu orientieren. Bevor er es geschafft hatte, hörte er aus nächster Nähe eine männliche Stimme.

»Versuchen Sie nicht zu sprechen«, sagte die Stimme. »Öffnen Sie die Augen.«

Er schlug die Augen auf. Der Mann stand so dicht vor ihm, daß er ganz verschwommen war.

Er versuchte zu sprechen, aber Mund und Kehle waren zu trokken, als daß er einen Ton hätte herausbringen können. Jemand schob ihm einen gläsernen Trinkhalm in den Mund, und als er daran zog, kam wundervolles süßes Wasser. Er ließ es durch den Mund rinnen und schluckte. Wieder versuchte er zu sprechen.

»Wie bitte?« sagte der Mann. »Was sagten Sie?«

»Haynes«, brachte Williams heraus.

»Hier, Lee«, antwortete Haynes' Stimme. »Deine Frau ist auch hier.«

»Hallo, Schatz«, sagte sie.

»Noch einen Moment, Captain, Mrs. Williams«, sagte der andere Mann.

Er spürte einen stechenden Schmerz im Fuß.

»Haben Sie etwas gespürt, Lee?« fragte der Arzt.

»Mein Fuß«, sagte Williams.

»Versuchen Sie, mit den Zehen zu wackeln.«

Williams wackelte.

»Und jetzt den anderen Fuß.«

Er wackelte wieder.

»Nehmen Sie meine Hand, und drücken Sie sie.«

Er drückte.

»Jetzt die andere Hand.«

Er drückte wieder.

»Sehen Sie auf meinen Finger. Folgen Sie ihm mit den Augen, ohne den Kopf zu bewegen.«

Er folgte dem Finger.

»Gut, sehr gut. Lee, Sie sind vor ungefähr einer Stunde vom Operationstisch gekommen, und Sie tragen eine ziemlich aufwendige Halskrause. Sie haben ein paar Halswirbel gebrochen, aber die Operation war erfolgreich, und Sie haben keine, ich wiederhole, keine Lähmungen. Verstehen Sie?«

»Ja«, erwiderte Williams. »Ed?«

»Ich bin hier, Lee«, sagte Haynes. »Herr Doktor, kann ich ihn bitte einen Augenblick allein sprechen.« Das klang nicht wie eine Frage.

»Nur einen Augenblick, nicht länger«, erwiderte der Arzt.

»Lee, war es Ramsey?«
»Ja.«
»Ich glaube, ich weiß, was du dort getrieben hast. Mach dir wegen der Pistole keine Sorgen. Sie ist weg.«
»Danke. Captain, die Frau ist in...«, er versuchte sich zu erinnern; es war kein gängiger Name. »Irgendwo auf einer Insel.«
»In Georgia?«
»Ich glaube schon.«
»Lake Lanier?«
»Nein, vor der Küste.«
»Jekyll? Sea Island? Cumberland?«
»Die ist es, Cumberland.«
»Sonst noch etwas? Weißt du, wo auf der Insel?«
»Nein. Wie lange war ich weggetreten?«
»Drei Tage. Es ist Freitag abend.«
»Dann beeil dich lieber; er ist inzwischen dort.«
»Gut. Willst du mir sonst noch etwas sagen?«
»Schnapp ihn dir.«

Haynes setzte sich sofort in Bewegung. »Ich brauche eine Karte vom ganzen Staat«, sagte er zu dem Detective. »Sehen Sie nach, ob Sie im Krankenhaus eine bekommen können.«
»Gleich dort drüben, Captain«, sagte der Polizist und zeigte auf eine Wand. Dort hing eine gerahmte Landkarte von Georgia.
»Okay«, sagte Haynes und tippte mit dem Finger auf das Glas. »Hier ist es, nördlich von Jacksonville. Rufen Sie das Hauptquartier an, und reservieren Sie uns den Hubschrauber – den großen. Ich informiere den Sheriff dort.«
»Ja«, sagte der Polizist und lief zu einer Telefonzelle.
Haynes besetzte den Schreibtisch der Nachtschwester. Ein paar Anrufe später hatte er den Sheriff in dessen Haus am Apparat.
»Hier spricht Captain Haynes, Sheriff, Leiter des Morddezernats, Atlanta Police Department. In Ihrem Revier läuft ein Mörder frei herum, und ich bin bei Ihnen, so schnell ich kann.«
»Wer und wo?« fragte der Sheriff.

»Sein Name ist Baker Ramsey.«

»Der Football-Spieler?«

»Genau der. Er ist auf Cumberland Island, und er wird eine Frau namens Elizabeth Barwick umbringen, wenn wir ihn nicht daran hindern.«

»Ich war gestern auf der Insel und bin Miss Barwick begegnet. Sie ist dort bei Freunden, und das ist auch gut so, denn von hier aus wird so schnell niemand zur Insel ablegen.«

»Was soll das heißen? Wie weit draußen liegt die Insel?«

»Nicht ganz eine Meile, aber diese Meile ist heute nacht verdammt lang. Wir haben uns einen Hurrikan eingefangen, und der wird irgendwo bei uns aufs Festland treffen, vielleicht schon heute abend, der Wind hat jetzt schon eine Geschwindigkeit von hundertfünfzig Kilometern. Das soll heißen, daß kein Hubschrauber fliegen kann und kein Mensch versuchen wird, den Inland Waterway mit einem Boot zu überqueren. In der Lagune schlagen die Wellen fünf Meter hoch, und das ist ein Binnengewässer.«

»Scheiße«, sagte Haynes, »entschuldigen Sie den Kraftausdruck. Gibt es auf der Insel ein Telefon?«

»Eins, im Greyfield Inn. Bleiben Sie dran, ich hole Ihnen die Nummer.«

Er kam kurz darauf zurück und las die Ziffern vor. »Es ist so ein Funktelefon. Eine Telefonleitung gibt es auf der Insel nicht.«

»Danke für Ihre Hilfe, Sheriff.« Haynes gab seine eigenen Telefonnummern durch. »Sind Sie so nett, mich sofort anzurufen, wenn der Sturm nachläßt?«

»Bestimmt werde ich das tun, und ich selbst werde, so schnell es geht, dort hinfahren.«

Haynes legte auf und wählte die Nummer, die ihm der Sheriff gegeben hatte. Es klingelte einige Male, und dann kam eine Botschaft vom Band: »Der BellSouth-Teilnehmer, dessen Nummer Sie gewählt haben, antwortet nicht. Bitte versuchen Sie es später wieder.« Er wählte noch ein halbes Dutzend Mal und bekam jedes Mal die gleiche Antwort.

Der Detective kam an den Schreibtisch der Nachtschwester.

»Die Flugabteilung hat mir gesagt, daß heute nacht keine Flüge mehr gehen, nur nach Norden oder Westen. Vor der Küste treibt ein Hurrikan sein Unwesen, und im ganzen Südosten Georgias sieht es schlecht aus. Die rechnen damit, daß das mindestens vierundzwanzig Stunden so bleibt.«

»Das habe ich bereits gehört«, sagte der Captain. »Der Sheriff dort meint, man könne es auch mit einem Boot nicht schaffen.«

Die beiden Männer standen stumm am Schreibtisch und dachten nach.

»Mir fällt nichts ein«, sagte der Detective kurze Zeit später.

»Mir auch nicht, nur, daß wir weiter versuchen sollten, telefonisch die Pension zu erreichen. Es ist niemand rangegangen.«

Das Gesicht des Detectives hellte sich auf. »Vielleicht könnten wir…« er runzelte wieder die Stirn. »Nein, es muß ein Hubschrauber oder ein Boot sein, stimmt's?«

»Stimmt.«

»Mir fällt überhaupt nichts ein.«

Der Captain nahm den Hörer ab und wählte. »Hallo, Schatz, ich bin's«, sagte er. »Warte nicht auf mich. Ich komme wahrscheinlich nicht vor morgen abend nach Hause. Dienst. Ich dich auch.« Er legte auf und wandte sich dem Detective zu. »Sind Sie verheiratet?«

»Nein, Sir.«

»Dann kommen Sie, wir haben einen langen Weg vor uns.«

Sie verließen Atlanta auf dem Interstate Highway 75 in südlicher Richtung. Die rote Signalleuchte auf dem Armaturenbrett bahnte ihnen den Weg. Eine Stunde südlich von Macon trommelte heftiger Regen auf die Scheibe, und Captain Haynes mußte mit der Geschwindigkeit auf achtzig Stundenkilometer heruntergehen.

49

James Moses Drummond erwachte von einem lauten, seufzenden Geräusch, dem ein knirschender Aufprall folgte. Er brauchte eine Weile, um darauf zu kommen, woher das Geräusch stammte: Es handelte sich um einen Baum, und zwar um einen großen. Der Wind und die Hütte machten einen solchen Lärm, daß es ihn wunderte, daß er es überhaupt wahrgenommen hatte. Er hatte keine Uhr, aber es mußte mitten in der Nacht sein. Ein Lichtschein aus dem Nebenzimmer der ehemaligen Sklavenhütte verriet ihm, daß dort ein Feuer entfacht worden war.

James stand auf und stieg fröstelnd in seine Jeans. Er ging in das andere Zimmer und sah Buck Moses, der vor einem flackernden Treibholzfeuer saß, in seinem Schaukelstuhl wippte, in die Flammen starrte und tonlos vor sich hin summte.

»Großvater, wieso bist du um diese Zeit noch auf?«

Buck Moses nahm erst jetzt seinen Enkel war. »Der böse Wind ist gekommen«, sagte er.

»Da hast du recht«, stimmte James zu. »Ich habe noch nie einen so heftigen Wind gehört.«

Ein gewaltiger Windstoß folgte, und das Haus schien in Bewegung zu geraten. Die Dachbalken knarrten beängstigend. James kam näher zum Feuer, um sich zu wärmen.

»Du bist ein guter Junge«, sagte Buck und betrachtete wohlwollend seinen Enkel. »Du wirst es auch bleiben.«

»Das werde ich, Großvater«, erwiderte James. Es war das erste Mal seit langer Zeit, daß sein Großvater sich über sein Verhalten äußerte.

»Du hast ein gutes Leben vor dir«, sagte Buck. »Du wirst etwas zu sehen bekommen, du wirst die ganze Welt kennenlernen.«

»Wirklich?«

Buck nickte. »Aber vergiß die Insel nicht, hörst du? Hier sind deine Wurzeln, vergiß das nicht.«

»Nein, Großvater.«

»Meine Leute rufen mich«, sagte Buck und blickte wieder ins Feuer. »Ich muß bald gehen.«

James fröstelte trotz des Feuers. Er wußte nichts zu sagen. Regenmassen prasselten auf das Blechdach und verursachten einen fürchterlichen Lärm. »Großvater«, schrie er, um das Getöse zu übertönen.

Während er sprach, steigerte sich der Wind zu einem Heulen, das sogar das Prasseln auf dem Blechdach zum Verstummen brachte. Das kleine Haus ächzte, und James sah zu den Dachbalken hinauf. Er ging zum Fenster, um hinauszusehen, und währenddessen bewegte sich die Hütte mit dem Wind. Diesmal bewegte sie sich immer weiter. Es knarrte laut, Holz splitterte, und das Haus fiel langsamer zusammen, als James es für möglich gehalten hätte. Er wußte nicht, wohin er rennen sollte, stand da und starrte seinen Großvater an. Als das Haus einstürzte, kam der Kamin mit herunter und krachte wie ein gefällter Baum genau auf die Stelle nieder, an der Buck Moses im Schaukelstuhl saß.

Als James zu sich kam, schien nur ein Augenblick vergangen zu sein. Er lag unter einem Bretterhaufen, und um ihn herum waren Glasscherben. Der Wind heulte noch lauter als zuvor, und der Regen fiel sturzbachartig vom Himmel. Die Reste des Feuers verloschen zischend. James stellte fest, daß er sich bewegen konnte. Er scharrte die Trümmer beiseite und befreite sich. Er kämpfte sich auf die Beine und wurde vom Wind sofort wieder umgeblasen. Dem konnte man nicht standhalten, stellte er fest.

Er krabbelte zu der Stelle, an der sein Großvater unter einem Ziegelhaufen lag, und fing gebückt an, die Ziegel beiseitezuräumen. Während das Feuer endgültig ausging, tastete er unter den Trümmern nach Buck. Dann schleppte er den alten Mann über eine halbe Stunde lang Zentimeter um Zentimeter aus der Ruine der Hütte, die zehn Meter bis zu der kleinen Kirche, die unter dem Schutz zweier riesiger Eichen dem Hurrikan getrotzt hatte.

Schließlich, nachdem er es geschafft hatte, während einer kurzen Windstille die Tür zu schließen, nahm er Kerzen und Streichhölzer vom Altar und brachte sie an die Stelle, wo sein Großvater lag. Im Licht sah er Blut auf der Stirn des alten Mannes. Er lehnte sich gegen die Kirchentür und schloß die winzige Gestalt seines Großvaters in die Arme.

Buck Moses war tot, und James konnte nur darauf warten, daß der Hurrikan aufhörte. Sein Weinen vermischte sich mit dem Heulen des Windes und dem Prasseln des Regens.

50

Ed Haynes saß angespannt auf dem Beifahrersitz des Streifenwagens und versuchte, über die Lichtkegel der Scheinwerfer hinauszusehen.

»Ich muß rechts ranfahren, bis das Unwetter nachläßt«, sagte der Detective und lenkte den Wagen auf den Seitenstreifen. »Wie weit ist es noch?«

Haynes schaltete die Innenbeleuchtung ein und sah auf die Straßenkarte. »Etwa fünfundzwanzig Meilen, schätze ich. Ich bin, ehrlich gesagt, überrascht, daß wir es so weit geschafft haben.«

»So etwas habe ich in meinem ganzen Leben noch nicht erlebt«, sagte der Detective. »Das Wasser steht bestimmt zwanzig Zentimeter hoch auf der Straße; es ist, als fahre man auf einem Fluß.«

Haynes suchte im Radio einen Sender aus Jacksonville.

»Und jetzt die neuesten Nachrichten vom Hurrikan Iago«, sagte eine Stimme. »Der Sturm hat vor vier Stunden überraschend seine Richtung um fünfundvierzig Grad gedreht und das Festland Stunden früher und hundert Meilen weiter südlich erreicht, als erwartet wurde. Das Zentrum wird bei Sonnenaufgang die Küste nördlich von Jacksonville treffen, und der Wetterdienst hat mitgeteilt, daß das Schlimmste bis zum späten Vormittag überstanden sein dürfte.«

»Das ist doch was«, sagte der Detective.

»Ich bin froh, daß wir gefahren sind«, sagte Haynes. »So können wir wenigstens zum frühestmöglichen Zeitpunkt auf die Insel. Wenn der Sturm etwas nachließe, könnten wir in einer halben Stunde beim Sheriff sein.«

»Er läßt aber noch nicht nach«, antwortete der Detective. »Ein Trost ist, daß Ramsey bestimmt genauso festgenagelt ist wie wir.«

»Das hoffe ich«, erwiderte Haynes und betrachtete die Wischerblätter, die über die Scheibe schwammen.

51

Liz saß kerzengerade im Bett, völlig verschlafen und desorientiert. Sie trug nur ein T-Shirt, und Keir lag nicht bei ihr im Bett. Der Wind jaulte um das Haus, gellend, wie ein wütendes prähistorisches Tier. Was war los? Wovon war sie aufgewacht? Pechschwarze Dunkelheit – kein Mond, nicht einmal Sterne waren zu sehen – und ein unglaublich heftiger Regen trommelte auf das Blechdach des Hauses.

Der Wecker neben dem Bett schimmerte grün und zeigte, daß es kurz nach sechs Uhr morgens war. Der Lärm des Regens und des Windes wurde durch ein anderes Geräusch übertönt; ein Knallen und Krachen. Sie taumelte aus dem Bett, widerwillig wand sie sich aus der warmen Decke, tastete sich zur Wohnzimmertür vor und kam dort an, bevor ihr einfiel, daß sie das Messer vergessen hatte. Dann durchfuhr sie die Erinnerung: Baker war auf der Insel.

Sie wollte gerade zurücklaufen, um ihr Messer zu holen, als ein jäher Blitz das Zimmer strahlendhell erleuchtete. Mitten im Zimmer befanden sich Baker Ramsey und Keir Drummond, in schweigendem Kampf umschlungen. Baker schlug auf Keirs Hinterkopf ein; Keir hielt ein Büschel von Bakers kurzem Haar in der Hand und fuhr mit der anderen nach seinen Augen.

Liz stand wie angewurzelt da, während der Blitz verschwand, dem augenblicklich ein weiterer folgte. Die Haltung der beiden hatte sich inzwischen geändert. Baker hielt nun mit beiden Armen Keirs schlanken Körper umschlossen und drückte den kleineren Gegner in einer mächtigen Umarmung an sich. Kurz bevor das Licht wieder verschwand, sah Liz, wie Keirs Kopf sich gegen Bakers Kopf wandte und sich mit einem Ohr in den Zähnen wieder losriß. Ein Schrei durchbrach die Dunkelheit.

Im Licht des Blitzes hatte sie noch etwas anderes registriert. Das Weinregal auf der Theke zwischen Küche und Wohnzimmer. Sie fand den Weg aus dem Gedächtnis heraus, erreichte es und bewegte sich dann zu der Stelle, an der die beiden Männer gerungen hatten. Als der nächste Blitz zuckte, stand sie bereit.

Sie nahm den Hals der Weinflasche in beide Hände und schlug sie mit aller Kraft auf Bakers Kopf. Die Flasche zerplatzte, und der Rotwein spritzte überallhin. Baker ließ Keir los und stürzte benommen auf die Knie. Das Licht verschwand, und Liz schlug mit dem abgeschlagenen Ende der Flasche in die Richtung, in der Baker gewesen war. Beim nächsten Blitz sah sie den Flaschenhals in Bakers Schulter stecken. Sie legte all ihr Gewicht hinein, als sie ihm die zerbrochene Flasche den Rücken entlangzog, sein Hemd zerfetzte und eine Blutspur entlang seiner Wirbelsäule hinterließ.

Baker schrie so wild, wie Liz es keinem menschlichen Wesen zugetraut hätte, und in der plötzlichen Dunkelheit warf sie sich zur Seite, als er herumfuhr, um sie zu schlagen. Beim Hinfallen erhaschte sie einen flüchtigen Blick auf Keir, der zusammengekrümmt und bewußtlos auf dem Boden lag.

Baker hatte es jetzt auf sie abgesehen, und sie wußte, er würde nun auf sie losgehen, nicht auf Keir. Sie rannte in die Küche, schnappte die Autoschlüssel vom Tisch, bevor es wieder hell aufblitzte und Baker ihren Fluchtweg entdecken würde. Sie rannte aus dem Haus, stolperte auf der Veranda über ein Beil. Sie wußte, daß er ihr folgen würde, und sprang von der Treppe. Sie fiel im Dunkeln auf den Boden und überschlug sich, dann der nächste Blitz, der den Jeep vor ihr erleuchtete.

Die Windböen rissen sie fast um, und sie mußte sich gegen den Wind stemmen wie gegen eine Wand, um die Richtung beizubehalten. Sie erreichte den Jeep und schaffte es, die Tür zu öffnen. Die Beleuchtung im Innern des Fahrzeugs schaltete sich ein. Sie war noch geblendet, als sie beim Schließen der Tür wieder ausging. Während sie nach dem Zündschloß suchte, bekam sie kaum mit, wie ein dicker Ast auf die Motorhaube polterte und davongeweht wurde. Sie schlug den Gangknüppel nach vorn, trat auf das Gaspedal und vergaß dabei, die Scheinwerfer einzuschalten. Als sie ihr einfielen und sie sie einschaltete, stellte sie fest, daß sie direkt auf Germaines Lieferwagen zuhielt, der quer auf der Straße stand. Sie lenkte wild zur Seite, traf aber dennoch einen Kotflügel des Lieferwagens und schob ihn beiseite, als habe ihn ein Riese getreten. Dann raste sie auf der Straße davon. Wie war Baker an Germaines Lieferwagen gekommen?

Nicht zu schnell, ermahnte sie sich. Zu Fuß konnte er den Jeep nicht einholen, und den Lieferwagen hatte sie demoliert. Außerdem jagten keine Lichter hinter ihr her. Trotzdem fuhr sie schneller, als sie auf der Insel je gefahren war, am Rollfeld entlang, hielt auf die Hauptstraße in Nord-Süd-Richtung zu. Nicht zur Pension, dachte sie. Dort würde Baker sie finden. Wo würde sie Schutz finden? An einem Ort, den Baker nicht kannte? Plum Orchard. An der Gabelung bog sie nach rechts ab und schaltete herunter. Der Jeep holperte durch die aufgewühlte Nacht.

Plötzlich hob der Jeep vom Boden ab und landete schlingernd wieder. Sie manövrierte ihn auf die Straße zurück und dankte ihrem Schutzengel. Die Straßen, die bei vierzig Kilometern ganz passabel zu sein schienen, waren bei neunzig ein Problem.

Durch den strömenden Regen hindurch blinzelte sie auf die Straße. Sie zwang sich, sechzig zu fahren, und dachte an Keir. Würde Baker ihm etwas antun? Nein, er hatte nur eines im Sinn; er würde sie, wenn irgend möglich, verfolgen. Sein Rücken war zerschnitten, ihm fehlte ein Ohr, aber das würde ihn nicht aufhalten. Irgendwann würde er schließlich kommen. Sie dachte über Hilfe nach. Der Sheriff war nur ein paar Meilen weit weg und hatte einen

Hubschrauber, aber sie hatte keine Möglichkeit, ihn zu verständigen, und selbst wenn sie das gekonnt hätte, würde es ihm bei diesem fürchterlichen Unwetter nicht möglich sein, die Insel zu erreichen.

Eine Gabelung kam auf sie zu, und plötzlich trat sie mit aller Kraft auf die Bremse. Eine riesige Kiefer lag vor der Abzweigung nach Plum Orchard quer auf der Straße. Ohne anzuhalten wirbelte sie das Lenkrad nach rechts und gab wieder Gas. Sie würde fahren, wohin sie diese Straße führen mochte. Sie war immer noch in Panik und wollte nur einen möglichst großen Abstand zwischen sich und Baker bringen.

Sie gab sich alle Mühe, sich zu beruhigen, ihren Herzschlag und die Atmung unter Kontrolle zu bringen, aber nichts half. Im Unterbewußtsein war sie verblüfft, daß sich diese panische Angst so lange hielt. Der Jeep holperte weiter durch die Nacht, und seine Scheinwerfer gruben einen Tunnel durch die Bäume. Dann waren die Bäume plötzlich weg, und die Lichtkegel erhellten nur noch Wasser und Trümmer. Sie war auf so etwas wie eine Lichtung geraten. Als sie gerade bremsen wollte, brachte etwas Mächtigeres den Wagen zum Stehen. Sie ruckte nach vorn, prallte mit der Brust auf die Lenksäule und wurde wieder in den Sitz zurückgeworfen.

Blinzelnd spähte sie aus dem Wagen und sah den blauen Himmel über sich und das Licht des beginnenden Tages, das langsam heller wurde. Überall um sie herum war Wasser, aber das Auto sank nicht. Verwirrt versuchte sie sich zu orientieren, und plötzlich wurde ihr klar, wie es kam, daß sie im Wasser stand und dennoch nicht unterging. Der Damm, der das Ufer von Lake Whitney markierte, stand unter Wasser, war überflutet vom Regenwasser. Sie blickte aus dem rechten Seitenfenster, dann aus dem linken. Ein Hindernis versperrte ihr den Blick auf den See. Ein Gesicht, ein bekanntes Gesicht, das auf dem Kopf stand.

Baker Ramsey befand sich auf dem Dach des Jeeps.

52

Haynes drängte sich in den Eingang zum Büro des Sheriffs und hämmerte an die Tür. Er und der Detective waren nach wenigen Metern, die sie vom Wagen gerannt waren, bereits klatschnaß. Er linste durch das Glas. Im Büro war es dunkel, nur ein schwacher Schimmer kam aus einem hinteren Raum.

»Ich glaube, uns kann niemand hören«, überschrie der Detective den Wind.

Haynes drückte sich gegen die Tür. Sie schwang auf und flog polternd gegen die Wand. Die beiden Männer stürzten hinein und schafften es gemeinsam, die Tür wieder zu schließen.

»Wer ist da?« rief eine Stimme. Die Silhouette eines Mannes stand im Lichtschein, der aus dem hinteren Raum drang.

»Captain Haynes, Atlanta Police Department. Sind Sie der Sheriff?«

Er streckte die Hand aus. »Bin ich. Wie zur Hölle sind Sie von Atlanta hierhergekommen?«

»Wir sind gefahren.«

»Sie können nicht mehr ganz bei Trost sein«, sagte der Sheriff mit ungläubigem Gesicht.

»Möglich, aber sobald sich der Sturm legt, will ich, so schnell es irgend geht, auf dieser Insel sein.«

»Kommen Sie in mein Büro, ich gebe Ihnen einen Kaffee«, sagte der Sheriff und führte sie ins Hinterzimmer. In der Ecke leuchtete ein Fernseher. »Der läuft über Notstromaggregat«, sagte er. »Hier ist alles ausgefallen. Schauen Sie sich das hier mal bitte an.« Er deutete auf den Fernseher. »Das ist eine Radaraufnahme von einer Station vor Jacksonville.«

Haynes und der Detective blickten auf den Bildschirm. »Ist das eine Windstille?« fragte er und tippte auf die Scheibe.

»Das ist das Auge des Hurrikans«, erwiderte der Sheriff. »Das befindet sich jetzt genau über Cumberland.«

»Das ist ziemlich groß«, sagte Haynes. »Könnten wir mit einem Hubschrauber hingelangen?«

»Ich hatte recht, Sie sind wirklich nicht ganz bei Trost.« Der Sheriff lachte und schenkte Kaffee ein. »Hier sind wir nicht im Zentrum des Sturms, auch wenn wir es schon sehen können. Wenn wir dort hinfliegen, müssen wir uns immer noch Gedanken über die andere Seite des Sturms machen, wissen Sie, obwohl er sich über dem Festland meistens sehr schnell verliert.«

»Wie schnell?«

»In ein paar Stunden, wenn wir Glück haben. Ich habe schon ein Dutzend Mal versucht, in der Pension anzurufen, aber ich bekomme keine Antwort. Die haben dort nur dieses eine Funktelefon, und das befindet sich in Germaine Drummonds Büro. Ich bezweifle, daß jemand es bei diesem Sturm hört.«

Haynes trank seinen Kaffee und starrte in das Zentrum des Hurrikans. »Ich war in meinem ganzen Leben noch nie so frustriert«, sagte er. »Ich bin vielleicht – fünf, sechs Meilen weit von einem Mörder entfernt und kann ihn nicht schnappen.«

»Bis der Sturm vorbei ist, ist das genauso, als wären Sie hundert Meilen von ihm entfernt«, sagte der Sheriff. »Ich hoffe bloß, daß mein Hubschrauber den Sturm übersteht.«

53

Liz schlug auf den Türknopf und knallte ihn herunter. Die Zentralverriegelung schloß alle vier Türen und die Heckklappe. Baker rutschte vom Wagendach und ins knietiefe Wasser.

Bakers Gesicht, blutverschmiert von der Ohrwunde, grinste sie von draußen an. Er warf den rechten Arm zurück und knallte den Ellbogen gegen das Glas. Liz wich zurück, als er zuschlug, aber das Glas gab nicht nach. Guter, starker Wagen, vermag Baker Ramsey standzuhalten! dachte sie.

Baker schien genauso überrascht wie wütend zu sein; dann verschwand er.

Eine Wolke zog vorüber, gab ein Stück blauen Himmel frei und warf mehr Licht auf die Szene. Es dämmert, und der Sturm hat beachtlich nachgelassen, dachte sie. Sie sah Baker immer noch nicht.

Was mache ich eigentlich hier? Wieso warte ich darauf, daß er zurückkommt? Sie ließ den Wagen wieder an und schaltete ihn auf Vierradantrieb. Als sie gerade anfahren wollte, wurde ihr bewußt, daß sie so desorientiert war, daß sie nicht sagen konnte, wo der Deich lag. Wenn sie vorwärts fuhr, konnte sie auf dem Deich ans andere Ufer fahren. Genausogut konnte sie aber davon abkommen und im tiefen Wasser landen. Dann fiel ihr wieder ein, wer da im Wasser war, und sie erstarrte.

Die Scheibe zerstob in tausend Fetzen. Hinter dem vorgehaltenen Arm sah sie, daß das Verbundglas noch hielt. Dann sah sie Baker vor dem Wagen. Er hielt etwas, das wie ein Zaunpfahl aussah, und holte gerade aus, um erneut zuzuschlagen. Er traf die Windschutzscheibe, und diesmal drang der Pfosten durch und hinterließ ein Loch, das so groß war wie ihr Kopf. Bakers Arm kam hinterdrein, und seine Hand grapschte nach ihr.

Sie rollte sich auf dem Sitz zur Seite, erreichte die Beifahrertür und griff nach dem Türgriff. Sie öffnete die Tür, sprang heraus und blickte über die Schulter. Sie war entschlossen, den Wagen zwischen sich und Baker zu halten. Er watete von vorn um den Jeep herum.

Sie bewegte sich zum Heck des Wagens und bemerkte plötzlich, daß ein zweites Fahrzeug hinter ihrem zum Stehen kam. Die Tür des Lieferwagens ging auf, und Keir stieg aus.

Er schien sich nur mühsam bewegen zu können, und sein Gesicht war schmerzverzerrt. In der Hand hielt er ein Beil, das Werkzeug von der Veranda ihres Hauses.

Baker schien den Lieferwagen nicht zu bemerken; seine Augen waren auf Liz geheftet. Er umkreiste die Front des Jeeps und kam auf sie zu.

Liz blieb stehen und wartete auf ihn. Auf seinem Weg würde er am Lieferwagen vorbeikommen. Dann, als er neben dem Heck des Jeeps auftauchte, sah er Keir, zu spät.

Keir war auf die Haube des Lieferwagens gesprungen und hob das Beil.

Das stumpfe Ende der Klinge traf Baker am Hals, und sein Kopf ruckte seitwärts, gefolgt von seinem Rumpf. Er ließ den Pfosten los und fiel hin.

Liz dachte, er müßte tot sein, aber sie hatte nicht einkalkuliert, was das Training und die muskelaufbauenden Medikamente aus diesem Hals gemacht hatten.

Baker taumelte auf die Beine, sein Gesicht verzerrte sich zu einer Fratze wahnsinniger Entschlossenheit, und er ging auf Keir los.

In Keirs Gesicht lag etwas, was Liz noch nie gesehen hatte: Kälte und Berechnung, eine tödliche Überlegung, die jede Gegenwehr ausschloß. Sie wußte, was er vorhatte.

Keir holte aus, und diesmal zielte er mit der scharfen Seite der Klinge. Mit dem Geräusch einer Axt, die auf einen Baumstamm trifft, grub sich das Beil in Baker Ramseys Hals, und der Stiel zerbrach. Blut spritzte auf Keir und Liz, die keine zwei Meter von Baker entfernt stand. Er stand immer noch da, einen erstaunten Ausdruck im einstmals so attraktiven Gesicht.

Dann kippte Baker Ramsey blutüberströmt, langsam wie ein großer Baum im Wald, nach vorn ins knietiefe Wasser. In panischer Angst sprang Liz zur Seite, und Baker fiel mit dem Gesicht voran vom Damm in die Wirbel des Seewassers. Mit jedem schwächer werdenden Schlag seines Herzens färbte er das Wasser rot.

Liz starrte ihm einen Augenblick nach, dann wandte sie sich Keir zu, der zusammengekauert auf der Motorhaube saß.

»Alles in Ordnung?« fragte sie und griff nach seiner Hand.

»Ich weiß nicht«, erwiderte er, er schien nicht viel Kraft in der Hand zu haben. Dann blickte er mit seltsamer Miene an Liz vorbei.

Sie drehte sich um und schaute in die gleiche Richtung. Baker Ramsey bewegte sich wieder.

Mit einer wirbelnden Bewegung drehte er sich auf den Rücken, dann saß er kerzengerade, mit aufgerissenem Schlund und Augen aufrecht. Sekundenbruchteile verharrte er in dieser Stellung, dann kippte sein Kopf nach hinten und verschwand mit dem Beil im Hals unter Wasser.

»Was macht er?« fragte Liz und starrte verblüfft hinab.

»Er macht gar nichts«, sagte Keir mit einem schwachen Lächeln, »das ist Goliath.«

Plötzlich tauchte ein riesiger, nasser Stamm an die Oberfläche, dann kam der Kopf des zwanzig Fuß langen Alligators mit Baker Ramsey im Rachen aus dem Wasser. Das Tier wirbelte wütend um die eigene Achse, schlug den Kopf zur Seite, und Bakers Knochen splitterten. Dann verschwanden die beiden in der Tiefe. Das Wasser schäumte auf und beruhigte sich dann wieder. Kleine Wellen plätscherten gegen Liz' Beine.

Der Wind wurde wieder stärker, und der blaue Himmel verschwand. Liz ging zum Lieferwagen und half Keir in die Kabine. Sie schob das goldene Haar von seinen Augen. Er sah sie ernst an.

»Keir, ist alles in Ordnung?« fragte sie ihn zum zweitenmal.

»Als ich das letzte Mal zuschlug, habe ich ein Knacken gespürt«, sagte er stockend. »Der Kerl hatte vielleicht Kräfte.« Dann hustete er, und Blut rann über seine Lippen.

»O Gott«, schrie Liz auf, »was ist denn los?« Keir lehnte sich an sie, und sie legte die Arme um ihn.

»Ich glaube, es ist etwas gebrochen«, sagte Keir. Er schien überrascht. Sein Kopf sank auf ihre Schulter, und er atmete in kurzen Stößen.

Sie hielt ihn fest, sprach zu ihm, strich ihm über das Haar, während der Sturm wieder anschwoll. Nach einer Weile schien er eingeschlafen zu sein, und nachdem sie sich ein wenig beruhigt hatte, schlief sie neben ihm ein.

Die Stille und das Geräusch eines Hubschraubers weckten sie auf. Aufgeschreckt sah sie nach oben und sah den Hubschrauber, der neben dem Lieferwagen über dem Wasser manövrierte. Sie sah zu, wie er ein paar Meter zurücksetzte und am Flußufer landete.

»Wir haben Hilfe bekommen«, sagte sie zu Keir und zog sein Gesicht zu sich hoch.

Er wachte nicht auf, er fühlte sich kühl an.

Als sie aufsah, erblickte sie den Sheriff mit zwei Fremden, die auf dem überfluteten Damm auf sie zuwateten. Sie zog Keirs Kopf an ihre Schulter und fing an zu weinen.

54

»Das mit Mr. Drummond tut mir leid«, sagte Haynes. »Wir sind so schnell hergekommen wie es nur ging. Wenn der Hurrikan nicht gewesen wäre, hätten wir es früher geschafft.«

Sie saßen im Greyfield Inn an der Bar, und der Sheriff hatte ihnen Drinks eingeschenkt. Liz umklammerte die Decke, nahm das Whiskyglas und trank noch einen Schluck. Die Wärme, die der Whisky in ihrem Magen hervorrief, konnte nur bedeuten, daß sie noch lebte. »Ich verstehe nur nicht, wieso Sie überhaupt hier sind«, sagte sie.

»Wir wären gar nicht hier, gäbe es da nicht diesen pflichtbewußten Polizisten namens Lee Williams.«

»Ist das der, mit dem ich telefoniert habe?«

»Genau der. Lee war es, der Ramsey dazu gebracht hat, ihm zu sagen, wo Sie sich aufhalten.« Er erzählte ihr die Geschichte.

»Ich hoffe, es geht ihm bald wieder gut«, sagte sie.

»Das wird es. Mit großer Befriedigung wird er hören, was Mr. Drummond getan hat.«

»Meine Befriedigung darüber ist noch größer.« Sie sprach automatisch, ohne nachzudenken. Der Schock klang langsam ab, aber sie spürte Keirs kalten Körper immer noch auf ihrer Haut. Wie ist es mit Trauer? fragte sie sich. Die Trauer kommt mit zunehmender Wirklichkeit. Noch war alles nicht wirklich.

Von draußen hörte man leise Stimmen auf der Treppe.

»Die Gäste werden unruhig«, sagte der Sheriff. »Es ist schon nach acht.«

»Germaine macht Frühstück für sie«, sagte Liz abwesend. Dann sprang sie auf. »Germaine!« Sie ließ ihr Glas fallen und rannte aus dem Zimmer, die Treppe hinunter, die Decke festhaltend. Der Sheriff und die beiden Polizisten folgten ihr. Sie rannte durch die Küche zu Germaines Büro und rüttelte an der Tür. Verschlossen. »O mein Gott!«

»Was ist los?« fragte Haynes.

»Baker ist mit Germaines Wagen gefahren. Er muß die Schlüssel von ihr haben.« Sie rannte die Treppe hinauf und nach draußen, die Außentreppe hinunter, versuchte, die Decke festzuhalten, und hetzte über den Rasen zu Germaines Hütte. Der Rasen war mit Ästen und anderen Trümmern übersät, und sie mußte mehrere Umwege machen, bis sie es über die Rasenfläche geschafft hatte.

Als Liz auf die Hütte zukam, sah sie, daß ein paar Dachschindeln fehlten, aber sonst schien nichts beschädigt zu sein. Die Vordertür war verschlossen. Sie rannte um das Haus herum, trat durch die Küche ein und blieb stehen. Alles wirkte ganz normal. Zitternd ging sie ins Wohnzimmer, wo eine Cognacflasche und zwei Gläser auf dem Couchtisch standen.

»Germaine!« rief sie. Keine Antwort. Langsam ging Liz zur Schlafzimmertür. Als die Tür aufging, sah sie eine Gestalt auf dem Bett, von einem Laken bedeckt. Die Polizisten traten hinter Liz in das Zimmer und blieben stehen. »Germaine?« sagte sie noch einmal mit zitternder Stimme.

Liz ging langsam um das Bett herum und hielt inne. Sie streckte die Hand aus, nahm einen Zipfel des Lakens und zog. Germaines schlafendes Gesicht war halb im Kissen versunken. Liz schob sanft eine Locke von ihren Augen.

»Was?« fragte Germaine verschlafen und setzte sich auf. Sie war nackt, und die Männer starrten ihre Brüste an. »Oh, Liz«, sagte sie. »Was ist denn los?« Sie sah die Männer und zog das Laken hoch.

»Ist alles in Ordnung, Germaine?« brachte Liz heraus.

»Klar.« Sie schüttelte den Kopf. »Allerdings hatte ich eine verdammt sonderbare Nacht mit einem Kerl. Der wollte sich die ganze Zeit bloß über dich unterhalten.«

55

Meine liebe Mrs. Barwick,
Ich habe mich über Ihre Fotos und Ihre Anfrage sehr gefreut, und zwar aus folgenden Gründen: Zum einen ist mir vor einigen Wochen Ihr Sport-Bildband in die Hände gefallen, den ich für brillant halte; zum zweiten haben meine Frau und ich vor drei Jahren ein Wochenende auf Cumberland Island verbracht und waren von der Schönheit der Insel so überwältigt, daß wir uns seither bemühen, die Zeit zu finden, wieder dorthin zurückzukehren – bisher leider vergebens.

Da ich das Vorbild gesehen habe, würde ich sagen, daß Ihre Fotos ihm gerecht werden, und das ist ein außerordentliches Lob. Auch Ihren Text fand ich, ungeachtet Ihrer Beteuerung, Sie seien keine Schriftstellerin, hervorragend.

Genug der Lobeshymnen; zum Geschäft. Mein Verlag hat, wie Sie vielleicht wissen, eine Reihe natur- und landschaftsorientierter Bücher herausgebracht, von denen einige landesweite Bedeutung erlangten. Ich würde Ihr Buch sehr gern veröffentlichen und meine, Ihnen für ein solches Buch nicht nur einen nennenswerten Vorschuß versprechen zu können, sondern darüber hinaus auch eine erstklassige Publikation.

Falls Sie interessiert sind, nennen Sie mir doch bitte Ihren Agenten, sofern Sie einen haben, außerdem sollten Sie nach New York kommen, damit wir uns zusammensetzen und darüber reden können, was für eine Art Buch wir zusammen machen wollen. Ich freue mich darauf, so bald wie möglich von Ihnen zu hören.

Sie sah sich im Haus um. Es wirkte durch das alte Ledersofa aus Angus' Arbeitszimmer und dem Dutzend guter Bilder aus seinem Haus sehr verändert – eleganter, dauerhafter. Germaine hatte darauf bestanden, daß sie sich die Möbel aus Dungeness teilten, weil Liz sich an den enormen Mühen beteiligt hatte, das Haus auszuräumen.

Sie schloß die Tür ab, die provisorisch mit einer Sperrholzplatte vernagelt war, bis man sie reparieren würde. Einen Monat nach dem Hurrikan war Glas immer noch knapp. Die Luft draußen war herbstlich kühl. Das wollte sie gerade Keir erzählen, als ihr zum tausendsten Mal wieder einfiel, daß Keir nicht mehr da war. Sie blieb stehen und schob den Schmerz von sich. Inzwischen ging es ihr besser, und wenn sie erst einmal aufhörte, mit ihm zu sprechen, so als sei er da, war alles wieder in Ordnung, dessen war sie sich sicher. Die Zeit heilte alle Wunden, daran glaubte sie, aber die Zeit verstrich einfach viel zu langsam. Sie warf die letzte ihrer Taschen in den Jeep und fuhr davon.

In der Pension traf sie Germaine im Büro an.

»Setz dich einen Moment«, sagte Germaine. Liz setzte sich.

»Ich habe es noch nicht gesagt, aber ich habe das Gefühl, daß ich es tun muß. Es tut mir leid, daß ich Ramsey gesagt habe, wo er dich findet.«

»Das macht nichts«, antwortete Liz. »Du wußtest ja nicht, wer er war. Er hätte mich auch so gefunden, selbst wenn es das letzte gewesen wäre, was er tat.«

»Gott vergebe mir, wenn ich es sage, aber ich bin froh, daß es das letzte war«, sagte Germaine. »Komm, ich bringe dich zur Anlegestelle.«

»Ich muß noch woanders hin, bevor ich auf die Fähre kann.«

Germaine kam mit ihr zur Tür und nahm ihre Hand.

»Wie lange bleibst du in New York?« fragte sie.

»Ich weiß es noch nicht genau. So lange, wie ich brauche, um den restlichen Text zu schreiben und das Buch fertigzumachen. Ein paar Wochen mindestens.«

Sie blieben beim Jeep stehen, und Germaine legte Liz die Hände auf die Schultern. »Du wirst mir fehlen«, sagte sie. »Du bist für mich jetzt so etwas wie eine Schwester.«

Liz umarmte sie. »Du hast recht.« Sie sah sich um. »Ich hatte gehofft, mich noch von James verabschieden zu können.«

»Er ist in Dungeness, und ich muß auch gleich dorthin. Es ist ein windstiller Tag.«

Liz blickte über das ruhige Wasser. »Ja, nicht wahr?«

Ein paar Minuten später hielt sie am neu angelegten Familienfriedhof der Drummonds und stieg aus. Zwischen den alten Grabsteinen standen drei neue: Auf Angus' standen nur Name und Lebensdaten. Auf dem zweiten stand:

Buck Moses, ?–1989
Guter und treuer Diener
Großvater eines Erben von Cumberland Island

Auf dem einzelnen Stein, der das Doppelgrab der Zwillinge markierte, stand

Hamish und Keir Drummond, 1952–1989
Zwei Brüder, am Ende eines Lebens

Das hatte sie selbst hinzugefügt.

Sie ging an den Steinen vorbei und berührte jeden. Dann bückte sie sich und küßte den Grabstein der Zwillinge.

Außerhalb des Cumberland Sund, auf halbem Weg nach Fernandina, schaute Liz zur Insel zurück. Über dem Dach des großen Hauses, das man schemenhaft zwischen den Bäumen erkannte, stieg eine Rauchwolke auf, kurz darauf züngelten Flammen empor, und der Rauch wurde dichter. Dungeness starb mit Angus Drummond, so, wie er es sich gewünscht hatte.

Liz drehte sich um und hielt das Gesicht in den Fahrtwind der alten Fähre. Sie nahm die Mütze ab und ließ den Wind durch ihr Haar wehen.

Als die *Aldred Drummond* in Fernandina anlegte, wandte Liz sich noch einmal nach der Insel um. Sie war erst ein paar Meilen gefahren und war überrascht, von einem Gefühl übermannt zu werden, das sie seit ihrer Kindheit nicht mehr empfunden hatte.

Elizabeth Barwick hatte Heimweh.

Anmerkung des Autors

Cumberland Island existiert wirklich; genauso wie Greyfield Inn, Plum Orchard und die alten Sklavenbehausungen. Dungeness hat es ebenfalls gegeben, aber es brannte Jahre früher ab als in diesem Buch. Dennoch gibt es die Ruinen, die Nebengebäude und den Familienfriedhof immer noch. Das Haus am Stafford Beach ist ein Produkt meiner Vorstellungskraft. Auf der Insel leben wirklich Menschen, aber keine der Personen des Buchs soll einem von ihnen im geringsten ähnlich sein.

Cumberland ist eine National Seashore, und der größte Teil der Insel steht unter der Obhut des National Parks Service.

Danksagungen

Ich möchte Gogo Fuller meinen Dank dafür aussprechen, daß sie ihr Wissen über Cumberland Island mit mir teilte, und für die herzliche Gastfreundschaft in ihrem Haus; Dr. John Griffin für seine Beratung in Fragen traumatischer Erkrankungen, Notarzttätigkeit und plastischer Chirurgie; Dr. A. J. Nicholas für die medizinische Beratung; Robert Coram für Informationen und Ratschläge und Howard Hunt vom Zoo in Atlanta für Informationen über Lebensgewohnheiten und Geräusche der Alligatoren. Mein besonderer Dank gilt Judy Tabb, in deren Begleitung ich Cumberland Island entdeckt habe, für ihre fotografische Beratung und dafür, daß ich im Buch ihre Ausrüstung benutzen durfte (tut mir leid wegen des Stativs).

Dankbar bin ich für den Rat und die Unterstützung meines Agenten, Morton Janklow, seiner Partnerin Anne Sibbald und ihrer Kollegen bei Janklow & Nesbitt.

Mein Dank gilt außerdem Trish Lande und Cheryl Weinstein für ihre Bemühungen.

Schließlich möchte ich mich noch bei Eddie Bell, Ed Breslin und allen bei Harper Collins für ihre ungebrochene Begeisterung für dieses Buch und für die harte Arbeit, die sie hatten, bedanken.

GOLDMANN

Robert Littell

Für die Anhänger anspruchsvoller Spionageromane ist Robert Littell längst kein Unbekannter mehr. Stilistisch ausgefeilt, voller Ironie und einer Prise schwarzen Humors entwickelten sich seine Bücher zum heißen Tip unter Insidern.

Moskau, mon amour, Roman 41212

Mütterchen Rußland, Roman 9073

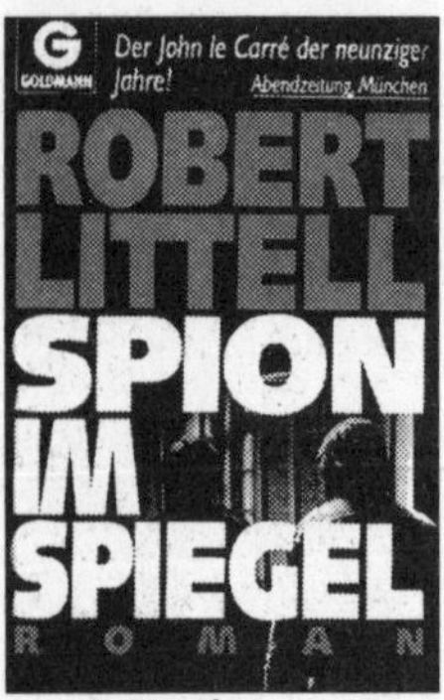

Spion im Spiegel, Roman 41242

Eine höllische Karriere, Roman 8865

Goldmann · Der Taschenbuch-Verlag

GOLDMANN

Wilbur Smith

Wie keinem anderen gelingt es Wilbur Smith, dramatische Ereignisse mit intensiver Naturbeobachtung, aktuelle Anliegen mit packenden Geschichten zu vereinen. Als Sohn einer alten britischen Siedlerfamilie kam Smith schon früh in Berührung mit dem Kontinent, dem fast alle seine Bücher gewidmet sind: Afrika.

Glühender Himmel 41130

Schwarze Sonne 9332

Der Stolz des Löwen 9316

Wer aber Gewalt sät 9313

Goldmann · Der Taschenbuch-Verlag